Luca Trugenberger
Der Angriff der Schatten

Zu diesem Buch

Der »Schatten« will die Herrschaft über die Welt an sich reißen und benötigt dazu den Zahn und die Schuppe eines Drachen aus uralter Zeit. Beim Versuch, die magischen Gegenstände zu retten, gerät Damlo in die Gewalt der abgrundtief bösen Macht. Mit blutiger Kleidung und getarnt als verletzter Ork, versucht er zu entkommen. Aber der Verfolger holt ihn ein. Ein greller Lichtschein durchdringt Damlos Lider, und vor ihm erscheint der »Schatten«, dessen Gesicht sich hinter einer Maske verbirgt und der seine Gegner mit magischer Gewalt lähmt. Ein Duell auf Leben und Tod scheint unausweichlich. In höchster Not ruft Damlo den geheimnisvollen Drachen in seinem Innern zu Hilfe. Er zückt seine Waffe und stößt sie dem »Schatten« entgegen …

Luca Trugenberger, geboren 1955, ist Sohn eines Schweizers und einer Sizilianerin. Er studierte Medizin und war lange Jahre Schauspieler. In dem »Verlangen nach tieferem Wissen um die Beschaffenheit der menschlichen Seele« beschloß er, Fantasy zu schreiben. Sein Debüt, die Trilogie »Die Wege des Drachen«, wurde in Italien aus dem Stand heraus ein großer Erfolg. Luca Trugenberger lebt als Psychotherapeut in Rom.

Luca Trugenberger

Der Angriff der Schatten

DIE WEGE DES DRACHEN 3

Aus dem Italienischen von
Biggy Winter

Piper München Zürich

Von Luca Trugenberger liegen in der Serie Piper vor:
Der magische Dorn. Die Wege des Drachen 1
Das Siegel des Schicksals. Die Wege des Drachen 2
Der Angriff der Schatten. Die Wege des Drachen 3

FSC Mix
Produktgruppe aus vorbildlich bewirtschafteten Wäldern und anderen kontrollierten Herkünften
www.fsc.org Zert.-Nr. GFA-COC-1223
© 1996 Forest Stewardship Council

Deutsche Erstausgabe
Januar 2008

Titel der italienischen Originalausgabe:
»La Spina del Drago«, Fanucci Editore, Rom 2002

Umschlagkonzeption: Büro Hamburg
Umschlaggestaltung: HildenDesign, München – www.hildendesign.de
Umschlagabbildung: Anke Koopmann
Autorenfoto: Giliola Chistè
Satz: Filmsatz Schröter, München
Papier: Munken Print von Arctic Paper Munkedals AB, Schweden
Druck und Bindung: Clausen & Bosse, Leck
Printed in Germany ISBN 978-3-492-26653-6

www.piper.de

1

Damlo Rindgren suchte hinter dem erstbesten Baumstamm Deckung und rührte sich nicht. Die Furcht jagte ihm das Blut rasend schnell durch die Adern. Er holte tief Atem, erschauerte, zog den Kopf zwischen die Schultern und wäre mit dem Baumstamm am liebsten eins geworden. Doch der war dazu einfach zu dünn, stellte der Junge bedauernd fest. Also setzte er ein weiteres Mal zu einem Sprung an und landete hinter einem ausladenden Hortensienbusch. Dort kauerte er sich auf dem Boden zusammen und konzentrierte all seine Sinne. Doch es war überhaupt nichts Ungewöhnliches wahrzunehmen …

Am Himmel leuchtete die Sichel des abnehmenden Mondes, und der Park von Schloß Bedaran lag keineswegs in tiefer Dunkelheit. Nur in den geschmackvoll angelegten Wäldchen, zwischen den hohen Bäumen und dem dicht blühenden Buschwerk war es finster. Besonders günstige Bedingungen.

Sein Herz klopfte so stark, daß es dem Jungen wie Hammerschläge in den Ohren dröhnte, als er wagte, hinter den Hortensien hervorzulugen. Der nicht mehr benutzte Fußweg, den Damlo nehmen mußte, verlief unmittelbar vor seinen Augen. Am Tage gut sichtbar, war er zu dieser Stunde nur zu erkennen, wenn man wußte, wonach man suchen sollte. Der Pfad führte zu einem Seitentor des Schlossparks, einem Eingang, der sich zwischen zwei wie zufällig in die Mauer eingefügte Säulen drückte.

Der Junge bemühte sich, die Blätter der Hortensie möglichst wenig zu berühren, und spähte hinaus in die Dunkelheit. Eine kaum merkbare Brise strich über Bäume und Sträucher hinweg und verbreitete sanfte nächtliche Düfte. Hatte er da vorhin tatsächlich eine Bewegung wahrgenommen? Eine Verlagerung von etwas, das kein windgebeuteltes Blätterbüschel gewesen sein könnte?

Vielleicht doch nicht. Vielleicht hatte er sich geirrt. Aber wenn nicht ...? Hatte er wie immer Angst – ohne jeden Grund? Oder waren seine Befürchtungen diesmal gerechtfertigt? Unter Zuhilfenahme seiner Zauberkräfte wäre es wohl ein leichtes gewesen, das herauszufinden. Aber leider wußte er sich ihrer noch nicht richtig zu bedienen.

So spitzte er die Ohren ... doch außer dem gluckernden Murmeln des Baches hörte er nichts. Vielleicht weil ihm der Herzschlag so laut in den Ohren hämmerte ... Ruhig Blut! versuchte er sich zu beschwichtigen: Niemand kann da sein! Es war alles gut organisiert, und dieser Teil des Parks schien völlig verlassen. Wieder holte er tief Atem. Doch dann schüttelte er den Kopf. Unsinn! Er hatte nicht nur eine undeutliche Bewegung wahrgenommen, sondern auch etwas gehört: ein merkwürdig unbekümmert wirkendes Geräusch – wie von einem großen Tier, das durch die Dunkelheit trampelte, ohne Rücksicht auf das Knacken und Rascheln, das es verursachte. Und dann war da noch dieses leise Raunen gewesen – wie von menschlichen Stimmen ...

Doch die Wachmannschaften befanden sich in der Kaserne, und große Tiere beherbergte der Park, der hoch über der Hauptstadt der Hegemonie lag, nicht. Abgesehen natürlich von den zähnefletschenden Mastiffs der Wachen. Aber an diesem Abend waren ja auch sie weggesperrt.

Damlo lauschte erneut in die Dunkelheit. Jetzt schien alles so, wie es sein sollte. Er hob die Schultern: Wie auch immer, hier konnte er nicht bleiben. Wenn er nicht zu seiner Verabredung auftauchte, mochte sich Tatini unter Umständen zu irgendeiner Dummheit hinreißen lassen. Zum Beispiel dazu, selbst in das Schloß einzusteigen. Nicht umsonst wurde er als der beste Einbrecher von ganz Eria betrachtet.

Ohne sich dessen bewußt zu sein, strich Damlo mit der Hand über das kleine Bündel, das er unter dem Hemd stecken hatte. Tatinis Plan hätte vorgesehen, das echte Siegel des Zanter zu stehlen; das jedoch durfte nicht in die Hände von Tatinis Auftraggeber fallen, sondern nur das falsche – die Kopie, die er, Damlo, mit einem Erkennungszeichen versehen hatte. Wieder tastete er unter dem Stoff danach.

Die Verschwörer beabsichtigten, bestimmte Papiere zu fälschen, um Gevan Bedaran, den Regenten, in Mißkredit zu bringen und die Regierung zu stürzen. Und dann, wenn in der Hegemonie Chaos herrschte, gedachten sie, die Macht ungehindert an sich zu reißen. Ein ausgeklügelter Plan, der – wenn er, Damlo, ihn nicht durchschaut hätte – gewiß leicht zu verwirklichen gewesen wäre. Und der, vernünftig betrachtet, immer noch Erfolg haben konnte. Vorausgesetzt, daß Tatini, der von all diesen Hintergründen nichts ahnte, seinem Auftraggeber das echte Siegel beschaffte. Und deshalb mußte er, Damlo, unbedingt zu diesem kleinen Seitentor in der Mauer gelangen – in aller Eile und ohne sich entdecken zu lassen. Denn im Schloß verbarg sich ein Verräter.

Plötzlich erstarrte der Junge. Konnte es nicht vielleicht genau dieser unbekannte Spion des Feindes sein, der sich dort in der Finsternis regte? Hatte der etwa herausgefunden, daß er, Damlo, die Absicht hatte, Tatini zu täuschen? Und stellte er nun ihm eine Falle?

Der Junge zwang sich, tief und langsam zu atmen. Nein, wer auch immer der Verräter war, er konnte nicht wissen, was

Damlo im Sinn hatte. Nur Hauptmann Baldrin und Gevan Bedaran selbst waren auf dem laufenden. Außer Ticla natürlich, der Tochter des Regenten. Als er an das Mädchen dachte, spürte Damlo unverzüglich das Lächeln auf seinen Lippen. Doch was den Spion betraf, so würde dieser wohl – falls er wirklich von Damlos Vorhaben oder dem falschen Siegel Kenntnis erlangt hätte – keine Falle im Park vorbereiten, sondern einfach die Verschwörer benachrichtigen.

Was verbarg sich also hier ... zwischen den Bäumen? Seit einigen Minuten schien alles völlig ruhig. Keinerlei Bewegung. Keinerlei Geräusch.

Ein Eichhörnchen möglicherweise? Vielleicht zwei oder drei, die sich um ein paar Eicheln stritten, anstatt zu schlafen? Es gab ja viele hier im Park ... Nein. Die Geräusche, die Damlo gehört hatte, waren dafür zu laut gewesen – falls seine Einbildungskraft sie nicht maßlos verstärkt hatte. Es wäre wohl kaum das erste Mal, daß ihm seine Phantasie einen Streich spielte – jetzt vermutlich tatkräftig unterstützt von dieser ewigen Angst, der unzertrennlichen und zutiefst verabscheuten Begleiterin seines ganzen Lebens.

Vor Damlo schlängelte sich der Weg ein paar Dutzend Schritte zwischen Bäumen und Sträuchern dahin, ehe er sich gabelte. Der ausgetretenere der beiden Pfade führte nach rechts zu einem Pavillon, der sich zwischen Birken und Holundersträuchern versteckte. Der andere bog nach links ab, wo er erst einen dichten Bestand junger Erlen und Pappeln umrundete und sich dann davon löste, um wieder zu einem Weglein zu werden, das im Gras deutlicher erkennbar war. Dieses führte an älteren und höheren Bäumen entlang bis zu einem der Nebeneingänge des Schloßparks. Dem am wenigsten benutzten ...

Eichhörnchen ja oder nein, jetzt mußte er sich sputen, entschied der Junge; Tatini würde nicht mehr lange warten. Die einzige Vorsichtsmaßnahme, die er noch ergreifen konnte, bestand darin, den Pfad zu verlassen und sich zwischen den jungen Erlen und Pappeln durchzukämpfen. Dort war der Boden zwar dicht mit Farnen überwachsen, aber Damlo konnte es auf diese Weise wenigstens vermeiden, in die Nähe des Pavillons zu kommen, wo am ehesten mit der Anwesenheit anderer Personen zu rechnen war – falls sich tatsächlich irgendeine Menschenseele in diesem Teil des Schloßparks aufhielt.

Geschickt sprang der Junge von einer Deckung in die nächste und erreichte so das letzte der Hortensiengebüsche. Von hier aus würde er wohl mit den dünnen Stämmen der Erlen und Pappeln vorliebnehmen müssen, wenn er ein Versteck suchte. Glücklicherweise hatte er seit einer ganzen Weile kein Rascheln mehr gehört, und nichts bewegte sich um ihn herum.

Er bemühte sich, dem hübschen Strauchwerk, das den Boden bedeckte, keinen Schaden zuzufügen, als er in das Dickicht eindrang. Doch kaum hatte er drei Schritte gemacht, vernahm er ein Geräusch aus der Dunkelheit: kurz, rauh und leicht vibrierend – irgend etwas zwischen einem Hustenanfall und dem unvermittelt abbrechenden Knurren eines Tieres.

Damlo erstarrte. Diesmal gab es keinen Zweifel. Atemlos vor Schreck und mit dem Gefühl, sein Herz hüpfe plötzlich zwischen Bauch und Kehle auf und ab, drehte sich der Junge langsam um die eigene Achse, ohne die Sohlen vom Boden zu lösen. Erst dann hob er einen Fuß, um den Rückzug zu beginnen.

Diese Bewegung reichte aus: erneut durchbrach ein dunkles Geräusch, das nichts Gutes verhieß, die Stille. Ein langgezogener Laut diesmal – animalisch, grimmig und wild. Ein bedrohlich, gedehntes Grollen, das sich nach heißem, stinkendem Atem anhörte. Und nach spitzen Zähnen.

Ein Wolf, dachte der Junge und spürte sogleich die Woge von Angst, die ihn überrollte. Den Fuß immer noch in der

Luft, zwang er sich zum Stillhalten. Einer der Wölfe des großen Feindes? Wenn sie von Orks geleitet wurden, waren es schreckliche Bestien! Aber nein, unmöglich: Wie hätte der Wolf in einen privaten Schloßpark mitten in der Hauptstadt eindringen können? Andererseits – dieses Knurren …

Halb kopflos vor Angst überlegte Damlo, was er tun sollte.

»Halt ihn doch fest, Idiot!« raunte in diesem Augenblick eine Stimme ganz in der Nähe. Sie klang leicht erstickt, so als wollte der Mann, dem sie gehörte, brüllen und flüstern zugleich.

»Er zieht aber wie verrückt!« entgegnete eine zweite, jüngere Stimme im gleichen raunenden Tonfall.

Diese Stimmen stammten nicht von Orks, stellte Damlo fest: wenigstens etwas!

»Na, klar zieht er!« zischte der erste Mann. »Das tun alle Hunde! Und schrei nicht so!«

Immer noch auf einem Bein stehend, atmete Damlo erleichtert auf. Ein Hund also. Sehr wahrscheinlich einer von den Mastiffs der Wachmannschaften. Und keineswegs ein Wolf … Verdammte Angst, die ihn immer gleich an das Schlimmste denken ließ! Aber dennoch: was tat dieses Tier außerhalb seines Zwingers? Glücklicherweise hielten die beiden es an der Leine; wäre es frei gelaufen, überlegte der Junge, hätte es sich wohl blitzartig auf ihn gestürzt.

»Wird er nicht nach mir schnappen, wenn er merkt, daß ich ihn festhalte?« flüsterte die jüngere Stimme.

»Wie kommst du auf diesen Blödsinn? Und red nicht so laut! Wenn Baldrin uns ertappt …«

Das mußten zwei Wachen sein, sagte sich der Junge. Zwei Soldaten, die den Befehl, in den Unterkünften zu bleiben, mißachtet hatten. Und die auf diese Weise, ohne es zu wissen, die ganze Hegemonie in Gefahr brachten. Denn falls sie ihn, Damlo, entdeckten und durchsuchten, mußten sie auf das Siegel stoßen. Und noch ehe Baldrin ihm aus der Patsche helfen könnte, würde es Tatini gelingen, das echte Siegel in die Hand zu bekommen. Daher durfte er sich auf keinen Fall entdecken lassen!

Tief und furchterregend rollte das Knurren des Mastiffs durch die Stille der Nacht.

Die Finsternis war zwar nicht ganz undurchdringlich, trotzdem stellte sie einen guten Schutz dar, das wußte Damlo; doch wenn es ihm gelang, sich unter den Farnen flach hinzulegen, sollte er noch weniger sichtbar sein!

Das stellte sich jedoch als Irrtum heraus. Unmittelbar nachdem der Junge den hochgehaltenen Fuß auf den Boden gestellt hatte, nahm das Knurren des Hundes deutlich an Lautstärke zu; und kaum beugte er sich zum Farnkraut hinab, verwandelte sich das dumpfe Grollen in wütendes Gebell. Und noch einen Augenblick später riß sich das Tier unter dem ärgerlichen Gefluche der beiden Wachen los.

Abgesehen von den Wölfen, die unter der Kontrolle der Orks standen, fürchtete Damlo die sogenannten »wilden« Tiere nicht – ebensowenig wie die Attacke eines Hundes, den man gar nicht auf ihn gehetzt hatte. Und zwar aus gutem Grund, darauf baute er nun. Doch ist es eine Sache, etwas nur zu wissen, aber eine ganz andere, mitten in der Nacht einer enormen schwarzen, haarigen Masse gegenüberzustehen, die sich mit hochgezogenen Lefzen und gefletschten Zähnen auf einen stürzte!

Die Angst überfiel den Jungen erneut mit unerwarteter Heftigkeit. Er ließ sich in die Farnwedel fallen und kauerte sich hastig zwischen die hervorstehenden Wurzeln einer Pappel. Eine Sekunde später landete der Mastiff auf ihm, und während er Damlo mit den Pfoten zu Boden drückte, packte er ihn mit den Zähnen am Nacken.

Er zog dem Jungen die Mütze vom Kopf, biß aber nicht zu. Ganz im Gegenteil, er hörte auch mit dem Knurren und Bellen auf; einen Moment lang beschnüffelte er Damlo noch und sabberte ihm den Haaransatz voll, doch dann hob er den Kopf, ließ von ihm ab und zog sich gleichgültig ein paar Schritte zurück – offenbar wollte er so tun, als wäre eigentlich gar nichts passiert.

Eine Sekunde später tauchten die Wachen aus der Dunkelheit auf und stürzten auf das Tier zu. Der – nach seiner Stimme zu urteilen – ältere der beiden Männer schickte einen Fluch zum Himmel, der wohl als eine Art Danksagung an seine Götter gedacht war.

»Du bist wirklich ein Idiot!« raunte er nun seinem Kameraden zu. »Warum hast du ihn nur losgelassen?«

»Die Leine hat mir fast die Finger abgeschnitten!«

»Ich hätte wirklich nicht auf deine Schwester hören sollen. Die Arbeit mit den Hunden ist kein Kinderspiel.«

Unter halblautem Gemurmel stapften die beiden weiter, nur wenige Zoll von jener Stelle entfernt, wo Damlo unter den Farnen lag, und einmal setzte ein Stiefelabsatz knapp vor seinem Gesicht auf. Hoffentlich kitzelt mich der Staub nicht in der Nase, dachte der Junge. Ein komischer Gedanke, daß die Hegemonie an einem Niesen zerbrechen könnte! Oder so komisch nun auch wieder nicht ...

»Warum hat er denn so gezogen?« fragte der jüngere der beiden Soldaten den anderen und blieb stehen.

»Sprich doch leiser! Er wird ein Eichhörnchen gehört haben. Es gibt ja viele hier im Park.«

»Oder vielleicht das Äffchen der kleinen Bedaran?«

»Vielleicht. Na, jedenfalls muß es schon weit weg sein.«

»Woher weißt du das?«

»Wenn es irgendwo in der Nähe herumgelaufen wäre, hätte Knurro es längst erwischt und würde es schon zerfleischen. Er hätte sich nicht wieder einfangen lassen. Das sind Dinge, die müssen dir blitzartig klar sein, wenn du mit Hunden arbeiten willst.«

»Da fällt mir ein, ich habe mich noch gar nicht bei dir bedankt ...«

»Bedank dich bei den schönen Augen deiner Schwester und halt den Mund. Außerdem, hör mal, für heute reicht's mit dem Unterricht. Gehen wir zurück in die Kaserne.«

»Schade«, schmollte der Jüngere, während die beiden langsam weitergingen, »wäre so 'ne gute Gelegenheit, da doch niemand unterwegs ist!«

»So merkst du dir wenigstens, daß man den Hund nicht losläßt, wenn er zieht!«

»Aber die Leine hat mir ins Fleisch geschnitten!«

»Daran mußt du dich gewöhnen. Nächstes Mal zieh dir Handschuhe an.«

Langsam entfernte sich das Gemurmel, und das Rascheln der Schritte verklang. Erst jetzt hob Damlo den Kopf und ging daran, sich die Geiferreste vom Nacken zu wischen. Verdammte Haare, dachte er, während er sich immer wieder mit den Fingern durch die nassen Strähnen fuhr. Wie er diesen dichten Pagenkopf in der Farbe schlummernder Glut verabscheute! Das sonderbare Rot hatte ihm schon in Waelton, seinem Heimatort, nur Feindseligkeit eingebracht. Es bedeute Unglück, sagten die Dorfbewohner, und tatsächlich litten alle Kinder, die mit solchen Haaren zur Welt kamen, unter entsetzlichen Krampfanfällen und starben für gewöhnlich, noch ehe sie neun Jahre alt waren. Er, Damlo, war seit Menschengedenken der erste Junge, der länger überlebt hatte. Auch wenn er weiterhin unter diesen Anfällen litt. »Damlo, der Rote«, nannten sie ihn im Dorf. Und gingen ihm aus dem Weg.

Wenn sie bloß wüßten, was er mittlerweile herausgefunden hatte …

Nicht zufällig hatte der Mastiff so getan, als wäre der Junge Luft; bei den Waeltonern machten es alle wilden Tiere so. Andererseits – wie sollte sich ein Tier verhalten, wenn sich das, was es für eine leichte Beute gehalten hatte, als halber Drache herausstellte?

Der Junge stand auf und setzte mit möglichst lautlosen

Schritten seinen Weg fort. Wie all die anderen ahnungslosen Waeltoner stammte auch er von der Drachin Kaxalandrill ab, die zu ihrer Zeit wohl das letzte Exemplar ihrer Art gewesen war. Vor mehr als tausend Jahren, so berichtete die Legende, hatte sich die Drachin in einen Menschenmann namens Maspo Gemmalampo verliebt und durch einen Zauber in eine Menschenfrau verwandelt. Zusammen hatten die beiden dann Waelton gegründet.

Damlo erschauerte. In den Adern der »Roten« rann mehr Drachenblut als in jenen der anderen Waeltoner – und das war die Ursache der Krampfanfälle: Während der ersten Lebensjahre des Kindes schlief das Ungeheuer noch – so stellte sich der Junge die Sache jedenfalls vor. Doch dann erwachte es, und weil es sich in einem Körper fand, den es nicht als seinen eigenen erkannte, versuchte es, daraus auszubrechen. Doch aus sich selbst auszubrechen, das ging eben nicht, und so endete dieser Kampf immer mit dem Tod.

In ihm hingegen, Damlo, existierte im Unterschied zu den anderen »Roten« ein ganz besonderes Gleichgewicht – unsicher zwar, aber ausreichend, um es gar nicht erst zu einem ernsthaften Kampf kommen zu lassen – ihn am Auflodern zu hindern, sobald er sich abzeichnete. So als ob das Ungeheuer in seinem Inneren beschlossen hätte, noch eine Zeitlang zu schlafen. Und wenn dieser Zustand weiter andauerte, Jahre vielleicht, dann sollte der Drache bei seinem Erwachen wohl reif genug sein, um zu begreifen, daß er keinen Kampf beginnen durfte. Und nur in diesem Fall würden sie beide überleben.

Plötzlich hoben sich in der Finsternis die vagen Umrisse des Seiteneinganges ab. Der Augenblick war gekommen, an Tatini und das falsche Siegel zu denken. Damlo schlich sich an die schweren Türflügel heran und lugte zwischen den Stäben des kleinen Gitters, das als Guckloch diente, nach draußen. Sein Blick fiel auf die Reihe von Pappeln am Rande der Wiese, drüben, auf der anderen Seite der sauber gefegten Straße. Von dem Meistereinbrecher jedoch keine Spur.

»Er wird sich versteckt halten«, murmelte der Junge vor sich hin.

Er packte den Riegel und bemerkte verblüfft, daß er sich problemlos heben ließ. Irgend jemand mußte ihn geölt haben, gewiß auf Baldrins Geheiß. Ein kluger Kopf, der Hauptmann. Auch die Angeln waren gefettet, und so schwang das Tor völlig lautlos auf.

»Tatini!« rief Damlo halblaut. »Tatini, ich bin es! Bist du da?«

Keine Antwort. Und auch eine rasche Suche an jenen Plätzen der Umgebung, wo der kleine Mann sich hätte verstecken können, blieb ergebnislos. Ob er sich wohl aus dem Staub gemacht hatte? Durchaus möglich, in Anbetracht des Radaus, den der Mastiff vorhin verursacht hatte. Aber vielleicht versuchte er in ebendiesem Moment auch, den Diebstahl selbst auszuführen!

Damlo betrachtete die Mauer, die den Schloßpark umgab. Sie war etwa zwanzig Fuß hoch und auf ihrer Krone mit Bündeln aus Metallspitzen bestückt, die »Igel« genannt wurden und ein Überklettern durch ungebetene Gäste verhindern sollten – was sie auch sehr erfolgreich taten. Doch für jede Maßnahme gab es eine Gegenmaßnahme, und um diese »Igel« zu überwinden, hätten zwei mit Angeln verbundene Bretter gereicht, die man lediglich wie ein Dach auf die Mauerkrone mit den Metallspitzen stülpen mußte.

So weit, so einfach. Doch um nach oben zu gelangen, hatte man erst hochzuklettern, und Tatini liebte es gar nicht, seine kostbaren Fingerchen zu gefährden. Andererseits war derjenige, der das Siegel in die Hand bekommen wollte, nicht irgend jemand und gehörte wohl kaum zu der Sorte von Leuten, die einen Mißerfolg mit Fassung und Verständnis akzeptierten. Tatini sprach mit Furcht und Respekt von ihm, und da der kleine Mann nicht unbedingt ein Vorbild an Heldenhaftigkeit war, hatte er heute nacht wohl vor einem gewaltigen Dilemma gestanden. Würde es der Meistereinbrecher riskieren, die Mauer zu überklettern und sich dabei die Hände zu verletzen? Und dann – ungeachtet des Tumultes im Park – den Coup allein wagen? Oder sein Versagen zugeben und sich dem fürchterlichen Zorn dessen aussetzen, der den Einbruch in Auftrag gegeben hatte?

Plötzlich wurde Damlo bewußt, daß er, falls Tatini sich entschlossen hatte, die Sache allein durchzuziehen, gerade kostbare Zeit verlor. In aller Eile kehrte er in den Park zurück, schloß das Tor hinter sich und verriegelte es wieder. Was auf dem Spiel stand, war zu wichtig, um mit Mutmaßungen über Tatinis denkbare Vorgangsweisen herumzutrödeln. Und wenn auch nur die entfernteste Möglichkeit existierte, daß der Mann den Diebstahl allein versuchen könnte, dann mußte er, Damlo, sich so verhalten, als würde es dabei um eine Gewißheit gehen. Was rasches Handeln verlangte.

Ohne auf die Geräusche zu achten, die er dabei verursachte, rannte der Junge los. Er würde Gevan Bedaran warnen und damit Alarm auslösen. Schade, denn auf diese Weise würde Tatini gefaßt werden und die Chance, daß der Feind das falsche Siegel tatsächlich benutzte, wäre vertan. Und damit auch die Gelegenheit, ihn vor der ganzen Hegemonie als Betrüger bloßzustellen. Wie auch immer, die Gefahr, daß er das echte Siegel in die Hand bekam, war einfach zu groß.

Damlo ließ die Dichte des Wäldchens hinter sich und rannte in der Mitte des Weges auf das mächtige Gebäude zu. Wirklich schade, sinnierte er noch einmal; sicher, wenn es möglich gewesen wäre, Tatini aufzuhalten, ohne ihn zu warnen …

Plötzlich durchfuhr es ihn wie ein Blitzschlag, und er blieb wie angewurzelt an der Ecke des Schlosses stehen. An dieser Stelle wuchs eine riesige Glyzinie.

»Dummrian!« schalt er sich. »Schwachkopf! Idiot! Blödian!«

Er fuhr fort, sich halblaut zu beschimpfen, während er dicht an den Stamm der Kletterpflanze herantrat, die jedes Jahr im März die gesamte Fassade auf dieser Seite des Schlosses mit lila Blüten bedeckte, und erneut zu einem Schatten in der Dunkelheit wurde.

Mit all seiner Hast hatte er riskiert, einen wunderbaren Plan zu gefährden; die ganze Arbeit, die er auf das falsche Siegel aufgewendet hatte, zum Schornstein hinauszujagen; einen Schachzug zu vereiteln, der die Anhänger des Feindes politisch vernichtet und der Hegemonie für lange Zeit inneren Frieden gesichert hätte.

Es war überhaupt nicht nötig, Alarm zu schlagen! Oder Tatini aufzuhalten – immer vorausgesetzt, der kleine Mann war heute nacht tatsächlich ins Schloß eingedrungen. Es reichte doch, das falsche Siegel anstelle des echten in den Tresor des Regenten zu legen! So würde Tatini, falls er den Coup wirklich allein durchführte, genau das stehlen, was ihm ohnehin zugedacht war! Und schon würde sich alles aufs wünschenswerteste entwickeln!

Damlo lehnte den Kopf an die Glyzinie und spürte durch die Mütze hindurch die rauhen Krümmungen des Flechtwerks aus ineinander gewundenen Stämmen. Er lächelte, und ohne sich umzudrehen, legte er die Handflächen an die Rinde. Das tat er oft: Es war seine Art, eine Pflanze zu grüßen. Und für diese hier empfand er besonders freundschaftliche Gefühle – sei es, dachte er, weil sie so außerordentlich schön war, sei es, weil ihr Gewirr aus Verzweigungen eine so komfortable Kletterhilfe darstellte. Und in der Tat war dies hier die Leiter, die er und Ticla Bedaran benutzten, um aus dem Gebäude zu kommen und wieder dorthin zurückzukehren, ohne an den Wachen vorbeizumüssen.

Nur eines war noch von Dringlichkeit, nämlich den Regenten vorzuwarnen, daß Tatini es auf seinen Tresor abgesehen haben könnte. Und dann hieß es, so schnell wie möglich die beiden Siegel zu vertauschen. Natürlich rasch ... und ohne daß es jemand erfuhr.

Gab es einen besseren Vorwand, um über die Glyzinie aufzusteigen?

Damlo kletterte bis zum ersten Stockwerk, schwang sich über die Balustrade des Balkons und blieb lächelnd und reglos neben dem großen Blumentopf mit dem Granatapfelbäumchen stehen. Sollte er klopfen? Seit dem ersten Mal dienten die kurzen Schläge auf den Tontopf dazu, das Mädchen auf Damlos Anwesenheit aufmerksam zu machen und sie um die Erlaubnis zum Eintreten zu bitten. Heute jedoch waren die Vorhänge zugezogen, und der Junge konnte sich nicht entschließen zu klopfen, denn gelegentlich verbrachte auch Angia, Ticlas heißgeliebte Amme – eine, gelinde gesagt, äußerst stattliche und besonders energische Dame –, die Nacht in Ticlas Zimmer. Falls sie ihn des Nachts hier ertappte, würde sie vermutlich eine der Hellebarden herabreißen, die die Korridore des Schlosses so zahlreich zierten ...

Andererseits hatte sich Ticla schon vor mehr als einer Stunde schlafen gelegt, und es schien Damlo doch sehr wahrscheinlich, daß auch die strenge Angia von Orti zur Ruhe gegangen war. Sollte er es wagen? Er trat an die schweren Brokatvorhänge heran und öffnete sie einen Spalt, nicht breiter als ein Viertelzoll.

Das Licht des Mondes fiel silbern durch den schmalen Schlitz ins Zimmer. Ein magisches Band, straff gespannt und leuchtend, dessen schimmernder Schein tanzte, zuckte und mit dem leichten Vibrieren der Vorhänge seine Proportionen veränderte. Ohne je die schlafenden Gesichtszüge des Mädchens zu verlassen – genau wie Damlos Blick.

Der Junge fühlte sich im Augenblick nicht besonders zu Sentimentalitäten aufgelegt. Wenn er jedoch zusah, wie das Mondlicht zärtlich über die Lider seiner Freundin strich, verspürte er plötzlich so etwas wie einen Kloß in der Kehle. Ticla, die Mondäugige, dachte er.

In diesem Moment schlug das Mädchen die Augen auf.

»Wer ist da?« schreckte sie noch im Halbschlaf hoch und setzte sich mit einem Ruck auf.

Der Junge öffnete die Vorhänge, und sie erkannte, wer der Besucher war. »Damlo!« rief sie, und ihre Augen strahlten. »Was tust du denn hier?« Dann verzog sie besorgt das Gesicht. »Ist was passiert? Das Siegel?«

Da er merkte, daß Angia nicht in der Nähe war, berichtete er Ticla das Vorgefallene.

»... daher müssen wir sofort zu deinem Vater gehen«, schloß er. »Und niemand darf uns oder Tatini entdecken, falls der schon im Schloß ist!«

Mit einem Satz sprang Ticla aus dem Bett, lief zum Fenster und sah kurz hinauf zum Himmel. Der Mond spiegelte sich in ihren Augen – ein Anblick, der Damlo überwältigte.

»Also gut«, rief sie und trat wieder zum Bett. Mit raschen Bewegungen schlüpfte sie in einen bestickten Morgenmantel und versuchte gleichzeitig, ohne die Hilfe ihrer Hände, die gerade mit den Ärmeln beschäftigt waren, in die Pantoffeln zu steigen. »Bevor ich einschlief, habe ich noch gehört, wie die Wachen abgelöst und die Namen der Ablösung aufgerufen wurden. Ein Glück – nur Freunde von mir sind unterwegs!«

Als sie mit dem Mantel und den Pantoffeln fertig war, lief sie in eine Ecke des Zimmers, wo sie mit zarten Fingern über eines der antiken, vor Alter rissigen Fresken zu streichen schien, die die Wände schmückten. Vergnügt sah Damlo ihr zu; er wußte, daß sie dabei war, in einer gewissen Reihenfolge gegen einige der ineinander verschlungenen Figuren auf dem Fresko zu drücken. Ohne das geringste Geräusch zeichnete sich im nächsten Augenblick ein großer Rahmen an der Wand ab, der das Vorhandensein einer beweglichen Platte verriet.

Hinter der Geheimtür verbargen sich vier Kammern, die von den vorangegangenen Eigentümern des Schlosses nie erwähnt worden waren, ja, von deren Existenz sie möglicherweise selbst nichts gewußt hatten. Das Bauwerk war schließlich sehr alt, darüber hinaus besaßen diese winzigen Räume keine Fenster, und die Architektur des ganzen Komplexes erschien so verwinkelt, daß das Fehlen von Räumlichkeiten dieses Ausmaßes offenbar gar nicht bemerkt wurde.

Es gab dort aber weder gewundene, halb verfallene Geheimgänge noch vergessene Schätze und auch keine Falltüren zur Abwehr allzu wagemutiger Eindringlinge. Dennoch hatte Damlo das Gefühl, sich in einem der verborgenen Korridore seiner geliebten Märchen zu befinden. Und so sah er sich jedesmal, wenn er die Kammern durchschritt, mitten in einem spannenden Abenteuer.

Durch die fehlenden Fenster herrschte in den kleinen Räumen stets die tiefste Finsternis. Deshalb hatte Ticla hinter jeder der Geheimtüren einen Feuerstein, trockenen Zunder und einen ansehnlichen Vorrat an Kerzen hinterlegt.

Dieser Weg, sinnierte Damlo, während das Mädchen eine Kerze anzündete, würde ihnen erlauben, den längeren durch eine Reihe von Gängen abzuschneiden und nicht weit entfernt vom privaten Arbeitszimmer des Regenten zur Treppe zu gelangen.

Niemand kannte die geheimen Türen, nicht einmal Baldrin, der so gut mit Ticla befreundet war, daß er sogar Angias heiligen Zorn riskierte, dadurch nämlich, daß er dem Mädchen heimlich Fechtunterricht erteilte. Damlo hatte zwar noch nie dabei zugesehen, aber nichts war einfacher, als sich vorzustellen, wie Ticla federleicht hierhin und dorthin sprang und die Übungswaffe flink und geschickt handhabte. Sie war in all ihren Bewegungen so behende und geschmeidig, als hätte sie Quecksilber im Leib. Was für ein hübscher Gegensatz zur Eindringlichkeit und Sanftheit ihrer Blicke in manch anderen

Momenten … In der Nacht zum Beispiel, in der sie einander kennengelernt hatten. Im Schloßpark, unter einem Mond, der vom Himmel herabschien, sich im Wasser des kleinen Sees spiegelte und schließlich als Reflex in ihren weit aufgerissenen Augen schimmerte.

Ticla, die Mondäugige, wiederholte Damlo bei sich und folgte der Freundin durch die halbdunklen Kämmerchen. Im Rhythmus ihrer Schritte und der hüpfenden Schatten, die die Kerzenflamme an die Mauern warf, tanzten ihr die Haare um den Kopf. Wenn Damlo sie so ansah, konnte er sich einfach nicht mit dem Umstand abfinden, daß er sie am Morgen verlassen und seine Reise fortsetzen mußte. Doch er hatte sein Wort gegeben, und die Mission war von so großer Bedeutung …

Soweit er sich zurückerinnern konnte, hatte ihm Onkel Pelno vorgeworfen, sich allzu sehr in seinen Phantasien zu verlieren. Aber seit ihn die beiden Zwerge Irgenas und Clevas nach der Verletzung, die ihm von den Schulkameraden mit einer Steinschleuder zugefügt worden war, von Waelton weggebracht und gesund gepflegt hatten, kam es Damlo vor, tatsächlich in ein Märchen eingetreten zu sein. So als hätte sich eine phantastische Geschichte mit echtem Leben erfüllt und ihn mitgerissen. Doch in diesem Fall war es eine beängstigende Geschichte: Seine Freunde und er hatten herausgefunden, daß der Fürst der Finsternis – eine unheilvolle Wesenheit, auch Herr der Angst oder einfach *der Schatten* genannt – wieder erwacht war. Das hieß, er mußte einen Ersten Diener gefunden haben, der in der Lage war, als Mittelsmann zur realen Welt zu fungieren.

Das geschah nicht zum ersten Mal: Seit dem Anbeginn aller Zeiten machte der *Schatten* immer wieder den Versuch, in diese Welt einzutreten. Bislang war es jedoch stets gelungen, ihn daran zu hindern, wenn auch des öfteren um den Preis verheerender Kriege. Denn der Fürst der Finsternis knechtete ganze Völker und benutzte sie dazu, jene zu bekämpfen, die sich seinem Willen entgegenstellten. Die einzige Möglichkeit, ihn zu besiegen, bestand darin, seinen Ersten Diener zu töten. Doch zunächst galt es, ihn zu entlarven.

Und genau darum drehte sich Damlos Mission. Er hatte sich verpflichtet, einige Gegenstände in den Wald von Belsin zu bringen, die dazu beitragen sollten, die Maske vom Antlitz des Feindes – des Ersten Dieners – zu reißen.

»Halte mal«, sagte Ticla, drückte ihm die Kerze in die Hand und riß ihn damit brüsk aus seinen Gedanken.

Sie waren vor einer der anderen Geheimtüren angekommen; an der nackten Wand war deutlich der Öffnungsmechanismus zu erkennen.

An der Rückseite der Wand, auf einem Treppenabsatz, befand sich ein großer Bronzespiegel, der die Tür von außen verdeckte. Als Ticla die Hände frei hatte, beugte sie sich hinab, um erst durch das winzige Loch zu lugen, das ihr erlaubte, sich zu vergewissern, daß niemand in der Nähe war.

»Bahn frei!« rief sie dann fröhlich und betätigte den Mechanismus.

Eine Sekunde später standen sie beide draußen auf dem Treppenabsatz, und hinter ihnen zeigte sich der große Spiegel so eins mit der Wand wie eh und je.

Schweigend liefen sie die Treppe hinauf und über die Korridore zu den Arbeitsräumen Gevan Bedarans. Hier blieben sie kurz stehen, um zu verschnaufen. Ohne ein Wort lächelten sie einander zu, und dann klopfte Ticla heftig an die schwere Tür aus altem Nußholz. Nachdem sie das Klopfen einige Male vergeblich wiederholt hatte, öffnete sie die Tür einen Spalt und schaute hindurch. Der Raum lag im Dunkeln.

»Dann müssen wir zu seinem Schlafzimmer!« rief Damlo und rannte los. »Schnell! Tatini könnte schon im Gebäude sein!«

»Vor dem Raum mit den Tresoren ist ohnehin eine Wache

postiert«, entgegnete das Mädchen leichthin, während es Damlo hinterherlief.

»Es gibt tausend Arten, um sich eines Wachpostens zu entledigen.«

»Zum Beispiel?«

»Ihn von hinten umzubringen.«

»Nein!« rief Ticla.

»Keine Angst, das ist nur *ein* Beispiel. In diesem Fall will ja der Auftraggeber, daß das Siegel wieder zurückgebracht wird – niemand soll den Diebstahl bemerken. Daher darf Tatini keine Spuren hinterlassen.«

»Wie soll er dann an der Wache vorbeikommen?«

»Vermutlich wird er einen Pfeil mit einem Betäubungsmittel benutzen, den er aber natürlich nicht zurückläßt. Wenn der Soldat wieder zu sich kommt, wird er annehmen, die kleine Wunde stamme von einem Insektenstich. Aber selbst wenn ihm deswegen Zweifel kommen, wird er gezwungenermaßen den Mund halten, weil er ja im Dienst eingeschlafen ist.«

Sie kamen an der Tür zu Gevan Bedarans Schlafgemach an, nachdem sie nur einem einzigen Wachposten am Ende der Treppe begegnet waren, einem jungen Soldaten, der ihnen mit finsterer Miene entgegengeblickt, dann aber, als sie an ihm vorbeigingen, lächelnd ein Auge zugekniffen hatte.

Eine Hand griffbereit auf die glänzende Messingklinke gelegt, klopfte das Mädchen mit der anderen Hand einige Male gegen die Tür. Als keine Antwort kam, öffnete sie, und die beiden traten ins Schlafgemach des Regenten ein.

In seiner Phantasie hätte der Junge es sich reich und mit kostbaren Möbeln ausgestattet vorgestellt, dekoriert mit feinster Seide und üppigem Brokat. Doch in Wirklichkeit war dies hier ein ziemlich nüchterner Raum. Geradezu karg. Vor einer Wand stand ein wuchtiges Bett aus dunklem Holz, vor der anderen befanden sich außer einem intarsiengeschmückten

Schreibtisch zwei Armstühle, ein gepolsterter Divan und etliche Tischchen, auf denen sich jede Menge Papiere stapelten. Abgesehen von den sechs Lampenhaltern, von denen nur ein einziger eine brennende Flamme enthielt, waren die Wände kahl, und die Vorhänge, hinter denen sich die beiden Fenster verbargen, waren nicht einmal bestickt. Auf dem Boden lag ein einziger Teppich, gerade groß genug, um den Platz vor dem Bett zu bedecken. Das noch unberührt war.

»Er ist nicht da!« rief das Mädchen.

»Wo könnte er sonst noch sein?«

»Vielleicht in der Bibliothek. Oder in den Stallungen: seine Lieblingsstute kann jeden Augenblick fohlen. Oder er ist mit Baldrin in eine der Kasernen gegangen. Dort führen sie gelegentlich überraschende Inspektionen durch.«

»Das ist ein ernstes Problem«, murmelte Damlo. »Wir haben nicht die Zeit, ihn überall zu suchen.«

»Was sollen wir also tun?«

»Ich weiß es nicht. Jedenfalls muß das echte Siegel sofort aus dem Tresor verschwinden. Und möglichst durch das falsche ersetzt werden. Aber wie kommen wir in den Tresor? Ich bin nicht Tatin … Ich wüßte nicht einmal, wo anfangen! Und dazu noch ohne Spuren zu hinterlassen!«

»Langsam, langsam!« rief Ticla; in ihren Augen blitzte der Schelm. »Es ist gar nicht nötig, daß wir den Schrank aufbrechen.«

»Und wieso nicht?«

»Weil ich weiß, wo mein Vater den zweiten Schlüssel aufbewahrt!«

»Großartig!« grinste Damlo von einem Ohr zum anderen. Doch dann wurde seine Miene wieder ernst. »Aber es bleibt immer noch die Wache vor der Tür«, stellte er fest, »und wir haben weder Pfeile noch Betäubungsmittel.«

»Vielleicht habe ich auch dafür eine Lösung«, sagte Ticla und trat ans Bett des Vaters heran.

»Ein wohlgesonnener Wachposten?«

Ohne zu antworten ging das Mädchen daran, den Inhalt des Bettes auseinanderzunehmen und an einem Ende die Decken aufeinanderzustapeln. Dann schob sie die Matratze zur Seite, bückte sich neben das massive hintere Standbein des Bettes und griff mit der Hand nach dem Brett, das daran befestigt war. Damlo hörte ein schnappendes Geräusch und dann noch ein zweites. Und einen Augenblick später richtete sich Ticla wieder auf, einen großen Schlüssel aus dunklem Eisen in der Hand.

»Da ist er!« rief sie.

»Wunderbar!« lachte Damlo. »Und jetzt? Ist der Wachposten ein Freund oder nicht? Läßt er uns hinein?«

»Auch wenn er ein ganz dicker Freund wäre, ließe er uns nicht eintreten«, erklärte Ticla. »Das hoffe ich wenigstens. Aber ich kenne noch einen anderen Weg, um in die gesicherte Tresorkammer zu gelangen.«

»Na, dann ist sie vielleicht gar nicht so sicher?« grinste Damlo.

»Doch, das ist sie!« gab Ticla hitzig zurück; er hatte sie spürbar an einer empfindlichen Stelle getroffen. »Aber das Fenster geht zum Zwinger der Hunde hinaus, und heute nachmittag hat jemand vier Mastiffs am Fenstergitter angeleint.«

»Sag nicht, daß sie es weggerissen haben!«

»Es wird wohl ein neuer Rekrut gewesen sein«, vermutete Ticla. »Einer, der nicht weiß, wie kräftig diese Tiere sind. Außerdem war das Gitter schon uralt, und keiner hat es je kontrolliert. Es geht ja, wie gesagt, in den Hundezwinger hinaus, und da …«

»Klar, wer würde sich schon trauen, auf diesem Weg einzusteigen? Ist das Gitter komplett abgerissen?«

»Nicht ganz. Aber doch so weit, daß man es von der Mauer wegbiegen und durchs Fenster steigen kann.«

»Na, dann los! Worauf warten wir noch?«

»Vielleicht«, wandte Ticla vorsichtig ein, »wäre es doch besser, wenn ich allein ginge.«

»Wegen der Hunde?« fragte Damlo. »Ich habe dir schon gesagt, daß sie mir nichts tun.« Auch wenn ich dir nicht gesagt habe, warum, fügte er bei sich hinzu.

»Nein, es ist wegen des Küchengesindes.«

»Das verstehe ich nicht.«

»Von außen, auf dem üblichen Weg, kommt man nicht in den Zwinger«, erklärte sie, »denn wer für die Hunde zuständig ist, schläft auch dort. Man muß den Weg über das Brennholzlager für die Küchen nehmen, um die Umzäunung zu überklettern.«

»Wenn es ums Überklettern von Zäunen geht, gibt's keinen Besseren als mich.«

»Darum geht es aber gar nicht. Rund um die Küche sind immer Leute auf den Beinen. Für den Fall, daß jemand des Nachts Hunger bekommt.«

»Die Höflinge«, sagte Damlo und verzog den Mund.

»Ganz recht. Man kann zwar ungesehen in die Küche kommen, aber dann muß man sie durchqueren. Wenn dir gerade in diesem Augenblick ein Diener begegnet, muß er doch denken, du willst etwas stehlen. Und um aus dieser Patsche wieder herauszukommen, müßtest du Baldrin rufen.«

»Und du?«

»Ich bin die Tochter des Regenten«, kicherte das Mädchen. »Eine Tochter, von der alle wissen, daß sie sich immer dort herumtreibt, wo sie es nicht soll. Und niemand würde denken, ich wollte etwas stehlen, denn ich kann mir ja jederzeit soviel kommen lassen, wie ich will.«

»Da hast du recht, aber eben weil du die Tochter des Regenten bist, kannst auch du nicht gehen. Dein Gesicht ist jedem bekannt, und sollte Tatini in der Kammer mit den Kassenschränken auf dich stoßen, würde er sofort begreifen, daß da irgend etwas dahintersteckt. Er weiß ja nicht, daß ich dich kenne, er denkt, ich käme mit Hilfe einer Dienstmagd ins Schloß.«

»Was sollen wir also tun?«

»Wir müssen gemeinsam gehen«, sagte Damlo nach kurzem Überlegen. »So kommen wir problemlos bis zum Zwinger. Und den Tresor nehme ich mir dann allein vor.«

Um zu den Öfen der Küchen und von dort zu den dahinter liegenden Brennholzvorräten zu kommen, stiegen die beiden aus einer breiten Schießscharte ein Stockwerk höher nach draußen, und von dort ließen sie sich mit Hilfe von Gevan Bedarans Laken hinab. Selbstverständlich geschah das alles unter heftigem Gekicher, allein unterbrochen von den gegenseitigen Aufforderungen, doch endlich still zu sein. Allerdings ohne nennenswerten Erfolg: der Gedanke an den ehrwürdigen Regenten, der sein Schlafgemach betrat, um verblüfft vor den Resten seiner Bettstatt zu stehen, hatte etwas unwiderstehlich Komisches an sich.

Durch ein Fenster, das einen Gang zwischen den Küchen und dem Kühlraum für das Fleisch belüftete, kamen die beiden wieder ins Innere des Gebäudes. Von hier aus ging es zu den Öfen. Sie waren so zahlreich, daß die Türchen, durch die das Brennholz in die Glut geschoben wurde, die ganze Länge einer Wand einnahmen. Sie wurden mit Hilfe eines einfachen Riegels geschlossen, so daß das Öffnen eines Türchens nur einen einzigen Handgriff erforderte.

Der Hundezwinger befand sich neben dem umzäunten Platz, wo das Holz zu passenden Scheiten zugeschnitten wurde. Als Ticla und Damlo den Zaun überkletterten, stürzten sechs gewaltige Mastiffs auf die beiden zu, ohne einen Laut von sich zu geben. Im Licht des Mondes wirkten sie wie schwarze Geschosse aus Fell und blitzenden Zähnen.

»Schon gut, schon gut!« raunte ihnen das Mädchen zu und

bemühte sich, das Freudenfest abzuwehren, das die Tiere veranstalteten.

Damlo hingegen brauchte gar nichts zu tun. Wie schon zuvor im Park rannten die Hunde drohend auf ihn zu, um sich dann abrupt abzuwenden und ihn nicht mehr zu beachten.

»Das ist aber wirklich sonderbar«, murmelte Ticla bei diesem Anblick. »Ich schwöre dir, sonst sind sie bei Fremden äußerst angriffslustig!«

»Das geht allen Waeltonern so«, erklärte Damlo mit leiser Stimme. Doch als Begründung taugten seine Worte eigentlich nicht.

Er mußte eine Möglichkeit finden, ihr sein Geheimnis zu verraten, sagte er sich. Aber wie sollte man einem Mädchen beibringen, daß man in Wahrheit ein Monster war? Und wenn sie sich schreckt und davonrennt? fragte er sich.

Er seufzte. Er würde dieses Problem ein andermal anpacken. Jetzt ging es nur darum, die beiden Siegel auszutauschen.

Ticla hatte den Kopf gehoben und stand mit gerecktem Näschen unter einem kleinen vergitterten Fenster. Die Unterkante des breiten Fenstersimses befand sich zwei Fingerbreit über ihrem Scheitel.

»Ist es dies hier?« fragte Damlo, obwohl er die Antwort schon kannte.

»Ja«, antwortete sie halblaut. »Aber ich hätte gedacht, das Gitter wäre stärker beschädigt. Hoffentlich wurde es nicht schon repariert …«

Tatsächlich sah es völlig unversehrt aus, stellte Damlo fest, und das Herz blieb ihm fast stehen. »Sehen wir mal nach«, murmelte er in sich hinein.

Er sprang hoch und faßte mit einer Hand nach dem Eisengitter, bereit, es sofort loszulassen, sobald es sich auch nur ein wenig bewegte. Doch das geschah nicht. Also setzte er zu einem neuen Sprung an, und diesmal faßte er mit beiden Händen nach dem Gitter und zog sich daran hoch.

»Nun, was ist?« drängte das Mädchen mit leiser Stimme.

»Es ist noch nicht repariert«, antwortete Damlo und wand sich zur Seite, um nicht im Mondlicht zu stehen. »Aber es sitzt doch fester, als ich gehofft hatte.«

Er stemmte sich mit den Füßen gegen das Fenstersims und zog an den Eisenstäben. Das Gitter ruckte um den Bruchteil eines Zolls nach außen, und rund um das Fenster fielen ein paar Putzbrocken aus der Mauer. Der Lärm schien durch den ganzen Park zu hallen.

»Schsch!« schimpfte die Freundin von unten. »Willst du das ganze Haus aufwecken?«

»Aber irgendwie muß ich es doch loskriegen, wenn wir hindurch wollen!«

»Wirst du es schaffen?«

»Nicht allein. Komm rauf.«

Ohne Mühe war Ticla schon beim ersten Versuch an Damlos Seite. Und so gelang es ihnen zu zweit, das Gitter unter heftigem Ziehen und Zerren ein wenig von der Mauer wegzubewegen. Das Eisen verursachte ein häßliches Geräusch, als es über den Granit des Fenstersimses scharrte.

»Weiter, weiter!« rief Damlo mit unterdrückter Stimme, als er merkte, daß Ticla, erschrocken über das Getöse, aufgehört hatte zu ziehen. »Ein beständig lauter Ton weckt weit weniger Aufmerksamkeit als eine Reihe von unterschiedlichen Geräuschen, die sich immer wiederholen! Aber wir dürfen das Gitter nicht über die Kante des Simses hinausbiegen, denn es ist sehr schwer, und wir könnten es nicht aufhalten und wieder hochhieven, falls es plötzlich aus der Verankerung fällt.«

Schließlich stand der untere Rand des Gitters so weit ab, daß Damlo sich seitlich durchzwängen konnte. Das obere Ende des Gitters schien jener Teil zu sein, der am besten in der Mauer verankert war, doch selbst von dort war einiges an Putz herabgebröckelt, und der Radau hatte den beiden Angst gemacht.

Klopfenden Herzens ließen sie sich also wieder zu Boden fallen und suchten zwischen den Hunden Deckung – wohl der letzte Ort, an dem die Wache einen Eindringling vermuten würde. Dort verhielten sie sich ein paar Minuten lang ganz und gar still, ehe Ticla ungeduldig wurde.

»Können wir?« fragte sie.

»Nein«, murmelte Damlo.

Was das Stillhalten in einem Versteck betraf, so kenne er sich damit bestens aus, versicherte er Ticla mit leiser Stimme. In Waelton hatten seine Schulkameraden jahrelang Jagd auf ihn gemacht und ihn so beinahe täglich gezwungen, davonzurennen und sich irgendwo in Sicherheit zu bringen; daher wußte er genauestens Bescheid darüber, wie sehr man dabei auf der Hut sein mußte.

Wenn man sein Versteck erreicht hat, erklärte er ihr, gibt es immer eine gewisse Wartezeit zwischen dem Moment, in dem man stillzuhalten beginnt, und jenem, da man den Schlupfwinkel wieder verläßt, weil man denkt, der Verfolger hätte sich mittlerweile davongemacht – eine Pause, die üblicherweise mit jenem Zeitraum übereinstimmt, den der Verfolger benötigt, bis ihm die Warterei reicht. Wenn man also dem ersten Impuls nachgibt, so lautete Damlos Warnung, läuft man dem Jäger gerade im letzten Augenblick noch in die Arme.

Und so warteten sie und warteten weiter und warteten noch ein Weilchen. Ohne je die Augen von dem Fenster abzuwenden, und zitternd und bebend vor Angst, es könnte in der Kammer da oben plötzlich ein Licht angehen – als Zeichen, daß es Tatini gelungen war, sich Eintritt zu verschaffen.

Schließlich aber erhob sich Damlo. »Warte hier auf mich«, murmelte er.

Er kletterte auf das Fenstersims, wand sich hinter dem abstehenden Gitter durch und sprang in den Raum, wobei er das Wachstuch zur Seite schob, das die Fensteröffnung verdeckte. Dann hielt er inne.

Die Kammer war viel kleiner als erwartet und fast nicht zu durchqueren, denn sie stand randvoll mit Behältern aller Art. An den Wänden stapelten sich auf schweren Schränken, auf dem Boden und an jedem freien Plätzchen wohlgeordnet Dutzende und Aberdutzende von Schatullen, Kassetten, Körben, Truhen, Geldschränken und Tresoren unterschiedlichster Art und jeder Größe – an manchen Stellen bis zur Decke. Und alle waren, wie es schien, fest verschlossen.

Wie sollte er nur den Tresor erkennen, in dem Gevan Bedaran das Siegel des Zanter aufbewahrte? überlegte der Junge ratlos eine Weile, während seine Finger mit dem großen Schlüssel aus dunklem Eisen herumspielten. Er war nahe daran, Ticla zu Hilfe zu rufen, als ihm bewußt wurde, daß er die Antwort bereits hier in der Hand hielt. Der Raum quoll doch geradezu über von Behältern, deren Schlösser für einen Schlüssel dieser Größe viel zu klein waren!

Damlo begann bei den größten Schränken, und schon beim zweiten Versuch hatte er Erfolg: Es war das häßlichste aller Möbel in der Kammer, bestand aus Holz und dunklem Metall und wirkte zwar äußerst robust, aber nicht sehr elegant. Der Schlüssel ließ sich mühelos ins Schloß stecken und ließ beim Drehen ein präzises Klicken hören, das von der Meisterschaft des Herstellers zeugte.

Mit einigem Herzklopfen – weil es ja durchaus sein konnte, daß Tatini das echte Siegel schon gestohlen hatte – öffnete Damlo die Schranktür. Und stieß erleichtert die angehaltene Luft aus: Der Tresor war praktisch leer, aber neben einem kleinen Stapel Dokumente in einem der unteren Fächer lag der Schnabel eines Greifs.

So wie der Drache wurde auch der Greif heutzutage für ausgestorben gehalten – ein geheimnisvolles, löwenähnliches Tier, jedoch geflügelt und mit dem Hals und dem Kopf eines Adlers; dazu versehen mit magischen Kräften, die sich aber nicht mit jenen von Drachen messen konnten. Und die seltenen großen Schnäbel dieser Tiere wurden auch jetzt noch gern zur Herstellung besonders wichtiger Siegel verwendet.

Rasch tauschte Damlo das falsche gegen das richtige Siegel aus, doch ehe er die Schranktür wieder schloß, betrachtete er noch einen Augenblick lang dasjenige, das er für den großen Feind vorgesehen hatte. Zwar beherrschten alle Waeltoner die Kunst des Ziselierens, doch der Greif, den er kopiert und in den Schnabel eingeschnitten hatte, war ein echtes Kunstwerk geworden, für das selbst Damlos Lehrer nur allerhöchste Anerkennung gehabt hätten.

Als er gerade aufhören wollte, sich für seine Arbeit zu beglückwünschen, vernahm er das Geräusch eines Schlüssels, der draußen ins Türschloß gesteckt wurde. Zum Überlegen war keine Zeit, und Damlo handelte aus reinem Instinkt: In den wenigen Momenten, die der Schlüssel für die vier Umdrehungen im Schloß benötigte, blieb dem Jungen nichts anderes übrig, als schleunigst in den Schrank zu schlüpfen und die schwere Tür hinter sich zuzuziehen, den Schlüssel von innen anzustecken und ihn zu drehen – einmal nur, denn das Klicken hörte sich plötzlich wie ein Donnerschlag an.

Reglos kauerte er im Schrank; das Herz schlug ihm bis zum Hals. Wer verschaffte sich zu dieser späten Nachtstunde Einlaß in die Kammer? Tatini? Oder die Wache auf ihrer Runde? Letzteres schien nicht so unwahrscheinlich, denn angesichts des beschädigten Fenstergitters konnte es durchaus sein, daß jemand den Wachsoldaten aufgetragen hatte, heute nacht auch das Innere dieses Gemaches zu kontrollieren. In diesem Fall hatte er, Damlo, nichts zu befürchten. Kein Soldat besaß den Schlüssel zu irgendeinem Kassenschrank, geschweige denn zu jenem des Regenten.

Und wenn es Tatini war? Beinahe hätte Damlo laut herausgelacht; der Lachreiz war so stark, daß er sich kräftig auf die Zunge beißen mußte, um ihn zu unterdrücken: Der Meistereinbrecher war ja bereits davon überzeugt, daß er, Damlo, als

Dieb zu den Besten seiner Zunft gehörte. Deshalb hatte er ihm auch die Aufgabe übertragen, das Siegel zu beschaffen und draußen, am Seitentor des Parks, abzuliefern. Wie würde Tatini wohl reagieren, überlegte der Junge, wenn er es nach Überwindung von tausend Schwierigkeiten schließlich geschafft hätte, vor dem am besten gesicherten Tresor der Hegemonie zu stehen, und – nachdem er ihn mit virtuoser Fingerfertigkeit geöffnet hatte – Damlo darin vorfand, der ihn schon erwartete?

Wieder mußte sich der Junge das Lachen verbeißen – eine solche Episode hätte ihn wohl bei sämtlichen Dieben Erias zu einer Legende gemacht! Und das alles, merkte er bei sich an, ohne den Plan, dem Feind das falsche Siegel zur Benutzung unterzujubeln, platzen zu lassen! Denn das echte steckte ja gut aufgehoben hier unter seinem Hemd … Geschüttelt von der Anstrengung, das Lachen zu unterdrücken, zwang er sich stillzuhalten, bis es ihm fast die Tränen aus den Augen trieb.

Mittlerweile war Ticla in Sorge geraten, als es im Raum erst hell und dann wieder dunkel wurde, ohne daß Damlo zurückkehrte. Sie zog sich am Gitter hoch und kletterte auf das Fenstersims. Als der Freund nirgendwo zu sehen war, vermutete sie ihn versteckt in dem großen Schrank und klopfte gegen die Tür.

Das Gesicht tiefrot vor Anstrengung öffnete Damlo den Tresorschrank und begann sofort, Ticla zu erzählen, welche Szene er sich gerade so lebhaft vorgestellt hatte.

Und so geschah es, daß in dieser Nacht zwei prustende, kichernde Gestalten gar nicht mehr verstohlen durch Küchen und Korridore von Schloß Bedaran liefen. Sie kletterten auf Fenstersimse und durch Schießscharten, rannten über Treppen und verschwanden unversehens hinter Geheimtüren. Sie legten sogar den Schlüssel zum Tresor an seinen angestammten Platz zurück und brachten das Bett des Regenten in seine alte Ordnung. Und das alles, ohne auch nur einen Augenblick mit dem Kichern und Prusten aufzuhören.

Und es war wohl, so sinnierte Damlo später, nur dem Eingreifen eines wohlgesonnenen Gottes, der seinen Schutz vor allem den Verrückten angedeihen läßt, zu verdanken, daß kein Echo ihres gewagten Unternehmens bis an die Ohren des Verräters im Schloß drang.

Oder direkt an jene des Feindes.

2

Schweißnaß und mit gesenktem Kopf kniete Fürst Norzak von Suruwo in einer Ecke des riesigen Gobelinsaales. Die Nerven bis zum Zerreißen angespannt, krampfte er die Hände um einen ringförmigen, schwarzen Gegenstand, der aus einem langen, fast kreisrund gekrümmten Zahn bestand. Eine Art kleine, glatte Krone, die aus glänzendem Obsidian gearbeitet schien.

Wieder spürte der Fürst, wie ein heftiges Beben seinen Körper durchlief; er fühlte sich wie von hohem Fieber geschüttelt, aber das überraschte ihn nicht: Allein *seine* einfache Präsenz rief bereits eine solche Reaktion hervor, das war nicht zu verhindern. Es geschah jedesmal. Selbst wenn *er*, wie heute, nur in ätherischer Form anwesend war. Und zu alldem sprach der Erste Verbündete des *Schattens* nun tadelnde Worte.

Der Fürst erschauerte von neuem. Er umklammerte den schwarzen, in sich gebogenen Hauer noch fester und berührte mit der Stirn beinahe den Boden, während er daran dachte, daß *er*, schon ehe *er* sich mit dem *Schatten* verbündet hatte, eine ausnehmend starke Persönlichkeit gewesen war. Doch seit *er* den Fürst der Finsternis in sich aufgenommen hatte, war *seine* Ausstrahlung weiter ins unerträglich Beklemmende gewachsen. *Er* nannte sich *Kudron,* doch Norzak von Suruwo vermochte kaum mehr *seinen* Namen auszusprechen. Nicht einmal in Gedanken.

Und doch kannte er *ihn* seit sehr langer Zeit. *Er* war ins Land der Suruwo gekommen, als Norzak gerade sein siebentes Lebensjahr vollendet hatte, und war zusammen mit einer Schar armer Teufel, die um Unterkunft für die Nacht baten, im Schloß aufgetaucht. Obwohl *er* damals in Lumpen gehüllt war und auf den ersten Blick wie irgendein gebeugter alter Mann aussah, dem das Leben hart mitgespielt hatte, stach *er* unter den anderen hervor wie ein Luchs aus einer Sippe Katzen. Und bezeichnenderweise hatte *er* im Unterschied zu den anderen auch auf jegliches Almosen verzichtet.

Um sich für die warme Aufnahme erkenntlich zu zeigen, hatte *er* sich angeboten, dem kleinen Thronfolger eine kurze Unterweisung zu erteilen, und der Fürst, der Vater des Jungen, hatte nachsichtig und amüsiert zugestimmt. Weniger als fünf Minuten später lächelte der Fürst nicht mehr; und noch am selben Abend hatte der Unbekannte den Status eines fürstlichen Privatlehrers erlangt. Nach nur vierzig weiteren Tagen war *er* zum ersten Ratgeber des Hauses aufgestiegen, und zehn Jahre später herrschten die Suruwo über ein Territorium, das hundertmal größer war als das Fürstentum selbst.

Angstgekrümmt wartete Norzak auf das Ende der Vorwürfe. Obwohl *er* gar nicht körperlich im Raum anwesend war, schien *seine* tiefe, leicht heisere Stimme durch jede Pore in den Körper des Fürsten einzudringen und wie eine tönende Klaue an seinem Inneren zu kratzen.

Doch plötzlich schwand die Hitze aus dem schwarzen Zahn in Norzaks Händen, und *sein* Bild verflüchtigte sich: Die Audienz war beendet.

Fast ohne sich dessen bewußt zu werden, machte der Fürst ein Dutzend tiefe Atemzüge. Erst dann erhob er sich, in Schweiß gebadet – er, der auf fünfzig Schritt immer noch mit einem Pferd mithalten und es sogar schlagen konnte; er, dem niemand wagte, mit einem Degen in der Hand entgegenzutreten, und sei es nur zur Übung: Er erhob sich von den Knien wie ein Greis.

Mühsam schleppte er sich zu dem schwarzen Seidendivan und blieb ohne jede Regung einige Minuten lang sitzen. Dann löste er langsam den Griff von dem schwarzen Ring, entfernte die Spuren seiner Finger und steckte ihn in die samtene Hülle zurück, die er am Hals trug.

Als er sich schließlich einigermaßen erholt hatte, stand er auf und kontrollierte sein Aussehen im großen Silberspiegel. Er entfernte zwei Staubkörnchen von der schwarzen, schmucklosen Uniform und lenkte nachdenklich seine Schritte über die Gänge des Palais.

Er achtete nicht auf die zu Tode erschrockenen Sklaven, die sich bei seinem Herannahen zu Boden warfen. Und er ergötzte sich auch nicht wie sonst am Anblick der Wachen, die sich nicht zu Boden werfen konnten und deren Gesichter immer grauer wurden, je näher er kam. Selbst um den Saal der Ulkraner, wo ihn seine Hauptleute schon ungeduldig erwarteten, machte er einen Bogen.

Als er in seinen Privatgemächern angelangt war, schickte er zerstreut die Sklaven hinaus und schob die schweren schwarzen Samtvorhänge zur Seite. Einen Moment lang ließ er den Blick über die Lichter von Eria gleiten, die im Norden vom Dunkel des Sees unterbrochen wurden, dann wandte er sich ab und setzte sich vor die Ostwand des Zimmers. Lange blieb er still so sitzen und betrachtete sinnend den schwarzsamtenen Wandteppich mit der großen Landkarte, die in Goldfäden gestickt war.

Er seufzte tief. Trotz allem, fand er, konnte er zufrieden sein: In der Hegemonie breitete sich das Chaos unaufhaltsam aus, und noch argwöhnte niemand, daß es auf genauestens formulierte Pläne zurückzuführen war. Nicht zufällig hatte ihn der

Erste Verbündete des *Schattens* dazu beglückwünscht, ehe *er* ihm die Rüge wegen des Jungen erteilte. Die Anerkennung wurde zwar, wie üblich, kaum angedeutet, doch Norzak wußte, sie war wohlverdient.

Einen Augenblick lang dachte er an das geflügelte Monster, das in den Stallungen wartete und stellte sich vor, wieder in die allzu ferne Festung Tigiris zurückzukehren. Nach Hause … Doch Ruhe und Erholung waren ein Luxus, den er sich in dieser kritischen Zeit nicht leisten konnte. Außerdem wäre es eine sehr lange Reise gewesen und hätte die Kräfte des Tieres überschritten. Er hatte es in diesem letzten Jahr ohnehin schon zu stark hergenommen, und in naher Zukunft würde er es wiederum erheblich beanspruchen müssen. Soviel ihm bekannt war, handelte es sich um das letzte Exemplar seiner Art, das es auf der Welt noch gab, und da es ihm mittlerweile unentbehrlich geworden war, mußte er die Kräfte des Tieres mit Bedacht einsetzen.

Wieder wandte er den Blick zur Landkarte. Sie zeigte den nördlichen Kontinent in vielen Details, und der Fürst berechnete Entfernungen, Bewegungen und Dauer. Obwohl sich noch immer nicht herausgestellt hatte, wo sich der Junge mit den roten Haaren und sein Wagen befanden, hatte der Erste Verbündete des *Schattens* guten Grund, zufrieden zu sein. Warum nur war *er* so besessen von den Gegenständen, die in diesem Fuhrwerk transportiert wurden?

Der Fürst schüttelte den Kopf. So wie er es sah, konnte sich nichts und niemand *seiner* Macht entgegenstellen. Die Pläne, die *er* ausgearbeitet hatte, waren so ausgeklügelt, daß kein Gegenstand, ganz egal, in wessen Besitz es sich befand, imstande sein würde, sie zu behindern.

Andererseits war es nicht *seine* Art, sich in Nichtigkeiten zu verbeißen. Wenn *er* so nachdrücklich auf dem Auffinden der Gegenstände beharrte, dann mußte es gute Gründe dafür geben. Und demnach würde also er, Norzak, dem Jungen und seinem Wagen mehr Zeit widmen, sobald die Sache mit dem Siegel zum Abschluß gebracht war.

Das hieß selbstverständlich nicht, daß er sie bislang vernachlässigt hätte. Aber die Manöver – mit dem Ziel, die Hegemonie zusammenbrechen zu lassen – hatten doch einen Großteil seiner Aufmerksamkeit in Anspruch genommen. Der Fürst seufzte. Seine Ulkraner behaupteten, Junge und Wagen würden sich noch nördlich des Eria-Sees befinden, nichtsdestoweniger hatte er den Befehl ausgegeben, überall nach den beiden zu suchen. Selbst hier in der Hauptstadt. Und dazu hatte er eine ausgesprochen verlockende Belohnung auf den Kopf des Jungen ausgesetzt. Darum war ihm nun auch die gesamte üppige Unterwelt der Hegemonie auf den Fersen. Und selbst wenn der Junge jemanden finden sollte, der bereit war, ihn zu verstecken, würde die natürliche Geldgier desjenigen, der ihn schützte, den Rest erledigen.

Norzak von Suruwo grinste. Wie herrlich vorhersehbar doch die menschliche Natur war!

Am Morgen liefen Damlo und Ticla zum Regenten, um ihm von den Abenteuern der letzten Nacht zu berichten. Sie fanden ihn zusammen mit Baldrin in seinem Arbeitszimmer. Kaum zeichnete sich ab, was die beiden jungen Leute zu erzählen hatten, bestand der Hauptmann darauf, sich zu entfernen.

»Die Kenntnis von gewissen Dingen sollte sich auf jene beschränken, die unbedingt davon wissen müssen«, erklärte er mit fester Stimme, in der sogar eine Spur Unwille lag.

Die folgenden Stunden verbrachten die beiden immer auf der Hut vor Angia von Orti, die Ticla augenblicklich zum Studieren verdonnern würde, falls sie sie entdeckte. Die Strafe dafür würde wohl am Nachmittag kommen, erklärte das Mädchen mit einem übermütigen Blitzen in den Augen. Die Freude an dieser gestohlenen Zeit war aber alle zusätzlichen

Aufgaben wert, die infolgedessen unweigerlich auf sie warteten.

Am späten Vormittag, als ein lauer Wind zwischen die Wolken fuhr und die Sonne hoch am Himmel stand, verließ Damlo zusammen mit Baldrin das Schloß. Er mußte unbedingt mit Tatini reden. Nur von ihm konnte er erfahren, ob das Siegel in der letzten Nacht gestohlen worden war und der Auftraggeber die gefälschten Dokumente bereits damit versehen hatte. Andernfalls mußte der Zeitpunkt für die Durchführung der Aktion beschlossen werden, was nur persönlich geschehen konnte. Das Problem: Damlo wußte nicht, wo Tatini wohnte. Daher hatte er die Mittagszeit abgewartet, ehe er sich auf den Weg machte, denn da hoffte er, den Meistereinbrecher in der Taverne der Bettlerküste vorzufinden.

Sie war einigermaßen sonderbar, sinnierte der Junge, während er mit Baldrin Schritt zu halten versuchte, und meinte damit seine Beziehung zur Welt der kleinen und großen Verbrecher, die in der Bettlerküste zusammenkamen. Obwohl es den Eindruck erwecken konnte – der in der Vergangenheit auch zutreffend gewesen war –, bezog sich heutzutage die Bezeichnung »Bettlerküste« nicht mehr auf einen Uferabschnitt des Eria-Sees, sondern auf eine mächtige Organisation, die über die ganze Welt verbreitet war. Eine Art Zunft, die von den Obrigkeiten geduldet wurde, weil sie einflußreich genug war, um alle kriminellen Tätigkeiten zu kontrollieren – und damit im Zaum zu halten. Damlo war ihr vor genau einem Monat beigetreten, und zwar in einer anderen Stadt, als es im Dienst seiner Mission unumgänglich geworden war, den Dieb zu spielen. Und mit dieser Qualifikation hatte er sich in die Bettlerküste eingetragen, auch wenn alles, was er je im Leben gestohlen hatte, ein paar Banditenpferde waren. Und in der Tat betrachtete er sich nicht als regelrechtes Mitglied. So kam es, daß er sich jedesmal, wenn er eine Niederlassung der Küste betrat, ein wenig wie ein Schwindler vorkam.

Wie auch immer, seine Zugehörigkeit zur Unterwelt hatte sich als wertvoll erwiesen. Nur dank ihr war er zum Beispiel dem Plan, das Siegel des Zanter zu stehlen, auf die Spur gekommen. Gar nicht zu reden von dem Eindruck, den er auf Ticla gemacht hatte, als er ihr von den mannigfaltigen Tricks der Diebe erzählte – das waren Kenntnisse, die er beim Aufschnappen von allerlei Geschwätz in der Taverne der Küste gesammelt hatte.

Angelockt von einem starken Duft nach heißem Krokant richtete Damlo den Blick auf eine Reihe bunter Verkaufsstände. Er mußte die Augen zusammenkneifen, um zu verhindern, daß sie ein Windstoß mit Staub füllte; manchmal fuhren Böen mit solcher Kraft durch die Straßen, daß sie den Leuten fast die Kleider vom Leib rissen. Dann wieder beruhigte sich alles so weit, daß es den Gerüchen der Stadt gelang, die Luft zu erfüllen. Hin und wieder sogar dem Duft der Rosen.

Der Junge beschleunigte das Tempo und holte Baldrin wieder einmal ein. Mit ihm Schritt zu halten war schwieriger als erwartet, denn der Hauptmann der Garde bewegte sich mit langen, federnden Schritten voran, die Damlo fast zwangen, neben ihm herzurennen. Dennoch hatte es sich als gute Idee erwiesen, mit ihm zusammen das Schloß zu verlassen – nicht umsonst hatte Gevan Bedaran dies vorgeschlagen. Und auch der Umstand, daß sie sich beide zu Fuß auf den Weg gemacht hatten, ging auf den Vorschlag des Regenten zurück. Der Feind hatte gewiß bereits für eine Überwachung des gesamten Schlosses Bedaran gesorgt, und ein Junge, der allein auf einem Pferd aus einem der Tore ritt, hätte wohl Aufmerksamkeit erregt. Für jemanden, der unbeachtet bleiben wollte, war der Platz an Baldrins Seite günstig, um unauffällig davonzuspazieren: Der athlethisch gebaute Mann in seiner prächtigen Offiziersuniform zog alle Blicke der Passanten auf sich. Und niemand achtete darauf, wer neben ihm hertrottete.

Jedenfalls war er nicht in ernstlicher Gefahr, beruhigte sich

Damlo – immer vorausgesetzt, der Wind spielte ihm keinen bösen Streich, schränkte er, an sich selbst gewandt, ein und schob sich sorgfältig die rot-blaue Mütze auf dem Kopf zurecht. Denn das einzige Merkmal, das für denjenigen, der Jagd auf ihn machte, einen deutlichen Fingerzeig abgab, war die Farbe seiner Haare.

Als er an den tapferen Krieger dachte, der ihm diese Mütze geschenkt hatte, stahl sich ein wehmütiges Lächeln auf Damlos Lippen: Vankar von Charaznable aus der Stadt Pecsa, der als Held sein Leben gelassen hatte. Und jedesmal, wenn der Junge Baldrin beobachtete, fragte er sich, was es wohl war, das ihn an diesem Hauptmann so frappierend an den Mann erinnerte, der ihm in einer schwierigen Lage beigestanden hatte.

Er hob die Schultern und beschleunigte wieder einmal seine Schritte. Doch ganz abgesehen von der Ähnlichkeit mit Vankar empfand Damlo große Sympathie für Baldrin. In erster Linie deshalb, weil er sich stets als Freund erwiesen hatte – und ungeachtet seiner schroffen Art etwas an sich hatte, das Damlo im tiefsten Inneren berührte. Vielleicht war es die stille Würde, mit der er an der schweren Krankheit seiner Gemahlin mitlitt – einer entzückenden, sanftmütigen Frau, so hatte Ticla erzählt, die sie kennengelernt hatte, als sie noch gesund gewesen war. Entzückend und erfüllt von tiefer Liebe für den Ehemann, genauso wie auch er für seine Frau. Doch im Laufe des letzten Jahres hatte sie sich nach und nach aus dem Leben im Schloß zurückgezogen, und auf Baldrins Gesicht waren tausend Sorgenfältchen erschienen. Die Erledigung seiner dienstlichen Pflichten hatte darunter natürlich nicht gelitten, aber es war doch nicht zu übersehen, daß sein Herz von einer verzehrenden Qual und einer Art wütender Schwermut erfüllt war, die man nie zuvor an ihm bemerkt hatte.

Damlo verspürte zwar das unwiderstehliche Bedürfnis, etwas für den Hauptmann zu tun, wußte aber, daß es keinen Weg gab, ihm zu helfen. Und so hatte er sich nach längerem Überlegen dazu entschlossen, in Baldrins Gegenwart einfach nur fröhlich zu sein. Ohne jede Übertreibung, bloß ruhig und heiter. In der Hoffnung, ein Gemütszustand könnte durch Ansteckung von Mensch zu Mensch übertragen werden, zumindest ein wenig.

Manchmal jedoch schien der Hauptmann so wie heute morgen völlig unbeeindruckbar zu sein, was die gute Laune seines Nächsten betraf. Er schritt kerzengerade die Straße entlang, versunken in seine eigenen Gedanken und ohne links und rechts zu schauen. Obwohl sich Damlo seit dem Verlassen von Schloß Bedaran bemühte, ein Gespräch in Gang zu bringen, hatte ihn Baldrin mit seinen dürftigen, einsilbigen Antworten zuerst entmutigt. Und erst als der Junge anfing zu erzählen, wohin er wollte und weshalb, hatte ihn der Hauptmann endlich vollständiger Sätze gewürdigt. Allerdings, um ihn auszuschimpfen.

»Die Sache, mit der du dich da herumschlägst, ist kein Kinderspiel!« hatte er Damlo in strengem Tonfall zurechtgewiesen. »Deshalb behalte es gut in deinem roten Kopf, daß du mit niemandem darüber reden darfst! Mit niemandem, kapiert? Nicht mal mit mir!«

»Aber du bist doch Baldrin!« protestierte der Junge.

»Ich bin Baldrin, ja. Aber wer Baldrin ist, das weißt du nicht. Du kannst es nicht wissen, weil du von mir nur das kennst, was man dir erzählt hat. Von mir genauso wie von jedem anderen, dem du gerade erst begegnet bist. Also halte deine Zunge im Zaum und mach den Mund nicht auf, nur um irgendwas vor dich hinzuplappern!«

Doch dann, als er merkte, daß der Junge mit gesenktem Blick neben ihm herschlich, hatte er ihm einen versöhnlichen kleinen Klaps auf den Hinterkopf versetzt – und ihm augenblicklich wieder die Mütze zurechtgesetzt, die sich verschoben und ein Büschel roter Haare freigegeben hatte.

»Siehst du jetzt, daß du einfach zu gar nichts taugst!« hatte

Baldrin gleich darauf geklagt. »Man kann dir nicht einmal ein anständiges Kopfstück verabreichen!«

Bei der Erinnerung daran lächelte Damlo. Dann setzte er sich hastig in Trab und kehrte sofort wieder an Baldrins Seite zurück.

Schloß Bedaran stand auf einem Hügel im noblen Südteil von Eria, jenseits der weißen Stadtmauer, für die die Hauptstadt berühmt war; außerhalb der Befestigungsmauern, aber noch nicht am Rande der Stadt. Straßen und Wohnhäuser zogen sich in dieser sowie in allen anderen Richtungen noch meilenweit hinauf auf die umliegenden Hügel. Die Straßen teilten sich und führten zu zahlreichen kleinen Vororten fern vom Zentrum und verbanden ein Gewirr von Siedlungen, das sich bis weit über die offiziellen Grenzen der Metropole hinaus ausdehnte.

Bis zu diesem Zeitpunkt war Hauptmann Baldrin einer der wenigen gepflasterten Straßen gefolgt, die strahlenförmig in die Stadt führten – einer jener in erster Linie für Fuhrwerke angelegten Straßen. Sie waren verstopft – von zahllosen Kutschen, Karren, Pferden und Handwägelchen und von jedem anderen denkbaren Fortbewegungsmittel, das in der Lage schien, Handelswaren zu transportieren.

Obwohl zur Zeit weder ein Jahrmarkt noch irgendeine Handwerksmesse stattfand, tummelten sich auf jedem breiteren Abschnitt der Straße, auf jedem kleinen Platz Scharen von Menschen. Jeder noch so winzige Fleck war gerammelt voll, und zwar mit Verkaufstischen, Buden und Körben und dazwischen mit einfachen großen Kisten, die den Ladenbesitzern an den Straßen gehörten oder auch den fahrenden Händlern, die ihnen Konkurrenz machten.

Die Menge bevölkerte den freien Raum davor und drängte sich um die Händler, wobei sie oft die Fahrbahnen verstellte, die den Fuhrwerken vorbehalten sein sollten. Und über alles blies trocken und staubig der rauhe Westwind hinweg. Er brachte Gerüche von Rauch mit, von gebratenem Fleisch, von Rosen und von Misthaufen. Er schien es ganz besonders auf die Planen abgesehen zu haben, die sich über die abgestellten Wagen und die Verkaufstische spannten, denn er fing sich donnernd darin und ließ sie unvermutet knallen und schnalzen, als wollte er ihnen jedesmal einen tüchtigen Schreck einjagen.

Wie ein Schiff auf sicherem Kurs bahnte sich Baldrin einen Weg durchs Gewühl. Ohne seinen Begleiter, überlegte Damlo, hätte er Schwierigkeiten gehabt, auch nur voranzukommen.

Und fast als wäre der Hauptmann imstande gewesen, die Gedanken des Jungen zu lesen, sagte er: »Innerhalb der Stadtmauern wird es ein besseres Vorwärtskommen geben.« Er schritt unbeirrt auf eine kleine Gruppe von Leuten zu und brachte mit einem einzigen durchdringenden Blick zwei Frauen, die im Begriff waren, sich wegen eines bereits gerupften Huhnes in die Haare zu geraten, blitzartig dazu, voneinander abzulassen. »Ich habe diesen Weg gewählt, um Zeit zu sparen«, sagte er, »weil ich nicht weit von hier – ganz kurz – etwas erledigen muß.«

Eine Arznei für seine Frau abholen, dachte der Junge. »Das macht nichts«, sagte er. »Ich kann mich ohnehin nicht verlaufen. Es reicht, daß ich mich immer in nördlicher Richtung halte, und sobald ich am See angekommen bin, kann ich auf gewisse Orientierungspunkte achten.«

Wie immer, wenn er vor den Mauern der Hauptstadt ankam, war Damlo von deren Anblick überwältigt. Die weiße Stadtmauer von Eria verband in einer langen gewundenen Linie den Militärhafen auf der einen Seite mit dem hohen felsigen Kap auf der gegenüberliegenden Seite der Bucht. Aus der Ferne betrachtet ragte sie wie ein strahlendweißer Kranz mitten aus den großen und kleinen Gebäuden der Stadt hervor. Und aus der Nähe gesehen wirkte sie noch imposanter: mehr als fünfzig Fuß dick und über hundert hoch, waren ihre Innen- und Außenflächen mit alabasterfarbenen Marmorplatten verkleidet; so schien sie mit ihrer Krone, die mit Schwalbenschwanzzinnen verziert war, für den nahen Betrachter weiß schimmernd bis zum Himmel aufzuragen, ja ihn sogar zu erfüllen.

Seit geraumer Zeit wurde das riesige Tor des Südportales nicht mehr geschlossen. Die schweren bemalten Flügel aus Eichenholz und Bronze ruhten in ihren Befestigungen im Innern der Portale und zeigten sich nur dem, der den offenen Durchgang benutzte. Um den Andrang am Tor zu regeln, begnügten sich die Ordnungshüter mit dem schmiedeeisernen Gitter, das ursprünglich eine zweite Verteidigungslinie gebildet hatte. Auf beiden Seiten der Mauer befanden sich vor und nach der Sperre große Vorplätze, die von den Wachen ohne allzugroßen Nachdruck von Bettlern und fahrenden Händlern freigehalten wurden. Das gelang nur zum Teil, aber doch so weit, daß der ungehinderte Durchblick unter der Mauer gewahrt blieb.

Als Damlo endlich den Blick von den Dohlen losreißen konnte, die zwischen den Zinnen hin und her flatterten, waren er und Baldrin schon in der Mitte des äußeren Vorplatzes angekommen. Der Junge wandte seine Aufmerksamkeit wieder der ebenen Erde zu – worauf sein Blick prompt und geradezu zwanghaft von einer Frau angezogen wurde.

Vielleicht weil sie etwas hinkte? Oder weil sie so außergewöhnlich groß und robust gebaut war? Oder wegen dieses blauen Schleiers, der ihren Kopf und einen Teil des Gesichtes bedeckte und dabei entschieden schief saß? Jedenfalls starrte Damlo bereits in die richtige Richtung, als die Schreie einsetzten.

Anfangs war nicht zu erkennen, wer eigentlich schrie, noch worum es dabei ging. Es war nicht einmal klar, wo sich der Mittelpunkt der ganzen Aufregung befand. Doch dann, während sich die Köpfe drehten und alle Leute neugierig verstummten, waren über dem Pfeifen des Windes einige Wörter deutlich zu hören.

»Mörder!«

»Haltet ihn fest! Haltet ihn fest!«

»Macht schnell, sonst entkommt er!«

Die Schreie stammten von der anderen Seite der Mauer, von drüben, wo die hochgewachsene Frau hergekommen war. Immer noch war nicht auszumachen, wer eigentlich schrie, und nirgendwo sah man jemanden, der seine Schritte beschleunigt hätte.

»Er trägt Ketten«, stellte Baldrin plötzlich fest. »Ein Sklave auf der Flucht.«

»Wer?« fragte Damlo und sah seinen Begleiter an. Ohne die Antwort abzuwarten kniff er die Augen zusammen und bemühte sich zu erkennen, was auf der anderen Seite des Durchganges vor sich ging. »Es ist ein Mörder!« sagte er dann, »hörst du denn nicht, was sie schreien?«

»Die blau gekleidete Frau«, antwortete der Hauptmann, »sie ist ein Mann und hat zusammengekettete Handgelenke. Und was die Schreie betrifft, so sagen sie immer dasselbe. Er versucht, den Tempel der Ketten zu erreichen.«

Der Junge verfolgte die Szene genauer. Unter dem Schleier hielt die Frau die Arme verschränkt, und dort, wo ihre Handgelenke sein mußten, bemerkte Damlo eine erhabene Stelle – zu umfangreich, um von Armbändern zu stammen. Die Gestalt hatte ihre Schritte beschleunigt und schien nur bestrebt, sich von der Aufregung in ihrem Rücken zu entfernen.

»Was ist das – der Tempel der Ketten?«

»Dies dort«, antwortete Baldrin und deutete mit dem Finger hinter sich.

Damlo erinnerte sich an das Gebäude, sie waren gerade eben daran vorbeigekommen: ein nicht sehr großer, runder, schmuckloser Bau, umschlossen von dicken Säulen, auf denen die niedrige Kuppel ruhte. Im Unterschied zu den zahlreichen Wohnhäusern der Umgebung waren die Fenster dort nicht durch Gitter geschützt; in den ockerfarbenen Fensterrahmen aus Stein waren hingegen die Endglieder eines grobmaschigen Netzes befestigt, das von Ketten aus dunklem Metall gebildet wurde.

»Davon gibt es einen in jeder Stadt«, erklärte der Hauptmann, ohne den Blick von der blau gekleideten Gestalt abzuwenden. »Wer es schafft hineinzukommen, hat das Recht, Mönch zu werden. Und dann kann niemand mehr Anspruch auf ihn erheben – weder sein Herr, wenn es ein Sklave ist, noch die Gerichtsbarkeit, wenn es sich um einen Missetäter handelt.«

»Warum schreien die Leute ›Mörder‹, wenn er doch ein Sklave ist?«

»Um zu verhindern, daß man ihm hilft zu entkommen. Das geschieht nämlich öfter, als man glauben möchte. Wohlgemerkt, er könnte tatsächlich ein Verbrecher sein. Aber das würde mich eher überraschen. Die Beschuldigung dient in erster Linie dazu, Wachen und Umstehende zu alarmieren und sich so Unterstützung beim Einfangen des Flüchtigen zu verschaffen.«

»Aber das ist doch ungerecht! Als würde man jemanden für etwas verurteilen, das er nicht getan hat!« rief der Junge.

»Du hast recht, aber das ist ganz gewiß nicht die einzige Ungerechtigkeit, die das Leben bereithält.«

»Na und? Es ist eine zuviel, und das reicht schon! Wie können wir dem Mann helfen?«

»Indem wir inständig hoffen, daß ihn niemand näher ansieht«, erwiderte Baldrin mit einem melancholischen Kopfschütteln.

Und in genau diesem Augenblick packte jemand den Sklaven an der Schulter und versuchte, ihn herumzudrehen. Dieser kurze Ruck reichte aus, um den Schleier ein wenig zu heben, wodurch sich der Wind darin fing und ihn zur Seite wehte.

Mit einer raschen Bewegung bekam der Sklave ein Ende des Schleiers zu fassen und hob ihn hoch bis ans Ohr, um sein Gesicht dahinter zu verbergen und ihn sich wieder über den Kopf zu ziehen. Doch die Ketten an seinen Handgelenken behinderten ihn, und so erreichte er nur, daß das dünne Gewebe an einer Seite seines Kopfes im Wind flatterte, als er es losließ. Es wirkte wie ein blauer Pfeil, der in der Luft stillstand und auf sein Gesicht wies. Ein Gesicht, das auf einer Seite blutüberströmt war.

Damlo stand wie erstarrt in einer Entfernung von mehr als hundert Schritt, doch selbst aus dieser Entfernung berührte ihn die Todesangst in den weit aufgerissenen Augen zutiefst.

Noch ehe die Leute um ihn herum wieder schreien konnten, rannte der Mann los. Um den Tempel zu erreichen, lag noch ein steiniger Weg vor ihm; das erste Hindernis bestand aus dem Getümmel, das rund um die Karren auf dem Platz vor dem Stadttor herrschte. Selbstverständlich konnte er sich seinen Weg nicht mit Höflichkeit und Umsicht bahnen, und so stürzte er sich blindlings in das Gewühl, wobei er etliche Personen zur Seite stieß und zu Boden warf.

Beiderseits der Mauer starrten die Leute immer noch in die Richtung, aus der die Schreie gekommen waren. Doch auf die lautstarken Proteste der Gestoßenen und Gefallenen hin bemerkte die Menge, daß in ihrer Mitte jemand in großer Eile vorwärtsdrängte, und alle Aufmerksamkeit konzentrierte sich auf den Flüchtigen.

»Dort! Das ist er! Haltet ihn auf!«

»Der Verbrecher! Der Mörder!«

Jetzt kamen die Schreie von allen Seiten, und einige übereifrige Bürger hatten sich bereits an die Fersen des Sklaven geheftet.

Damlo rann es kalt über den Rücken. Nur einen Monat

zuvor hatte auch er selbst eine derartige Situation durchlebt. In der Stadt Drassol hatte ein Taschendieb namens Vodars einen gewaltigen Aufruhr ausgelöst, indem er die Menge gegen ihn, Damlo, aufhetzte. Und nur dem Eingreifen von Uwaen – einem Halbelf, der danach zu einem seiner besten Freunde geworden war – hatte er es zu verdanken, daß er sich damals in Sicherheit bringen konnte.

Auch aus diesem Grund fühlte er sich dem Flüchtling in diesem Augenblick sehr nahe. Sicher, solange der Mann nicht das Gittertor passiert hatte, war er außer Reichweite, doch sobald er auf dem Platz außerhalb der Stadtmauer auftauchte, würde man ihm vielleicht helfen können ... Nur wie?

Damlo sah sich um. Er und Baldrin befanden sich immer noch auf halbem Weg über den Vorplatz – etwas seitlich der Mitte, die von den Wachen soweit wie möglich für die Fuhrwerke freigehalten wurde. Rundum nichts als Menschentrauben und Verkaufsbuden. Einige Soldaten in mehr oder weniger ordentlichen Uniformen bewegten sich müßig durchs Gewühl.

Wäre er ihnen im Schloß Bedaran begegnet, Baldrin hätte sie sich vorgeknöpft und ihnen Beine gemacht, ging es Damlo durch den Kopf. Doch hier war die Befehlsgewalt des Hauptmannes recht eingeschränkt. Nicht weit von ihnen beiden lehnte ein fetter, altgedienter Soldat am Karren eines Straßenhändlers und trank einen Becher Bier. Er wirkte noch nicht ganz betrunken, aber offensichtlich war ihm das martialische Auftreten, auf das seine Kameraden sonst solchen Wert legten, schon seit einer Weile abhanden gekommen. Er hatte sogar Helm, Schwert und Umhang aufs Hinterende des Karrens geworfen und seinen steifen Lederharnisch aufgeschnürt. Kurz zuvor hatte ihn Baldrin mit einem langen, vernichtenden Blick durchbohrt, aber der Mann mußte ein alter Hase sein und wußte genau, vor wem er sich in acht nehmen mußte und vor wem nicht.

»Was soll ich damit?« hatte er als Antwort auf Baldrins Blick mit einer trägen Kopfbewegung in Richtung Helm herübergerufen. »Es regnet doch nicht!« Dann hatte er ein unverschämtes Grinsen aufgesetzt und Baldrin mit einem hämischen Heben des Bechers zugeprostet.

Wie also dem Flüchtling helfen? Nach dem Passieren des Gittertores würde er bestimmt versuchen, auf kürzestem Weg den Tempel zu erreichen, und dabei die Deckung ausnutzen, die die Fuhrwerke in der Mitte des Platzes boten. Außerdem herrschte hier das geringste Gedränge. Vielleicht konnte es auf diesem Stück gelingen … Aber wie? Damlo zermarterte sich den Kopf, während er jede Bewegung des Sklaven verfolgte.

Dann zuckte er erschrocken zusammen: Jetzt hatte der Mann plötzlich ein kurzes, breites Schwert! Er hielt es mit beiden Händen, da ihm die Ketten nichts anderes erlaubten, und schwang es vor sich her, um sich so einen freien Weg zu erzwingen. Er war fast am Eisengitter angekommen.

»Er hat eine Waffe!« rief Damlo, von einem Zweifel überkommen. »Baldrin, vielleicht ist es wirklich ein Verbrecher!«

»Das weiß ich nicht«, antwortete der Hauptmann, »aber das Ding, das er da in der Hand hält, hat er gerade vom Karren dieses Waffenschmiedes dort geklaut.«

Angesichts des Schwertes wich die Menge ein wenig zurück, nur ein paar Mutige setzten die Verfolgung des Sklaven fort. Doch auch sie hielten vorsichtig einige Schritte Abstand von ihm.

An der Mauer, dort, wo ein ganzer Trupp Soldaten das Kommen und Gehen am Eisengitter kontrollieren sollte, war nur ein einziger Mann zurückgeblieben – ein junger Rekrut wahrscheinlich. Wie alle anderen hatte auch er die Vorgänge verfolgt und wußte, daß der Mann in Blau zum Tempel der Ketten wollte. Doch er wußte auch, daß der Flüchtige, um dorthin zu gelangen, das Gitter passieren mußte. Und so erwartete er ihn am Durchgang, das eigene Schwert in der Hand.

Dem Sklaven blieb nicht mehr viel Hoffnung, bemerkte Damlo, und es krampfte ihm das Herz zusammen. Obwohl der Soldat am Tor sehr jung war, schien er durchaus Herr der Lage. Außerdem wurde die Öffnung im Eisengitter – der Weg des Sklaven nach draußen – fast dauernd von langsam fahrenden Fuhrwerken versperrt. Der Wind blies Staub und Sand zwischen den Wagen hindurch, und die Böen schienen mit ihrem Heulen die Verzweiflung des Flüchtlings noch zu untermalen.

Der Mann hastete bis zum allerletzten Augenblick auf den Soldaten am Durchgang zu, ehe er unvermutet stehenblieb und zwischen zwei fahrende Wagen schlüpfte, die soeben das Tor passierten. Mit einem schwerfälligen Satz erreichte er den schmalen Gang zwischen den ein- und ausfahrenden Fuhrwerken, und dort lief er, immer noch hinkend und sein Schwert schwingend, weiter in Richtung Freiheit.

Von der unerwarteten Taktik des Sklaven überrumpelt, zögerte der Wachsoldat einen Augenblick lang, dann stürzte auch er los und rannte, um zum Mittelgang zu kommen, vor ein Fuhrwerk, das mit offenen Fässern beladen war. Der Wagen wurde von zwei Maultieren gezogen und rollte nur langsam voran. Der junge Soldat hingegen bewegte sich flink und gewandt, und so schien es nur eine Frage von Sekunden, bis er den Flüchtenden einholen und aufhalten würde.

Der jedoch hatte diesen Schritt des Soldaten aber offenbar vorhergesehen, und kaum befand sich der junge Rekrut vor dem Gespann, da rammte der Sklave einem der Maultiere die Spitze seines kurzen Schwertes ins Hinterteil. Der Mann stach nicht tief zu, aber die Schramme reichte, um das erschrokkene Tier einen heftigen Satz vorwärts machen zu lassen. Es stieß gegen den Soldaten, der die größte Mühe hatte, nicht das Gleichgewicht zu verlieren. Während der Mann noch schwankte, trat der Flüchtling an ihn heran und versetzte ihm mit dem Schwertknauf einen kräftigen Hieb auf den Kopf. Dann drehte er sich um und hetzte weiter.

»Siehst du?« rief Baldrin. »Ein Mörder hätte die Klinge benutzt und den Wachposten getötet. Das dort ist wirklich nur ein Sklave, der seine Freiheit will.«

Während der Hauptmann sprach, hatte auch der barhäuptige Soldat mit dem Trunk in der Hand etwas gerufen; Damlo verstand zwar nicht, was es war, aber von den Lippen des Mannes hatte er eine besonders saftige Verwünschung abgelesen – und dann rannte der Soldat los. Nicht auf den Sklaven zu, der sich schon mitten auf dem Platz befand, sondern direkt zum Tempel der Ketten.

Leider benutzt der Dicke seinen Kopf, dachte Damlo, als er zusehen mußte, wie der Soldat immer näher kam. Offenbar wirklich ein alter Hase: er verfolgte nicht den Flüchtenden, sondern schlug eine Richtung ein, die es ihm ermöglichen würde, den Sklaven später abzufangen, welchen Weg zum Tempel dieser auch immer wählte.

Doch das Volk, das sich zwischen Karren und ausgelegten Waren drängte, erkannte den Soldaten in seiner schlampigen Aufmachung nicht als solchen. Die Leute verfolgten nur voller Spannung die Flucht der blau gekleideten Gestalt, und niemand fand es ungewöhnlich, daß jemand beschlossen hatte, sich an ihre Fersen zu setzen. Außerdem hatte der dicke Soldat ein Gesicht, das ahnen ließ, daß mit ihm nicht zu spaßen war. Und so wichen alle mit bemerkenswerter Bereitwilligkeit zurück, um ihm den Weg frei zu machen.

Damlo befand sich am Rand des schlimmsten Gewühls, den Rücken leicht an Baldrins Seite gelehnt, der selbst wiederum mit dem Rücken dicht an einer Verkaufsbude für allerlei Stoffe stand.

Hinterher erinnerte sich der Junge, daß er das Bild des Sklaven vor Augen gehabt hatte, der sich den Schleier quer über das Gesicht und zum Ohr hochziehen wollte – und der vergeblich versucht hatte, sich den Kopf zu bedecken, während das dünne Gewebe wie ein leuchtender Hinweispfeil auf ihn zu zeigen schien. Unerbittlich drängte sich dieses Bild des kräftigen blauen Flatterns vor sein geistiges Auge – und von diesem Augenblick an ging alles sehr rasch vor sich.

Der Junge stürzte auf den Tisch mit den ausgelegten Stoffen zu, packte einen gelben Ballen und schleuderte ihn durch die Luft direkt vor die Füße des Dicken. Sofort fing sich der Wind darin, und die Stoffbahn entrollte sich knatternd wie ein Segel in einer steifen Brise. Der Soldat verfing sich darin, versuchte noch, darüber hinwegzusetzen, schaffte es aber nicht. Eine Sekunde später hatte sich das Gewebe sowohl um seine Beine als auch um seinen Körper und schließlich um seinen Kopf gewunden. Er fiel hin, rollte ein paar Schritt weit über den Boden und wickelte sich auf diese Weise den Stoff noch straffer um den Leib. Worauf er in wildes Gefluche ausbrach und versuchte, sich gewaltsam davon zu befreien. Doch um sich aus der Umklammerung herauszuwinden, hätte er mit Vernunft vorgehen müssen – so hingegen schaffte er es in seiner Wut nur, sich noch enger darin zu verfangen.

Rundum lachte das gesamte Publikum laut und ausgiebig, ehe es seine ganze Aufmerksamkeit wieder auf die Flucht des Sklaven richtete.

Die Flüche des Dicken waren so blumig und vielfältig, daß sie ein eingehendes Studium verdient hätten, fand Damlo. Und Baldrin mußte genauso denken, denn offenbar hörte er nur zu und sagte kein Wort. Mit einem Lächeln auf dem Gesicht drehte sich Damlo zu seinem Begleiter um.

Die Heiterkeit verging ihm auf der Stelle. Mit tiefgerunzelter Stirn schüttelte der Hauptmann schweigend den Kopf, während er ein paar Münzen in die Hand des Stoffhändlers fallen ließ. »Gehen wir!« stieß er sodann mit harter Stimme hervor.

In diesem Augenblick begann der Soldat, »diesen gottverdammten Jungen« zu verwünschen, wobei er gelobte, ihn so lange mit Fußtritten zu traktieren, bis ihm die Haut in Fetzen vom Hintern fiele, sollte er ihm noch ein einziges Mal über den Weg laufen.

»Er hat dich gesehen«, erklärte Baldrin.

»Dann rennen wir doch davon!«

»Zu spät.«

Immer noch auf dem Boden liegend war es dem Dicken gelungen, einen Dolch zu ziehen, mit dem er nun anfing, die Stoffbahnen zu zerfetzen, die ihn festhielten. Worauf Baldrin – ohne Aufsehen zu erregen, jedoch mit der Blitzartigkeit einer Raubkatze – auf das Stoffbündel zustürzte, feststellte, an welchem Ende sich der Kopf befand, und dem Soldaten einen gewaltigen Hieb versetzte.

»Merkst du jetzt, daß Helme auch zu was taugen, wenn es nicht regnet?« murmelte er, während der Dicke bewußtlos zurücksank. Dann packte er Damlo an der Hand und zog ihn mit sich fort.

»Warte!« protestierte der Junge. »Ich will doch sehen, ob der Sklave es schafft!«

»Du bist schon zu sehr aufgefallen. Den Trick mit dem Stoffballen haben viele Leute gesehen, nicht nur der Händler.«

»Na und?«

»Wenn sich der Sklave in den Tempel der Ketten retten kann und sein Herr erfährt, daß du ihm dabei geholfen hast, könnte er dich zwingen, ihm den Preis für den Mann zu bezahlen.«

»Das ist mir egal!« rief Damlo. »Ich habe Geld genug, und einem Menschen die Freiheit zu erkaufen ist ein guter Grund, es auszugeben!«

Denn in der Tat war es ihm vor etwa zehn Tagen gelungen, einen Rubin zu verkaufen – seitdem trug er stets einen Geldgürtel voller Goldstücke um die Mitte.

»Da bin ich ganz deiner Meinung«, erwiderte Baldrin und beschleunigte seine Schritte. »Aber wenn man dich festnimmt, wirst du vor die Wachen gebracht. Kannst du dir das erlauben?«

»Warum nicht?«

»Mit der Mütze in der Hand als Zeichen des Respekts?«

Damlo lief es kalt über den Rücken, und sein Widerspruchsgeist erstarb auf der Stelle.

»Wie ich dir schon gesagt habe«, fuhr Baldrin fort, »ich möchte gar nicht wissen, wer du bist und was du vorhast. Aber ich habe Augen und Ohren, und so weiß ich, daß ganz Eria auf der Suche nach einem Jungen mit roten Haaren wie den deinen ist. Einem Jungen, der allein mit einem Wagen fährt …«

»Das ist wahr! Untergestellt habe ich ihn …«

»Sei still! Wie oft soll ich dir noch sagen, daß ich es gar nicht wissen will!«

»Entschuldige.«

»Entschuldigungen bringen nichts. Wenn du dich entschuldigen mußt, so heißt das, daß es schon zu spät ist. Lerne endlich, jedem zu mißtrauen, den du nicht genau kennst!«

Damlo nickte zerknirscht.

Ohne zu laufen, jedoch mit zügigen Schritten passierten sie das Gittertor und ließen gleich darauf sie den Platz hinter sich, auf dem die Flucht des Sklaven begonnen hatte. Auf der anderen Seite der Mauer, in der sogenannten Altstadt, nahmen die Straßen keinen klar erkennbaren Verlauf mehr. Alles wurde zu einem Labyrinth aus Sträßchen und Gäßchen, die zuweilen so eng waren, daß die beiden nicht mehr nebeneinander gehen konnten. Dort, wo sich die Straßen verbreiterten und der Platz es erlaubte, wurde der freie Raum sofort von Wagen und Passanten eingenommen. Alle schienen im Begriff, entschlossen irgendeiner Tätigkeit nachzugehen: Der eine transportierte Waren, der andere verkaufte sie, hier kämpfte einer lautstark um die Vorfahrt, dort feilschte einer verbissen um den Preis einer Ware.

Baldrin und der Junge trennten sich in einem der besseren Viertel, wo die hohen, schmalen Häuser aneinanderklebten, als wollten sie einander stützen. Der Verputz an den Mauern ließ den Blick auf die tragenden Holzbalken mit Absicht frei, und von den spitzen Dächern ragten ganze Gruppen rußgeschwärzter Schornsteine zum Himmel. Von der Straße aus betrachtet sahen sie wie Büschel kurzer schwarzer Haare aus.

Das Tierchen schoß wie verrückt aus einer der Gassen; anfangs merkte Damlo gar nicht, daß es sich um einen jungen Hund handelte: sein Fell war so schrumpelig wie eine dicke Winterdecke und schien ein merkwürdiges Eigenleben zu führen. Das Hündchen rannte um sein Leben, denn ein häßlicher dunkelbrauner Köter undefinierbarer Rasse war ihm mit halb geöffnetem Maul und gefletschten Zähnen dicht auf den Fersen. Der Verfolger war zwar sehr schnell und wendig, doch der Welpe hielt sich an einen hektischen Zickzackkurs und schaffte es stets, ihm zu entkommen.

Seit Anbeginn aller Zeiten jagen Hunde hintereinander her, dachte Damlo; er war in Eile und konnte es sich nicht leisten, den Streit zwischen den beiden hier zu schlichten. Doch unwillkürlich blieb er stehen. Zum einen, weil ihm noch nie ein Hund mit derartig faltigem Fell untergekommen war, und zum anderen, weil diese Verfolgungsjagd etwas Irreales an sich hatte. Sie spielte sich auf einer Straße ab, die in diesem Augenblick völlig menschenleer war, so daß die alles beherrschende Stille nur vom rhythmischen Stöhnen des Windes untermalt wurde.

Im übrigen beschwor die panische Flucht des Hündchens bei Damlo die Erinnerung an all die Quälereien herauf, denen ihn die Schulkameraden jahrelang ausgesetzt hatten – eine Bande, die von ihren Anführern Proco Radicupo und Busco Sinistronco »Waelton-Legion« genannt wurde. Der Gedanke an dieses Unrecht erweckte in ihm die unbändige Lust, den dunkelbraunen Streuner mit ein paar Fußtritten davonzujagen. Doch es galt, Tatini zu treffen, und er hatte ohnehin schon Verspätung – er konnte sich einfach nicht aller Kleinen und Schwachen annehmen, die von den Großen, Starken schikaniert wurden!

Er seufzte und wandte sich ab. Aber dann gesellte sich zur Erinnerung an Waelton noch diejenige an die Flucht des Sklaven hinzu, und der Umstand, daß er nie erfahren würde, wie diese ausgegangen war, lastete ihm plötzlich schwer auf dem Gemüt. Und so drehte er sich doch noch einmal um und sah nach den zwei Hunden.

Auf ihrer wilden Jagd hatten sich die beiden schon ziemlich weit von Damlo entfernt, aber nachdem es den x-ten Haken geschlagen hatte, kehrte das bedrängte Hündchen plötzlich um und rannte wieder auf den Jungen zu. Ungeachtet der verzweifelten Schlangenlinien, die es dabei vollführte, holte der Verfolger zusehends auf und bekam die Beute schon fast in Reichweite des gefletschten Gebisses. So als hätte er das ganze bisher nur als Spiel betrachtet, beschleunigte der dunkelbraune Köter das Tempo schlagartig noch einmal, senkte die Schnauze und schlug in einem elfenbeinfarbenen Blitz die Reißzähne in die Runzelhaut des Welpen. Und dann, während das Jaulen des Hündchens durch die enge Straße hallte, brachte er sein Opfer mit einem heftigen Riß zum Stehen.

»Nein!« schrie Damlo und rannte hin, »laß los!«

Aber der Köter beachtete ihn gar nicht. Ganz im Gegenteil, er hob den Kopf und fing an, das Hündchen hin und her zu schütteln, worauf die Haut des Welpen riß und ihn von seinem Peiniger befreite.

»Nein!« schrie der Junge wieder, während das Hündchen noch in weitem Bogen durch die Luft flog, »laß ihn in Ruhe!«

Doch der braune Quälgeist hatte gar nicht vor, Damlos Worte zu verstehen. Er machte einen Satz und versuchte, sein Opfer im Flug zu packen, verkalkulierte sich jedoch und stieß es nur mit der Nase an, worauf das Hündchen seinen Flug fortsetzte und auf einem Stoß leerer Kisten landete, die lose übereinandergestapelt an einer Hauswand lehnten und prompt zusammenkrachten. Mitten unter den Kisten saß das Hündchen.

Ohne in seinem Lauf innezuhalten, bückte sich Damlo und hob einen Stein auf. Schade, daß ich meine Schleuder nicht bei mir habe, dachte er. In Waelton waren alle Jungen meisterhafte Schützen mit der Steinschleuder, und wenn sie auf die Jagd gingen, schafften sie es sogar, einen Hasen auf der Flucht zu treffen. Nicht zufällig hatten Damlos Abenteuer mit einem Steinwurf gegen seinen Hinterkopf begonnen – einem Stein von Busco Sinistroncos Schleuder, der ihn fast umgebracht hatte.

Doch was den Welpen rettete, war letztlich der Stoß mit der Schnauze, mit dem der braune Köter den Kleinen auf die leeren Kisten befördert hatte. Ungeduldig mit den Pfoten scharrend und wild knurrend versuchte der Große, sein Opfer darunter hervorzugraben. Doch mittlerweile war Damlo auf Wurfweite herangekommen.

»Ich habe gesagt, laß ihn in Ruhe!« schrie er und schleuderte den Stein. »Verstehst du nicht?«

Er traf ihn am Hinterteil, genau dort, wohin er gezielt hatte. Und während der Köter aufjaulte und einen Satz rückwärts machte, bückte sich Damlo nach einem Stück Holz, das von einer der Kisten abgebrochen war. Der Hund wandte sich mit wütendem Knurren gegen ihn, doch der Junge schwang drohend seine improvisierte Waffe, deren Nähe dem Köter gar nicht gefiel. Also zog er sich ein Stück zurück. Mit gesträubtem Fell und gefletschten Zähnen.

»Ha!« brüllte der Junge und machte einen Satz auf den Widersacher zu.

Der Hund wich einen weiteren Schritt zurück.

»Hau ab!« half der Junge nach, indem er seinen Holzprügel schwang. Dann hob er noch einen Stein vom Boden auf.

Das war dem Köter zu viel. Ohne den Blick auch nur für eine Sekunde von der Hand abzuwenden, die den Stein hielt, drehte er sich um, klemmte den Schwanz zwischen die Hinterläufe und trabte davon.

Damlo fand den Welpen zusammengekauert unter einer Kiste, in der sich irgendwann zuvor großblättriger Salat befunden haben mußte, denn auf dem Kopf des Hündchens saßen, schief wie eine Narrenkappe, ein paar dunkle, schlaffe Reste davon. Das kleine Tier zitterte so heftig, daß man fast meinen konnte, es stecke Absicht dahinter. Aber so war es nicht, das verrieten seine weit aufgerissenen Augen und der vor Todesangst starre Blick.

Obwohl es sich unverkennbar um einen noch sehr jungen Hund handelte, konnte er sich größenmäßig bereits mit einem mittleren Zierkissen messen. Das ist ein Hündchen, das sich gut auf dem Arm einer Dame ausnehmen würde, dachte der Junge, als er sich neben den Kleinen hinhockte und ihn behutsam hochhob. Manchmal ließen sich wohlhabende Leute ihre Schoßtiere auch von weit her bringen – Ticla etwa besaß ein Äffchen, das sie vom verstorbenen Zanter, dem Souverän von Eria, persönlich geschenkt bekommen hatte.

»Du siehst aber wirklich komisch aus«, murmelte Damlo dem Welpen ins Ohr und achtete darauf, ihn nicht aus dem Arm gleiten zu lassen.

Das Fell des Tierchens, gelblich und in tausend weiche Falten gelegt, erschwerte es, den Kleinen festzuhalten. Doch es war ein drolliges Gefühl: Er schien in einem ölgefüllten Sack zu leben, aus dem er jeden Augenblick hervorflutschen mochte. Plötzlich entblößte eine Bewegung des Hündchens die verletzte Hautstelle – eine beachtlich klaffende Wunde. Wären die Fänge des braunen Köters dem Hundekind nicht nur ins Fell, sondern darüber hinaus in den Nacken selbst gedrungen, überlegte Damlo, dann hätte es ein solcher Biß gewiß getötet. Also bedeutete das Übermaß an Fell auch einen gewissen Schutz ...

»Schon gut«, murmelte Damlo dem Welpen ins Ohr, als er merkte, daß das Zittern einfach nicht abebben wollte. »Du hattest große Angst, das verstehe ich ja. Und ich weiß sehr gut, was Angst ist, glaub mir. Ich weiß das sogar viel zu gut. Und ich finde sie widerlich, die Angst. Aber jetzt bist du in Sicherheit. Du kannst auch aufhören zu zittern.«

Er lächelte, denn es schien ihm, als würden die Schauder, die das Tierchen durchliefen, zusehends an Heftigkeit verlieren. Doch der Ausdruck der Augen wirkte noch immer ein wenig starr. Also streichelte Damlo den Kleinen ein paar Minuten lang, ehe er ihn auf den Boden setzte und sich aufrichtete. Jetzt hatte sich die Straße erneut mit Menschen gefüllt, die kamen und gingen. Getragen von den Böen, die zwischen den Häusern hindurchpfiffen, hörte man Geplapper, Gelächter und gelegentliche Rufe.

»Jetzt muß ich gehen«, erklärte Damlo dem Hündchen. »Sieh zu, daß du ganz schnell zu deinem Herrchen zurückfindest, und verschwinde für ein Weilchen von der Bildfläche. Der Braune streunt sicher noch irgendwo in der Gegend herum!«

Der Welpe reagierte nicht einmal mit der Andeutung eines Wedelns; hingegen versenkte er seinen starren Blick jetzt gezielt in Damlos Augen.

Tja, dachte der Junge mit einem Seufzen und setzte sich die Mütze ordentlich zurecht; die Kleinen haben's schwer. Das wußte er nur allzu gut. Obwohl er mittlerweile sogar mit dem Regenten Freundschaft geschlossen hatte, war er im Grunde immer noch ein »Kleiner«, gehetzt von tausend »Großen«: eine saftige Beute, die, um den Fängen der Verfolger zu entgehen, nur auf ein Stück rot-blauen Stoff zählen konnte, das seine Haare ihren Blicken entzog.

Er blieb noch ein Weilchen stehen, zurückgehalten von der Art und Weise, wie ihn das Hündchen anstarrte. Es hatte sich zwar ein wenig beruhigt, doch in seinen Augen lag noch immer ein Nachhall der großen Furcht. Sie schien sich irgendwo verkrochen zu haben, aber nicht besonders weit entfernt – bereit, jeden Augenblick wieder hervorzuschießen.

Jetzt mußte er aber wirklich los! Er warf dem Kleinen einen

letzten Blick zu, lächelte ihm aufmunternd zu, drehte sich um und ging mit raschen Schritten davon.

Auch weiterhin zügig unterwegs, wandte er sich in Richtung Norden, dorthin, wo der See liegen mußte. So zwischen den Häuserzeilen dahinzulaufen besaß für ihn immer noch den Reiz des Neuen, denn er war in einem Dorf geboren und aufgewachsen, in dem die Menschen in riesigen ausgehöhlten Bäumen wohnten, und hatte erst einen Monat zuvor zum ersten Mal eine Stadt betreten. Und so eilte er über die welligen Straßen von Eria, immerzu die Nase in der Luft und die Hand an der Mütze, um zu verhindern, daß ein Windstoß sie forttrug. Nach endlosem Auf und Ab war er fast am riesigen imperialen Palast angekommen, dem architektonischen Stolz der Hauptstadt.

Der ausgedehnte Komplex befand sich im Zentrum des Wohngebietes innerhalb der Stadtmauern und erstreckte sich über nicht weniger als drei Hügel. Einer davon war zur Gänze zu einer Festung ausgebaut, und die mehrfachen, von mächtigen zinnenbewehrten Türmen unterbrochenen Ringmauern waren so hoch, daß sie die Sicht auf die Gebäude dahinter verdeckten. Bis zum Tode Zanters, des Souveräns, für dessen Ermordung mit Gift seine beiden Söhne einander gegenseitig die Schuld gaben, hatte dieser Palast den Hof und sämtliche Regierungsstellen beherbergt. Seit einem Jahr hingegen verharrte dort alles in einer Art von Erstarrung, in der Politik und Staatsgeschäfte keinen Platz mehr hatten.

Es war am Ende des Komplexes, wo Damlo an einem ummauerten, grün überwucherten Ausläufer entlangging, als er auf die Blicke der Leute aufmerksam wurde.

In dieser Gegend waren die Passanten nicht besonders zahlreich; alle aber, die er sah, starrten unverwandt in seine Richtung und schmunzelten. Zahlreiche Unverschämte zeigten sogar mit dem Finger auf ihn. Immer jedoch mit amüsierter Miene.

Aufmerksamkeit zu erwecken, das war etwas, das Damlo überhaupt nicht brauchen konnte, und so kontrollierte er zuerst den Sitz der Mütze und dann den Rest seiner Kleidung. Doch seine roten Haare waren hübsch verdeckt, und auch die Kleider waren ihm nicht wie von Zauberhand gelöst vom Leib gefallen. Warum also starrten ihn die Leute so an?

Es wurde ihm klar, als er stehenblieb. Mehr ratlos als neugierig hielt er unvermittelt inne, und da prallte etwas von hinten gegen seinen linken Stiefel. Damlo sah sich nach der Ursache um: Hinter ihm lag eine zerknitterte, wedelnde Fußmatte, die anhimmelnd zu ihm emporblickte.

»Was tust du denn hier?« rief der Junge, beugte sich hinab und kraulte das Tierchen hinter den Ohren. »Du solltest mir doch nicht nachlaufen!«

Als Antwort wedelte das Hündchen noch nachdrücklicher.

»Hör endlich auf, dich zu freuen! Ich weiß gar nicht, ob ich je dorthin zurückfände, wo du herkommst, und außerdem hätte ich keine Zeit dafür!«

Damlo hatte den vagen Eindruck, ein Lächeln umspiele die Lefzen des Kleinen.

»Na, wie du meinst«, gab sich der Junge geschlagen, »renn nur weiter hinter mir her!«

Flott ausschreitend setzte er seinen Weg fort, diesmal jedoch immer wieder mit kurzen Blicken zurück auf den Welpen. Und da wurden ihm die amüsierten Mienen der Leute noch verständlicher: Beim Hinterhertrotten hielt das Hündchen einen immerzu gleichbleibenden Abstand zu seinen, Damlos, Waden ein, was aussah, als würde er ein Bündel gelben, zusammengeknüllten Stoff an einer unsichtbaren Leine hinter sich herziehen.

»Du brauchst einen Namen«, entschied der Junge. »Ist es dir recht, wenn ich dich Fifa nenne?«

Der Kleine protestierte nicht, woraus Damlo schloß, daß ihm der Name zusagte. Also marschierte er ein paar Minuten weiter in Richtung Norden, doch dann, als er merkte, daß die Leute ihn und seinen Begleiter nach wie vor belustigt anblickten, entschloß er sich, den Welpen auf den Arm zu nehmen. Dabei fiel ihm auf, daß die Augen des Hündchens jetzt, da es nicht mehr verängstigt war, besonders lebhaft dreinsahen.

»Vielleicht habe ich mich in dir getäuscht«, murmelte er und bog in eine Straße ein, die durch eine Senke zwischen zwei Hügeln verlief. »Für den Schoßhund irgendeiner feinen Dame bist du ein viel zu schlaues Kerlchen.«

Der Welpe wedelte, und Damlo nickte zur Selbstbestätigung.

Die Häuser an dieser Straße standen an den steilen Hängen der beiden Hügel und sahen aus wie übereinandergeschachtelt. Alle miteinander formten sie jedenfalls eine Art langgezogenen Trichter, durch den der Wind hindurchjagte. Die Böen verkeilten sich darin, rafften Staubwirbel von der Straße hoch und pfiffen wie eine Bande Lausbuben um die Wette.

»Ja, ja, du bist schlau«, sagte Damlo zu dem Hund und erhob die Stimme, um den Wind zu übertönen, »ich bin ganz sicher, du gehörst irgendeinem kleinen Dieb. Und das heißt wahrscheinlich, daß dein dunkelbrauner Kollege jeden Grund hatte, dir ans Fell zu gehen.«

Erbost über den heftigen Wind, hatte das Hündchen die Schnauze unter Damlos Achsel geklemmt und rührte sich nicht. Er hat ein schlechtes Gewissen und tut so, als ginge ihn das alles nichts an, lachte Damlo bei sich. Dann bog er um ein Mäuerchen und erblickte den See.

Er war noch ein ganzes Stück von Damlos Standort entfernt. Ehe sie an der riesigen, vom Wind recht knittrigen Wasserfläche ankamen, glitt die Stadt sanft den Hang einer letzten Erhebung hinab. Nur unterbrochen von einem der zahlreichen Hafengebiete Erias, war die Küstenlinie gestochen scharf zu sehen, und der Junge hielt kurz inne, um zu beobachten, wie selbst die kleinsten Wellen ihre Schaumkrönchen beharrlich ans Ufer warfen. Im Augenblick erschienen sie harmlos und fröhlich, doch Damlo wußte nur zu genau, wie dieser Eindruck trügen konnte.

Er seufzte bei dem Gedanken. Die Magie war Teil seines Lebens, begründet durch seine Natur als halber Drache. Und soweit er wußte, hatte er bis zu diesem Augenblick zwei magische Handlungen vollbracht – beide Male, um sein eigenes Leben zu retten; und er hatte erst, als schon alles vorbei war, realisiert, daß okkulte Kräfte am Werk gewesen waren – seine eigenen. Doch er hatte keine Kontrolle über diese Kräfte, und der Anblick jener unbarmherzigen Wasserfläche dort unten versäumte es nie, ihn daran zu erinnern.

Bedrückt sah er zu Boden. Vor weniger als einem Monat waren einige Fischer draußen auf dem Eria-See von einem dieser furchtbaren Stürme überrascht worden. Und er, Damlo, hatte versucht, die Männer mit Hilfe seiner magischen Kräfte zu retten. Es wäre das erste Mal gewesen, daß er sie bewußt eingesetzt hätte, aber der Versuch war fehlgeschlagen.

In früherer Zeit hätte es nicht so geendet. Damals war dieses Talent unter den Menschen noch weit verbreitet, und fast in jedem Dörfchen gab es einen Zauberer, der die Fähigkeit besaß, Brände zu löschen und Felder und Vieh fruchtbar zu machen. Er versetzte große Felsblöcke, glättete die sturmgepeitschten Wogen und verhinderte Überschwemmungen – oder gebot ihnen wenigstens Einhalt. Und das galt wohlgemerkt schon für den einfachsten Dorfzauberer! Die besseren, begabteren, lebten in großen Gebäuden, den Zaubertürmen, wo die anspruchsvollere Magie studiert und gelehrt wurde.

Doch eines Tages entschied der Magiarch des Weißen Turms – jenes Zauberturms, der im Wald von Belsin stand –, es sei unumgänglich, die menschliche Zauberei auszumerzen. Zur Gänze und überall auf der Welt. Es mußte gute Gründe dafür gegeben haben, denn der Rat der Magier diskutierte den

Vorschlag in langen Sitzungen ein ganzes Jahr hindurch, und am Ende kamen alle darin überein, daß der Magiarch recht hatte. Also wurden sämtliche Bücher über Magie verbrannt und ein mächtiger Gegenzauber ausgesprochen. Die Menschen konnten das nicht verstehen und beschuldigten die Zauberer, ihnen die Magie geraubt zu haben. Bei diesem Gedanken schüttelte Damlo den Kopf: was für eine Dummheit! Welchen Grund sollte einer haben, etwas zu stehlen, das er doch bereits besaß? Wie auch immer, jedenfalls geriet das Volk immer mehr in Wut und setzte nach und nach sämtliche Zaubertürme in Brand. Auch jenen von Belsin, so hieß es überall, doch das stimmte nicht. Und er, Damlo, hatte genau diesen Turm zum Ziel.

Plötzlich zog Fifa die Schnauze unter seiner Achsel hervor und starrte ihn an.

»Du hast recht«, nickte der Junge, »ich muß aufhören, mich dauernd ablenken zu lassen. Sonst komme ich nicht einmal bis zur Bettlerküste, geschweige denn zum Turm von Belsin.«

Er schlug den Weg zum großen Tempel des Seegottes ein, das war ein graues, eindrucksvolles Bauwerk, das von Dutzenden hoher, wuchtiger Säulen umgeben war. Damlo schlängelte sich durch die Menschenmenge davor und beschrieb so einen fast kompletten Kreis um das Gebäude. Doch dann hatte er in weniger als einer Minute sein Ziel erreicht: einen kleinen rechteckigen Platz mit Kopfsteinpflaster, auf dem ein Brunnen stand, dessen Becken einen Sprung hatte, sowie vier verdorrte Bäume und zwei kaputte Sitzbänke.

Nachdem er Fifa auf den Boden gesetzt hatte, klopfte er an ein Tor, das gewaltsam in die Ecke zwischen zwei Häusern gezwängt war. Jemand lugte durch das quadratische Fensterchen, und der Junge hob die Hand und formte mit den Fingern das geheime Erkennungszeichen der Bruderschaft.

Wollen wir hoffen, daß Tatini auch heute wieder da ist, dachte Damlo, als er über die Schwelle trat. Vom Flur aus betrachtet wirkte das Tor weitaus massiver als von draußen; und der Mann, der die Aufsicht darüber innehatte, war wie ein Bergtroll gebaut. Nicht, daß Damlo je einen zu Gesicht bekommen hätte, aber an den beängstigenden Körpermaßen dieser Ungetüme ließ die Überlieferung keinen Zweifel. Doch ungeachtet seines wenig vertrauenerweckenden Äußeren erwies sich der Mann doch als einigermaßen umgänglich.

»Und den kleinen Racker dort läßt du draußen?« fragte er, noch ehe der Junge bemerkt hatte, daß ihm das Hündchen nicht gefolgt war.

»Komm schon!« rief Damlo rasch. »Mach schnell, Fifa, der Herr da kann die Tür nicht noch länger offenhalten!«

Als er hörte, daß ihn jemand »Herr« nannte, sah er Damlo mit einem mißtrauischen Blick an – was der Junge jedoch kaum bemerkte, da sich seine Aufmerksamkeit auf das Hündchen konzentrierte, das offensichtlich nicht die Absicht hatte einzutreten. Es saß auf dem Pflaster, ließ die Zungenspitze aus dem Maul hängen und bedachte Damlo mit einem schmachtenden Blick. Jedesmal, wenn der Junge mit ihm sprach, wedelte es ein wenig – und danach stellte es das Wedeln immer wieder ein.

Nach einer kurzen Entschuldigung beim Torwächter kehrte Damlo nach draußen zurück und beugte sich zu Fifa hinab.

»Was ist los?« fragte er und kraulte ihm die Kehle. »Willst du nicht hineingehen? Hast du Angst? Ah, ich weiß, was es ist: Von hier aus sieht der Flur nicht besonders einladend aus, weil es da drinnen so dunkel ist. Aber an seinem Ende gibt es eine Taverne mit vielen Lampen. Dort sind auch viele Leute, und alle sind lustig!«

Fifa schnüffelte an seinem Kinn.

»Also nur Mut!« raunte ihm Damlo ins Ohr und nahm ihn auf den Arm. »Die Gefahr lauert hier draußen, nicht dort drinnen. Hier draußen treiben sich irgendwo die Gehilfen des Feindes herum, die Jagd auf mich machen. Sie sind ganz schwarz gekleidet, und mein Vetter Trano nennt sie ›Schwarze Degen‹. Warum wohl, was denkst du …?«

Plötzlich leckte ihm der Kleine über die Nase.

»Mit dir kann man nicht ernsthaft reden, Hund!« lachte der Junge und stand auf. Doch sobald er einen Schritt auf das Tor zu machte, begann das Tierchen zu zappeln, wand sich aus seinem Arm und sprang zu Boden. Es lief ein Stück zur Seite, und von diesem Augenblick an kam es nicht mehr näher. So als würde es sich hier um ein lustiges kleines Spiel handeln. Es wedelte zwar jedesmal, wenn Damlo es rief, ließ ihn aber nicht mehr an sich heran.

»Na gut«, kapitulierte der Junge zu guter Letzt. »Es ist ja nur gerecht so, schließlich bist du mir freiwillig nachgelaufen, und es wäre gemein von mir, dich zu etwas zu zwingen, das du nicht willst.«

Wieder ließ er sich von dem Bullen das Tor öffnen, und wiederum versuchte er vom Flur aus Fifa ins Haus zu locken. Aber das Hündchen beschränkte sich aufs Wedeln, und so wandte sich Damlo resigniert um und machte sich auf den Weg durch den schlecht beleuchteten Gang.

Das Tor zu dem kleinen Platz war nur ein Nebeneingang, und so hatte man eine hübsche Strecke im Inneren des Gebäudes zurückzulegen, ehe man zum Sitz der Bettlerküste selbst kam. Doch schließlich stand der Junge im Empfangsraum, einer großen Halle, die von zahlreichen Öllampen erhellt wurde und in der mehrere Korridore zusammenliefen. An der einzigen durchgehenden Wand befand sich ein langer dunkler Tisch. Auf einer Seite warteten einige Personen, auf der anderen stand der kleine Mann, den Damlo bereits kannte.

»Damlo Rindgren«, sagte er, als der Junge an die Reihe kam. »Dieb, eingeschrieben in Drassol und Inhaber einer bislang vorläufigen Nummer. Richtig?«

»Richtig«, lächelte Damlo. »Gratulation zu diesem Gedächtnis!«

»Das gehört zu meiner Arbeit«, entgegnete der Mann hinter dem Anmeldepult, aber es war nicht schwer zu erkennen, daß er sich geschmeichelt fühlte. »Außerdem stehe ich in deiner Schuld, weil ich deinen Freunden eine falsche Auskunft gegeben habe.«

Damlo, Uwaen und die Zwerge Irgenas und Clevas hatten sich als Folge eines Hinterhalts, der ihnen von Orks an einer Schlucht namens »Ringenims Klinge« gelegt worden war, zwangsläufig trennen müssen. Nach dem Kampf hatte der Junge seinen Weg allein fortgesetzt, nachdem er zu der Überzeugung gekommen war, daß seine Freunde den Tod gefunden hatten. Doch sie hatten sich retten können und waren in ihrem Bestreben, Damlo einzuholen, auch nach Eria gekommen. Der Mann hinter dem Empfangstisch der Bettlerküste hatte ihnen jedoch fälschlicherweise die Auskunft gegeben, der Junge wäre bereits auf dem Weg ins Zentralmassiv. Und so hatten die drei Freunde die Hauptstadt Hals über Kopf wieder verlassen, um einen Wagenzug einzuholen, dem Damlo gar nicht angehörte.

Der kleine Mann hatte jedoch in bester Absicht gehandelt, denn der Junge selbst war es gewesen, der ihm erzählt hatte, er würde die Stadt sofort verlassen; sogar das Kennzeichen, das ihn als Teilnehmer an der Karawane auswies, hatte er vorgezeigt – ohne zu ahnen, daß er zuvor gezwungen sein würde, Tatini bei der Ausführung eines Diebstahls zu helfen. Und auch ohne vorherzusehen, daß er Ticla und Gevan Bedaran kennenlernen und zusammen mit ihnen den Plan aushecken würde, dem Ersten Diener ein falsches Siegel zuzuspielen.

»Tatini ist noch nicht eingetroffen«, teilte ihm der Bedienstete der Bettlerküste mit, nachdem Damlo beteuert hatte, ihm nichts nachzutragen. »Wie du weißt, kannst du in der Taverne auf ihn warten.«

Für den Jungen, der seine ganze Kindheit in einer Wirtsstube verbracht hatte, war es immer wie eine Rückkehr ins vertraute Zuhause, wenn er einen Raum voller Tische, Krüge und Geschnatter betrat. So legte er den langen Flur, der zur Schenke führte, mit einer gewissen freudigen Erregung zurück. Bevor er durch den großen offenen Durchgang zur Taverne trat, lehnte er sich an die Wand und schloß die Augen, um die Geräusche und Gerüche, die aus dem großen Raum drangen, ein Weilchen in sich aufzunehmen: ein allgemeines Stimmengewirr, gar nicht mal allzu laut; Gelächter, vermischt mit dem Scheppern von Tellern und Bechern; ein gelegentliches hölzernes Klappern, gefolgt von Aufschreien und Flüchen – hier war ein Würfelspiel im Gange; und manchmal vernahm der Junge vereinzelte Schreie von Gästen, die über den vorherrschenden Lärm hinweg nach mehr Bier riefen – und denen die Kellner zweifellos mit bestätigenden Blicken oder einem stummen Nicken antworteten.

Über allem lag der Geruch von gebratenem Fleisch, doch aus einem unerfindlichen Grund schweiften Damlos Gedanken zurück nach Waelton und zu jenem ganz anderen Duft, der aus Tante Neilas Schmortopf stieg, wenn Kaninchenfleisch darin vor sich hinköchelte. Auch das geschmorte Karnickel, das Clevas während der Reise zubereitete, hatte köstlich geschmeckt, ging es Damlo in einem kurzen Anfall von sentimentaler Erinnerung durch den Kopf. Wo seine drei Freunde in diesem Augenblick wohl waren? Woran sie dachten? Wie sehr sie in allerhöchster Eile voranstrebten, um ihn einzuholen und zu beschützen? Und wer konnte sagen, mit welch sorgenvollen Gedanken sie sich wohl herumschlagen mochten, wenn sie die Karawane erreichten und entdecken mußten, daß er gar nicht mitreiste? Damlo seufzte und öffnete wieder die Augen. Sinnlose Grübeleien. Sie dienten nur dazu, ihn von dem abzulenken, was er vorhatte.

Plötzlich geriet die Luft auf dem Flur in Bewegung. In eine heftige Bewegung sogar. Irgend jemand mußte eine Tür nach draußen geöffnet haben, und ein Windstoß hatte sich eingeschmuggelt, der sich nun über alle Gänge ausbreitete. Damlo empfand ihn wie eine sanfte, aber kraftvolle Hand, die ihn voranschob. Sogleich griff er nach seiner Mütze und preßte sie sich fest auf den Kopf. Den Luftzug nahm er als Aufforderung, sich in Bewegung zu setzen, trat von der Wand weg und in die Gaststube ein.

Üblicherweise war die Taverne der Bettlerküste zu jeder Tageszeit zum Bersten voll – verständlich, wenn man die Sorte Gäste in Betracht zog, von der sie aufgesucht wurde. Doch an diesem Vormittag gab es mehr leere Stühle als belegte; die langen Tafeln in der Mitte des Raums waren zumeist frei, ebenso wie etliche der quadratischen Tischchen an den Seiten. Nur die rechteckigen Tische an den Wänden, die von Paravents aus dunklem Holz getrennt wurden, waren zu einem großen Teil besetzt.

Auf einer Seite saß eine Gruppe von Würfelspielern, umringt von Kiebitzen, die sich noch mehr ereiferten als die Spieler selbst. Auf der anderen Seite widmeten sich weniger lärmende Gäste ihren Suppenschüsseln, den Brotkörben und dem Braten. Um einige der Tische zwischen den dunklen Trennwänden drängten sich Männer, die sich miteinander unterhielten und lachten oder stritten, während sie Bier aus großen Tonkrügen in sich hineingossen. Hier und dort standen Kinder und Halbwüchsige beiderlei Geschlechts schweigend einen Schritt hinter den Gästen. Einige trugen Fußfesseln.

Sklaven, wie Damlo wußte. Wieder fragte er sich, ob der arme Kerl in den blauen Frauenkleidern den Tempel der Ketten wohl erreicht hatte. Er würde es nie erfahren ... Und er selbst? Es lief ihm kalt über den Rücken. Wäre er den Männern des Ersten Dieners in die Hände gefallen, hätten sie ihn wohl getötet – oder möglicherweise als Sklaven verkauft. Er schüttelte den Kopf. Welche Alternative er vorgezogen hätte, vermochte er sich nicht vorzustellen.

So reglos auf der Schwelle stehend, begann er allmählich, Aufmerksamkeit auf sich zu ziehen. Also ließ er noch einen letzten Blick über die Anwesenden gleiten: Tatini war wirklich nicht da. Er seufzte, trat in die Gaststube und hielt Ausschau nach einem angenehmen Sitzplatz.

Plötzlich bemerkte er hinter sich eine Bewegung, und dann stieß ihn jemand heftig gegen die Schulter.

»Geh mir aus dem Weg!« herrschte ihn eine Männerstimme an, zäh und klebrig wie Fischleim.

Der Mann, der ihn gestoßen hatte, eilte an ihm vorbei, ohne ihn eines Blickes zu würdigen. Er trug einen schweren schwarzen Umhang, und Damlo sah ihn nur von hinten; doch der Junge brauchte ihm nicht ins Gesicht zu blicken, denn diese Stimme kannte er nur allzu gut: sowohl ihren überheblichen Ton als auch die heiser-zähflüssige Klangfarbe. Aus irgendeinem Grund sprachen sie alle so. Und auch ihre Gesichter, die sich häufig halb hinter Kapuzen verbargen, ähnelten sich auf merkwürdige Weise. Es waren grausame Gesichter und dabei so krankhaft bleich, daß sie fast grünlich wirkten.

Nein, er irrte sich nicht. Der Mann, der sich soeben in weniger als sechs Schritt Entfernung auf einem Stuhl niedergelassen hatte, war ein Beauftragter des Ersten Dieners.

Ein Schwarzer Degen.

3

Ohne nachzudenken bewegte sich Damlo voran, und eine Sekunde später ließ er sich schon in der nächsten Nische auf einen Stuhl fallen. Von seinem Sitzplatz aus sah er von dem Mann in Schwarz nur noch eine Schulter und ein Stück Umhang bis zum Saum, der in Falten auf dem Boden auflag. Die Blicke des Jungen blieben an der Stelle hängen, wo eine lange, schmale Kante zu erkennen war, die sich durch den Stoff drückte und keinen Zweifel ließ, was es war, das sich da unter dem Umhang verbarg.

Kein gewöhnlicher Degen, sondern eine Waffe mit schwarzer, sehr dünner und furchterregender Klinge. Bei der Erinnerung lief es Damlo kalt über den Rücken: ein einziges Mal hatte er eine in der Hand gehabt – aus Neugier und ohne um das Böse zu wissen, das sie in sich trug. Und augenblicklich hatte er ein Gefühl von Macht verspürt, das, gelinde gesagt, außerordentlich war. Doch zugleich war er von einem unbändigen Haß erfaßt worden, von einer so tiefen Feindseligkeit, daß sie ihm den Atem raubte. Bei dem Gedanken daran verkrampften sich dem Jungen noch immer die Eingeweide.

Zu jener Zeit war er mit Prinz Irgenas und Clevas unterwegs gewesen – dem Erben des Steinernen Thrones, der eines Tages über das Zwergenreich herrschen würde, und seinem weisen, alten, jedoch höchst empfindlichen Lehrer Clevas. Damlo kannte die beiden zwar noch nicht lange, hatte ihnen aber schon sein Leben zu verdanken. Die Zwerge waren seine besten Freunde – doch kaum hatte sich der Degen in seiner Hand befunden, wünschte er ihnen mit jeder Faser den Tod. Und er wäre auch zum Mörder geworden, hätte sich nicht in jenem Augenblick einer seiner Krampfanfälle abgezeichnet. Er hätte sie hinterrücks getötet und er wäre zweifellos froh und zufrieden darüber gewesen, doch glücklicherweise war ihm dann der Degen aus der Hand gefallen. Unmittelbar nach diesem plötzlichen Ende des Kontaktes mit der Waffe hatte er ein so überwältigendes Gefühl des Verlustes verspürt, daß er sie fast wieder aufgehoben hätte. So machtvoll war der Fluch dieser Waffen.

Doch zurück zur Gegenwart: Was wollte ein Schwarzer Degen hier in der Bettlerküste? Diese Taverne war der wichtigste Treffpunkt von Gesetzesbrechern in der ganzen Stadt. Die Abgesandten des Feindes hatten jedoch Wichtigeres zu tun, als derartige Lokale zu besuchen; sie gingen nur gelegentlich dorthin und immer zu einem ganz bestimmten Zweck: um etwa Vereinbarungen mit zweitrangigen Mitgliedern der Unterwelt zu schließen. Oder um die Sicherheit dieses Ortes für den Empfang oder die Durchführung von Lieferungen zu nutzen. Damlo fiel ein, daß Uwaen, der Halbelf, vor kurzem einen von ihnen in der Spelunke der Bettlerküste von Drassol entdeckt hatte; der Schwarze Degen war mit einem Würdenträger des Hofes zusammengetroffen und hatte diesem eine rote, körnige Substanz übergeben – eine Art Droge offenbar, mittels derer der Schwarze Degen die Kontrolle über den Höfling ausübte.

Unversehens hielt Damlo den Atem an: Auch in Schloß Bedaran gab es einen Verräter! War der Beauftragte des Feindes vielleicht hier, um genau diesen zu treffen? Was für ein großartiger Zufall das wäre! Niemand ahnte, daß er, Damlo, sich in dieser Gesellschaft herumtrieb, und wenn er dafür sorgte, daß man ihn nicht entdeckte, würde er den Spion entlarven können!

Er lächelte, zog sich die Mütze fest über die Ohren und sah sich noch einmal um.

Zwei Augen starrten in die seinen.

Sie gehörten einem kleinen Mädchen von sechs oder sieben Jahren, das ihn aus zwei Schritt Entfernung fixierte. Es saß allein an einem der quadratischen Tischchen, die zwischen den Nischen und den langen Tafeln in der Mitte des Raumes standen. Ehe sie sich hingesetzt hatte, mußte die Kleine gerade erst an Damlo vorbeigegangen sein. Aber das hastige Bestreben, sich aus dem Gesichtsfeld des Schwarzen Degens zurückzuziehen, hatte offenbar verhindert, daß er sie bemerkte. Er lächelte ihr zu und fragte sich, warum sie ihn so anstarrte, doch sie fuhr fort, ihn wieder mit offenem Mund anzublicken, ohne auch nur mit einer Wimper zu zucken. Obwohl ihre üppige Haarpracht ein Gesichtchen einrahmte, das eher breite, kantige Züge aufwies, wirkte sie doch zart und zerbrechlich. Sie hockte auf einem Schemel, auf dem sie mit einem langen Schal aus braunem Leinen festgemacht war. Man hatte sie nicht richtig angebunden, denn der Schal war nur zweimal um ihre Mitte geschlungen und weiter unten noch zweimal um ein Bein des Schemels. Ohne Knoten.

Eine kleine Sklavin, dachte der Junge. Er fand es sonderbar, daß ihr Herr nicht stets ein Auge auf sie hatte. Andererseits war aber nicht zu befürchten, daß jemand die Kleine wegbrachte: In sämtlichen Gebäuden der Bettlerküste herrschte strengste Waffenruhe – es gab keine einzige Person auf der Welt, die sie verletzt hätte, ohne anschließend nicht einen ausnehmend widerwärtigen Tod zu erleiden.

»Hallo!« grüßte Damlo das Mädchen mit leiser Stimme.

Sie zuckte leicht zusammen, machte den Mund zu und lehnte sich ein wenig zurück. Ohne den Blick von Damlo abzuwenden oder ein Wort zu sagen. Ob sie wohl stumm war? In ihrem Gesichtsausdruck lag etwas Unbeschreibliches, etwas, das sich zwar nicht fassen ließ, und dennoch irgendeine Erinnerung in ihm wecken wollte. Während er immer wieder wachsame Seitenblicke auf den Schwarzen Degen warf, betrachtete Damlo das kleine Mädchen genauer.

Es war der Ausdruck ihrer Augen. Darin lag etwas Sanftes, Rührendes. Eine Art gedämpfte, verschwommen staunende Melancholie. Wie ein Schleier aus Unsicherheit, umschlossen von Neugier. Und Unergründlichkeit.

Die Erinnerung kam schlagartig und machte sein Herz weich und weit. »Bella Vedalin!« murmelte er.

Nachdem er dem Überfall der Orks an Ringenims Klinge entkommen war, hatte sich Damlo bis zur Brücke über den Riguario durchgeschlagen, wo er in der vergeblichen Hoffnung, daß die Freunde ihn dort einholen würden, fast zwei Tage lang gewartet hatte. Auf dem Halteplatz war auch der Wagen der Vedalins abgestellt gewesen, und der Junge hatte mit der Familie Freundschaft geschlossen. Die Vedalins waren Bauersleute, alle mit rotem Haar, so wie Damlo, wenngleich von anderem Farbton als die »Roten« von Waelton. Als Folge eines großen Unglücks hatte die Familie ihr Dorf verlassen müssen und war nun auf dem Weg nach Darilan gewesen, wo Vater Vedalin Verwandte hatte, die sie hoffentlich alle aufnehmen würden.

Das Zusammensein mit Ruset, Lya und den Kindern war für Damlo eine Erholungspause gewesen, so warm und beruhigend, daß sie ihm zu dieser schwierigen Zeit großen Seelentrost gespendet hatte. Bella Vedalin war das einzige Mädchen der Kinderschar, und genau wie die Kleine mit dem braunen Schal hier hatten auch ihre Augen tiefgründig und ein wenig rätselhaft gewirkt und sie mit einer Aura aus Melancholie umgeben, die um so schwermütiger erschien, da Bella aus übergroßer Schüchternheit nie sprach. Eine Sekunde lang sah er wieder den langen, schweigenden Blick vor sich, den ihm das Mädchen nachgeschickt hatte, während der Wagen der Vedalins auf die Rampe der Brücke rumpelte. Damlo lächelte bei der Erinnerung an das Hin- und Herschwanken der Plane, deren Halbrund den Wagen überdachte und ihn wie ein altes verdrießliches Weiblein mit einem Rüschenhäubchen aussehen ließ.

Ja, dieses kleine Mädchen erinnerte ihn wirklich sehr an Bella Vedalin – die jedoch weder stumm noch eine Sklavin gewesen war.

Damlo schüttelte langsam den Kopf und seufzte. Dann warf er wohl zum hundertsten Mal einen Blick zu der Nische, in der der Schwarze Degen saß. Wen auch immer dieser erwartete, er war noch nicht eingetroffen. Doch in der Zwischenzeit hatte sich der Raum gefüllt. Jetzt saßen die Gäste auch an den langen Tafeln in der Mitte, und das Geschrei war zusehends lauter geworden.

Plötzlich sah Damlo Tatini. Er erblickte ihn aus dem Augenwinkel, noch ehe der kleine Mann über die Schwelle getreten war. Unmittelbar vor dem Eingang waren ein paar Leute stehengeblieben, die miteinander schwatzten und erst einmal nach einem geeigneten Tisch Ausschau hielten. Dadurch war es an der Tür zu einem Stau gekommen, denn hinter ihnen drängten andere nach, die auch in die Taverne wollten. Und unter ihnen entdeckte Damlo die rundliche Gestalt des Meistereinbrechers. Er sah hin, lächelte und schickte sich schon an, ihm zu winken. Doch statt den Arm zu heben, um Tatinis Aufmerksamkeit auf sich zu lenken, erstarrte der Junge auf seinem Stuhl. Eine Sekunde lang saß er reglos da, und dann ließ er sich unter den Tisch fallen.

Als der Schwarze Degen eingetreten war, hatte sich Damlo eher aus einem Instinkt heraus möglichst unauffällig in die Nische verdrückt; einen Grund gab es dafür eigentlich nicht, denn er trug seine Mütze, und keiner der Gefolgsleute des

Feindes hatte ihm je ins Gesicht gesehen. Völlig anders verhielt es sich jedoch mit der Person, die der Junge gerade eben über Tatinis Schulter hinweg erblickt hatte: einen mageren, kleinen, leicht pockennarbigen Mann, der mit unauffälliger Eleganz, aber nicht luxuriös gekleidet war, und von dem Damlo wußte, daß er sich mit solcher Gewandtheit bewegte, daß er beinahe körperlos wirkte. Wirklich gelang es ihm auch jetzt, vor allen anderen in die Taverne zu kommen, ohne daß man hätte sagen können, wie er das geschafft hatte. Der Junge war nicht überrascht; er hatte ihn bereits bei der Arbeit gesehen und kannte seine Fähigkeiten. Er hieß Vodars und war jener Taschendieb, der in Drassol den Aufruhr entfesselt hatte, bei dem Damlo beinahe gelyncht worden war. Mit einem Wort, ein Mann, der ihm, Damlo, schon persönlich begegnet war und der sein Gesicht daher bestens kannte.

Während in seinem Inneren die Angst wie eine Welle wuchs, die der Wind vor sich hertrieb, verfolgte der Junge den Weg des Taschendiebes durch den ganzen Raum. Überflüssigerweise eigentlich, denn schon bei anderen Gelegenheiten hatte er Vodars in Gesellschaft von Schwarzen Degen gesehen. Also war es nicht der Verräter aus dem Schloß, auf den der Handlanger des Ersten Dieners wartete. Schade.

Damlo sah sich kurz um. Jetzt mußte er nur noch aus der Taverne kommen, ohne gesehen zu werden. Nicht einmal von Tatini, denn dem Jungen war klar, daß dieser, sobald er ihn erblickte, nicht zögern würde, seinen Namen laut auszurufen und aller Aufmerksamkeit auf ihn zu lenken: Das aber wäre sein Todesurteil.

Die Hände schweißnaß und den Mund staubtrocken, lugte er von neuem unter dem Tisch hervor. Jetzt setzte sich Vodars gerade dem Schwarzen Degen gegenüber, und Tatini hatte sich endlich durch das Gedränge dort draußen auf dem Gang in den Saal gekämpft. Er stand nicht weit vom Eingang entfernt und überlegte sichtlich, wo er Platz nehmen sollte. Die Stühle in der Taverne waren nun fast alle besetzt, und der Radau hatte sich vervielfacht. Alle redeten mit lauter Stimme durcheinander, und eine Bestellung mußte dem Kellner zugebrüllt werden.

Damlo schätzte die Entfernung, die ihn vom Eingang trennte. Es war zwar nicht weit bis dorthin, aber keineswegs so nah, um einfach aufzuspringen und mit einem einzigen Satz nach draußen zu kommen. Also mußte er den Weg über das offene Gelände nach Möglichkeit verringern ... Er sah in alle Richtungen und überlegte. Wie sollte er nur unbemerkt zum Ausgang kommen?

Wiederum kreuzte sich sein Blick mit jenem des kleinen Mädchens, und wie zuvor starrten ihre weit aufgerissenen Augen unverwandt in die seinen. Damlo hätte am liebsten laut aufgelacht: Was wohl der kleinen Sklavin durch den Kopf gegangen war, als er sich unter den Tisch gestürzt hatte, um von dort aus höchst vorsichtig in die Runde zu spähen? Und was sie wohl in Kürze denken würde, wenn er auch noch anfing, unter den benachbarten Tischen hindurchzukriechen? Besser noch, unter ihrem eigenen, denn dieser würde ihn ein wenig näher zum Ausgang bringen, und der Platz darunter war nicht von zahllosen Stiefeln verstellt!

Der Junge machte sich bereit. Er setzte an ... und ließ sich mit einem tiefen Seufzer verzagt zurücksinken.

Er hatte geplant, mit einem einzigen Sprung neben dem Schemel der Kleinen zu landen, doch beim Anspannen der Muskeln war ihm klargeworden, daß ihn seine Beine gar nicht tragen würden. Die Knie fühlten sich so weich wie geronnene Milch an, und er war sicher, sie würden sofort unter ihm nachgeben. Diese ewige, verflixte Angst! stöhnte er innerlich auf. Wie er sie mit jeder Faser seines Herzens verabscheute! Er massierte sich die Beine, und so vergingen einige Minuten, ehe es ihm gelang, sich wenigstens auf alle viere hochzustemmen, und keuchend, als würde er einen steilen Hang hochklettern, schaffte er es bis an das vorläufige Ziel.

Im Unterschied zu vielen anderen Tischen im Raum, die nur von einer zentralen Säule getragen wurden, hatte jener, an dem das Mädchen saß, vier massive Beine, an jeder Ecke eines. Darüber war Damlo froh, denn jedes von ihnen, wenn auch vergleichsweise dünn, verschaffte ihm doch ein wenig Deckung. Er krabbelte auf einen der freien Stühle neben dem Schemel der Kleinen zu, blickte hoch und lächelte ihr zu. Sie starrte ihn an, als wäre er übergeschnappt.

»Schsch!« flüsterte Damlo und legte den Finger auf die Lippen. »Das ist ein Spiel!«

Sie schien die Sache zu überdenken, dann hob sie leicht die Schultern und blickte sich um. Schließlich richtete sie die Augen wieder auf ihn. Irgendwie schien sie sich ein wenig beruhigt zu haben, bemerkte er, aber es kam ihm so vor, als würde die sanfte Melancholie, die sie umwehte, noch deutlicher zutage treten als vorhin. In diesem Augenblick begann Damlo zu zittern.

Roter Angsthase!

Nicht von ungefähr hatten ihn seine Schulkameraden so genannt. Unmittelbar nach einem großen Schreck und manchmal auch schon während eines solchen Erlebnisses fing sein ganzer Körper immer gleich an zu zittern. Und so sehr sich der Junge auch Mühe gab, es zu unterdrücken, er konnte nicht dagegen ankämpfen. Er konnte nur abwarten, daß es vorbeiging, und dabei inständig hoffen, daß es nicht in einen Krampfanfall überging.

»Aber den«, erklärte er der Kleinen, ohne ins Detail zu gehen, »muß ich heute nicht fürchten. Für den Augenblick schläft der Drache, und solange er nicht aufwacht, droht mir auch keine Gefahr.«

Das Mädchen riß die Augen noch weiter auf, und der Junge holte tief Atem. In Wahrheit verhielt es sich ganz und gar nicht so; es gab Situationen, die den Drachen schlagartig aufwekken konnten – Todesgefahr etwa. Auch deshalb mußte Damlo verhindern, daß man seiner je habhaft wurde. Er warf einen Blick hinüber auf die Beine von Tatini, der sich mittlerweile an einem Tisch am anderen Ende des Raumes niedergelassen hatte.

»Weißt du«, fuhr Damlo fort, an das Mädchen gewandt, »weißt du, ich mag es selber nicht, wenn ich so zittere. Aber das passiert eben manchmal, und ich kann nichts dagegen tun.« Die Taverne war nun von einem derart lautstarken Stimmengewirr erfüllt, daß keine Gefahr bestand, von den anderen Gästen gehört zu werden. »Außerdem ist es mir auch zuwider, immerzu Angst zu haben. Und dazu eine Art Monster zu sein. Aber so ist es nun mal. Und ich habe solche Angst vor dem Drachen, daß ich es dir gar nicht sagen kann.«

Da hörte das Zittern plötzlich auf, und Damlo fühlte sich auf einmal ausgelaugt und völlig kraftlos. Die Energie rann aus ihm heraus wie Wasser aus einem löchrigen Tontopf, Arme und Beine wurden schwer wie Baumstämme, und in seiner Brust schwoll ein starkes Gefühl von Einsamkeit derart an, daß er fürchtete, es zerreiße ihm das Herz.

»Aber ich habe eine Aufgabe«, erklärte er. »Als ich mich bereit erklärte, sie zu übernehmen, wußte ich, daß es nicht einfach werden würde. Also darf ich mich nicht beklagen. Vor allem nicht bei dir, einer kleinen stummen Sklavin. Aber das, was ich tun muß, belastet mich ganz schrecklich. Wenn ich daran denke, fühle ich mich so müde …«

Die Kleine fuhr fort, ihn wie ein exotisches Tier anzustarren. Doch so etwas wie ein schwaches Licht des Verstehens erhellte jetzt ihre Augen. Oder war es nur dieses übergroße Bedürfnis danach, das ihn verführte, sich das einzubilden?

»Ich will gar nicht weg von hier«, sagte er mit einem Rest von Zittern in der Stimme. »Wenigstens nicht gleich. Aber es muß sein. Sofern ich überhaupt lebendig unter diesem Tisch hervorkomme. Ich würde viel lieber bei Ticla bleiben … Stell dir vor, sie ist auch ganz verrückt nach Märchen und Legenden! Besonders die Geschichten von den Drachen mag sie. Dabei hat sie noch keine Ahnung von meinem … ich muß es ihr früher oder später sagen, aber bisher hat sich noch keine Gelegenheit dazu ergeben. Das ist ja nicht etwas, das man einfach so leichthin zum besten gibt, nicht wahr? Aber von Kaxalandrill, der Drachin, die Waelton gegründet hat, habe ich ihr schon erzählt. Das ist eine Urahnin von mir, weißt du? Nein, du weißt es nicht. Wie solltest du auch? Und von Britelvorill habe ich ihr auch berichtet, dem Drachen, dessen Reißzahn … Nein, das kann ich nicht einmal dir sagen. Entschuldige. Aber von der Legion von Gualcolan muß ich ihr noch erzählen …«

Damlo war durchaus bewußt, daß er vor sich hinplapperte, wie es ihm in den Sinn kam, aber er hatte nicht die mindeste Absicht, damit aufzuhören, denn als andere Möglichkeit bot sich nur an, in Tränen auszubrechen.

»Heute«, fuhr er hastig fort, »ist die Legion von Gualcolan eine kleine, gut organisierte Armee. Die Legionäre sind als tapfere, starke Krieger in der ganzen Welt berühmt. Am Anfang allerdings handelte es sich nur um einfache Gebirgler – dreihundertsiebenundsechzig Bauern und Viehzüchter, die sich am Gualcolan-Paß einem einfallenden Heer von zehntausend Mann entgegenstellten und es aufhielten. Nur sechs überlebten. Wahre Helden. Und ich … ich bin kein Held, aber ich habe etwas versprochen. Ich habe mein Wort gegeben, und sein Wort muß man halten. Also werde ich abreisen. Obwohl ich eigentlich furchtbar gern noch ein wenig Zeit mit Ticla verbringen möchte. Noch einmal mit ihr in die Schloßbibliothek gehen und zusammen lesen …«

Er verstummte, unterbrochen von einem Kloß aus Tränen, der ihm in der Kehle saß. Diesmal würde er sie nicht zurückhalten können, fürchtete er.

In diesem Augenblick strich ihm etwas Feuchtes, Kaltes über die Hand. Erschrocken zuckte er zusammen und zog den Arm zur Brust, ehe er hinsah und verblüfft Mund und Augen aufsperrte: Neben ihm lag eine Art zusammengeschobener Teppich aus Fell, der heftig wedelte.

»Fifa!« rief der Junge überrascht.

Plötzlich war ihm, als befänden sich seine Gefühle an einer Weggabelung: Er wußte mit vollkommener Klarheit, daß er jetzt entweder in Tränen ausbrechen und stundenlang weinen, oder aber ebensolang geradezu übermütig singen, tanzen und fröhlich sein könnte. Genauso klar wußte er, daß der Unterschied nur in einer winzigen Gefühlsregung bestand, deren Steuer er in diesem kurzen Augenblick fest in der Hand hielt. Das alles dauerte nur eine Sekunde lang an, aber in dieser Sekunde fühlte er sich als Herr der Welt. Und so wählte er eine dritte Möglichkeit: Er erlaubte der Welle von Freude zwar, ihn zu überrollen, verkniff sich aber das Jubilieren und umarmte nur schweigend das Hündchen.

»Das ist Fifa«, sagte er, als er seine Gefühle wieder unter Kontrolle hatte. Er sprach mit der Kleinen, als müßte sie ihn verstehen, und ehe er den Blick wieder auf den Welpen senkte, bemerkte er gerade noch rechtzeitig das Aufblitzen von lebhaftem Interesse in den Augen des Mädchens.

»Fifa, wie bist du nur hereingekommen?« fragte Damlo das Tierchen und kraulte ihm den Hals. »Bist rasch ins Haus gehuscht, als gerade jemand eintrat, wie? Du hast dich reingeschmuggelt, und jetzt bist du ein echter Gauner, so wie wir alle. Und das heißt, daß du jedes Recht hast, dich hier in der Taverne aufzuhalten.«

Während Damlo mit ihm sprach und es herzte, hüpfte das Hündchen unter seinen Händen auf und ab und revanchierte sich für die Liebkosungen, indem es dem Jungen jedesmal mit der Zunge übers Gesicht fuhr.

»He! He! He!« lachte Damlo. »Hör auf, nach meiner Nase zu schnappen! Glaubst du, das ist Pastete mit Marmelade?«

Bei diesen Worten fing die Kleine an, unbändig zu kichern.

»Ich bin wirklich froh«, fuhr Damlo, an das Hündchen gewandt, fort, »daß du schließlich doch noch …«

»Du bist lustig!« rief das Mädchen.

Damlo riß die Augen auf und sah sie überrascht an. »Aber ich dachte …!« rief er. »Bist du denn nicht stumm?«

Die Antwort konnte er nicht mehr hören, denn angesteckt von der allgemeinen Begeisterung sprang Fifa an ihm hoch, packte seine Mütze und riß sie ihm vom Kopf.

Sofort streckte Damlo die Hand aus, um zurückzuholen, was ihm abgejagt worden war, und im allerersten, winzigkleinen Augenblick tat er das mit lachendem Mund. Ja, sein erster Impuls war sogar, mit dem Hündchen zu spielen, doch dann wurde ihm seine Lage bewußt, und die Angst legte sich ihm sofort auf den Magen: Die roten Haare waren ja für alle zu sehen! Dazu die lange Narbe auf seinem Hinterkopf – und er mitten in einer zum Brechen vollen Taverne der Bettlerküste!

Wortlos fing er an, heftig an der Mütze zu ziehen, doch zugleich folgte er instinktiv dem Bedürfnis, den Kopf dorthin zu strecken, wo er am besten vor den Blicken der Anwesenden geschützt war: dicht unter die Tischplatte. So befand er sich in der unangenehmen Lage, mit den Händen einen waagrechten Zug ausführen zu müssen, während er den Rest des Körpers hochreckte. Unter diesen Umständen war es unmöglich, ausreichend Kraft aufzuwenden, um jener des Hündchens entgegenzuwirken. Darüber hinaus hatte Fifa sofort Gefallen an dem Spiel gefunden; er stemmte die Vorderpfoten in die Bodenbretter, knurrte gefährlich, während er wedelte wie ein Wilder, und verdoppelte seine Entschlossenheit.

So ging der Kampf um die Mütze fast eine Minute lang weiter – eine sehr lange Minute, während der Damlo Zeit fand, sich mit einer grausamen Fülle von Einzelheiten auszumalen, was alles an Schrecklichem ihm die Diener des Feindes antun würden, wenn sie ihn demnächst in die Hände bekämen.

Das Mädchen hatte indessen den Kopf seitwärts hinabgebeugt, so daß sich ihre Augen nun auf gleicher Höhe wie jene Damlos befanden. Wie Fifa mußte auch sie das Tauziehen sehr unterhaltsam finden: Sie strahlte vor Vergnügen übers ganze Gesicht.

In diesem Augenblick standen Vodars und der Schwarze Degen von ihrem Tisch auf.

Selbst über den Höllenlärm hinweg, der im Raum herrschte, konnte Damlo das metallische Scheppern hören, als einer der beiden ein paar Kupfermünzen auf die hölzerne Tischplatte fallen ließ, und drehte sich um. Er sah die Beine der zwei Männer, die sich näherten und die, um zum Ausgang zu gelangen, dicht an seinem Versteck vorbeikommen würden.

Ein ätzender Kloß aus Angst stieg dem Jungen in die Kehle. Obwohl der Schwarze Degen und der Taschendieb in ihre eigene Unterhaltung vertieft waren, mußte ihnen gleich auffallen, wie gebannt das kleine Mädchen unter den Tisch starrte! Und das würde sie wahrscheinlich dazu veranlassen, selbst auch einen Blick dorthin zu werfen. So mußten sie Damlos Beine sehen und den Hund, der an der Mütze zerrte. Und dies würde sie dazu bringen, sich noch weiter hinabzubücken, um herauszufinden, was da unten vor sich ging. Besonders Vodars, der von Natur aus dazu neigte, seine Nase überall hineinzustecken.

Erneut sah sich Damlo um. Es gab keinen Fluchtweg. Noch ein einziges Mal versuchte er, Fifa die Mütze zu entreißen, dann wurde ihm klar, daß es keinen Sinn mehr hatte. Auch wenn es ihm gelungen wäre, die Zeit hätte gefehlt, sie sich mit der nötigen Sorgfalt auf dem Kopf zurechtzusetzen. Und falls es Vodars wäre, der genauer unter den Tisch sah, würde ihn eine Kopfbedeckung ohnehin nicht retten …

Und dann geschah es, wie so oft in solchen Situationen, daß sich alles im Handumdrehen auflöste.

In der Erkenntnis, daß ihm die Mütze keinen Nutzen

brächte, überlegte Damlo hektisch, wie er sich sowohl das Gesicht als auch die Haare verdecken könnte. Und es fiel ihm wie Schuppen von den Augen, daß er die Lösung unmittelbar vor sich hatte. Im wahrsten Sinne des Wortes.

Er ließ die Mütze los, packte den Welpen und setzte ihn sich auf den Kopf, wobei er darauf achtete, daß ihm Fifas weiche Fellwülste möglichst tief in die Stirn hingen. Und dann, während Vodars und der Schwarze Degen am Tisch vorbeigingen, brachte er sein Gesicht möglichst nahe an jenes des Mädchens heran. Die Kleine fand die ganze Sache umwerfend komisch, denn obwohl ihm das Herz bis zum Halse schlug und Fifas Fell ihm die Sicht raubte, schaffte er es, ein ganzes Repertoire lustiger Grimassen zum besten zu geben.

Ohne den beiden unter dem Tisch die geringste Aufmerksamkeit zu schenken, strebten Vodars und der Abgesandte des Feindes dem Ausgang der Taverne zu. Mit überheblichen Tritten stießen sie die Stühle zur Seite, die ihnen im Wege standen, und als sie in sicherer Entfernung waren, bescherte Damlo der Kleinen zur Feier der überstandenen Gefahr eine letzte ulkige Fratze.

Während sie noch übermütig kicherte und Fifa ihr Wedeln wieder steigerte, nahm Damlo das Hündchen vom Kopf und setzte es dem Mädchen auf den Schoß; dann schnappte er sich seine Mütze, setzte sie auf und zog sie gewissenhaft zurecht.

Als er damit fertig war und wieder hochsah, blickte er in ein fremdes Gesicht, das keine Handbreit von seiner Nase entfernt war.

»Was tust du da unten?«

Trotz des barschen Tonfalls und der Baßstimme lag ein Anflug von Weiblichkeit in den Worten. Auch das Aussehen war das einer Frau, bemerkte der Junge, als er den ersten Schreck überwunden hatte. Aber für diesen Befund brauchte es ein paar Sekunden, denn es war wirklich nicht leicht festzustellen. Das Gesicht der Frau war sonnenverbrannt und von tausend kleinen Fältchen durchzogen – ein Gesicht, das einst durchaus anziehend gewesen sein mochte, jetzt jedoch von einer langen, gräßlichen Narbe verunstaltet wurde. Sie stammte wohl von dem weit zurückliegenden Hieb einer Klinge, der von der rechten Augenbraue über die Nase nach unten bis zum linken Unterkiefer verlaufen sein mußte.

»Sag schon, was machst du da unter dem Tisch?«

Das ist die Herrin der kleinen Sklavin, dachte der Junge.

»Nichts«, antwortete er und suchte rasch nach einer plausiblen Ausrede. Das war nicht einfach und gelang auch nicht. »Ich hole meinen Hund«, erklärte er schließlich nach einer Minute peinlichen Schweigens.

»Komm mal hervor«, befahl die Baßstimme.

Damlo gehorchte, während das Mädchen selbstvergessen mit Fifa spielte.

»Also?« drängte die Frau mit einem drohenden Unterton in der Stimme, als sich der Junge hochgerappelt hatte.

Sie stand vor ihm, die Hände in die Seiten gestemmt – genau wie Tante Neila, wenn sie aufgebracht war. Doch diese Frau hier hatte rein gar nichts mit der brummigen aber gutmütigen Tante gemein. Obwohl sie eher klein von Gestalt war, ließen ihre Statur und die Gewandtheit, mit der sie sich bewegte, darauf schließen, daß es sicher nicht sehr empfehlenswert wäre, sich mit ihr anzulegen.

»Also«, begann Damlo und verhaspelte sich sofort, »dieser kleine Hund, er heißt Fifa, und die Kleine, also, der Hund war unter dem Tisch, und sie …«

»Damlo!« Tatinis Stimme hallte wie gerufen herüber, um ihm in genau dem Augenblick aus der Klemme zu helfen, als er sich fragte, ob es nicht ratsam wäre, sein Heil in der Flucht zu suchen.

»Damlo!« wiederholte der Meistereinbrecher und kam hinzu. »Den Göttern sei Dank! Ich hatte sehr gehofft, dich hier zu finden!«

»Wer ist der Junge?« wandte sich die Frau schroff an Tatini, den sie zu kennen schien.

»Er gehört zu mir«, antwortete der kleine, rundliche Mann. »Er gehört zu mir – und er ist in Ordnung, Phelia. Er ist ein Dieb, aber einer mit Grips. Letzte Nacht dachte ich schon, sie hätten ihn geschnappt, aber wie man sieht, hat er's geschafft, ihnen zu entwischen. Ist nicht das erste Mal, daß er mich in Erstaunen setzt.«

»Ahaa«, brummte die Frau wenig überzeugt.

»Ich versichere dir, er ist völlig in Ordnung, Phelia. Ich lege für ihn meine Hand ins Feuer. Also los, Junge, bitte die Dame um Entschuldigung!«

Einen flüchtigen Moment lang fühlte sich Damlo versucht zu fragen, weshalb um alles in der Welt er sich entschuldigen sollte und wofür. Aber dann fiel ihm rechtzeitig ein, daß es Wichtigeres gab, worum er sich Gedanken machen sollte, und so schickte er sich an, zu tun wie ihm befohlen.

Doch die Frau kam ihm zuvor. »Gibt's denn etwas, wofür du dich entschuldigen müßtest?« fragte sie.

»Nein«, antwortete der Junge und kam sich irgendwie überrumpelt vor. »Nein, eigentlich nicht.«

»Na, dann laß es doch«, knurrte sie. Sie bohrte ihren Blick in Tatinis Augen und setzte hinzu: »Nur wer kein Rückgrat hat, entschuldigt sich ohne Grund.«

Während der kleine Mann zu Boden sah, beugte sich die Frau über das Kind und nahm ihm das Hündchen aus dem Arm. »Komm, Eliva, gehen wir«, sagte sie, bückte sich nach dem braunen Schal und half der Kleinen vom Schemel.

Das Kind gehorchte wortlos, aber ohne die Augen von Fifa abzuwenden. Das Hündchen erwiderte dieses Interesse, indem es an den Beinen des Mädchens ohne Unterlaß hochhüpfte. Arme kleine Sklavin, dachte Damlo.

»Sie kann ihn behalten!« rief er plötzlich.

Die Frau drehte sich um und starrte Damlo fragend an.

»Den Hund«, erklärte Damlo. »Er ist herrenlos und heißt Fifa. Er ist mir bis hier herein nachgelaufen. Und da Ihre kleine Sklavin ihn schon so sehr ins Herz geschlossen hat, möchte ich ihn ihr schenken, wenn Sie es erlauben.«

»Soso«, sagte die Frau mit einem amüsierten Funkeln in den Augen. Dann wandte sie sich an das Mädchen. »Und du, was denkst du darüber, kleine Sklavin? Möchtest du es denn behalten, das Hündchen?«

»Ja, Mama, ja!« schrie die Kleine auf.

Während Damlo noch verblüfft Mund und Augen aufsperrte, hob die Frau den Hund hoch und klemmte ihn sich unter den Arm. Dann ergriff sie das Händchen ihrer Tochter, bedachte den Jungen mit einem belustigten Grinsen und steuerte auf den Ausgang zu. Die beiden waren verschwunden, ehe Damlo wieder Worte fand.

»Du mußt dich in acht nehmen«, sagte Tatini vorwurfsvoll und setzte sich. »Mit Phelia ist nicht gut Kirschen essen.«

Damlo setzte zu einer Antwort an, als der kleine Mann etwas zu bemerken schien und die Augen zusammenkniff. Schnell wie der Blitz streckte er die Hand aus und zog Damlo die Mütze ein wenig mehr in die Stirn. Dann blickte er sich besorgt um – und erst als er sich vergewissert hatte, daß ihnen niemand Aufmerksamkeit schenkte, richtete er wieder das Wort an den Jungen.

»Was war heute nacht los? Warum bist du nicht an unserem Treffpunkt aufgetaucht?« fragte er, als wäre nichts geschehen.

Damlo starrte ihn verblüfft an. Er weiß es, dachte er. Er konnte es nicht fassen: Tatini wußte von seinen Haaren! Wieso hatte er ihn nicht längst verraten? Denn da war ja auch noch die Narbe, die dazu paßte … Diese Gedanken schossen blitzartig durch seinen Kopf, doch keiner davon war so klar, um vollständig zu Ende gedacht zu werden. Ob er sich in Tatini getäuscht hatte? Möglicherweise, aber inwieweit? Konnte es sein, daß ihm der kleine Mann tatsächlich freundlich gesinnt war? Daß er, Damlo, ihm vertrauen durfte? Aber dann war es vielleicht auch gar nicht notwendig, seinen Plan vor ihm geheimzuhalten? Vielleicht konnte er ihm von Ticla erzählen und erklären, was kommende Nacht passieren würde? Das sollte das Unternehmen mit Sicherheit vereinfachen … Vielleicht konnte er … Aber konnte er wirklich?

Er hatte noch Baldrins Stimme in den Ohren: *Die Kenntnis von gewissen Dingen sollte sich auf jene beschränken, die unbedingt davon wissen müssen.*

Richtig. Und daher würde er den Mund halten. Er würde so tun, als wüßte Tatini überhaupt nichts von ihm.

»Aber sicher bin ich gekommen!« sagte er schließlich. »Ein bißchen verspätet, aber ich war da. Du nicht!«

»Klar war ich da. Ich mußte nur verschwinden, bei diesem ganzen Gebell! Hätte ich darauf warten sollen, daß mich irgendeiner dieser Köter aufspürt?«

»Mir hast du aber gesagt, daß diese Sache ganz dringend wäre. Also dachte ich, als ich dich nicht sah, daß du sie wohl selbst in die Hand genommen und das Ding ganz allein rausgeholt hättest.«

»Halt den Mund!« fuhr der kleine Mann hoch. »Bist du verrückt? Was fällt dir ein, in aller Öffentlichkeit darüber zu sprechen!«

»Entschuldige! Ich dachte nur, du würdest die Arbeit allein erledigen.«

»Rede keinen Unsinn«, entgegnete Tatini, etwas in die Defensive gedrängt. »Die Mauer ist dicht mit Igeln besetzt, und ich hatte nicht mal eine Leiter mit. Du weißt doch, wie heikel meine Hände sind!«

»Also müssen wir nochmal von vorn anfangen.«

»Sicher! Heute nacht! Und wenn deine Zofe keinen Dienst hat, dann mach ich es allein. Jetzt läuft mir die Zeit davon. Wie du weißt, muß ich diesen gewissen Gegenstand an einem bestimmten Ort und bei bestimmten Personen abliefern, ehe ich ihn wieder zurückbringen kann. Das muß jedesmal genau organisiert werden, und wenn dann nichts geschieht, sind alle ungehalten.«

»Ach ja – was hat eigentlich dein Auftraggeber zu vergangener Nacht gesagt?«

»Ich bin doch nicht hingegangen und habe ihm das auf die Nase gebunden! Wo denkst du hin?«

»Er wird fuchsteufelswild sein.«

»Der ist immer fuchsteufelswild. Wenn er nur den Mund aufmacht, glaubt man schon, er spießt einen auf!«

Dem Jungen rann es kalt über den Rücken. Er hatte zwar die Person, von der Tatini sprach, noch nie zu Gesicht bekommen, aber wenn es sich um den Ersten Diener des *Schattens* handelte – und dessen war sich Damlo fast sicher –, konnte er sich sehr gut vorstellen, daß einem schon die Knie zitterten, wenn man ihm nur von Angesicht zu Angesicht gegenüberstand. Er erhob sich von seinem Stuhl.

»Also gut«, verabschiedete er sich etwas verlegen. »Dann sehen wir uns also heute nacht.«

»Beim Seiteneingang. Und sieh zu, daß du rechtzeitig zur Stelle bist … Du weißt ja nicht, wie der einen ansieht!«

Ehe er ins Schloß Bedaran zurückkehrte, wollte Damlo noch nach dem Wagen sehen.

Während der Reise nach Eria, als noch nicht nichts darauf hinwies, daß er sich längere Zeit in der Hauptstadt würde aufhalten müssen, hatte er sich einer Gruppe wohlhabender Kaufleute angeschlossen. Die Schwarzen Degen suchten nach einem Jungen, der allein reiste. Und sich einer kleinen Wagenkolonne zuzugesellen, war Damlo daher als eine vortreffliche Möglichkeit erschienen, seine Spur zu verwischen. Es war eine langsame Reise voller Unterbrechungen geworden, während der er jedoch einige Freundschaften geschlossen hatte, darunter jene mit Rako, einem dunkelhäutigen Sklaven von außerordentlichem Charakter.

Die Ereignisse hatten ihn in der Folge von den Kaufleuten getrennt, doch nach seiner Ankunft in der Hauptstadt hatte er Rako von neuem getroffen. Der Sklave war für die Lagerhäuser seiner beiden Herren verantwortlich – Zwillingsbrüdern – und hatte dem Jungen erlaubt, den Wagen in einem der Gebäude unterzustellen, um die er sich kümmerte.

Das Zusammentreffen mit dem Sklaven war für Damlo wie immer eine Freude gewesen. Auch wenn sich das wieder mal keiner der beiden anmerken ließ. Rako führte ihn zu allererst zu »Majestät«, dem potthäßlichen, aber äußerst kräftigen und ausdauernden Gaul, der seit vielen Wochen den Wagen der Zwerge über die langen Straßen der Hegemonie zog. Dann ging es weiter bis ans Ende des Lagerhauses, wo der Sklave Damlo mit dem Gefährt allein ließ.

Da steht er nun, dachte Damlo bei seinem Rundgang um den Wagen. Auf ihm hatte seine Mission begonnen – und mit ihm würde sie enden. Falls er es fertigbrachte, den Turm von Belsin zu erreichen … Er kletterte auf den Kutschbock und ließ die Hände über die Rückenlehne der Bank gleiten. In der Zeit, als er seine Freunde tot geglaubt hatte, hatte er, um sich von diesem Gedanken ein wenig abzulenken, die hölzerne Lehne zur Gänze in ein Schnitzbild verwandelt. Und wenn man jetzt den Wagen lenkte, dann stemmte man den Rücken gegen ein Stück Wald, in dem sich Eichhörnchen, Dachse, ein Hirschjunges und zahllose Vögel versteckten.

Mit einem Lächeln fuhr der Junge fort, über die ins Holz geschnittenen Figuren zu streichen, bis seine Hand unter der Sitzbank angekommen war. Hier bewahrte er seinen kostbarsten Besitz auf: den roten Schwanzstachel der Drachin Kaxalandrill.

Damlo hatte ihn in einer Höhle entdeckt und sofort beschlossen, ihn zu seinem »Zauberdegen« zu machen. Im Spiel natürlich, denn damals hatte er noch nicht ahnen können, daß der Stachel tatsächlich Zauberkräfte besaß. Aber er hatte sie nun einmal – genauso wie, der Legende nach, sämtliche sonstige Überreste von Drachen. Doch die Eigenschaften des Zauberdegens waren reichlich unklar: manchmal war seine Schärfe die eines Rasiermessers, dann wieder konnte man damit nicht einmal ein Holzbrettchen ritzen. Aber Damlo beklagte sich nicht. Der Stachel hatte ihm schon das Leben gerettet – und was wollte man von einer Waffe mehr verlangen?

Er legte den Zauberdegen unter den Kutschersitz zurück und stieg langsam vom Wagen, um seinen Rundgang wieder aufzunehmen. Er strich leicht über die Hinterräder und die Seitenwände, ehe er dem Geheimtürchen, hinter dem Irgenas und Clevas ihren Vorrat an Edelsteinen aufbewahrten, einen liebevollen Klaps gab.

Im Augenblick ist dies das begehrteste Fuhrwerk der Hegemonie, dachte er und verzog das Gesicht. Würde es ihm gelingen, es unbeschadet bis nach Belsin zu bringen? Bis zum geheimnisvollen, tief dunkelgrünen Wald der Magier? Würde er dieses gewaltige Tal und den legendären Weißen Turm, der sich heute noch darin erhob, je zu Gesicht bekommen?

Er seufzte. Belsin … Ein pulsierendes Herz mystischer Gelehrsamkeit in einer Welt, in der die Magie fast zur Gänze in Vergessenheit geraten war.

Das Feuer der Wiederbelebung trug den Namen Ailarams, des Mannes, der Jahre zuvor zusammen mit seinem Freund Kudron begonnen hatte, das Studium des alten Zauberwesens wiederaufzunehmen, wobei die beiden selbstverständlich ganz von vorne anfangen mußten. Diesem Studium hatte Ailaram bereits etliche Jahrzehnte seines Lebens gewidmet und noch dazu vor nicht allzu langer Zeit die schmerzliche Erfahrung machen müssen, vom eigenen Freund im Stich gelassen zu werden. Ungeachtet dessen war es ihm gelungen, einen ansehnlichen Teil des verlorenen Wissens zurückzugewinnen.

Zwei Elfenprinzen hatten ihm bei diesem Unterfangen geholfen: Rinelkind vom Lissomrim und Lendrin vom Firmlithein. Eine der ersten Aufgaben, an der sie gearbeitet hatten, war der Zauber namens »Gesicht« gewesen, eine Magie, die es ermöglichte, jene infamen Turbulenzen im Auge zu behalten, die der Fürst der Finsternis auch dann auf diese Welt schickt, wenn er über keinen Ersten Diener verfügt.

Jahrelang hatte dieses »Gesicht« zufriedenstellend gewirkt und es Ailaram gestattet, einen weiten Teil des Landes zu überwachen. Doch dann, im vergangenen Jahr, hatte er bemerkt, daß der Zauber nicht mehr richtig entstand. In einem weiten Feld um Belsin herum hatte sich nach und nach ein »blinder« Kreis gebildet – eine Art Abwehrschild gegen das Gesicht, ein Gegenzauber, der bewirkte, daß sich der Radius des Gesichtes mit jedem Tag weiter verringerte. Anfangs war noch niemand auf den Gedanken gekommen, daß der *Schatten* wiedererwacht sein könnte. Dennoch verlangte das Problem rasches Gegensteuern. Und da das Vorhandensein von Gegenständen mit magischen Eigenschaften stets dazu beiträgt, jeden beliebigen Zauber zu verstärken, waren Ailarams Freunde darangegangen, all jene Dinge, von deren Existenz sie wußten, zum Weißen Turm zu schaffen.

Prinz Rinelkind war mit dem Versprechen abgereist, eine magische Kristallblüte zu besorgen – eine meisterhafte Verschmelzung von Zartheit und Kraft, die die Elfen seit Tausenden von Jahren aufbewahrten. Und Irgenas Cuorsaldo hatte von seinem Vater, König Thundras, zwei Gegenstände aus dem Kronschatz der Zwerge erbeten: einen fast vollständig erhaltenen Reißzahn und die halbe Rückenschuppe eines riesigen weißen Drachen aus uralter Zeit.

Das Untier namens Britelvorill war vor dreitausend Jahren in den Zwergenpalast unter den Steinbergen eingedrungen, was einen langen, denkwürdigen Kampf zur Folge hatte. In den königlich-zwergischen Archiven fand sich noch heute ein detaillierter Bericht darüber, und die Chroniken gaben auch Auskunft, welchen Umständen es zu verdanken war, daß diese beiden Überreste des Drachen in den Besitz der Sieger gelangt waren. Eine Geschichte, der Ticla mit atemloser Spannung gelauscht hatte.

Damlo tat so, als strecke er den Rücken und sah sich dabei unauffällig um. Nachdem er sich überzeugt hatte, daß niemand in der Nähe war, schaute er unter den Wagen, um sich zu vergewissern, daß sich am Türchen im Unterboden niemand zu schaffen gemacht hatte.

Es traf sich wirklich ausgezeichnet, ging es ihm durch den Kopf, während er sich wieder aufrichtete, daß Ticla die Legenden ebenso liebte wie er. Einige der schönsten Augenblicke, die sie zusammen verbracht hatten, waren dem Durchackern der dicken alten Wälzer Gevan Bedarans zu verdanken. Und da die Bibliothek des Regenten als eine der umfangreichsten der ganzen Hegemonie galt, winkte ihnen beiden wohl eine fast endlose Zeit gemeinsamer Lektüre. Wer konnte schon sagen, wie viele alte, noch nie gehörte Geschichten dort nur darauf warten mochten, entdeckt zu werden …

Ein Weilchen gab sich Damlo dieser Vorstellung hin – doch es war bloß ein Traum, das wußte er nur zu gut. Er hatte eine Mission auszuführen, und am nächsten Morgen würde er die Stadt verlassen. Und obwohl ihm Gevan Bedaran eine Eskorte versprochen hatte, stand keineswegs fest, daß er den Weißen Turm je erreichen würde. Das Zentralmassiv war in jüngster Vergangenheit zu einer äußerst gefährlichen Gegend geworden; zahlreiche Orkbanden strichen dort völlig ungehindert herum, weil kein Herrscher es sich angesichts der Spannungen innerhalb der Hegemonie leisten konnte, auf jene bewaffneten Streitkräfte zu verzichten, die notwendig gewesen wären, den Orks Einhalt zu gebieten. Die Straßen waren so unsicher geworden, daß fliegende Händler und Kaufleute nur noch in langen Wagenzügen reisten, deren Schutz man bewaffneten Söldnern anvertraute.

Der Junge erschauerte, dann schüttelte er den Kopf, um diese Gedanken zu verjagen. Der Entschluß abzureisen stand nicht in Frage, und das Nachgrübeln über die künftigen Gefahren ließ diese auch nicht kleiner werden. Was er hingegen heute tun konnte – wenigstens bis die Sonne unter den Horizont sank –, war herauszufinden, wie die freie Zeit, die ihm noch blieb, am besten zu verbringen wäre.

Und da, sagte er sich mit einem Lächeln, kam Ticla ins Spiel.

Keine zwei Stunden später lief Damlo zusammen mit dem Mädchen durch die Säle der Bibliothek von Schloß Bedaran, vorbei an Hunderten von Regalen – und auf jedem standen Bücher, die allesamt äußerst interessant aussahen. Doch wie jedesmal, wenn er sich in diesen Räumen befand, verspürte der Junge einen Hauch von Enttäuschung. Für ihn bedeutete das Wort »Bibliothek« den Geruch von Holz, Leder, Papier, Staub und Kerzen. Ja sogar von Schimmel. Hier jedoch war alles ganz und gar sauber, alles abgestaubt; der Boden bestand aus Marmor, und es fehlte sogar die Leiter.

Wie auch immer, es war eine große Bibliothek – und als solche randvoll mit Wundern. Außerdem befand sich Ticla darin, deren Anwesenheit selbst das Hinterzimmer eines Ladens für gebrauchte Mülleimer zum Strahlen gebracht hätte.

Eigentlich hatte das Mädchen gar nicht die Erlaubnis, hier zu sein, und in der Tat dachte Angia, Ticla würde in ihrem Studierzimmer eifrig lernen. Doch kaum hatte die Amme die Tür hinter sich geschlossen, war das Mädchen in den Geheimgang geschlüpft und zu Damlo gelaufen. Die beiden hatten über alles und nichts geplaudert, aber für die wichtigen Dinge brauchte man ohnehin keine Worte. Schließlich war das Gespräch wieder einmal bei den geliebten Legenden angelangt, und danach hatte nicht mehr viel dazugehört, sich für die Bibliothek zu entscheiden.

Und jetzt spazierten die zwei schweigend durch die Räume, bis sie zur Abteilung »Alte Bücher« kamen.

»Sieh mal!« sagte Ticla plötzlich und zeigte auf einen dicken Folianten. »Hier! Da drin kommt auch Kaxalandrill vor!«

Es war ein Werk, das sich ausschließlich mit Drachen beschäftigte – und enthielt Dutzende Kapitel, von denen jedes einer anderen Drachenart gewidmet war. Alle begannen mit einer farbigen Miniatur des jeweiligen Tieres. Die beiden jungen Leute blätterten es fröhlich durch, bis sie zum Bild des roten Drachen kamen.

Damlo wurde ernst. Die Figur auf dem Blatt hatte nicht die entfernteste Ähnlichkeit mit dem Bild der Kaxalandrill, die in den Türflügel der Bibliothek von Waelton geschnitten war. Dies hier war ein wahres Monster mit endlosen Fängen und gespreizten Krallen, die wie tödliche Waffen wirkten. Aus dem Rachen loderte eine lange, dünne Flamme, die sich dann fächerartig verbreiterte und deren Enden sich um den Turm einer Burg schlangen. Seine Flügel verdeckten das ganze restliche Gebäude, die Hälfte des Dorfes im Hintergrund und einen Teil des Waldes daneben. Der Schwanz endete in einem dünnen Sporn, in dem Damlo ein Abbild seines eigenen Zauberdegens erkannte.

»Das ist nicht Kaxalandrill«, murmelte er. »Die Drachin von Waelton war gutmütig.«

Er sagte das ohne rechte Überzeugung, denn die Illustration spiegelte das wilde Wüten seiner Krampfanfälle sehr genau.

»Erst zum Schluß!« widersprach Ticla. »Nicht, als sie noch jung war!«

»Das ist wahr!« rief Damlo mit neu gefundener Begeisterung. »Du hast recht! Vielleicht werden alle Drachen im Alter gutmütig!«

»Du stehst wirklich auf ihrer Seite«, lachte das Mädchen. »Man merkt, daß du für sie was übrig hast.«

Damlo lachte mit, wenn auch ein wenig gezwungen. Dann jedoch verdrängte er die häßlichen Gedanken und konzentrierte sich auf die Illustrationen des dicken Buches.

Sie ließen sich auf einer Bank nieder, blätterten weiter und hielten nur hin und wieder inne, um die merkwürdigsten Exemplare mit ausgefallenem oder besonders furchterregendem Aussehen zu betrachten. Als sie zu den weißen Drachen kamen – einer Art riesiger geflügelter Schlangen –, erinnerten sich beide an den Kampf der Zwerge gegen Britelvorill. Doch dann blätterten sie um, und Ticla lachte wieder lauthals auf: Das Bild zeigte einen blauen, gedrungenen Drachen mit einem Bauch, der wie mit Luft aufgeblasen aussah: mit einer geradezu freundlichen Miene.

»Das ist der netteste von allen!« rief das Mädchen. »Aber in Wirklichkeit wird er wohl nicht so harmlos gewesen sein. Kennst du die Geschichte über Taeliens Bogen?«

»Das ist eine Bergkette im Zentralmassiv, den Namen kenne ich aus der Schule. Ich weiß zwar, daß es dort jede Menge Felsspalten und Schluchten gibt, aber über eine Geschichte wußte ich bisher noch nichts.«

»Doch, es gibt sie. Und darin kommt auch der Fürst der Finsternis vor.«

»Erzähl schon!«

»Die Überlieferung geht auf eine Zeit zurück, als es noch keine Menschen gab. Es war die Zeit der Drachen. Zwerge und Elfen beherrschten die Welt, und der *Schatten* versuchte, sie zu erobern. Das letzte Mal, als ich das Buch las, dachte ich noch, alles wäre bloß ein Märchen, aber im Hinblick auf das, was wir heute wissen, ist es vielleicht doch alles wahr. Also fast alles. Die Geschichte beginnt damit, daß es dem Herrn der Angst gelingt, einen Drachen zu seinem Ersten Diener zu machen. Einen blauen Drachen namens Zarvatenill, geboren erst wenige

Jahrhunderte zuvor. Einige Stellen des Buches sind ein bißchen langweilig, die überspringe ich immer, jedenfalls heißt es darin, kurz gesagt, daß der *Schatten* junge Wesen vorzieht, weil sie leichter zu beeinflussen sind. Aber die Drachen waren sehr klug und verfügten über einen großen Unabhängigkeitsdrang. Das gefällt mir an ihnen! Und so kommt es, daß Zarvatenill der einzige Fall blieb, in dem ein Drache bereit war, irgend jemandem zu gehorchen.«

»Entsetzlich!« rief der Junge. »Ein Drache als Erster Diener!«

»Kennst du die Legende von Ghaznev und dem Schwarzen Turm?«

»Dem Turm von Gothror?« nickte Damlo. »Heute leben die Elfen dort, und die Legende berichtet davon, daß es dem *Schatten* gelang, sich eines Magiarchen zu bemächtigen. Besser gesagt, als ein Magiarch sich dazu entschloß, dem Herrn der Angst zu dienen, denn dieser kann ja nur dann von jemandem Besitz ergreifen, wenn er freiwillig akzeptiert wird.«

»Genau. Es dauerte Jahre, Ghaznev zu besiegen. Dazu waren die Armeen der Zwerge nötig, und der Elfen und dann alle Magier sämtlicher Zaubertürme. Dabei war er bloß ein Mensch. Jetzt stell dir vor, was alles vonnöten war, um Zarvatenill zur Strecke zu bringen!«

»Und wie gelang es?«

»Taelien, der König der Elfen, tötete ihn«, erklärte Ticla. »Er war ein so hervorragender Schütze, daß er imstande war, aus hundert Schritt Entfernung und während er sich zwischen den Bäumen des Waldes bewegte, ein krankes Wildschwein mitten in der Rotte zu treffen! Eines Tages flüchtete sich ein tödlich verwundetes Einhorn in seinen Wald, und Taelien blieb länger als eine Woche an seiner Seite und betreute es. Ehe es schließlich doch starb, schenkte ihm das Tier zum Dank sein eigenes Horn, und aus diesem schnitzte der Elfenkönig dann seinen Bogen.«

»Hat er den Drachen mit einem Pfeil getötet?«

»Mit einem ganz besonderen Pfeil, dessen Spitze aus dem Blatt einer magischen Kristallblüte bestand.«

»Rinelkind!« rief Damlo.

»Richtig!« pflichtete ihm das Mädchen aufgeregt bei. »Das muß die Blüte sein, die Rinelkind holen und zu Ailaram bringen will. Das Buch berichtet ausführlich über diese Blüte. Sie stammt aus uralter Zeit und hat eine traurige Geschichte, weil sie mit dem Wahnsinn von König Monrivel zu tun hat. Du weißt schon: der Bürgerkrieg im Elfenreich.«

»Willst du sagen, daß die Elfen untereinander Krieg geführt haben? Das halte ich für unmöglich!«

»Aber es hat ihn wirklich gegeben! Wenn du willst, erzähle ich dir die Geschichte.«

»Ein andermal. Jetzt möchte ich erst die Sache mit Zarvatenill hören, wenn du einverstanden bist.«

»Natürlich, du hast ganz recht«, antwortete sie zerknirscht. »Ich komme ständig vom Thema ab! Aber machen wir es kurz: Ich werde sie dir vorlesen.«

Zielsicher rannte sie zu einem anderen Regal und zog ein kleines, in dunkelblaues Leder gebundenes Buch heraus.

»Mal sehen ...«, murmelte sie und blätterte. »Ja, hier kann ich anfangen: ›Zarvatenill war zwar noch jung, aber der *Schatten* hatte seinen zauberischen Fähigkeiten eine furchtbare Kraft verliehen. Seiner Gewohnheit entsprechend hatte er den Drachen dazu gebracht, sich selbst im Verborgenen zu halten und nur über eine Mittelsperson zu agieren, denn dem Fürst der Finsternis war klar, daß er sich im Falle eines Verlustes des Drachen wieder von dieser Welt zurückziehen müßte. Und obwohl er niemals gegen Zarvatenills Willen handeln konnte, war es dem *Schatten* gelungen sicherzustellen, daß der Drache seinen jugendlichen Übermut zähmte und es vermied, sich den Gefahren des Krieges direkt auszusetzen. Daher wandte Zarvatenill seine Magie nur aus der Ferne an, und mit ihrer Hilfe hielt er sich Trolle, Orks und andere Kreaturen als Angriffstruppe.‹«

»Am Ende hat es Taelien aber geschafft, ihn zu besiegen«, unterbrach Damlo das Mädchen.

»Aber erst, als der Kontinent schon fast völlig verloren war.« Sie blätterte rasch weiter und überspang ganze Kapitel. »Da ist es!« rief sie und preßte einen Finger auf die Seite. »Das Heer der Überlebenden hat sich bereits im Talkessel von Belsin gesammelt. Zu dieser Zeit existierte der Zauberturm noch nicht, es gab auch den Wald nicht, und die ganze Gegend war ein riesiges Moor. ›Die letzte Schlacht‹«, hob sie wieder an zu lesen, »›wurde im faulig stinkenden Sumpfland von Belsin geschlagen. Indem sich Taelien Zarvatenills Ungestüm zunutze machte, gelang es ihm, den Drachen auf das Schlachtfeld zu locken. Der Überlieferung aus uralter Zeit folgend bot ihm Taelien ganz allein die Stirn, doch es gilt als fast sicher, daß ihm von Elfen und Zwergen ein alter Drache zur Seite gestellt wurde, denn die magischen Kräfte des Zarvatenill wären durch ihre gewaltige Verstärkung seitens des Herrn der Finsternis zu machtvoll gewesen, als daß ihnen der Elfenkönig allein hätte standhalten können.‹«

»Aber dann müßten sie ja auch mächtiger gewesen sein als jene des guten Drachen an Taeliens Seite«, warf Damlo ein.

»Das glaube ich auch«, sagte Ticla. »Darauf geht das Buch aber nicht näher ein. Soweit ich es verstanden habe, gibt es verschiedene Arten von Magie. Eine davon heißt ›Blockade‹ und ist nicht schwierig anzuwenden, weil sie keine große Zauberkraft verlangt. Dennoch kann man damit einen weitaus stärkeren Zauber blockieren.«

»Vielleicht ist es das, was bei Ailaram gerade passiert!« unterbrach Damlo sie von neuem. »Er ist ein Magiarch, und das ›Gesicht‹ sollte daher ein äußerst machtvoller Zauber sein. Ich denke jetzt, daß es durch einen Blockadezauber lahmgelegt wird!«

»Kann sein. Aber wenn du mir dauernd ins Wort fällst, werden wir nie mit der Geschichte fertig!«

»Du hast recht. Bitte mach weiter.«

»Also: es geht darum, daß Zarvatenill seine Zauberkräfte in diesem Augenblick nicht ausüben konnte. Aber die Drachen waren auch ohne Zauberkraft furchterregende Kämpfer.«

»Klar! Sie speien Feuer!«

»Richtig, und die blauen Drachen spuckten Blitze. Genau damit gelang es Zarvatenill, fast das ganze Heer der verbündeten Gegner auszulöschen.« Sie suchte die entsprechende Stelle auf der Seite und las weiter. »›Mit jedem Blitzhauch verkohlte eine ganze Truppe, doch am Ende stand er Taelien gegenüber – Taelien mit seinem gespannten Bogen und dem eingelegten Pfeil, dessen funkelnde Kristallspitze genau auf ihn zeigte. Die Waffe stets bereit, hatte der König so lange versucht, bis auf Schußweite an den weichen Bauch des Drachen heranzukommen und dem tödlichen Hauch zugleich zu entgehen, daß die Blitze aus dem Rachen des Untieres nunmehr bereits das gesamte Moor von Belsin ausgetrocknet und dabei einen Schleier aus Wasserdampf über das Land gelegt hatten. Dieser Nebel verbarg die Kämpfenden vor den Augen der Heere, und die Schlacht kam zu einem plötzlichen Stillstand. Doch dann hob ein Windstoß mit einemmal den Nebelschleier, und alle sahen Taelien und Zarvatenill einander gegenüberstehen. Der königliche Held stand auf einer kleinen Anhöhe und zielte mit seiner Waffe auf den Drachen, welcher über ihm dahinflog und sich anschickte, ihn mit seinem tödlichen Hauch niederzustrecken.

Das Untier holte tief Luft, aber der Pfeil verließ die Sehne des Bogens, noch ehe der Drache ausatmen und seinen Blitz herabschicken konnte. Durchbohrt von dem kristallenen Blütenblatt blies Zarvatenill alles aus, was ihm an Kraft noch blieb. Taelien wurde voll getroffen, aber die Waffe, die er noch immer auf den Drachen gerichtet hielt und deren Sehne weiterhin hoffnungsvoll vibrierte, bestand aus dem Horn eines weißen Einhorns – noch dazu war dies ein freiwilliges Geschenk, ein Umstand, der seine Magie tausendmal verstärkte.

Während also Zarvatenills Todesschrei die Luft durchschnitt, erfuhr der Bogen als erster die Wucht des Blitzes. Dieser letzte Energiestoß barg die ganze tobsüchtige Wut des Drachen und den ganzen Groll des *Schattens* in sich, und so blähte sich das Horn bei dem Versuch, diese furchtbare Zerstörungskraft in sich aufzunehmen, gewaltig auf. Es sprühte Funken und krümmte sich in der Luft. Und dann wuchsen seine Ausmaße ins Enorme, es entzog sich den Händen des Elfenkönigs und hob sich hinauf zum Himmel. Dort strahlte es heller als die Sonne und verursachte unter den Streitkräften der Finsternis Panik, bis es schließlich mit einem Prasseln, das noch in einer Entfernung von dreitausend Meilen zu vernehmen war, unzählige Risse und Sprünge bekam und barst. Seine Trümmer liegen heute noch genau dort, wo sie damals hinfielen – ein ewig währendes Zeugnis für den Triumph des Lichts. Und die Berge westlich des Waldes von Belsin sind nichts anderes als die Reste von Taeliens Bogen, getroffen vom letzten Blitzhauch Zarvatenills.‹«

»Die Felsspalten!« rief Damlo.

»Und die Schluchten!« stimmte Ticla ein.

»Was für eine schöne Geschichte!«

»Und vielleicht ist sie sogar wahr.«

»Auch du bist …«

Mit klopfendem Herzen näherte Damlo seine Lippen dem Mund des Mädchens. Doch noch ehe er sie küssen konnte, donnerte eine Stimme durch den Raum: »Ticla! Es geht einfach nicht, daß du dich über alle Anordnungen hinwegsetzt!«

Die beiden jungen Leute fuhren auseinander und drehten sich um. Hinter ihnen, neben einem Regal, stand Gevan Bedaran.

»Du weißt, daß ich dein Interesse für Literatur anerkenne«,

sagte der Regent. »Aber für dich ist dies nun mal die Studierstunde. Und auch Damlo hat einiges zu tun. Er muß seine Abreise vorbereiten.«

»Entschuldige, Papa.«

»Er hat das Ende der Geschichte abgewartet«, flüsterte Damlo Ticla unauffällig ins Ohr. »Er kann also nicht sehr böse sein.«

»Schnell jetzt, sofort ab in dein Zimmer«, knurrte der Regent seiner Tochter zu, während seine Mundwinkel verräterisch zuckten. »Und du, Junge, kümmere dich um das, was noch zu tun ist.«

Sie sprangen beide auf. Während das Mädchen mit gesenktem Kopf aus dem Raum eilte, stellte Damlo das Buch wieder an seinen Platz ins Regal. Bevor auch er den Raum verließ, warf er einen Blick zurück: Ja, hier gab es wirklich eine Fülle wunderbarer Bücher, aber der Geruch war ohne Zweifel ein falscher. Und was war das überhaupt für eine Bibliothek, in der es nicht knarrte?

Nachdem Ticla ihre Aufgaben erledigt hatte, verbrachten Damlo und sie noch ein wenig Zeit miteinander. Davon blieb nicht viel vor dem Zusammentreffen mit Tatini, und Angia ließ die beiden keine Sekunde aus den Augen. Also nahm der Junge die Gelegenheit wahr und erzählte Ticla die Legende von Gualcolan – seine Lieblingsgeschichte. Und als er geendet hatte, war es Zeit, sich fertig zu machen.

Er zog die dunklen Kleider an, die der Regent für ihn hatte kommen lassen, und kehrte zu Ticla zurück. Er hatte eine ziemlich genaue Vorstellung, auf welche Weise er sich von seiner Freundin verabschieden wollte, aber unmittelbar vor ihnen beiden saß Angia, und so mußte er sich damit begnügen, Ticlas Hände in die seinen zu nehmen und zu drücken.

Kurz darauf übergab ihm Gevan Bedaran in seinem Arbeitszimmer das falsche Siegel. »Also gut«, sagte der Regent. »Deinem Wunsch entsprechend habe ich angeordnet, daß sich bis zu deiner Rückkehr niemand auf irgendeinem Korridor des Schlosses zeigen darf.«

»Bitte nicht nur bis zu meiner Rückkehr! Tatini könnte daran gelegen sein, das Siegel wenigstens persönlich zurückzubringen, um seine Belohnung nicht aufs Spiel zu setzen. Es wäre am besten, die Wachen so lange von den Gängen fernzuhalten, bis ich ausdrücklich melde, daß sie sich wieder frei bewegen können. Das werde ich natürlich so schnell wie möglich tun.«

»Wie du willst. Kann ich dir sonst noch auf irgendeine Weise behilflich sein?«

»Ich glaube nicht. Aber keine Sorge, das wird ein Kinderspiel.«

»Ich hoffe es für dich, mein junger Freund. Geh jetzt. Die Götter seien mit dir.«

Der Weg zum großen Hauptportal des Schlosses mutete seltsam ungewohnt, ja befremdlich an: angesichts der fehlenden Wachen auf den Treppenabsätzen, vor den Türen, auf Fluren und Korridoren; alles schien plötzlich einer anderen Welt anzugehören. Und Damlo fühlte sich wie die Figur in einem Märchen, die einen Palast erforscht, in dem durch Zauberhand jedes Leben erloschen ist. Seltsamerweise gefiel ihm das Gefühl überhaupt nicht. Auch der kleine Weg im Park erschien ihm jetzt viel dunkler als in der Nacht zuvor. Und als er Tatini gegenüberstand, merkte er, daß auch der kleine Mann schlechte Laune hatte, ganz so, als würde diese Stimmung von verderblichen Luftschwaden verbreitet.

Tatini tauchte im selben Augenblick vor der Mauer auf, als Damlo das Seitentor erreichte. Wie ein Geist erschien er aus der Dunkelheit. »Hast du es?« fragte er in unfreundlichem Ton.

Der Junge hielt ihm den Greifschnabel unter die Nase.

»Komm schnell raus. Sie warten schon auf uns.«

»Ist auch der Auftraggeber dort?«

»Bist du verrückt? Das riskiert der doch nicht! Seine Männer sind da. Und ein Experte, der das Siegel überprüfen wird. Los, zieh den Riegel hoch!«

Damlo öffnete das Tor und trat auf die Straße.

Tatini riß ihm das Siegel sofort aus der Hand und setzte sich gleich in Bewegung, nachdem er sich vergewissert hatte, daß ihm der Junge folgte. So eilten sie über einige Wiesen und durch zwei kleine Wäldchen.

Obwohl weit und breit keine Menschenseele zu sehen war, schien Tatini sehr nervös, und allmählich merkte Damlo, wie ihn die Anspannung des Mannes ansteckte und sich in seiner eigenen Magengrube festsetzte.

Ich habe nichts zu befürchten, versuchte er sich zu beruhigen; niemand kann erkennen, daß das Siegel falsch ist, und wenn sie mich fragen, wie ich es stehlen konnte, habe ich eine Geschichte auf Lager, die jeden Dichter vor Neid erblassen ließe.

Die Bangigkeit seines Begleiters war jedoch so augenfällig, daß der Junge irgendwann nicht mehr widerstehen konnte und fragte: »Stimmt irgend etwas nicht?«

»Alles stimmt«, entgegnete Tatini kurz.

In der Dunkelheit schüttelte Damlo den Kopf; aus irgendeinem Grund klang die Antwort in seinen Ohren gräßlich falsch.

Sie kamen an den Gärten einiger Villen vorbei, und dann plötzlich stemmte sich Tatini gegen ein Gittertor, das von Lanzenspitzen gekrönt wurde und sich knarrend öffnete.

»Hier wohnt dein Auftraggeber?« fragte Damlo besorgt.

»Wo denkst du hin! Das ist ein leerstehendes Gebäude.«

Sie gingen über einen holprigen Gartenweg zum Haus, dessen katastrophaler Zustand selbst im sanften Schein des Mondes erkennbar war.

»Was geschieht, wenn wir drinnen sind? Muß ich auch etwas tun?«

»Verdammt noch mal!« zischte Tatini nach einem kurzen,

angespannten Augenblick des Schweigens. »Hörst du jetzt endlich auf, mich auszufragen?«

Damlo verstummte, und sein Begleiter stieg die Treppe zum Eingang hoch. Die Tür war zwar angelehnt, Tatini aber klopfte trotzdem. Kurz darauf drehte jemand im Inneren des Hauses den Schirm einer Blendlaterne, und die beiden draußen auf der Treppe standen im hellen Lichtschein. Dann öffnete sich die Tür ganz, und sie traten ein.

Nur ein Mann in dunklem Umhang, die Kapuze ins Gesicht gezogen, nahm sie am Eingang in Empfang und führte sie durch ein Labyrinth leerer Gänge. Das nun schwache Licht der Laterne, zusammen mit dem von den nackten Wänden hallenden Echo der Schritte verlieh der Szene etwas Gespenstisches.

Schließlich blieb ihr Führer vor einer geschlossenen Tür stehen und klopfte in einem bestimmten, unverkennbar zuvor vereinbarten Rhythmus dagegen. Als geöffnet wurde, murmelte er einige Worte in den dunklen Raum dahinter; ein Schatten näherte sich und übergab ihm eine Anzahl von Münzen, woraufhin er eilig verschwand.

Einige Minuten vergingen in tiefer Stille, was Damlo noch unruhiger machte. Tatini neben ihm rührte sich nicht, aber der Junge konnte seine raschen Atemzüge hören.

»Du kannst jetzt Licht machen«, sagte nach einer Weile jemand im Raum. Die Stimme klang hochmütig, unheimlich und so klebrig wie Fischleim.

Der Schwarze Degen, dachte Damlo schaudernd.

Der Schatten, der die Tür geöffnet hatte – ein kleiner, wendiger Mann, der sein Gesicht hinter einer schwarzen Stoffmaske versteckte – zündete eine Laterne an und führte Tatini und den Jungen in einen kleinen Saal. In seiner Mitte befand sich ein notdürftiger Tisch aus Brettern, die auf Beinen aus dicken Holzscheiten lagen und auf denen zahlreiche Lampen eine lange Reihe bildeten.

Auf der anderen Seite des Tisches stand neben einem unscheinbaren Mann der Schwarze Degen. Damlo konnte ganz deutlich den Obsidianknauf und den gerändelten Griff der Waffe erkennen, die aus seinem Umhang hervorsah. Obwohl auch der Schwarze Degen die Kapuze tief in die Stirn gezogen hatte, spürte der Junge fast körperlich den bösen, durchdringenden Blick, der darunter hervorstach.

Wieder durchlief ihn ein Schaudern, und er sah hinab auf den Tisch, wo nun das kleine, agile Kerlchen mit der Maske, das sie beide hereingeholt hatte, die Lampen eine nach der anderen entzündete.

Dann alles ging sehr rasch. Tatini zog das Siegel hervor und übergab es dem Schwarzen Degen, der es seinerseits dem farblosen Mann an seiner Seite weiterreichte. Dieser – offenbar der Experte – prüfte das Siegel im Lichtschein der Lampen und verglich seinen Abdruck mit einem anderen, den er selbst mitgebracht hatte. Als er schließlich nickte, zog der Schwarze Degen einen Stoß Papiere unter seinem Umhang hervor, erwärmte Siegellack und drückte auf jedes Blatt das Siegel des Zanter.

Als er fertig war, gab er Tatini das Siegel zurück.

»Mein Lohn?« fragte der Meistereinbrecher nervös.

Der Schwarze Degen warf ihm wortlos einen Beutel zu, aus dem ein Klimpern zu hören war, und wandte sich dann an den Maskierten. »Nun?« fragte er.

»Das ist er«, erwiderte der kleine, geschmeidige Mann.

Damlo blieb nicht einmal die Zeit, die Bedeutung dieser Antwort zu erfassen. Mit einer einzigen blitzartigen Bewegung glitt der Schwarze Degen um den Tisch herum und packte den Jungen am Arm.

»Laß mich los!« schrie Damlo auf. »Tatini, hilf mir!«

»Bravo!« rief der Maskierte und lachte laut auf. »Ausgerechnet der soll dir zu Hilfe kommen, der dich verkauft hat!«

Damlo erstarrte. Mit gesenktem Kopf schnappte Tatini den

zweiten Beutel – dieser war größer und sichtlich schwerer als der andere vorhin –, den der Schwarze Degen auf den Tisch geworfen hatte. Dann hastete er zur Tür.

»Du hast keine Ahnung, wie der dich anstarren kann!« murmelte er, bevor er über die Schwelle trat. Dann verschwand er in der Dunkelheit, noch ehe er den zweiten Geldbeutel in der Tasche seines Mantels verstaut hatte.

»Nun ja, Damlo Rindgren«, lachte der kleine, wendige Mann und nahm die Maske ab. »Wie es aussieht, ist deine Reise zu Ende.«

Es war Vodars, der Taschendieb aus Drassol.

4

Damlo wand sich und wollte sich mit aller Macht losreißen, aber der Schwarze Degen hatte das schon erwartet und hielt ihn eisern fest. Dazu hob er ihn plötzlich mit einer einzigen Hand hoch, um ihn ungerührt zu beobachten, während der Junge stumm um sich schlug, wie ein Fisch an der Angel. Schließlich packte der Schwarze Degen ihn auch an der Jacke und bellte einen Befehl. Vodars trat hinzu, schnürte Damlo die Handgelenke am Rücken zusammen und stülpte ihm eine Kapuze über den Kopf.

Bewegungsunfähig und blind, wie er nun war, hörte der Junge auf, sich zu wehren. Verschreckten Tieren bindet man die Augen zu, dachte er. Jetzt verstand er auch den Grund dafür: Er spürte, wie die Angst in seinem Inneren kreiste, um sich selbst rotierte, ohne einen Ausweg zu finden, und wie das hinzukommende Fehlen von sichtbaren Bezugspunkten jeden noch so zaghaften Gedanken an Flucht erstickte. So ließ er sich widerstandslos nach draußen führen.

Nach wenigen Schritten wurde er gezwungen, eine Kutsche zu besteigen, die sofort abfuhr. Die Fahrt dauerte weniger als eine halbe Stunde, dann bog das Gefährt auf eine Schotterstraße ein, und kurz darauf blieb es stehen.

Jetzt bin ich im Schlupfwinkel des Ersten Dieners, dachte

Damlo, als er hörte, wie eine Sprache gesprochen wurde, die er nicht kannte. Vor Angst war er nahezu gelähmt.

Obwohl er begriff, daß man ihn zum Absteigen aufforderte, war er zu keiner Bewegung fähig. Also packte ihn jemand an den Bändern, mit denen seine Hände gefesselt waren, und zerrte ihn aus der Kutsche. Mit Tritten und Stößen zwang man ihn, auf seinen eigenen Füßen zu stehen, und mit der gleichen Methode trieb man ihn ein Dutzend breite, niedrige Stufen hoch. Aus dem Hall der Schritte schloß Damlo, daß sie ein Gebäude betreten hatten. Sein Führer zerrte ihn durch lange Gänge und über eine steile Treppe nach unten, ohne sich darum zu scheren, daß der Junge die Stufen nicht sehen konnte. Jedesmal, wenn Damlo ins Leere stieg, beschränkte sich der Führer darauf, ihn am Nacken zu packen und grob hochzureißen.

Schließlich hatte die Tortur der Treppe ein Ende, und nach einem weiteren Marsch über einen kurzen Flur stieß ihn der Mann gegen eine Wand und durchsuchte ihn. Der Geldgürtel wechselte augenblicklich seinen Besitzer, und Damlo verwünschte sich, ihn nicht zusammen mit dem Stacheldegen und allen anderen Sachen von Wert bei Rako auf dem Wagen gelassen zu haben. Nachdem die Inspektion beendet war, hörte Damlo den Mann mit etwas Metallischem hantieren und vernahm das Kreischen rostiger Angeln. Unmittelbar darauf bekam er einen heftigen Stoß und prallte gegen eine Mauer, worauf sich die Tür mit einem schweren, dumpfen Schlag, der sehr endgültig klang, hinter ihm schloß.

Starr vor Schreck blieb er lange Zeit zusammengekauert dort liegen, wo er hingefallen war, doch allmählich zwangen ihn Kälte und Feuchtigkeit, sich einen Ruck zu geben und etwas zu tun. Er fing an, indem er mit den Füßen, um sie zu wärmen, gegen den Boden schlug. Der dumpfe, schwache Hall verriet ihm, daß er sich in einem kleinen Raum befand – einer Kerkerzelle höchstwahrscheinlich. Und er wußte auch, daß er allein war, denn außer seinen eigenen waren keine anderen Atemzüge zu hören. Alles, was er sonst noch erfuhr, war nicht mehr als der faulige Gestank, der selbst die Luft unter der Kapuze erfüllte.

Er merkte, daß er zitterte. Ein Weilchen konnte er sich noch vormachen, daß es von der Kälte kam, aber schließlich mußte er sich eingestehen, daß er einfach nur Angst hatte. Er verachtete sich zutiefst. Doch dann fiel ihm plötzlich ein, daß außer seinem unmittelbar bevorstehenden Tod auch ein besonders tief empfundener Abscheu vor sich selbst den Drachen in seinem Inneren wecken konnte, und er zwang sich, den Gedanken an seine eigene Feigheit weit von sich zu schieben. In meiner Lage, versuchte er sich einzureden, ist es natürlich, Angst zu verspüren: Ich bin den Feinden in die Hände gefallen, und niemand weiß es. Es gibt nichts und niemanden auf der Welt, der mich retten könnte, und jeder, der nur einen Funken Verstand hat, würde in meiner Lage Todesängste ausstehen.

Unsinn, sagte er sich dann. Brabantis zum Beispiel, der Held seiner Kindheitsphantasien, wußte gar nicht, was Angst war! Er hätte zu diesem Zeitpunkt wohl schon seine Hände von den Fesseln befreit und einen variantenreichen Fluchtplan ausgeheckt.

Also gut, dachte er, dann bin ich eben Brabantis. Die Orks haben mich in dieses Verlies geworfen, aber ich kenne tausend Tricks, um hier wieder rauszukommen.

Er richtete sich auf und lehnte den Rücken an die Wand, wobei er spürte, wie der Stoff der Kapuze an dem rauhen Stein hängenblieb, wenn er dagegendrückte. Und sie verschob sich! Man hatte ihm den Stoffsack einfach nur übergestülpt, ohne ihn festzubinden! Er preßte den Kopf gegen die Mauer und bewegte ihn hin und her und auf und ab, indem er sich wie ein aufgespießter Wurm krümmte; aber so gelang es ihm nach und nach, die Kapuze abzustreifen. Triumphierend blickte er um sich.

Es war sehr dunkel hier; das wenige Licht, das in den Raum fiel, kam von einem schmalen waagerechten Fenster – kaum mehr als einem Riß in der Mauer –, das sich gegenüber der Tür hoch oben in der Wand befand. Doch nach der Finsternis unter der Kapuze reichte Damlo schon diese geringe Helligkeit, um ausreichend zu sehen.

Die Zelle war größer als gedacht. Der Stoff über den Ohren mußte die Geräusche gedämpft und ihm so einen falschen Eindruck verschafft haben. Die Wände bestanden aus grob behauenen und mit Salpeter bedeckten Steinblöcken. Auf dem nackten Fels des Fußbodens hatte irgendwann jemand einen Haufen Stroh aufgeschüttet, der mittlerweile verfault war. Und in einem ganz dunklen Winkel stand etwas, das wie ein Tonkrug aussah.

Wenn ich ihn zerbreche, überlegte der Junge, kann ich mir mit einer Scherbe die Fesseln durchschneiden ... Na also! Eine Flucht war ja doch nichts so Schwieriges! Jetzt fehlte nur noch ein Schwarm Kobolde, mit denen er ein Schwätzchen halten konnte, während er ausbrach!

Er lächelte. Jedes Steinchen, jeder Zweig und jedes Blatt trug einen Funken Leben in sich, und wenn sich alle diese Funken vereinigten, um durch die Luft zu wirbeln, konnte Damlo sie wahrnehmen. Offenbar aufgrund seiner doppelten Natur. Sie liebten es, miteinander zu tanzen, diese Kobolde, sie lachten und trieben ihre Scherze. Diejenigen, die der Junge bisher kennengelernt hatte, waren ihm immer freundlich begegnet, und das gleiche galt auch für die »kompakteren« Ortsgeister, zu denen sich die Funken formten, wenn sie eine stabilere Wesenheit bildeten. Im Unterschied zu den Funkenkobolden konnte man mit letzteren sogar Zwiesprache halten. Und in der Tat war es ein Ortsgeist gewesen, der Geist eines alten, verfallenen Brunnens, der Damlo all das enthüllt hatte, was er über seine doppelte Natur wußte.

Wieder mußte er lächeln. Was für eine urkomische Vorstellung – aus dem Kerker zu entwischen, während man sich mit dem hiesigen Ortsgeist angenehm unterhielt … Leider wohnten sie nie an einem Ort, der von Menschen besucht wurde. Es sei denn, dachte der Junge, es handelt sich um einen ganz besonderen Ort … aber das war dieses Kellerverlies nun mal nicht.

Er schritt zu dem Gefäß in der Ecke, als hätte er, wie in einem seiner Spiele, eine Lösung für seine Schwierigkeiten gefunden, doch im nächsten Augenblick spürte er, wie das Hochgefühl von ihm abperlte – wie Regentropfen: Das Gefäß in dem finsteren Winkel war ein Holzeimer, halbvoll mit stinkendem Wasser. Es hatte weder einen Henkel noch irgendeinen anderen Beschlag, den man zum Schneiden hätte benutzen können.

Zutiefst enttäuscht fuhr Damlo mit der Erforschung der Zelle fort, wobei er sich die Tür für den Schluß aufhob. Die Erinnerung an den dumpfen Schlag, mit dem sie sich geschlossen hatte, verursachte ihm noch immer Unbehagen.

Aufmerksam suchte er den glitschigen Granitboden ab, fand aber gar nichts, was ihm hätte von Nutzen sein können – weder einen vielversprechenden Riß im Stein, noch irgendeinen vergessenen Gegenstand. Er durchstöberte auch den stinkenden Strohhaufen, indem er ihn mit Fußtritten zerlegte. Doch auch darin hatte niemand irgend etwas versteckt. Daraufhin widmete er sich den Wänden und mußte feststellen, daß die rauhen Stellen zu flach waren, um an irgendeiner vorstehenden Kante die Handfesseln aufsäbeln zu können. Also fing er an, gegen die Steinblöcke zu treten, so hoch sein Fuß reichte. Doch kein einziger bewegte sich oder klang hohl. Das Fenster war zu weit oben, Damlo hätte es nicht einmal ohne Fesseln mit den Händen erreicht. Aber ohnedies war es viel zu schmal. Außerdem nahm er an, daß es nicht nach draußen ins Freie führte, denn das rötlich tanzende Licht, das hereinfiel, schien von einer Flamme zu stammen – von einer Fackel vielleicht oder vom Feuer in einem Kamin. Und falls es dort drüben tatsächlich einen Kamin gab, dann handelte es sich fast mit Sicherheit um die Kammer der Wachen. Das war nicht unbedingt der Ort, an dem man aus seinem Kerkerfenster steigen möchte …

Also blieb nur noch die Tür, und Damlo besah sie sich näher. Zweifellos waren an der Außenseite Riegel und Schlösser angebracht; vorhin hatte er das Einrasten und Scharren der Schlüssel gehört. Aber die Innenseite schien nichts als eine massive rechteckige Holzplatte zu sein, ohne Klinke, Löcher und Ritzen. Nicht einmal die Angeln waren zu sehen. Alles in allem verriet sie mit dramatischer Geradlinigkeit ihre Aufgabe: »Auf dieser Seite bin ich ein Stück Wand«, schien sie zu sagen.

Aber Brabantis kannte ja tausend Tricks, wiederholte der Junge bei sich – ohne rechte Überzeugung diesmal. So zu tun, als handle sich dies alles um ein Spiel, hatte ihm schon dazu verholfen, ein wenig Mut zu fassen, aber das hier war eben kein Zeitvertreib, den man beliebig beenden oder abwandeln konnte, und all seine Phantasie reichte nicht einmal dazu aus, die Hände freizukriegen. Geschweige denn, aus diesem Gefängnis zu entkommen.

Dazu müßte man zaubern können, dachte Damlo. Er erschauerte. Der Brunnengeist hatte behauptet, seine, Damlos, magischen Kräfte stammten von dem Drachen in seinem Inneren; sollte er wirklich wagen, das Monster wieder zu wecken? Er erinnerte sich an das Untier aus Ticlas Buch und sah sich selbst am Ufer des Eria-Sees stehen, als er vergeblich versucht hatte, die Fischer zu retten. Völlig überflüssig, es auch nur zu probieren, sagte er sich: Erstens würde es nicht gelingen und zweitens war es viel zu gefährlich. Nur keine Zauberkunststückchen mehr, bevor er bei Ailaram ankam!

Einen Augenblick später schalt er sich einen Schwachkopf: Er würde doch nie mehr nach Belsin kommen! Er befand sich in der Hand des Ersten Dieners, nicht in jener der Orks aus seinen Phantasien! In Kürze würden ihn die Schwarzen Degen nach dem Wagen der Zwerge ausfragen, sie würden ihn foltern – und er würde reden, denn er war nun mal ein Feigling. Sie bräuchten ihn dazu nicht mal anzurühren, denn schon jetzt rief allein die Aussicht auf die bevorstehenden Qualen den hektischen Drang in ihm hervor, alles zu verraten.

Aber im Wagen lag der Drachenzahn, den Ailaram dringendst benötigte! Und nicht nur der Zahn: Wenn den Überresten von Britelvorill tatsächlich derart gewaltige magische Kräfte innewohnten, würden sie dem Ersten Diener einen unüberwindlichen Vorteil verschaffen! Doch was konnte *er*, Damlo, schon dagegen unternehmen? Nur wahre Helden widerstehen der Folter!

Plötzlich ertönte ein metallisches Rattern, und die Tür öffnete sich quietschend. Vodars trat ein. Er hielt eine Lampe in der Hand, und Damlo mußte sofort die Augen schließen, denn das unerwartete Licht blendete ihn.

»So, mein Junge«, sagte der Taschendieb, während hinter ihm jemand die Tür verriegelte. »Da wären wir also.«

Damlo antwortete nicht.

»Na gut. Ich kann mir vorstellen, wie wütend du bist, aber nimm's dir nicht allzusehr zu Herzen. Du bist ein schlaues Kerlchen gewesen, aber früher oder später machen wir alle einen Fehler.«

»Was für einen Fehler?« rief der Junge entrüstet. »Ich bin hereingelegt worden!«

»Sag ich ja: Du hast dem Falschen dein Vertrauen geschenkt. Im übrigen hattest du ohnehin keine Chance. Derjenige, der es auf dich abgesehen hat, ist einfach zu mächtig.«

»Ohne Tatini würden sie mich immer noch auf der anderen Seite des Sees suchen!«

»Genau das sage ich ja: Du bist nicht auf den Kopf gefallen. Und wenn du keine Dummheiten machst, wirst du bestens zurechtkommen.«

»Was soll das heißen?«

»Hör mal, das weißt du doch genau! Du mußt nur sagen, wo der Wagen steckt! Niemand ist interessiert an dir selbst, und wenn du redest, werden sie dich gehen lassen.«

Nun ist es soweit, dachte Damlo. Aus Furcht, Vodars könnte ihr Zittern sehen, preßte er die Lippen zusammen und wandte den Kopf ab.

»Paß auf, Junge. Wir wissen alle, daß du ganz schön eigensinnig sein kannst, wenn du willst. Sonst hättest du es nicht geschafft, bis hierher zu kommen. Aber diese Leute wollen den Wagen haben, und sie schrecken vor nichts zurück. Verstehst du, was ich sagen will?«

Folter, dachte Damlo und nickte unmerklich.

»Dann folg mir und mach den Mund auf. Am besten, du sagst es gleich mir, dann bekommst du den Folterknecht gar nicht erst zu Gesicht. Was für einen Sinn hat es, die Sache aufzuschieben? Warum willst du unnötig leiden? Du weißt genau, es ist nur eine Frage der Zeit, bis du alles ausplapperst. Warum also nicht jetzt gleich?«

Damlo schüttelte den Kopf – sehr langsam.

»Also los, nur Mut! Ich weiß, ich habe dir da was Schönes eingebrockt, damals in Drassol, aber das war nichts Persönliches, Junge. Ich hab's nur getan, um meine eigene Haut zu retten.«

Damlo hob die Schultern, fast ohne sie zu bewegen, und der Taschendieb rannte um ihn herum auf die andere Seite und brachte sein Gesicht dicht an Damlos Ohr. »Ich habe dir schon erklärt, wieviel ich von dir halte, und jetzt sage ich dir im Vertrauen, daß auch diese Leute dich keineswegs unterschätzen. Sonst hätten sie mir wohl nicht diesen letzten Versuch erlaubt, dich zu überzeugen. Während des vergangenen Monats hast du allen ziemlich zu schaffen gemacht, und jetzt wollen sie diese Angelegenheit so rasch wie möglich zu Ende bringen.«

Mit einer plötzlichen Bewegung drehte sich Damlo um und senkte den Kopf; er fühlte, daß sich hinter Vodars Worten etwas Wichtiges verbarg, aber es gelang ihm nicht, den Finger darauf zu legen.

»Also hör mir gut zu, Junge«, fuhr der Taschendieb fort, indem er wieder die Seite wechselte, »und versuch zu verstehen, daß ich es gut mit dir meine. Diese Leute haben nicht die Absicht, bis morgen zu warten, um deinen Wagen von dort wegzuholen, wo du ihn abgestellt hast. Und in wenigen Stunden geht die Sonne auf. Wenn du jetzt nicht mit mir sprichst, dann gehst du gleich durch die Hölle!«

Vielleicht ist es das! dachte Damlo: Wenn ich bis zum Morgen durchhielte, würde ich dem Ersten Diener einen Knüppel zwischen die Beine werfen ... Nein. Worauf es ankommt, ist, daß ich den Zeitpunkt hinausschieben kann, zu dem der Drachenzahn in seine Hände fällt. Aber weshalb hat mir Vodars das zu verstehen gegeben?

»Warum erzählst du mir das alles?« fragte Damlo, ohne den Kopf zu heben.

»Das habe ich dir doch schon erklärt: weil ich einiges von dir halte. Du bist mir sympathisch, und es amüsiert mich, daß ein schlaues Füchslein wie du es geschafft hat, sich von einem Rudel hungriger Wölfe nicht unterkriegen zu lassen. Ich will nicht noch zusehen müssen, wie sie Hackfleisch aus dir machen!«

»Warum hast du mich dann in die Falle laufen lassen?«

»Das hat damit nichts zu tun, das ist was Geschäftliches. Jeder verdient sich sein Geld so, wie er kann, und meine Arbeit für diese Leute hat mir ein hübsches Sümmchen eingebracht. Noch mal: Es ist nichts Persönliches. Und ich sage dir noch etwas, Junge: Ehe ich hier reinkam, habe ich mit dem Kerkermeister gewettet, daß ich dich zum Reden bringe. Aber ich gebe mir nicht deshalb solche Mühe mit dir, nur um die Wette zu gewinnen, verstehst du?«

Damlo nickte; vielleicht sagt er sogar die Wahrheit, dachte er – vielleicht merkt er gar nicht, daß er mir kostbare Nachrichten liefert …

»Also, jetzt sag mir schon, wo der Wagen versteckt ist.«

Fast zerstreut schüttelte Damlo den Kopf, alle Gedanken darauf gerichtet, eine Lösung zu finden.

»Warum nicht? Verdammt, Junge, hörst du mir überhaupt zu? Gleich wird der Folterknecht zur Tür hereinkommen, dann ist es für alles zu spät!«

Damlo hörte ihm tatsächlich nicht mehr zu. Alles, was noch in meiner Macht liegt, ging es ihm unaufhörlich durch den Kopf, ist ein Hinauszögern des Zeitpunkts, an dem der Erste Diener den Zahn an sich bringt. Aber wenn ich gefoltert werde, dann rede ich sofort, ich kenne mich. Was soll ich also tun? Was soll ich nur tun?

»Diese Leute amüsiert sowas nur!« fuhr Vodars fort. »Zum Geier, Junge, hast du wirklich so viel Lust zu leiden?«

Damlo schüttelte den Kopf, während in seinem Hirn eine Idee Gestalt annahm.

»Na dann los! Ich kapiere wirklich nicht, warum du dich so lange bitten läßt! Jetzt hat man dich nun mal geschnappt, oder? Tatini behauptet, daß du ein tüchtiger Dieb und ein kluges Kerlchen bist, also weißt du, daß es früher oder später jeden trifft, und er wird auf dem falschen Fuß erwischt. Und wie verhält man sich dann tunlichst, um die Strafe möglichst gering zu halten? Man gesteht, zeigt Zerknirschung und bittet um Gnade.«

Er weiß gar nichts, dachte der Junge. Er hat nicht die leiseste Ahnung, was sich im Wagen befindet und warum die Schwarzen Degen so angestrengt danach suchen; vielleicht weiß er nicht mal von der Existenz des Ersten Dieners, und wenn ich den *Schatten* erwähne, lacht er mich aus …

»Ich habe den Wagen einem Freund anvertraut. Er bringt ihn nach Kamsit.«

Auf diese Weise, sagte er sich, würden sie den See überqueren müssen, ehe sie merken, daß das nicht stimmt, und eine Menge Zeit wäre gewonnen.

»Sieh mich an, Junge«, entgegnete der Taschendieb mit einem tiefen Seufzen, »sehe ich so dumm aus? Oder hältst du die Ulkraner für Idioten?«

»Wer sind die Ulkraner?«

»Das weißt du doch genau!« schnaubte Vodars. »Das sind die dunklen Reiter, die dich bis hierher verfolgt haben! Und jetzt hör auf, mich an der Nase herumzuführen, und sag mir endlich, wo der Wagen ist.«

»Das habe ich dir doch gerade gesagt.«

»Wenn ich denen da oben einen solchen Kohl auftische, bist du im nächsten Augenblick unter der Folter!«

»Und warum?« wollte Damlo wissen.

»Weil es vollkommen unglaubwürdig ist, daß du, nachdem du den Wagen mit Zähnen und Klauen verteidigt und trotz aller Schwierigkeiten bis hierher gebracht hast, ihn jetzt irgendeinem Unbekannten überläßt, der noch dazu in die entgegengesetzte Richtung fährt.«

»Was weißt du von der Richtung, in die ich will?« ereiferte sich Damlo. »Und außerdem ist es kein Unbekannter, sondern ein Freund.«

»Erzähl mir keine Märchen«, schrie der Taschendieb. »Denkst du, die Ulkraner hätten keine Nachrichten eingeholt, als Tatini von dir sprach? Das Personal in der Bettlerküste hat eine lose Zunge. Hier in Eria kennst du keine Seele außer dem Einbrecher und irgendeiner Dienstmagd! Und du warst gerade dabei, dich einer Karawane nach Osten anzuschließen, also hättest du den Wagen nie nach Westen geschickt! Hör auf, mir was vorzuflunkern, wenn du deine Haut retten willst. Oder erfinde wenigstens bessere Geschichten.«

Damlo nickte beschämt.

»Aber halte dir dabei immer vor Augen«, fügte Vodars mit

gedämpfter Stimme hinzu, »daß die da oben dich so lange hierbehalten, bis sie überprüft haben, ob deine Geschichte stimmt. Auch wenn du sagst, wo der Wagen steht. Und wenn sie draufkommen, daß du gelogen hast ...«

Draußen ließ plötzlich jemand die Riegel der Tür kreischen, und über Damlo schlug eine gigantischen Woge der Furcht zusammen.

»Rasch, Junge!« zischte der Taschendieb. »Sag mir, wo du den Wagen versteckt hast! Das ist deine letzte Chance!«

Aber Damlo war starr vor Angst und antwortete nicht.

Zwei Männer betraten die Zelle. Der erste war ein Ulkraner mit dem üblichen schwarzen Umhang, der eine Fackel in der Hand hielt. Hinter ihm kam ein Riese, bis zum Gürtel nackt, dessen Muskelstränge bei jeder Bewegung unter der Haut zuckten. Als er Damlo das Gesicht zuwandte, erschrak der Junge: In den wasserhellen Augen lag ein völlig erloschener Blick. Der Mann wirkte wie eine Skulptur, bei der der Bildhauer die Pupillen vergessen hatte.

»Und?« fragte der Schwarze Degen.

»Los, Junge!« drängte Vodars ein letztes Mal. Dann, als er sah, daß Damlo nicht reagierte, wandte er sich an den Mann in Schwarz: »Nur noch ein, zwei Minuten ...«

»Nein.«

Der Riese mit dem nackten Oberkörper trat an Damlo heran, hob ihn hoch und trug ihn nach draußen. Vor der Tür hielt er an, um auf seinen Begleiter zu warten.

»Tut mir leid, Damlo«, murmelte der Taschendieb. »Ich habe alles versucht, aber ...«

»Verschwinde!« fuhr ihn der Ulkraner an, wandte sich dann zu dem Riesen und forderte diesen mit einer kurzen Kopfbewegung zum Weitergehen auf.

Damlo wurde in den Raum neben der Zelle gebracht, den der Junge für den Aufenthaltsraum der Wachen gehalten hatte, der sich nun jedoch als Folterkammer herausstellte. Hier brannte auch kein Feuer im Kamin; der Lichtschein stammte vielmehr von einem glutgefüllten Gefäß auf einem Dreifuß, aus dem eine kleine Flamme hochzüngelte. Die glosenden Kohlen dienten auch nicht dazu, die Wachen zu wärmen, sie sollten vielmehr die Eisen zum Glühen bringen.

Der Riese ließ Damlo neben dem dicken, mit Ringen und Ketten versehenen Pfahl in der Mitte des Raumes zu Boden fallen. Dann holte er ein spitzes Messer aus einer Kiste und schnitt dem Jungen die Fesseln durch. Doch noch ehe dieser dazukam, irgendeine Bewegung zu machen, hatte er bereits Ketten an den Handgelenken und wurde mittels einer Rolle, die von der Decke hing, hochgezogen, bis er mit den äußersten Spitzen seiner Füße gerade noch über den Boden streifen konnte.

Ein paar Sekunden lang drehte sich Damlo um sich selbst – erst in einer Richtung, dann in der anderen, so daß der Raum einige Male vor seinen Augen vorbeizog. An einer Wand stand eine Art Folterbank mit dreieckigem Rücken, dessen Oberkante ziemlich scharf aussah. Auf der anderen Seite erblickte Damlo ein langes Bett mit einem Rad anstelle des Kissens. In den Ecken des Raumes waren einige Truhen zu sehen, zwei kleine Tische aus rohem Holz, leere Eimer und ein großes Faß ohne Deckel, das randvoll mit Wasser gefüllt war. An den Wänden befanden sich – abwechselnd mit den Fackeln, die der Riese soeben alle entzündete – in verschiedenen Höhen spitze Haken und große Ringe unterschiedlicher Machart. Je tiefer sie angebracht waren, desto schmutziger wirkten sie. Eingetrocknetes Blut, dachte Damlo; die Angst machte ihn ganz schwindelig.

»Wo ist der Wagen?« fragte der Ulkraner, als Damlo aufhörte zu rotieren.

Der Junge zuckte zusammen. Er versuchte, etwas zu sagen, aber die Furcht schnürte ihm die Kehle zu. Also schüttelte er den Kopf, um auszudrücken, daß er nicht sprechen konnte.

»Wie du willst«, sagte der Schwarze Degen. »Wir haben alle Zeit der Welt.«

Nein! schrie Damlo innerlich auf. Aber während er sich noch alle Mühe gab, auch nur ein einziges Wort hervorzubringen, kam ihm plötzlich zu Bewußtsein, daß sein Gegner log: Wenn diese Leute vorhatten, den Wagen noch vor Sonnenaufgang an sich zu bringen, hatten sie keineswegs alle Zeit der Welt! Sonderbarerweise verlieh ihm diese Erkenntnis neue Kraft, und seine Angst ließ nach. Zumindest ein wenig.

Der Mann mit dem nackten Oberkörper – zweifellos ein Folterknecht – zog eines der Tischchen heran und holte die Werkzeuge seines Berufsstandes aus einer Truhe. So lagen auf der rohen Holzplatte bald zahlreiche Messer mit spitzer, dünn geschliffener Klinge, eine Kneifzange und zwei Schraubstöcke mit gezähnten Backen; dann griff er nach einer Zange mit langen Griffen und legte sie auf die Glut. An dieser Stelle schloß Damlo die Augen.

Jetzt würde er gleich reden, resignierte er. Er schämte sich zwar, aber da war einfach nichts zu machen: Manche Leute ertrugen nun mal mannhaft jeden Schmerz, andere hatten aber eine Heidenangst davor. Außerdem würde es ihn in jedem Fall das Leben kosten, denn wenn er sich zwang, den Qualen standzuhalten, brächte dies den Drachen in ihm zum Erwachen.

Und zu sterben, ehe er alles ausplauderte? Vielleicht … War das die Lösung, die ihm die ganze Zeit über durch den Kopf geisterte, ohne zu einer konkreten Idee zu werden? Aber er wollte doch nicht sterben! Wie hatte er nur in diese Lage kommen können!

Alles war seiner Einfalt zuzuschreiben. Hätte er sich nicht den Wagen von Tatini stehlen lassen, wäre er nicht in Gefangenschaft geraten. Wie dumm er gewesen war! Andererseits hatte erst der Diebstahl des Wagens die Idee des falschen Siegels nach sich gezogen, das die Pläne des Ersten Dieners in

Luft auflöste. Gut – aber was ging ihn, Damlo, das alles eigentlich an? Der Krieg gegen den Fürsten der Finsternis wurde schon seit Äonen geführt, und er würde auch noch bis zum Ende aller Zeiten andauern. Zahlte es sich wirklich aus, für eine so aussichtslose Sache die Qualen der Folter auf sich zu nehmen? Oder sogar zu sterben?

Plötzlich kehrte die Erinnerung an das Bild zurück, als Ticla in dieser ersten Nacht in der Nähe des Teiches gestanden hatte, und Damlo sah wieder ihre Augen vor sich, in denen sich die Reflexe des Mondes auf dem Wasser spiegelten. Es schnürte ihm die Kehle zu. Was würde sie wohl denken, wenn er nicht zurückkehrte? Und Gevan Bedaran? Zweifellos hatte Tatini das falsche Siegel mittlerweile in den Tresor zurückgebracht, daher konnte dieser Teil der Angelegenheit als erledigt betrachtet werden – eine Art von Sieg, auf die er, Damlo, mit Recht stolz sein konnte. Und wären Irgenas, Clevas und Uwaen hier gewesen, so hätten sie sein Triumphgefühl geteilt. Ein paar kurze Augenblicke lang verspürte er den überwältigenden Wunsch, die drei noch einmal, ein letztes Mal, zu sehen.

Dann drangen Geräusche an sein Ohr, und Damlo öffnete die Augen.

Vor ihm stand ein hochgewachsener, kräftiger Mann in vornehmer schwarzer, völlig schmuckloser Kleidung. Der Junge hatte Mühe, den Blick auf die Gestalt des Mannes zu richten, denn irgendwie schien er den ganzen Raum auszufüllen. Dann sah er ihm ins Gesicht, und alles andere versank in Belanglosigkeit: Seine Augen waren dunkel und wild, wie von einer schwarzen Flamme genährt, und sein Blick – scharf und durchdringend wie ein Dolch – wirkte ebenso bezwingend wie herrisch. Und furchterregend.

Vor langer Zeit hatte Damlo einmal zugesehen, wie sich eine Schlange an ein Mäuschen heranschlängelte, und obwohl es diesem freigestanden hätte, in jenen ersten Augenblicken davonzuhuschen, hatte es die Gelegenheit doch nicht genutzt.

Es hatte der Schlange reglos entgegengestarrt und sein grausames Geschick erwartet. Damlo war zum Onkel gelaufen, um ihm das Gesehene zu berichten, und Onkel Pelno hatte das Verhalten der Maus damit begründet, daß Schlangen ihre Opfer bannten. Von dieser Erklärung keineswegs überzeugt, war der Junge zu dem Schluß gekommen, daß es wohl die Angst gewesen sein mußte, die das Mäuschen gelähmt hatte – ganz so, wie sie es auch bei ihm selbst bisweilen fertigbrachte. Jetzt hingegen änderte er seine Meinung. Ein Blick wie jener des Ersten Dieners – denn nur um ihn konnte es sich hier handeln – war ohne Zweifel imstande, jeden zu verhexen, auf den er sich richtete.

»Ich bin Norzak, Fürst von Suruwo«, sagte der Mann an Damlo gewandt; seine harten Gesichtszüge lösten sich zu einem Lächeln auf. »Und sehr bald wirst du mir eine große Freude bereiten.«

Seine Stimme klang tief und weich und umschmeichelte den Jungen wie eine Decke aus frischen Daunen. Damlo spürte, wie sie in ihn eindrang und ihn ausfüllte, und in den Ohren hörte er die pochenden Schläge seines eigenen Herzens, das im Rhythmus mit den Worten des schwarzgekleideten Mannes pulsierte.

»Große Freude. Denn du wirst mir entweder gleich verraten, wo sich dein Wagen befindet, oder mich so lange mit deinen Qualen ergötzen, bis er schließlich doch mir gehört.«

Damlo sah ihn sekundenlang an, ohne zu antworten, und dann kam der Entschluß: Er wollte leben. Von tiefer Scham erfüllt und das Bild der Freunde vor Augen, senkte er den Kopf und nickte langsam.

»Na wunderbar!« rief der Mann und brach in ein fürchterlich ansteckendes Lachen aus. »Ehrlich gesagt, ein bißchen Widerstand wäre mir gar nicht unrecht gewesen. Aber vielleicht ist es besser so. Also, wo steckt der Wagen?«

Es ist aus, dachte Damlo und wollte nun sprechen. Doch

schon während seine Lippen das erste Wort formten, fiel es ihm plötzlich wie Schuppen von den Augen, als er erkannte, was es war, das ihn im Gespräch mit Vodars hatte aufhorchen lassen: Die Feinde wüßten alles von ihm, hatte der Taschendieb behauptet; doch dann war von der Dienstmagd die Rede gewesen und nicht von den Leuten, mit denen er, Damlo, auf Schloß Bedaran tatsächlich Umgang hatte. Ebensowenig hatte Vodars Rako oder die Zwillingsbrüder erwähnt – ein Hinweis darauf, daß er nichts von seiner, Damlos, Reise entlang des Sees in Gesellschaft der Kaufleute wußte. Es gab nur eine einzige Person auf der Welt, die diese Kenntnisse – und nur diese – über ihn besaß. Im übrigen hatte ihm Vodars praktisch enthüllt, wer das war. Aber wenn das, was Norzak über ihn wußte, vom Empfangsdiener der Bettlerküste stammte, dann war dem Ersten Diener wohl auch bekannt, daß Uwaen und die Zwerge nach ihm, Damlo, gesucht und ihn nur um ein Haar verfehlt hatten!

»Ich habe ihn Irgenas Cuorsaldo zurückgegeben«, sagte der Junge mit festerer Stimme als erwartet. »Daher ist er in dieser Minute längst unterwegs nach Osten.«

»Eine Lüge!« rief der Fürst von Suruwo entzückt aus. »Großartig! Ich muß dir gestehen, daß mich deine schnelle Kapitulation ein wenig enttäuscht hatte.«

»Das ist keine Lüge! Ich hatte einfach die Nase voll davon, mich immerzu vor irgendwelchen Gefahren vorsehen zu müssen. Und so habe ich den Wagen wieder meinen Freunden übergeben.«

»Natürlich, natürlich. Es ist nur schade, daß du mit diesen Leuten gar nicht zusammengetroffen bist!«

Verzweifelt versuchte Damlo sich zu erinnern, was genau das Männchen am Empfangstisch der Bettlerküste über den Halbelf und die Zwerge gesagt hatte. Das fiel ihm schwer, weil ihn damals der freudige Schock zu hören, daß die Freunde am Leben waren, fast umgeworfen hatte. Aber der Mann am Empfang verstand das Zwergische nicht gut, daran erinnerte sich Damlo genau. Und daher konnte er ja möglicherweise die Unterhaltung zwischen Uwaen und den Zwergen mißverstanden haben …

»Ihr irrt Euch, Herr«, entgegnete er also, seiner Sache einigermaßen sicher. »Als ich herausfand, daß sie mich suchten, holte ich sofort den Wagen und fuhr gleich zu diesem Platz, wo die Karawanen Richtung Osten zusammengestellt werden. Seit dem Beginn unserer Reise war dies der Ort, den wir für ein Zusammentreffen bestimmt hatten, falls wir uns aus den Augen verlieren sollten. Diese Abmachung hatte für jede Stadt Geltung, und tatsächlich waren meine Freunde bereits dort. So bin ich den Wagen losgeworden.«

Eine Sekunde lang sah Damlo den Schatten eines Zweifels über das Gesicht des Mannes huschen.

»Na gut«, sagte der Fürst dann. »Wir werden gleich sehen, ob du die Wahrheit sagst.«

Bei diesen Worten griff der Folterknecht nach einer der glühenden Zangen auf dem Dreibein und ging auf Damlo zu. Auf eine fast unmerkliche Kopfbewegung Norzaks hin hielt er jedoch inne. Der Fürst öffnete die Schließe seines steifen Kragens und zog ein Säckchen aus schwarzem Samt unter der Jacke hervor. Es war etwa so groß wie seine Hand, und obwohl es sich um ein ganz gewöhnliches Stoffbeutelchen zu handeln schien, zog es die Blicke an wie ein Magnet.

Der Fürst von Suruwo steckte die Hand in den Beutel, umklammerte etwas, das sich darin befand, und schloß konzentriert die Augen. Sofort verspürte Damlo einen Druck in seinem Inneren, als pressten zahllose Hände von innen gegen die Seiten seines Körpers. Es war ein unangenehmes Gefühl, das ihn absurderweise an etwas erinnerte, das viele Jahre zuvor im Wirtshaus seines Onkels vorgefallen war. Damals war er nackt von oben gekommen und in die Gaststube eingetreten – und er hatte zum ersten Mal so etwas wie Schamhaftigkeit entdeckt. Und seine jetzige Empfindung war mit der damaligen vergleichbar: Er fühlte sich so preisgegeben, als würde ihn ein fremder Blick durchbohren, auch wenn Norzak ihn gar nicht ansah.

Aber er leistete Widerstand. Ohne sich dessen bewußt zu sein, stemmte er sich mit aller Kraft dagegen, was eine gewaltige Anstrengung erforderte, denn das Gefühl war geradezu übermächtig und schien in seinem Inneren ohne Unterlaß hin und her zu zucken. Plötzlich aber endete es so schlagartig, wie es begonnen hatte, und Damlo konnte den Fürsten von Suruwo wieder klar sehen.

Norzak starrte ihn unverwandt an, die Brauen zusammengezogen, als könnte selbst er sich nicht erklären, was gerade geschehen war. »Hinaus!« befahl er brüsk.

Erst jetzt bemerkte der Junge, daß zusammen mit Norzak auch zwei Schergen und ein Ulkraner eingetreten waren.

Alle verließen den Raum, einschließlich des Folterknechts, und Norzak zog etwas aus dem Samtbeutel, das wie ein Kringel aus schwarzem Obsidian aussah. Der Gegenstand war fast kreisrund und verjüngte sich an einer Stelle. Der dünnere Teil des schwarzen Kringels steckte unter einer winzigen roten, goldbestickten Schärpe mit goldenen Fransen.

Ohne ein Wort zu sagen, packte der Fürst den schwarzen Reif mit beiden Händen und konzentrierte sich erneut – diesmal jedoch mit einem Blick, der sich in Damlos Augen bohrte.

Die neuerliche Attacke war gewaltig. Der innerliche Druck erfaßte den Jungen von allen Seiten zugleich, lenkte ihn ab und verhinderte, daß er begriff, was geschah. Aber er kämpfte. Er kämpfte mit aller Kraft, so wie er es von klein auf gegen seine Krampfanfälle gewohnt war – haargenau so, denn kaum war dieses wohlbekannte Gefühl in seiner wilden Urgewalt aufgeflackert, da nahm der Junge ganz deutlich wahr, wie sich der Drache in irgendeinem Winkel tief in seinem Inneren zu rühren begann. Der Angriff dauerte nicht lange, und glücklicherweise erwachte das Monster nicht. Aber der Kampf schwächte Damlo so stark, daß er sogar für ein paar Augenblicke vergaß, in welch hoffnungsloser Lage er sich befand. Doch schließlich riß er sich zusammen und richtete den Blick neuerlich auf den Diener des *Schattens.*

Mit ungläubiger Miene starrte ihn der Fürst von Suruwo an – reglos und kreidebleich.

Kaum eine Stunde später lag Damlo in einer großen Holzwanne, bis zum Kinn in ein heißes, duftverströmendes Wasser eingetaucht. Das war ein herrliches Gefühl, aber es reichte nicht, um ihn die Peinlichkeit vergessen zu lassen.

Unmittelbar nach der Sache mit dem schwarzen Kringel hatte Norzak befohlen, Damlo in die Turmgemächer zu bringen, wo ihm erlaubt sein sollte, sich frei zu bewegen, solange er nicht zu fliehen versuchte. Dann war der Fürst persönlich gekommen, um sich von der passenden Unterbringung des Jungen zu überzeugen, und hatte ein heißes Bad für ihn herbeischaffen lassen.

Damlo war so erschöpft gewesen, daß er diesen Umschwung in seiner Behandlung hingenommen hatte, ohne sich nach dem Grund dafür zu fragen. Erst als die Sklavinnen eintrafen und anfingen, ihn zu entkleiden, hatte er die Kraft aufgebracht, zu protestieren. Aber diese Mädchen gehorchten Befehlen, die von weit höher kamen, und so hatte er sich dafür entschieden, die Peinlichkeit dieser Situation als letzten Rest jener Folter zu betrachten, der er gerade noch entgangen war. Er hatte die Augen geschlossen und sich einfach darein geschickt, daß ihn die Mädchen, alle ungefähr in seinem Alter, wie ein kleines Kind von Kopf bis Fuß schrubbten. Dann hatten sie die Wanne geleert, neu mit heißem Wasser gefüllt und sich entfernt, um ihn das Bad allein genießen zu lassen.

Er blieb im Wasser, bis ihn näherkommende Schritte aus seinen Träumen schreckten. Mühsam stemmte er sich nun aus der Wanne, denn die Wärme hatte seine Muskeln schlaff werden lassen, und schaffte es gerade noch, sich in das daunenweiche Frottiertuch zu wickeln, das die Sklavinnen auf einem Schemel zurechtgelegt hatten. Dann betrat Norzak schon mit festen Schritten den Raum.

»Geht's jetzt besser?« fragte er mit einem unwiderstehlichen Lächeln.

Diesem Mann gelang es, selbst dann fesselnd zu wirken, wenn er einem drohte, ging es Damlo durch den Kopf. Doch wenn er sich von seiner freundlichen Seite zeigte, schien er sogar Steine bezaubern zu können. Aber der Junge war zu müde, um sich betören zu lassen. Er hob die Schultern.

»Na gut, also schlaf jetzt. Morgen werden wir Gelegenheit haben, uns zu unterhalten, und dann werde ich dir alles erklären. Um dir zu einer bestmöglichen Erholung zu verhelfen, sage ich dir gleich, daß die Fenster dieser Gemächer vergittert sind, und außerdem stehen zwei Soldaten vor deiner Tür Wache. Gegenwärtig kommst du nicht von hier weg, also vertrödle nicht die Zeit, indem du an Flucht denkst, sondern leg dich lieber aufs Ohr und schlaf gut.«

Damlo nickte. Gegenwärtig, sagte er, hätte er nicht einmal die Kraft aufgebracht, die Vorhänge zur Seite zu ziehen ...

Als der Fürst gegangen war, schleppte er sich zu dem riesigen quadratischen Bett, und ohne sich irgendwelche Fragen zu stellen, schlief er ein, noch ehe er sich vollständig ausgestreckt hatte.

Er erwachte am späten Morgen, bestens erholt und voller Tatkraft. Sofort machte er sich auf die Suche nach seinen Kleidern, fand sie aber nirgends. An ihrer Stelle lagen feinste leinerne Unterwäsche und ein kostbarer Anzug aus schwarzem Samt auf einem kleinen Divan. Auf dem Boden davor glänzte ein Paar prachtvolle schwarze Stiefel, und auf dem intarsienverzierten Tischchen neben dem Bett lag sein Geldgürtel, aus dem keine einzige Münze fehlte.

Die Farbe des Anzugs erinnerte ihn zwar fatal an den Hausherrn, aber mangels einer Alternative schlüpfte Damlo hinein und stellte fest, daß sie wie angegossen paßten.

Doch seine Gedanken kreisten um nichts anderes als Flucht, und so ging er daran, sein Gefängnis zu anzusehen. Er zog die Vorhänge zurück, um festzustellen, ob die Fenster tatsächlich vergittert waren, und blieb wie angewurzelt stehen: Das Türmchen war gar nicht so viel höher als der Rest des Gebäudes, das jedoch auf der Spitze eines Hügels stand. So war der Ausblick schier grenzenlos. Vor Damlos Augen breitete sich die Hauptstadt der Hegemonie aus – ein unabsehbarer Wald von Schornsteinen und spitzen Dächern, den die Maisonne mit weichem, beruhigenden Licht erfüllte, was die Schindeln aus Schiefer warm erstrahlen ließ.

Bis zu diesem Augenblick war Damlo nicht ganz klar gewesen, wie groß die Stadt Eria tatsächlich war. Und abgesehen von den Mauern hatte er auch ihre außerordentliche Schönheit nicht wahrgenommen. So stand er jetzt am Fenster, betrachtete dieses großartige Bild und versuchte herauszufinden, an welchen Stellen der Stadt er sich bereits befunden hatte. Das gelang ihm zwar nicht, aber als er die Augen über die Dächer gleiten ließ, kam es ihm vor, als könne er den Frieden einatmen, den dieser Anblick ausstrahlte.

In einem Hof ganz in der Nähe – er mochte zu einer Kaserne gehören – sah Damlo Gestalten, die mit langen Holzbalken arbeiteten, und mit einemmal wurde ihm bewußt, daß dort vier Galgen errichtet wurden. Es lief ihm kalt über den Rücken.

»Tja, wie trügerisch die Welt sein kann«, seufzte jemand dicht an seinem Ohr.

Damlo zuckte zusammen und drehte sich um. Norzak von Suruwo stand hinter ihm, die Augen starr auf die Stelle gerichtet, von der der Junge sie gerade abgewandt hatte.

»Du hast die Galgen gesehen, nicht wahr? Von hier aus betrachtet, möchte man glauben, daß die Schönheit dieser Stadt auf die Gemüter ihrer Einwohner abfärben müßte, doch auch hier gibt es Gosse und Armut, Verzweiflung und Verbrechen. Sie existieren, auch wenn man sie von hier oben aus nicht sieht. Ebenso wie das Leid, durch das sie entstanden ist, und das Leid, das sie ihrerseits zufügen – in dem unbewußten und vergeblichen Versuch, das Konto auszugleichen.«

Und dann gibt es da noch all jene, die für den Fürsten der Finsternis arbeiten, dachte der Junge. In diesem Augenblick wurde ihm bewußt, daß er eine schwarze Metallstange schon minutenlang umklammert hielt; er hatte die ganze Pracht durch die Gitterstäbe seines Kerkers hindurch betrachtet, und anstatt jede Sekunde dieser Gefangenschaft zu verabscheuen, hatte er die Aussicht in vollen Zügen genossen. Was für ein sonderbarer Widerspruch.

»Schau nur hinaus«, fuhr der Fürst von Suruwo fort, »das da draußen ist die Welt mit all ihrer leidbehafteten Großartigkeit. Herrlich, oder?«

»Das Leid gefällt mir nicht.«

»Mir auch nicht. Es gefällt niemandem, aber es ist nun mal Teil des Lebens, und wir müssen es ebenso hinnehmen wie die Sonne am Himmel.«

Damlo hob die Schultern.

»Im übrigen tut die Existenz des Leides den Schönheiten der Welt keinen Abbruch. Derer gibt es unzählige, und sie nähren den Geist.«

Der Junge zögerte, doch dann nickte er unmerklich.

»Es freut mich, daß du meiner Meinung bist«, nickte Norzak. »Und noch mehr freut mich, daß du es zugibst, denn das heißt, du bist ehrlich zu dir selbst und erkennst die Wahrheit auch dann, wenn sie aus dem Mund eines Feindes kommt.«

Verblüfft, daß der Erste Diener des *Schattens* von Wahrheit sprach, sah ihm Damlo in die Augen.

»Eines Feindes, jawohl«, sagte der Fürst. »Denn für den Augenblick sind wir doch Feinde, nicht wahr?«

Damlo nickte mit größter Zurückhaltung.

»Sehr gut. Wenn sich zwei Personen kennenlernen und das Verhältnis festlegen, in welchem sie zueinander stehen, ist es von größter Wichtigkeit, daß daraus keine Mißverständnisse erwachsen. Ehrlichkeit ist die einzige Grundlage, auf der eine Beziehung entstehen kann, die etwas taugt. Daher ist es gerechtfertigt zu sagen, daß wir beide bis jetzt Gegner waren.«

Obwohl sie vom Diener des *Schattens* kam, empfand Damlo diese Überlegung als völlig korrekt. Darüber ein wenig perplex, nickte er auch diesmal.

»Nun, du wirst dich jetzt fragen, warum ich, der im gegenwärtig stattfindenden Kampf stets dein unmittelbarer Gegner war, dich nun mit Nachsicht behandle. Richtig?«

»Ja.«

»Du bist sehr jung und daher noch ein wenig in Träumen und Phantasien verhaftet. Doch darin wird die Wirklichkeit verzerrt, genau so wie die Wahrheit in den Heldensagen. Im wirklichen Leben verhält sich das alles ein wenig anders. Personen und Geschehnisse sind nicht schwarz oder weiß, sondern verkörpern Grautöne in tausend und abertausend Schattierungen. Alles ist weitaus verwirrender, als es in den Träumereien den Anschein hat, und dieser Umstand läßt Platz für Ehrlichkeit und gutes Benehmen, trotz einer Gegnerschaft. Und warum sollte es auch nicht so sein? Es gibt schon mehr Scheußlichkeiten als genug auf der Welt, um sie noch grundlos zu vermehren. Zugegeben, bisher standen wir beide in gegnerischen Lagern, aber weshalb sollte das Feindseligkeit zwischen uns bedeuten? Warum sollte ich mir wünschen, dich leiden zu sehen? Ich empfinde dir gegenüber keine Feindseligkeit.«

»Aber Ihr habt mich beinahe foltern lassen!«

»Du kannst ruhig ›du‹ zu mir sagen, Junge. Ich bin ›Norzak‹ für dich. Natürlich habe ich dir vergangene Nacht Angst gemacht. Wir waren doch Gegner, oder? Ich mußte erfahren, wo sich der Wagen befindet, und ich habe alles Notwendige getan, damit du es mir sagst. Was findest du daran falsch? Sei ehrlich, hättet du es mir verraten, wenn ich dich nicht hätte hochziehen lassen?«

Damlo zögerte. Dieses Gespräch kam ihm äußerst sonderbar vor, und die Offenheit des Fürsten verunsicherte ihn. Ehrlichkeit gegen Ehrlichkeit, entschied er schließlich und schüttelte den Kopf.

»Siehst du? Es war notwendig. Aber das ist doch kein Grund, einander zu hassen! Im Gegenteil, als aufrechte Gegner kann man einander durchaus Anerkennung zollen. Warum nicht? Was ändert das schon, außer daß es die Herausforderung reizvoller macht? Du hast mir einiges aufzulösen gegeben, aber dafür schätze ich dich nur um so höher. Du hieltst es für das Richtige und hast es so gut gemacht, wie es deine Fähigkeiten erlaubten – und die sind ja nun beachtlich. Erst der Verrat einer verachtenswerten Person hat es mir ermöglicht, dich zu fangen, und das sagt einiges über deine Beherztheit aus. Deshalb gestatte mir, dir jetzt, da alles zu Ende ist, meine Hochachtung auszusprechen.«

Der Fürst hielt ihm die Hand hin, und einen Augenblick lang war Damlo kurz davor, sie zu drücken. Doch er hielt mitten in der Bewegung inne und erstarrte.

»In aller Aufrichtigkeit«, versicherte ihm der Fürst. »Ohne Arglist. Von Gegner zu Gegner.«

Damlo zögerte noch immer, doch dann nickte er und ergriff die Hand. Er hatte den Ersten Diener in die Schar der üblichen Bösewichter seiner Legenden eingereiht – ein Herz aus nichts als Lug und Trug, voller Haß, Gewalt und Grausamkeit. Doch der Fürst war nicht nur eine der faszinierendsten Persönlichkeiten, die er je kennengelernt hatte, sondern seine Denkweise erschien darüber hinaus auch glasklar, bestimmt und ohne jede Falschheit.

»Weißt du«, sagte Norzak mit einem Lächeln, in dem ein

wenig Traurigkeit mitschwang, »ich hatte auch mal einen Sohn in deinem Alter, den ich alle diese Dinge lehrte.«

»Ist er gestorben?«

»Ein Sturz vom Pferd. Ein dummer Unfall.«

»Das tut mir leid.«

»Danke. Die Gleichgültigkeit, mit der uns das Leben das Kostbarste nimmt, ist schrecklich.«

Damlo nickte. Warum nur war Norzak so liebenswürdig und menschlich? Ein Böser durfte das einfach nicht sein! Ob er ihm, Damlo, vielleicht etwas vorspielte? Der Junge rief sich die Äußerungen des Fürsten eine nach der anderen in Erinnerung, ohne einen einzigen Mißton zu entdecken.

»Die Welt ist grausam«, fuhr Norzak von Suruwo fort. »Schön und gefährlich zugleich. Und um uns vor ihren Launen zu schützen, steht uns nur eine einzige Waffe zur Verfügung: unser Wissen.«

»Ich lese sehr gern in Büchern.«

»Sehr gut! Siehst du, daß ich mich nicht in dir getäuscht habe? Es gibt nicht viele, die so verständig sind wie du. Für gewöhnlich glauben die Leute, Stärke wäre das wichtigste.«

»Weil Stärke Macht verleiht«, sagte Damlo und dachte an Proco Radicupo.

»Macht ist immer eine eingebildete, wenn ihr die Führung fehlt. Stärke braucht Kontrolle, und Kontrolle beruht auf Wissen. Wenn sie nicht richtig gelenkt wird, ist Stärke nutzlos. Außerdem ist die Welt voller Stärke, aber keineswegs voller Wissen. Nur wer Erkenntnisse sammelt, weiß wirklich, was er will, und ohne ein festes Ziel fällt auch der stärkste Mann den Ereignissen zum Opfer. Es ist kein Zufall, daß immer schon die Klugen die Starken dazu benutzt haben, ihre eigenen Zwecke zu verfolgen.«

Wieder dachte Damlo an Proco Radicupo und erinnerte sich daran, wie es Busco Sinistronco immer schaffte, Proco geschickt zu lenken.

»Ich mag Leute nicht, die andere benutzen«, stellte er fest.

»Das kommt nur davon, daß für dich die Zeit, in der man noch Träume hat und Phantasien nachjagt, nicht so weit zurückliegt. Du bist sehr jung, Damlo, und obwohl mit vielen Begabungen ausgestattet, kannst du nicht über alle Realitäten des Lebens Bescheid wissen. Daher verwechselst du das, was du dir wünschen würdest, mit dem, was ist. Die Menschen sind nicht alle gleich: manche sind höherwertig, andere minderer.«

»Das ist nicht wahr!«

»Überlege doch: Seid ihr gleich, du und Tatini? Sind wir gleich, ich und Vodars?«

»Nein, aber ...«

»Weil die Menschen eben unterschiedlich sind, und des öfteren unterscheiden sie sich gewaltig voneinander. Es wäre schön, wenn wir alle gleich wären, aber so ist es nicht, und das ist eine Tatsache, die wir hinnehmen müssen, auch wenn sie uns nicht zusagt.«

»Gut, aber das heißt ja nicht, daß ich eine andere Person benutzen darf, um ...«

»Komm doch, Damlo! Benutzen heißt lenken, führen! Erinnerst du dich manchmal, wie deine Eltern dich behandelten, als du noch klein warst?«

»Ich bin ein Waisenkind.«

»Das tut mir leid. Aber irgend jemand wird dich doch aufgezogen haben, oder? Wie auch immer: Du hast ja sicher schon kleine Kinder gesehen?«

Damlo nickte.

»Ist dir aufgefallen, wie sie alles angreifen wollen, alles in die Hand, in den Mund nehmen wollen? Ich erinnere mich, für meinen Sohn hatte die Küche eine geradezu magische Anziehungskraft, und kein Messer, kein Teller und kein Herd, der dort auch nur eine Sekunde lang aus den Augen gelassen wurde, war vor ihm sicher. Alles wurde zu einer möglichen

Beute, die er in die Händchen kriegen wollte. Du kannst dir nicht vorstellen, wie oft wir ihn gerade noch rechtzeitig vor irgendeinem Feuer in Sicherheit gebracht haben – oder das Tafelgeschirr vor ihm. Gar nicht zu reden von dem Tag, als er einen Dolch an der Klinge packte …«

Damlo merkte, wie sein aufgewühltes Gegenüber mit der Rührung kämpfte, und war verblüfft. Der Erste Diener – erweicht durch ein Kind? Ein Bösewicht, der das Herz am rechten Fleck hatte? Aber der Fürst arbeitete für den *Schatten*! Wie war es möglich, daß er die Schönheiten der Welt und die Ehrlichkeit sich selbst gegenüber so sehr zu würdigen wußte? Wie war es möglich, daß er ohne Haß und Groll jemandem Achtung und Anerkennung zollte, der sich ihm entgegenstellte? Was für eine Sorte von »Bösem« war denn das, wenn es Mitgefühl für die Glücklosen und ihr Leid aufbrachte? Außerdem waren die Schlechten und Übelwollenden doch alle gefühlskalt – und ließen sich nicht von Rührung bei der Erinnerung an die Kindheit ihrer Söhne übermannen!

»Also«, fuhr der Fürst nach einem kurzen Schweigen fort, »was ich damit sagen will: Die Eltern hindern ihre Kinder sehr häufig daran, das zu tun, wonach ihnen der Sinn steht. Und das ist auch richtig so, weil die Eltern über größeres Wissen verfügen und die Kinder so vor Gefahren schützen können. Sie sind die Überlegeneren, und so ist es nur natürlich, daß sie auch das Kommando haben.«

»Das trifft vielleicht für Kinder zu.«

»Sind Kinder denn keine Menschenwesen?«

»Doch, aber …«

»Sie sind es, obwohl sie anders sind als wir Erwachsenen. Ich habe es dir ja schon gesagt: Die Menschen sind nicht alle gleich. Kinder sind Menschen, die aufgrund ihres Alters nicht begreifen können, was für sie gefährlich ist und was nicht. Das ist eine Tatsache. Ebenso wie der Umstand, daß es Menschen gibt, die sich aus anderen Gründen von uns unterscheiden und die ebensowenig erkennen können, was für sie gut ist und was schlecht. Und daher ist jemand nötig, der diesen Überblick hat und ihnen die Entscheidung abnimmt.«

»Und wenn dieser Jemand zu ihrem Nachteil entscheidet?«

»Das ist natürlich immer eine Frage der freien Wahl. Was aber nichts an der Tatsache ändert, daß es zweierlei Menschen gibt: die Überlegenen und die anderen, die ihnen in allem nachstehen. Und es beseitigt auch nicht die Notwendigkeit, daß erstere für letztere die Entscheidungen treffen.«

»Ich würde nicht wollen, daß jemand für mich die Entscheidungen trifft!«

»Und das wird wahrlich auch keiner tun, Junge, denn du hast das Zeug dazu, eine dominierende Stellung einzunehmen. Und wenn du es dir genauer überlegst, so ändert das alles.«

»Nein, das ...«

»Denk darüber nach und du wirst draufkommen, daß ich recht habe. Warum, glaubst du, wählen nur wenige die Straße des Wissens? Warum entscheiden, wohin du auch blickst, so wenige Kluge über das Schicksal so vieler Starker? Aus dem einfachen Grund, weil manche eben begabter dazu sind als andere. Sie sind ihnen überlegen, und das ist wiederum *ihr* Schicksal. Es ist ein Naturgesetz, und ob es uns nun gefällt oder nicht, wir müssen es hinnehmen.«

Damlo schwieg eine Weile, während er vergeblich versuchte, in den Gedankengängen des anderen einen Fehler zu finden. »Aber das ist doch nicht gerecht!« rief er schließlich.

»Natürlich nicht! Das Leben ist grausam, einer wird als Krüppel geboren, der andere mit geraden Gliedern. Es ist nicht gerecht, aber es passiert. Und die mit den geraden Gliedern sind es, die laufen, auch wenn das alle gern täten.«

Damlo nickte und senkte den Kopf. Es lag etwas Wahres in Norzaks Worten. Wie war das möglich? Wie nur konnte der personifizierte *Feind* bei allem, was er sagte, so aufrichtig und überzeugend sein? Uwaen, Irgenas und Clevas bekämpften ihn mit ganzer Kraft. Daß sie sich dermaßen in ihm irrten? Das konnte sich Damlo nicht vorstellen, aber genausowenig konnte er zu der Überzeugung kommen, daß der Fürst von Suruwo so schlecht war, wie die Freunde dachten. Wiederum suchte er im Gespräch mit Norzak irgendeinen noch so winzigen Beweis für Heimtücke. Er fand ihn nicht.

Hatte ihn der Fürst am Ende in seinen Bann gezogen und verhext? Allein die Vorstellung jagte ihm einen tödlichen Schrecken ein. Nein, ganz ausgeschlossen, er fühlte sich vollkommen klar. Aber wie fühlte man sich, wenn man verhext war? Wie konnte man erkennen, wann es soweit war? Außerdem – konnte es diese Art von Hexerei wirklich geben?

Nein, entschied Damlo schließlich. Es gibt keinen Weg, einen anderen zu Gedanken zu zwingen, die er nicht haben will. Nicht, ohne sein klares Denken einzuschränken. Nicht, ohne ihn zu verwirren, zumindest ein wenig. Und im Hinblick auf das Gespräch mit Norzak war er, Damlo, durchaus Herr seiner Sinne. Was ihn so durcheinanderbrachte, das waren eher die Widersprüchlichkeiten zwischen dem, was seine Freunde behaupteten, und dem, was er selbst gerade erlebte.

»Hast du heute nacht gut geschlafen?« erkundigte sich der Fürst und wechselte damit abrupt das Thema.

»Sehr gut.«

»Diese Gemächer sind recht angenehm, nicht wahr?«

»Ja. Und außerdem war ich wirklich sehr müde.«

»Das kann ich mir denken. Also, jetzt sag mir: Hast du schon eine Möglichkeit zur Flucht entdeckt?«

»Ich?« zuckte der Junge zusammen.

»Na, komm schon!« lachte Norzak auf. »Unser Wettstreit ist ja noch im Gange, oder? Das wird er solange sein, bis dein Wagen in meinem Gewahrsam ist. Es ist doch nur verständlich, daß du an Flucht denkst.«

»Na gut, dann hast du also recht«, gab Damlo zu und konnte

ein Grinsen nicht unterdrücken. »Jedenfalls habe ich noch keinen richtigen Plan.«

»Und im übrigen«, fuhr der Fürst fort, wobei seine Augen vor Vergnügen blitzten, »im übrigen, selbst wenn du einen hättest …«

»… würde ich ihn dir ganz gewiß nicht auf die Nase binden!« vollendete Damlo den Satz.

Sie lachten beide.

»Warte nur ab«, fügte der Junge hinzu, »wenn ich dir unter den Augen verschwinde, wirst du dich fragen, wie um alles in der Welt ich das angestellt habe!«

»Und dann? Was hast du vor? Wo willst du hin?«

»Weiß ich noch nicht«, log der Junge. »Von Kamsit habe ich viel Gutes gehört, vielleicht gehe ich eine Weile dorthin.«

»Oder vielleicht setzt du dich gleich auf die Spur des Wagens«, rief Norzak, und sein Lachen erfüllte den ganzen Raum, »um deine Freunde zu warnen, daß ich hinter ihnen her bin!«

Nein, dachte Damlo. Er konnte einfach nicht glauben, daß diese Offenheit, dieser Frohsinn mit Schlechtigkeit einhergehen könnten! So schmerzlich es auch war, er mußte einsehen, daß sich da irgend jemand irrte – entweder er oder die Freunde. Und ein echtes Problem wäre es wohl, sich eingestehen zu müssen, daß sie es waren, die sich vielleicht irrten. Denn im Grunde genommen stand die Persönlichkeit von Norzak hier gar nicht zur Debatte: Alles lief letztlich darauf hinaus, Uwaen, Irgenas und Clevas plötzlich als ganz normale Leute zu betrachten, die, da sie die Tatsachen nicht persönlich kannten, sie durchaus auch verkennen konnten.

Also gut, überlegte Damlo; nehmen wir an, daß die drei eventuell falsch liegen – was würde sich ändern?

Wie müßte er sich verhalten? Was sollte er tun? Tun! Mit einemmal verwandelte sich das Wort in einen Vorsatz, der seinen Verstand erhellte und jede Unsicherheit wegwischte. Wen interessierte es schon, ob Norzak von Suruwo nun das leibhaftige Böse war oder nicht? Er, Damlo, mußte einen magischen Drachenzahn nach Belsin bringen! Wie sein Gastgeber so richtig betont hatte, bestand zwischen ihnen beiden ein Wettstreit, und obwohl der Erste Diener glaubte, ihn bereits gewonnen zu haben, hatte er ihn eigentlich schon fast verloren, denn der Wagen befand sich immer noch sicher verwahrt in Rakos Lagerhaus.

Tun. Völlig überflüssig, sich über all diese Schwierigkeiten den Kopf zu zerbrechen; es reichte, wenn er sich darauf konzentrierte, das zu tun, wozu er sich schon vor einer ganzen Weile entschlossen hatte. Und dann, nachdem er in Belsin angekommen war, konnte er sich stundenlang mit den Freunden unterhalten und ihnen erklären, aus welchem Stoff der Erste Diener in Wirklichkeit gemacht war. Handeln! Darin lag die Lösung. Und auch hier hatte Norzak recht: dabei gab es überhaupt keinen Grund zu hassen. Es ging einfach darum, einen Wettkampf zu gewinnen, ohne lange herumzurätseln, wer die Gegner waren, oder der Frage auf den Grund zu gehen, welche Charaktereigenschaften sie auszeichneten. So betrachtet, fand Damlo die ganze Sache richtiggehend vergnüglich.

»Meine Freunde«, sagte er mit einem Lächeln, »brauchen nicht mich dazu, um sich darüber im klaren zu sein, daß sie auf der Hut sein müssen.«

»Da hast du vermutlich recht. Warum also weglaufen?«

»Weil ich überzeugt davon bin, daß du sie nicht finden wirst, und ich nicht ewig dein Gefangener bleiben will.«

»Vielleicht wäre das auch gar nicht notwendig.«

»Nein?«

»Es ist dir gelungen, mir auf einer Strecke von fast dreihundert Meilen nicht ins Netz zu gehen«, erklärte der Fürst, »und als ich dich endlich zu fassen bekam, war der Wagen nicht mehr in deinem Besitz. Um ehrlich zu sein, ich sehe gar keinen Grund mehr, unseren Wettstreit fortzusetzen.«

»Willst du damit sagen, daß du mich freiläßt?«

»Warum nicht? Ich halte viel von dir, du erstaunst mich und gefällst mir. Außerdem bist du meinem Sohn Dernel ähnlich. Zu alldem kommt, daß du das, wonach ich suche, nicht mehr besitzt. Welchen Sinn hätte es also, dich weiter gefangen zu halten?«

Damlo zögerte; er kämpfte mit seinem eigenen Gewissen. Die eine Sache war das Duell um den Besitz des Wagens – der Fürst wollte ihn haben, und er, Damlo, hatte nicht vor, ihn abzuliefern: eine klare, saubere Herausforderung. Etwas ganz anderes hingegen war es, den Gegner zu täuschen, indem man fortfuhr mit einem Spiel, das dieser bereits zu Ende glaubte. Gut, hier handelte es sich um den Ersten Diener des *Schattens*, doch er hatte sich als aufrichtig erwiesen und die Beziehung zwischen ihnen beiden auf Vertrauen gegründet. Und auf Anschauungen, die er, Damlo, teilte.

»Du scheinst mir ganz sprachlos, mein Sohn«, sagte der Fürst.

»Nur überrascht.«

»So ausgefallen ist die Sache nun auch wieder nicht, wenn man es recht bedenkt. Wie oft ist es in der Weltgeschichte schon vorgekommen, daß aus zwei Gegnern später Freunde wurden!«

»Freunde?«

»Natürlich! Glaubst du, ich würde so viel Zeit opfern, um mich mit dir zu unterhalten, wenn ich nicht davon überzeugt wäre, daß zwischen uns eine wunderbare Freundschaft entstehen könnte?«

Damlo nickte langsam und senkte den Blick; er dachte an den Wagen bei Rako im Lagerhaus.

»Wir sind aus demselben Holz geschnitzt, du und ich, und es ist so schwer, jemanden zu finden, auf den das zutrifft.«

Wieder nickte der Junge; er kam sich wie ein Schurke vor.

»Manchmal fühlt man sich so einsam, daß man mit dem Kopf gegen die Wand rennen möchte.«

»Das ist wirklich wahr«, murmelte Damlo; es fehlte ihm der Mut, seinem Gegenüber ins Gesicht zu sehen.

»Es gibt Augenblicke, da spüre ich das Alleinsein sehr und möchte am liebsten in den See springen.«

Damlo nickte nur und dachte daran, wie die Legionäre von Waelton ihn davon abgehalten hatten, sich mit ihnen auf die Wurzeln des Ratsbaumes zu setzen.

»Und weißt du, wann das am häufigsten der Fall ist?« fuhr Norzak fort.

Damlo schüttelte den Kopf.

»Wenn ich merke, wie allein ich mich mitten unter den anderen Leuten fühle. Nichts ist schlimmer auf der Welt als Einsamkeit, und von allen möglichen Einsamkeiten ist jene die schlimmste, die aus dem Anderssein entspringt.«

»Da hast du recht«, murmelte der Junge. Wie zuwider ihm der Kloß war, der ihm plötzlich in der Kehle saß …

»Aber keiner von uns höherstehenden Menschen darf seinem eigenen Leben ein Ende setzen, mein Sohn. Er darf das einfach nicht tun. Denn Menschen wie wir haben schließlich Verantwortung zu tragen.«

Damlo sah ihn an.

»Den anderen gegenüber: den tieferstehenden. So wie Eltern für ihre Kinder verantwortlich sind.«

»Um ehrlich zu sein, ich bringe es nicht fertig, mich für einen wie beispielsweise Tatini verantwortlich zu fühlen!«

»Dann tust du falsch daran. Der ist doch bloß ein verängstigter kleiner Niemand. Es genügt, ihn anzusehen, und schon schlottern ihm die Knie. Sein Verrat an dir wurzelt in Angst und Habgier, und diese beiden haben ihren Ursprung im Leid.«

»Ich habe auch oft Angst«, gestand Damlo und blickte erneut zu Boden.

»Natürlich. Auch wir sind für Schmerz anfällig – und somit für die Angst. Trotzdem sind wir aus anderem Holz geschnitzt.

Es existieren nur wenige Menschen von unserem Schlage, während es Millionen von Tatinis gibt. Und sie leiden, verstehst du? Sie leiden so wie wir und noch mehr, wenngleich aus anderen Gründen. Aber es ist ein völlig überflüssiges Leiden.«

»Überflüssig?«

»Für dich und für mich handelt es sich dabei um den Preis, den wir für eine ganz besondere Bestimmung zu bezahlen haben«, erklärte der Fürst. »Aber für diese Leute ist das nicht notwendig.«

»Wieso?«

»Weil sie von minderer Art sind und in den Genuß einer Führung durch solche Leute kommen können, die ihnen überlegen sind. Das ist ein großer Vorteil.«

»Ein Vorteil?« wunderte sich Damlo.

»Aber gewiß! Denk an eine Welt, deren Geschicke von Weisen und Klarsichtigen gelenkt werden und in der sich alle anderen von diesen wenigen leiten lassen. Stell dir das vor: keine Kriege mehr, weil es nichts mehr zu erobern gibt. Keine Gewalt mehr, keine Morde und keine Diebstähle, weil die Weisen den Menschen längst beigebracht haben, ihre wahren Bedürfnisse zu erkennen, und nunmehr zusehen, daß alle bekommen, was sie brauchen. Kein Leiden mehr, denn ohne Entbehrungen verschwindet das Leid von ganz allein. Wäre es kein Vorteil, in einer solchen Welt zu leben?«

»Willst du damit sagen, daß es keinen Schmerz mehr gäbe?« fragte Damlo ungläubig.

»Körperlicher Schmerz bliebe uns natürlich erhalten: wenn jemand hinfällt, dann tut er sich weh, genau wie heute. Aber vom seelischen Leid, dem schmerzlichsten von allen, bliebe uns nur unser ureigenstes.«

»Was meinst du damit?«

»Das Leid, das mit unserer Einsamkeit einhergeht. Und mit den Opfern, die die Bestimmung von uns verlangt. Sich um alle seine Mitmenschen zu kümmern, wird keine einfache Aufgabe sein.«

»Du sprichst, als würde das alles schon morgen geschehen!«

»Weil wir beinahe soweit sind, Damlo«, sagte Norzak. »Es wird rasch passieren. Und das bringt uns zu einem wichtigen Thema: Wir haben doch beide ein Geheimnis, stimmt's? Auch wenn jeder von uns, dessen bin ich sicher, das des anderen kennt.«

Der Junge starrte ihn mit weit aufgerissenen Augen an.

»Na, komm schon, Junge. Du weißt doch, für wen ich arbeite, oder? Und ich weiß, was du wirklich bist.«

Ein paar Sekunden lang hörte Damlo auf zu atmen.

»Ich finde, zwischen Freunden soll und muß man offen reden. Es ist richtig, daß wir einmal in gegnerischen Lagern standen, aber das war eine Episode, die jetzt vom Tisch ist. Richtig?«

Der Junge dachte an den Wagen und zögerte einen Augenblick lang. Dann zwang er sich, seine Scham zu unterdrücken und nickte.

»Es freut mich, daß du mich verstehst. Wir sind einander sehr ähnlich, wir beide, und zwischen Geschöpfen, die auf einer höheren Ebene als alle anderen stehen, sollte es keine Trennwände geben. Das Bild der gegnerischen Lager dient ausschließlich dazu, den minderen Geschöpfen eine Vorstellung von etwas zu geben, das sie nie begreifen werden.«

»Willst du damit sagen, daß der Kampf zwischen Gut und Böse gar nicht existiert?«

»Er existiert schon, betrifft uns aber kaum. Gut … Böse … Das hat es immer gegeben und wird es immer geben. Das Gute kann auch Schaden zufügen, und das Böse verleiht genügend Macht, um auch Gutes zu tun, wenn man das will. Spielt das denn in der Wirklichkeit irgendeine Rolle? Gut und Böse fußen auf Gedankengebilden und stehen einander seit dem Anbeginn der Welt gegenüber. Beide haben ihre eigenen, verschwommenen Ziele, zu wirr, als daß es der Mühe wert wäre, für eines davon Partei zu ergreifen. Was zählt, ist nicht, auf welche Seite man sich stellt, sondern was man aus dem Standpunkt macht, den man einnimmt.«

»So habe ich das noch nie betrachtet.«

»Weil du jung bist, mein Freund. Es gibt noch vieles, was du entdecken mußt. Nehmen wir nur einmal deine Drachennatur.«

Damlo erschauerte.

»Du tust recht daran, davor zu erschrecken, denn ich bin sicher, du bist dir nicht bewußt, über welch unermeßliche Kräfte du verfügst. Und Kraft ohne Kontrolle ist furchtbar gefährlich.«

»Ich weiß«, murmelte der Junge. »Er versucht, mich umzubringen, seit ich klein war.«

»Was willst du damit sagen?«

»Daß der Drache hin und wieder versucht, aufzuwachen und hervorzukommen. Und ich bekomme dann Krampfanfälle. Alle anderen, die so waren wie ich, sind früh gestorben.«

»Ich verstehe«, nickte Norzak. »Du bist dir wirklich sicher, daß es in dem Ort, aus dem du kommst, keine anderen gibt wie dich?«

»Ganz sicher. Normalerweise sterben alle vor dem neunten Lebensjahr.«

»Und vorher hat man noch keine besonderen Kräfte, nicht wahr?«

Damlo nickte, und der Fürst seufzte.

»Siehst du also, daß ich recht hatte?« sagte er dann. »Du bist etwas Besonderes, etwas Einzigartiges auf der ganzen Welt. Mein armer junger Freund: Ich will gar nicht daran denken, wie einsam du dich gefühlt haben mußt.«

»Alle sind mir aus dem Weg gegangen.«

»Wußten sie um deine Natur?«

»Nein. Und sie schleuderten mir Steine hinterher.«

»Idioten!« rief Norzak. »Nun, glücklicherweise liegt all das hinter dir. Jetzt sind wir einander begegnet, und keiner von uns beiden wird je wieder einsam sein.«

»Aber so wird es nicht lange sein, Norzak. Früher oder später wird der Drache vollständig erwachen, und dann werde ich vielleicht sterben.«

»Das ist gar nicht gesagt, mein Sohn. Bei dem, was du als einen schlafenden Drachen betrachtest, dreht es sich in Wirklichkeit ...«

»Ich weiß: um eine Metapher, ein Sinnbild.«

»Sehr gut. Zuvor sprachen wir doch von Erkenntnissen, vom Wissen, erinnerst du dich?«

»Du sagtest, es mache manche Menschen den anderen überlegen.«

»Ich sagte auch, daß es die einzige Verteidigung der Klugheit gegen das Leid ist. Dafür bist du ein wunderbares Beispiel. Du läufst Gefahr zu sterben, weil du nicht weißt, wie du den Drachen festhalten sollst, aber könntest du lernen, ihn zu beherrschen, so würdest du jede Gefahr für dich beseitigen und über eine Macht verfügen, die auf der Welt nicht ihresgleichen hätte. Du weißt, für wen ich arbeite, nicht wahr?«

»Für den Fürsten der Finsternis.«

»Ja, letzten Endes ist es wirklich so, und ...«

»Warum sagst du ›letzten Endes‹?«

Norzak zögerte einen Augenblick. »Aus verschiedenen Gründen«, antwortete er dann. »Der Finstere ist einfach zu sehr ein Prinzip, als daß seine und unsere Ziele vergleichbar sein könnten. Sagen wir, ich arbeite in allererster Linie für mich selbst.«

»Und das läßt er zu?«

»Weder er noch seine Verbündeten kennen meine Absichten, Söhnchen. Sie haben sich nie dafür interessiert. Aber sie sind stark, und ich mache mir ihre Stärke für meine Zwecke zunutze, wie das die klügeren Geschöpfe seit Ewigkeiten tun.«

»Das haben alle Ersten Diener des *Schattens* anfangs geglaubt. Aber dann ...«

»Ich habe nie angenommen, daß es ein einfaches Unterfangen sein wird, und ich weiß auch, welche gewaltigen Risiken ich eingehe. Aber findest du nicht, daß sich das lohnt, wenn man eine neue Welt schaffen will? Wie ich dir schon erklärt habe, die Überlegeneren müssen sich für die Minderwertigen opfern.«

Damlo nickte.

»Das war jedoch die Lage von gestern. Heute ist alles anders, mein Sohn, denn heute sind wir einander begegnet und konnten uns kennenlernen. Und Freunde werden.«

»Und das ändert etwas?«

»Alles! Ist dir eigentlich nicht bewußt, daß du, wenn es dir gelänge, den Drachen zu beherrschen, so viel Macht bekämst, daß du es selbst mit dem Herrn der Schwärze aufnehmen könntest?«

»Mag sein, aber das würde viele Jahrhunderte in Anspruch nehmen – immer vorausgesetzt, daß ich nicht vorher sterbe.«

»Du irrst dich, mein Freund. Das könnte innerhalb eines Jahres geschehen. Oder noch eher.«

Damlo sperrte die Augen auf und starrte Norzak an.

»Ist dir nicht der Gedanke gekommen, daß ich imstande sein könnte, es dich zu lehren? Ich sagte dir doch schon, daß wir einander ähnlich sind, oder? Wir beide sind Geschöpfe der überlegenen Art. Damlo, wie viele Menschen wissen um deine doppelte Natur?«

»Kein einziger.«

»Aber ich habe sie sofort durchschaut, stimmt's?«

Der Junge nickte.

»Weil ich dies hier benutzt habe«, sagte der Fürst und holte das schwarzsamtene Beutelchen aus seiner Jacke.

»Der Kringel!« rief Damlo.

»Nenn es doch nicht so!« lächelte Norzak und holte es vorsichtig aus seiner Hülle. »Der Augenblick ist noch nicht gekommen, in dem ich dir offenbaren kann, was es ist, aber wenn du ihm unbedingt einen Namen geben willst, dann schlage ich vor, du nennst es ›Toroid‹. Es ist ein magisches Objekt und verleiht seinem Herrn eine ungeheure Macht, daher verdient es jeden Respekt. Sieh es an: wäre es nicht schön, wenn wir dank ihm den Drachen zügeln könnten?«

»Den Drachen zügeln?« wunderte sich der Junge.

»Von Natur aus bietet die Magie keine Vergleichsgrößen an, und bei der Arbeit mit ihr ist man daher oft gezwungen, mit Symbolen ihrem Wortsinn entsprechend umzugehen. Das verleiht ihr des öfteren sogar etwas Substanz, und so können wir deine zweite Natur sehr gut auch als schlafenden Drachen betrachten, der in dir lebt.«

»Genau so stelle ich ihn mir auch vor. Zuweilen scheint mir, als hätte der Drache einen Bau in mir, aus dem er wie eine Furie hervorschießt – und dann bekomme ich meine Krampfanfälle.«

»Deshalb sage ich, daß es sich um ein Monster handelt, das man zügeln müßte. Oder kontrollieren, wenn dir das lieber ist. Würde es dir nicht gefallen, den Drachen gefahrlos wecken zu können? Ihm beizubringen, dich nicht zu töten?«

»Doch, sehr!«

»Stell dir vor: nur wenige Monate, um zu lernen, wie du deine ganze Macht einsetzen kannst! Und sobald das geschafft ist, liegt die Welt zu unseren Füßen. Wir beide – gemeinsam! Vereint wären wir stärker als getrennt, und wir könnten alles nur Denkbare für uns und für die anderen tun! Wir könnten die Menschen vom Leid wegführen! Wäre das nicht schön?«

»Und ob!« pflichtete Damlo dem Fürsten bei.

»Nun, warum willigst du dann nicht in das Bündnis ein, das ich dir vorschlage?«

»Ein Bündnis?«

»Mit dem Zweck, eine bessere Welt aufzubauen. Zwei überlegene Geschöpfe, die sich zusammentun, um jenen Hoffnung zu geben, die weit unter ihnen stehen.«

»Wenn ich mich mit dir zusammentue, dann heißt das doch, daß ich auch mit dem *Schatten* verbündet bin, oder?«

»Ich habe dir schon erklärt, wie diese Sache zu betrachten ist«, erinnerte ihn der Fürst.

»Aber dann würde ich meine Freunde verraten!« rief Damlo.

»Ein so hehres Ziel rechtfertigt alle Mittel. Und außerdem wäre es ja kein echter Verrat. Der hätte es sein können, wenn unser Kampf noch bestünde. Aber jetzt hast du hoffentlich begriffen, daß die Einteilung in feindliche Lager nur für die Schlichteren Bedeutung hat.«

»Meine Freunde sind nicht schlicht!«

»Ich finde deine Loyalität anerkennenswert. Nun gut, dann sagen wir also, sie sind es nicht. Aber sie glauben noch immer, daß ein Kampf zwischen uns unabdingbar wäre.«

»Weil sie dich für einen Bösen halten.«

»Dann handelt es sich somit nur um ein bloßes Mißverständnis. Aber ich bin davon überzeugt, auch du dachtest so, ehe du mich kennengelernt hast.«

Damlo nickte.

»Und dann wurde dir klar, daß das nicht stimmt. So daß wir sogar Freunde werden konnten, richtig?«

»Aber eine Freundschaft bedeutet nicht dasselbe wie ein Bündnis.«

»Da hast du recht.«

»Und in ein anderes Lager überzuwechseln halte ich für unredlich.«

»In erster Linie deshalb, weil du noch jung bist, mein Freund, und du den Gedanken noch nicht umgesetzt hast, daß es keine Lager gibt, nur Ziele. Und auch deshalb, weil du dir keine Vorstellung von dem Ausmaß an Macht machst, über das du verfügen könntest, und über das, was damit alles zu bewirken wäre. Zum Vorteil der anderen, will ich sagen. Auch deiner Freunde, wenn du willst.«

»Ich weiß nicht. Kann ich noch darüber nachdenken?«

»Natürlich. Es ist eine schwierige Entscheidung, das verstehe ich. Genauso wie es schwierig ist, sich darüber klarzuwerden, daß man über den gewöhnlichen Menschen steht. Überlege es dir so lange, wie du willst. Deine Wahl muß aus Überzeugung erfolgen, sonst wäre sie nutzlos. Doch halte dir immer vor Augen, was du alles tun könntest, würdest du all deine Möglichkeiten ausschöpfen. Denk an all die, die leiden, und denk auch an dich selbst.«

»An mich selbst?«

»Warum nicht? Die Geschicke der Welt in die Hand zu nehmen wäre äußerst anstrengend, würde aber auch angenehme Seiten bieten. Was ist dein sehnlichster Wunsch?«

»Keine Angst mehr vor dem Drachen haben zu müssen«, antwortete Damlo, ohne zu zögern. »Noch mehr: überhaupt keine Angst mehr zu haben!«

»Wunderbar. Wenn du dich mit mir verbündest, würdest du dich auch dem *Schatten* anschließen. Und glaubst du, der Herr der Angst wäre nicht in der Lage, dich für immer von ebendieser Angst zu befreien?«

Ein Leuchten erschien in Damlos Augen.

5

Als der Fürst von Suruwo die Tür hinter sich schloß, blieb ein fast greifbares Gefühl der Leere zurück.

Damlo fing an, die ganze L-förmige Zimmerflucht, die aus fünf Räumen bestand, auf und ab zu laufen. Schlafgemach, Ankleideraum und ein kleines Studierzimmer an der Ecke gingen in Richtung Westen, in Richtung Norden hingegen wiesen ein großer Salon und das kleine Eßzimmer.

Der Junge stapfte über die dicken Teppiche, wobei er es schaffte, seine Füße zwischen den Mustern aufzusetzen, ohne ihre Ränder zu berühren. Er dachte immer noch an Flucht, aber der Gedanke daran schien nicht mehr so verlockend wie noch vor kurzem. Außerdem – war er überhaupt noch ein Gefangener? Aus den Worten des Fürsten hätte man ableiten können, daß dem nicht so war ...

Gewiß, er, Damlo, war immer noch im Besitz des Drachenzahnes und hatte versprochen, ihn nach Belsin zu bringen. Andererseits ... die Furcht vor seinem inneren Drachen zu besiegen – ja, jegliche Ängste für immer zu überwinden! Niemand mehr, der ihn jemals wieder Feigling nennen könnte! Nie mehr die Scham, wenn er spürte, wie ihm die Knie zitterten! Mutig zu werden! Und zu all dem eine so große Macht, die, wäre sie auch nur halb so groß wie jene der Drachen aus den Sagen, in der heutigen Zeit nicht ihresgleichen fände.

Der Preis hiefür bestand jedoch darin, die Partei des *Schattens* zu ergreifen. Kaum eine Stunde zuvor hätte Damlo diese Möglichkeit nicht im entferntesten in Betracht gezogen, aber mittlerweile war er dem Ersten Diener begegnet und darauf gekommen, daß dieser in jeder Hinsicht von dem Bild abwich, das sich Damlo von ihm gemacht hatte. Zugegeben, sehr wahrscheinlich hatte sich Norzak ihm nur von seiner besten Seite gezeigt; dennoch schien diese einfach nicht mit einer schwarzen Seele vereinbar zu sein.

Sollte er auf den Vorschlag des Fürsten eingehen? Der Junge überlegte: Er hatte sich verpflichtet, gegen den *Schatten* zu kämpfen, und sobald er damit aufhörte, würde er sein Wort brechen. Und wenn er sich dann noch mit Norzak zusammentäte, wäre das der schlimmste Verrat an seinen Freunden! Andererseits hatten weder Uwaen noch die Zwerge den Ersten Diener persönlich kennengelernt. Selbst Ailaram stützte sich bei seiner Beurteilung auf Überlieferungen. Was war ein Versprechen wert, das auf einem Irrtum basierte?

Ebensoviel wie ein Versprechen, das man Freunden gegeben hatte, die man tot glaubte. Und dazu war ihm in letzter Zeit etwas klar geworden: Es ist das gegebene Wort, das zählt oder nicht zählt – ganz unabhängig davon, wem man es gegeben hat.

Dennoch … die Angst für immer zu besiegen …

Plötzlich klopfte jemand an die Tür, die vom großen Salon aus zum Flur führte, und gleich darauf traten zwei Diener ein. Ohne ein Wort zu sagen, bereiteten sie das Eßzimmer für eine Mahlzeit vor und deckten den Tisch mit silbernem Geschirr und einem Rosenstrauß in der Mitte. Sie entzündeten sogar eine große duftende Kerze, die sie auf ein Ecktischchen stellten.

Blumen und Düfte, dachte der Junge. Wer solches zu würdigen wußte, mußte ein sensibles Gemüt haben! Wann hätte man je einen Bösewicht gesehen, der etwas für Blüten und Wohlgerüche übrig hat? Oder auch nur einen Gedanken daran verschwendet?

Die Diener verließen Damlos Suite, und nur Augenblicke später traf ein dritter ein, der ihm ein köstliches Mittagsmahl mit einer üppigen Auswahl an gut gewürzten Fleischgerichten vorsetzte. Auch dieser Diener blieb stumm. Damlo hatte Hunger, und nach einigen vergeblichen Versuchen, eine Art Gespräch in Gang zu bringen, gab er auf und widmete sich ausschließlich den Speisen. Danach erhob er sich vom Tisch, ging hinüber in den Salon und überließ es dem Diener, sich um das Wegräumen des Tafelgeschirrs zu kümmern.

Den Kopf voller Zweifel, setzte er seinen Marsch von einem Ende der luxuriösen Zimmerflucht zum anderen fort. Abgesehen von Schlafgemach und Ankleideraum mit jeweils nur einem, verfügten alle Zimmer über zwei vergitterte Fenster.

Als Damlo so nahe wie möglich ans Gitter herantrat und nach unten blickte, fiel ihm auf, daß die Fassade des Turmes zumindest für die nächsten zwanzig Fuß völlig glatt war. Dann folgte ein schmales Sims, das um das ganze Gebäude herumlief, und danach setzte sich die restliche Fassade wiederum bis ganz nach unten glatt fort. Wegen der Anwesenheit des Dieners konnte Damlo die Gitterstäbe im Eßzimmer nicht begutachten, aber alle anderen erwiesen sich als äußerst massiv. Außerdem gab es in der ganzen Suite kein einziges Seil, und selbst unter Nutzung sämtlicher Bettlaken wäre man auf dem Weg nach unten nur bis auf die halbe Höhe gekommen.

Plötzlich wurde Damlo klar, daß er an Flucht dachte. Sollte er tatsächlich auf das verzichten, was er sich am meisten im Leben wünschte? War sein Loyalitätsgefühl nicht vielleicht allzu starr?

Minutenlang stellte er sich diese quälenden Fragen; doch dann faßte er abrupt einen Entschluß: Er wußte nicht, ob er fliehen würde oder nicht, doch bis er zu einer Entscheidung kam, würde er diese Möglichkeit in Betracht ziehen. Und sollte er sich letztendlich doch zum Bleiben durchringen, so konnte er hinterher zusammen mit Norzak herzlich über alles lachen, so wie es vor kurzem der Fall gewesen war.

In gewisser Weise fühlte er sich wieder einmal als Brabantis in den Händen der Orks, denn selbst die Person des Fürsten schien aus einem von Damlos Spielen, also aus einer Phantasiewelt zu stammen. Ja, er würde eine Möglichkeit zur Flucht finden und erst dann bestimmen, ob er sie durchführen wollte oder nicht.

Die Sache versprach, amüsant zu werden.

Er versuchte, die Tür aus kostbarem glänzenden Nußholz zu öffnen, die auf den Flur führte, und merkte zu seiner Überraschung, daß sie nicht verschlossen war. Doch davor standen zwei hünenhafte Wachsoldaten. Sie trugen zwar keine Kopfbedeckung, dafür aber einen glänzenden Panzer über der schwarzen Uniform und einen langen Dolch im Gürtel.

Als Damlo über die Schwelle trat, starrten sie ihn an und versperrten ihm den Weg. Damlo starrte zurück. Wie würde Brabantis sich verhalten ...?

»Also«, sagte er mit fester Stimme, »laßt ihr mich nun durch oder nicht?«

Eigentlich wußte er nicht, ob er hier wirklich gefangen war, und das schien ihm das erste, was er klarstellen mußte.

Die Wachen besprachen sich kurz in einer Sprache, die der Junge nicht kannte, und gaben dann den Weg frei. So weit, so gut.

»Nicht gehen Treppe!« trug ihm einer der beiden auf.

»Vielleicht«, antwortete Damlo mit lauter Stimme und grinste ihn an.

Inmitten des Turms befand sich das quadratische Treppenhaus, das von einer fein gearbeiteten Holzbalustrade umgeben war. Zwischen dieser und den Wänden von Damlos Gemächern befand sich ein Innenbalkon, aus dem an der Ostseite ein breiter Treppenabsatz wurde. Dort gab es keine Türen mehr, nur drei vergitterte Fenster in der dicken Außenmauer.

Während ein Wachposten den Zugang zur Treppe blokkierte, trat Damlo in eine der Mauernischen und brachte das Gesicht, so nahe es ging, an die Gitterstäbe heran. Der zweite Soldat blieb dicht an seiner Seite.

Als könnte ich mich zwischen den Stäben hindurchzwängen und davonfliegen, dachte der Junge und grinste wieder. »Vielleicht recht bald«, sagte er dann mit lauter Stimme. »Wenn sich ein guter Lehrmeister findet und ich ein talentierter Schüler bin.« Ob es sich nun um Ailaram oder Norzak handelte, machte im Grunde genommen keinen Unterschied. Auf die eine oder andere Weise würde er in Kürze den Umgang mit der Magie lernen.

Er lachte, als der Soldat das Gesicht verzog, weil er kein Wort verstand, und preßte dann die Stirn zwischen die Stangen. Er blickte nach oben: Etwa zehn Fuß über seinem Kopf war die Unterseite einer Terrasse zu sehen, die mehr als zwei Ellen von der Mauer des Turmes wegragte. Von Damlos Standpunkt aus wirkte sie wie ein Dach über dem Nichts. Gestützt wurde sie von dicken schrägen Balken, die etwa drei Fuß von den Fenstersimsen entfernt in der Mauer verankert waren.

Nach wie vor dicht gefolgt von der Wache spazierte Damlo auf die Südseite des Treppenabsatzes hinüber, wo sich zwei Türen befanden. Die eine führte in eine kleine Küche, die andere in eine Art riesige Rumpelkammer voller Truhen und Möbel, an deren Ende der Fuß einer hölzernen Wendeltreppe zu sehen war. In einer Ecke lehnten volle Sandsäcke, Schaufeln und Eimer mit Wasser. Und an einer Innenwand reihten sich Hunderte sorgfältig verpackter Bilder. Damlo bemerkte, daß ein Teil jeder dieser Verpackungen aus Schnüren und Stricken bestand. Hochgestimmt schlenderte der Junge weiter zur Treppe und stieg sie hoch.

Die Terrasse war mit einer Balustrade aus geschnitztem Holz umgeben und von einem hohen Spitzdach gekrönt, das an allen vier Ecken von wuchtigen Holzsäulen und einem massiven Ziegelaufbau in der Mitte getragen wurde.

Mit einem weiten Satz sprang Damlo vom Ende der Wendeltreppe hinaus auf die Terrasse und blieb atemlos stehen: Nach Westen zu zeigte sich das Häusermeer der Hauptstadt in seiner beeindruckenden Weite und ließ die Erinnerung an den Anblick verblassen, den Damlo am Morgen so genossen hatte. Im Norden hingegen schien das Blau des Eria-Sees einfach kein Ende zu nehmen; es verlor sich am Horizont und setzte sich bis nach oben fort, so als hätte jemand die Erde wie ein Bettuch zum Himmel hochgezogen. Und wie bei einem ordentlich straff gespannten Laken verlief sein Rand wie mit dem Messer gezogen genau dort, wo die Stadt begann.

Nach Süden zu war die Sicht nicht so frei und weit, denn die Hügel und die Berge dahinter nahmen dem Himmel den Platz. Doch wenn man genau hinsah, erahnte man hinter den Bergen weitere Höhenzüge – vielleicht die weit entfernten Gipfel der Spitzen Berge, der unwegsamen Gebirgskette, die stellenweise über dreißigtausend Fuß hoch war und wie eine Barriere quer durch den Kontinent verlief, wobei sie den Süden vom Norden trennte.

Dort drüben lag Gualcolan, ging es Damlo durch den Kopf, mit der Festung der Legion, die den einzigen für eine Armee benutzbaren Paß bewachte. Nein, eigentlich lag Gualcolan ein ganzes Stück weiter östlich, korrigierte er sich, als ihm die Vorträge von Falno Gallaspessa einfielen. Und dann dachte er kurz an die Legion von Waelton. Wäre es nicht großartig, eines Tages als Herr der Welt nach Hause zurückzukehren? Natürlich würde er auch dann nie an Rache denken, denn im Grunde seines Herzens war er äußerst nachsichtig. Aber einen gehörigen Schrecken würde er ihnen allen doch gern einjagen – mit einer Kostprobe seiner Zauberkunst vielleicht: einem Aufflammen von Feuer beispielsweise, oder indem er plötzlich wie ein Geist mitten in ein Treffen der Legion platzte, bis an die Zähne bewaffnet und von Kopf bis Fuß funkelnd vor Gold und Stahl. Und dann würde er sie zwingen, sich zusammen mit ihm auf die Wurzeln des Ratsbaumes zu setzen! Herrlich!

Herrlich? Nein, gestand er sich ein und seufzte tief. Wenn man nicht dazu eingeladen wurde, verschaffte es keine Befriedigung, und daher würde es keinen Zwang geben. Außerdem war dieser Teil seines Lebens wahrscheinlich ein für allemal vorbei, das hatte sich ja schon in Drassol klar abgezeichnet. Während seiner Reise war er in jeder Hinsicht gewachsen, und vermutlich hätte er bei einer Rückkehr nach Waelton alles dort mit anderen Augen gesehen. Die Revanche, nach der ihn einst so sehr verlangt hatte, würde ihm heute wohl keine Genugtuung verschaffen.

Er blickte in Richtung Osten, über den einzigen Teil der Welt, der vom Dunst leicht verschleiert war. Die Hänge des Zentralmassivs, die auch aus dieser Entfernung zu sehen waren, schienen in der Unendlichkeit zu verschwimmen und zu verblassen, so als wollte ein gnädiger Nebelhauch die Gefahren verbergen, die von dieser Bergwelt drohten.

Dort drüben, dachte der Junge, ist Ailaram, der mich erwartet. Und sehr bald schon sollten auch Uwaen, Irgenas und Clevas am Weißen Turm eintreffen. Da sie ihn, Damlo, bei der Karawane nicht vorfände, mußten sie wohl annehmen, er hätte die Reise allein fortgesetzt und mochte vielleicht noch vor ihnen am Ziel ankommen. Daher würden sie an der Straße nach Belsin nach ihm Ausschau halten. Spätestens am Turm mußten sie jedoch ihren Trugschluß bemerken, und Clevas würde fuchsteufelswild sein: Sich zu irren, das liebte er ungefähr genauso sehr wie mit der Nase darauf gestoßen zu werden …

Unerwartet wie ein plötzlich stechender Schmerz überfiel Damlo die Sehnsucht nach den bissigen Wortgefechten der beiden Zwerge. Wäre er tatsächlich fähig, diese Freunde zu verraten?

Aber … den Drachen zu beherrschen! Die Angst für alle Zeiten zu besiegen und mutig zu werden?

Außerdem war es eine Frage des Überlebens. Auch wenn er sich entschied, an der Seite der Freunde zu bleiben, konnte das Monster in seinem Inneren von ganz allein erwachen, noch ehe er Belsin erreichte!

Um der Qual aller seiner Zweifel zu entrinnen, begann der Junge, die Terrasse entlang der Balustrade zu umrunden und von hoch oben das Gebäude und seine Umgebung zu studieren. Der riesige Park, der das Palais umgab, erstreckte sich hauptsächlich in Richtung Osten. Hier und dort erblickte Damlo Dächer mitten im Grün, aber der baumbestandene Teil wirkte so verwahrlost, daß es sogar vom Turm aus zu erkennen war. Sehr gut: Falls es ihm gelingen sollte, das Dickicht des Unterholzes zu erreichen, wäre jeder Verfolger in Kürze abgeschüttelt.

Jetzt blieb nur noch die Frage, wie er die Wachen loswerden konnte – und die Entscheidung, ob er es tun sollte oder nicht.

Es geschah am Ende des Tages, und Damlo bemerkte es nur durch Zufall. Er hatte in der wohlbestückten Rumpelkammer einen bequemen Sessel aus Weidengeflecht gefunden und ihn auf die Terrasse getragen, wo er ihn den ganzen Nachmittag von einer Stelle zur anderen rückte. Und als die Sonne die wenigen Wolken aufleuchten ließ, die sich im Westen gebildet hatten, zog er den Sessel an jenen Platz, von wo aus er das Spektakel des Sonnenuntergangs am besten genießen konnte. Und auf diese Weise erblickte er den Fürsten von Suruwo.

Bewaffnet mit einem langen Degen und mit unbedecktem Kopf schlich Norzak auf die Umfriedungsmauer zu, die an dieser Stelle unmittelbar neben dem Gebäude verlief. Er blieb an einem vergitterten Nebentor stehen, wo sich wenige Minuten später ein Berittener zu ihm gesellte. Der in einen dunklen Umhang gehüllte Reiter traf in vollem Galopp ein; er hatte die Kapuze in die Stirn gezogen und sprang sofort vom Pferd. Er trat dicht an den Fürsten heran, und die beiden begannen ein angeregtes Gespräch.

Ein Kundschafter, dachte Damlo. Ein wichtiger, sonst hätte sich Norzak nicht ans Tor bemüht. Aber warum traf er so heimlich mit ihm zusammen? Fürchtete der Fürst von Suruwo Verräter unter seinen eigenen Leuten? Und was ging da unten am Seitentor tatsächlich vor sich?

Über der Szene lag etwas Eigentümliches, und der Junge beugte sich über die Balustrade, als würde ihm dies erleichtern, sich einen Reim darauf zu machen. Außerdem merkte er jetzt, daß es hauptsächlich der Fürst war, der sprach, während der andere den Kopf gesenkt hielt und ihn nur hin und wieder schüttelte. Das war ganz eindeutig nicht das Auftreten eines Kundschafters. Zudem schien zwischen den beiden geradezu Feindseligkeit zu bestehen. Obwohl der fremde Reiter in den weiten Umhang gehüllt war, erkannte Damlo an seiner Verhaltensweise eine starke Nervosität; und dieser gesenkte Kopf verriet nicht Demut, sondern unterdrückte Angriffslust. Im übrigen wirkte auch Norzak keineswegs entspannt.

Das Kopfschütteln des Mannes wurde immer heftiger, aber Norzak ließ sichtlich nicht locker. Plötzlich tat der Reiter einen Schritt rückwärts und griff nach seinem Degen. Es war eine sehr rasche Bewegung, aber noch ehe seine Waffe die Scheide vollständig verlassen hatte, befand sich Norzaks Klinge schon eine Handbreit vor seinen Augen. Die Handbewegung des Fürsten war derart blitzartig erfolgt, daß Damlo den Eindruck hatte, die Waffe wäre aus dem Nichts in seiner Faust erschienen.

Der Fremde reagierte instinktiv, machte zwei weitere Schritte rückwärts und zog den Degen vollständig aus der Scheide. Doch Norzak hätte bis dahin alle Zeit der Welt gehabt, sein Gegenüber zu treffen. Es gab keinen Zweifel an seiner bewußten Entscheidung, es nicht zu tun. Die beiden standen sich ein paar Sekunden lang gegenüber, dann zog sich auch der Fürst mit nach wie vor gezückter Waffe zurück. Es hatte den Anschein, als wollte er zurück ins Gebäude und warte nur das Verschwinden des Reiters ab, um sich umzudrehen.

Dieser jedoch zögerte sichtlich. Er hatte die Spitze des Degens gesenkt, so daß sie zu Boden zeigte, und fing nun an, in höchster Erregung auf Norzak einzureden. Der Fürst schüttelte den Kopf, aber der andere sprach beharrlich weiter. Jetzt schien er fast zu flehen, aber wieder schüttelte Norzak den Kopf. Da schleuderte der Mann im Umhang die Waffe weit weg und bedeckte sich das Gesicht unter der Kapuze mit beiden Händen. Seine Schultern bebten.

Langsam steckte Norzak seinen Degen zurück, wandte dem Mann den Rücken zu und machte zwei Schritte auf das Gebäude zu. Aber der andere hielt ihn mit einem so lauten Aufschrei zurück, daß es bis hinauf zur Terrasse auf dem Turm zu hören war. Damlo lief es kalt über den Rücken, und nicht nur, weil ihm der Anblick eines so verzweifelten Mannes Unbehagen verursachte: Diese Stimme war dem Jungen wohlbekannt.

Sie gehörte Baldrin.

Der Hauptmann der Ehrengarde des Regenten sank auf die Knie, streckte Norzak in einer flehentlichen Gebärde die Arme entgegen und blieb minutenlang in dieser Stellung. Der Fürst betrachtete ihn von oben, ohne einen Muskel zu rühren. Schließlich schien er ihm allen Anschein nach eine Frage zu stellen. Der Bittsteller nickte und senkte den Kopf noch tiefer hinab. Jetzt zog der Erste Diener ein rotes Päckchen aus seiner Jacke hervor und warf es auf den Boden. Dann drehte er sich um und eilte zurück ins Palais.

Kaum hatte sich das Tor hinter Norzak geschlossen, bückte sich Baldrin nach dem Päckchen, spuckte darauf und schleuderte es von sich. Dann fing er an, die Steine auf dem Weg mit wuchtigen Tritten zu malträtieren, was Staubwolken in die Luft schickte, die das Licht des Sonnenunterganges in goldene Schleier verwandelte.

Als er sich endlich ausreichend abgearbeitet hatte, sammelte er Degen und Päckchen wieder ein, sprang auf sein Pferd und ritt im Galopp davon.

Die ganze Nacht lang dachte Damlo über diesen Vorfall nach. Es fing damit an, daß er sich fragte, wie ein Mann wie Baldrin zum Verräter werden konnte, und ging mit dem Eingeständnis weiter, daß gerade ihn das nicht überraschen durfte, da er selbst sich doch bereits anschickte, das Lager zu wechseln. Dieser Gedanke gab seinen Zweifeln wieder freien Lauf und hinderte ihn erst recht am Einschlafen. Und so stand er nach einer Stunde quälenden Grübelns auf, kleidete sich an und stieg hinauf auf die Terrasse, pflichtschuldigst gefolgt von einer seiner Wachen.

Dunstwolken zogen über den Himmel, und ein heller Halbmond überstrahlte die Sterne und versilberte die Welt. Bei diesem Anblick wurde Damlo das Herz wieder leichter; er spazierte ein paar Mal die Balustrade entlang rundum und genoß die reglose Stille der Nachtluft. Doch dann begannen die quälenden Fragen von neuem, an ihm zu nagen. Wie hatte Baldrin nur zum Verräter werden können? Er, der Hauptmann der Ehrengarde, er, den Gevan Bedaran mehr als jeden anderen schätzte, er, der Ticlas bester Freund war?

Ticla! Mit einem Schlag wurde dem Jungen bewußt, daß seine Freundin neben einem Verräter lebte, und er empfand nun eine solche Abneigung gegen Baldrin, wie er sie noch nie irgend jemandem gegenüber verspürt hatte. Er mußte die Bedarans sofort warnen: Der Erste Diener konnte Baldrin jederzeit beauftragen, Ticla zu entführen oder den Regenten umzubringen!

Als hätte es ihm freigestanden, das Palais nach Lust und

Laune zu verlassen, rannte Damlo zur Wendeltreppe; doch mitten im Lauf hielt er inne.

Der Hauptmann stellte also eine Gefahr für Ticla und ihren Vater dar? Und er selbst? Falls er sich zu einer Verbindung mit dem Ersten Diener bereit fand, würde er für die beiden in Kürze noch viel, viel gefährlicher werden als Baldrin!

Unversehens kehrte die Erinnerung an Ticlas Augen zurück, die das Mondlicht in kleinen Pünktchen reflektierten. Wie sie ihn wohl ansähe, wenn sie von seinem Schwanken und Zweifeln wüßte?

Übelkeit stieg in ihm auf, und langsam kehrte er zur Balustrade zurück.

Es gibt solche Verräter und solche, versuchte er sich einzureden; ich tue es, um keine Angst mehr zu haben. Um mich vor dem Drachen in mir zu retten und um eine bessere Welt zu schaffen. Baldrin hingegen … tja – warum wohl tat es Baldrin? Wie war aus dem treuesten Gefolgsmann des Regenten ein Verräter geworden? Auf welche Weise hatte ihn Norzak in der Hand? Der Fürst erpreßte ihn, das war klar, sonst hätte der Hauptmann wohl nicht die Waffe gezogen oder eine derartige Verzweiflung gezeigt.

Damlo versuchte, sich ins Gedächtnis zurückzurufen, was Ticla über den Freund erzählt hatte – kein einfaches Unterfangen, denn in jenen Augenblicken war Damlo stets weitaus mehr damit beschäftigt, sie zu betrachten, als ihren Worten zu folgen. Was wußte er also von Baldrin? Daß der Hauptmann ein Meister im Gebrauch des Degens war, auch wenn er gegenüber Norzak wie ein Anfänger gewirkt hatte. Und daß er Ticla heimlich Fechtlektionen erteilte. Was noch? Daß er schon als einfacher Stallburschen in Gevan Bedarans Diensten gestanden hatte und über den steinigsten Pfad zum jetzigen Stand seiner Beförderungen emporgeklettert war. Daß er verheiratet war, keine Kinder hatte und seine Frau, der es im Augenblick sehr schlecht ging, über alles liebte.

Plötzlich querte etwas, das aussah wie ein lautloser, dunkler Blitz, den Himmel und schien in die Krone einer nahen Platane zu fahren. Mit klopfendem Herzen und angespannten Muskeln klammerte sich Damlo an die Balustrade. Zwischen den Ästen der Platane knackte und krachte es wie verrückt, dann folgte ein schriller Schrei, und nun tauchte der Schatten wieder aus dem Blattwerk auf und setzte seinen lautlosen Flug fort, ein pelziges Tierchen in den Krallen.

Damlo verzog den Mund zu einem bitteren Grinsen: Er hatte sich vor einem simplen Waldkauz erschreckt! Wie vielen davon hatte er im Leben schon bei der Jagd zugesehen? Ihre Lautlosigkeit war ihm wohlbekannt, und dennoch hatte er sich zuerst einmal und gar nicht wenig gefürchtet!

»Ekelhafte Feigheit!« murmelte er in sich hinein. »Aber ich muß dich nicht mehr lange ertragen!«

Er spürte, wie die Spannung aus seinen Schultern wich, und holte tief Atem. Mit einemmal bündelten sich in seinem Kopf mehrere Bilder – Episoden aus dem letzten Monat, erlebt auf seiner Reise zusammen mit den Zwergen, Szenen, die sich übereinander legten, als wollte jede einzelne darum kämpfen, seine Aufmerksamkeit auf sich zu ziehen: ein Rabe, der schnurgerade über ihren Köpfen dahinflog und den Orks an Ringenims Klinge die Anweisungen für den Hinterhalt überbrachte; ein zweiter Rabe, in einer Hütte am Fluß Sweldal, dessen Schnabel mit einer roten körnigen Substanz verschmiert war; ein Fläschchen, das einer der Banditen zerbrochen hatte und das einen starken Geruch freisetzte, der sich augenblicklich im Raum verteilte; Uwaens Gesichtsausdruck, als er von dem Schwarzen Degen berichtete, der einen Würdenträger von Drassol kontrollierte, indem er eine Droge als Druckmittel benutzte – und auch diesem hatte der Ulkraner ein rotes Päckchen übergeben.

Und hier schloß sich der Kreis: Baldrins kranke Gemahlin, deren Krankheit niemand kannte; die Zurückhaltung, die der

Hauptmann stets walten ließ, wenn die Sprache auf das Leiden seiner Frau kam; das Aufbäumen gegen die Erpressung und die Verzweiflung, weil er sich dareinfügen mußte; und der Haß auf das Päckchen, dem der Mann freien Lauf ließ, nachdem sich Norzak entfernt hatte.

Nein: Baldrin war nicht wie Tatini aus persönlichem Vorteilsdenken zum Verräter geworden, sondern aus Liebe zu seiner Frau. Um die Droge zu bekommen, von der sie abhängig war. Um ihr das Grauen zu ersparen, das ein plötzlicher Entzug mit sich brächte. In Damlos Augen war dies ein gutes Motiv, und daher konnte man den Hauptmann nicht wirklich als Verräter betrachten …

Der Junge hielt in seinen Überlegungen inne und seufzte tief: Was für Märchen wollte er sich denn da selber auf die Nase binden? Ein Verräter war ein Verräter – ganz gleich, aus welchem Grund!

Und er selbst? Im Unterschied zu Baldrin schickte er sich an, sehr wohl aus persönlichem Interesse zum Verräter zu werden! Er war nicht besser als Tatini, und Baldrin stand drei Handbreit über ihm!

Natürlich nur, solange der Hauptmann nicht Ticla in Gefahr brachte. Damlo versuchte, sich den Gesichtsausdruck der Freundin vorzustellen, wenn sie von der Falschheit des Hauptmannes erfuhr.

Und wenn sie von seiner eigenen Falschheit erfuhr?

Er erschauerte.

Aber der ewigen Angst Herr zu werden …!

Ticlas Verachtung.

Aber die Bedrohung durch den Drachen loszuwerden …!

Tränen in Ticlas Augen. Vielleicht noch glitzernder als der Widerschein des Mondes.

Aber die große Macht eines Drachen …!

Der Schmerz der Freundin, noch schrecklicher als ihre Tränen.

Aber mutig zu werden …!

Ticla verlieren.

Aber die Welt zu regieren …! Zum Beherrscher der Welt würde sie vielleicht zurückkehren …!

Dann würde er sie verachten. Bei allen Göttern, wenn sie nur zu ihm zurückkäme, weil er zu einem mächtigen Mann geworden war, würde er sie verachten. Verschmähen!

Er konnte es nicht tun. Mit ihrer Entrüstung hätte er vielleicht noch leben können, aber der Gedanke, seinerseits die Achtung vor ihr zu verlieren, war ihm unerträglich. Wenn mit dem Verrat an Ticla auch ihre Herabwürdigung verbunden war, dann konnte er es nicht tun. Für nichts und niemanden auf der Welt!

Aber keine Angst mehr zu kennen und den Sieg über den Drachen zu erringen …!

Das reichte nicht. Das war kein angemessener Preis; er hätte nicht einmal den Betrug an Irgenas, Clevas und Uwaen wettgemacht.

Da war Damlo klar, daß er sich entschieden hatte.

Er verspürte ein angenehmes Gefühl der Erleichterung. Er würde fliehen. Auf der Stelle. Er würde Ticla und Gevan Bedaran vor der Gefahr warnen und dann nach Belsin weiterfahren. Ohne die Eskorte des Regenten, denn wenn sogar Baldrin zum Verräter geworden war, konnte man mit großer Wahrscheinlichkeit annehmen, daß Norzak noch andere Spione unter Bedarans Soldaten hatte. Er, Damlo, würde seine Reise ganz allein zu Ende führen, und falls er bei dem Versuch sein Leben einbüßen sollte … Nun, vielleicht würde Ticla weinen; aber *diese* Tränen wären erträglicher.

Erleichtert – merkwürdig, da er doch den schwierigeren Weg gewählt hatte – atmete der Junge auf und setzte seinen Spaziergang entlang der Balustrade fort.

Der Wachsoldat blieb ihm dicht auf den Fersen, und plötzlich wurde Damlo bewußt, daß ihn diese andauernde Überwachung heftig verwirrte. Waren sie beide, er und Norzak, denn nicht Freunde geworden? Warum klebten dann seine Wachen an ihm? Gut, der Erste Diener hatte ihm nie wirklich gesagt, daß er frei war. Er hatte sich darauf beschränkt, ihm die Freiheit in Aussicht zu stellen, wobei Zeit und Art seiner Freilassung im unklaren blieben. In Anbetracht seiner großen Worte über die Freundschaft zwischen ihnen beiden war das jedoch kein redliches Verhalten!

Und da erschien in der Mauer aus Ehrlichkeit und Offenheit, die der Fürst ihm, Damlo, gezeigt hatte, plötzlich ein dünner Sprung.

Es handelte sich nicht um eine richtige Lüge, die der Junge Norzak vorzuwerfen hatte, aber die Wirkung war die gleiche. Und darüber galt es gründlich nachzudenken, denn die Meinung, die er sich vom Ersten Diener gemacht hatte, gründete sich auf dessen offenkundiger Ehrlichkeit. Jedes Wort Norzaks wirkte aufrichtig und wahr, und bis zu diesem Augenblick hätte Damlo geschworen, daß es keinen Betrug geben konnte, solange jemand die Wahrheit sagte. Aber stimmte das wirklich?

Langsam, ganz langsam erweiterte sich der Sprung in der Mauer, wurde zu einem Spalt und dann zu einer Bresche.

Genauer betrachtet stimmte es nämlich keineswegs, und er, Damlo, war alles in allem ein rechter Dummkopf gewesen, es zu glauben.

Ja, tatsächlich war es so: der Erste Diener sagte nur die Wahrheit – das vermittelte diesen Eindruck von Aufrichtigkeit. Dennoch log er: Es reichte nämlich, ein paar Dinge zu verschweigen – dazu kam die Faszination dessen, was er von sich gab, in Verbindung mit seiner persönlichen Ausstrahlung; all das lenkte die Aufmerksamkeit des Opfers in andere Bahnen. Er sprach seine Lügen nicht aus, sondern versteckte sie in den Zwischenräumen seiner Worte. In dem, was er an Wichtigem ausließ. In der Art, wie er die Begriffe rund um das verteilte, was er nicht sagte.

Würde der *Schatten* ihn, Damlo, tatsächlich von seiner Angst befreit haben? Der Fürst hatte ihm das zu verstehen gegeben – aber in Wahrheit hatte er sich darauf beschränkt, *ihn zu fragen*, ob er nicht glaube, daß der *Schatten* imstande wäre, ihm die Angst zu nehmen! Und das Toroid? Norzak hatte nie behauptet, den Drachen zügeln zu können. Er hatte ja nur *gefragt*, ob ihm diese Möglichkeit gefiele!

Außerdem – wenn es wirklich nötig war, jedes nicht gesagte Wort abzuwägen: Der Fürst hatte nicht versprochen, daß er, Damlo, den Versuch, den Drachen unter Kontrolle zu bekommen, auch überleben würde! Und insbesondere hatte er nicht verraten, wer in der Folge die Leitung des Drachen übernehmen sollte!

Wer würde entscheiden, wie die immense Macht des Monsters zu nutzen wäre? *Wer* – im Hinblick darauf, daß für ihn, Damlo, *die Zeit, in der man noch Träume hat und Phantasien nachjagt, nicht weit zurücklag*? Und *wer* würde entscheiden, wann genau er erwachsen genug wäre, um die Sache selbst in die Hand zu nehmen?

Wer träfe die Entscheidungen? Das war keine belanglose Frage! Und wenn man es genau bedachte, enthielt sie alle Antworten.

Eine Welt, deren Geschicke von Weisen und Klarsichtigen gelenkt werden und in der sich alle anderen von diesen wenigen leiten lassen... Ja, klar. Aber *wer* würde die entsprechenden Weisen und Klarsichtigen denn auswählen? *Wer* würde beurteilen, ob dieser oder jener ausreichend *weise und klarsichtig* war, um die Welt zu lenken?

Der Beste? Natürlich. Aber *wer* sollte die Feststellung treffen, daß dieser oder jener der Beste war? Und falls ein anderer, ein Stärkerer, mit der Entscheidung nicht einverstanden wäre? Er würde wohl alles dransetzen, die Macht an sich zu reißen, und mit Waffengewalt geltend machen, daß er derjenige war, dem diese Würde gebührte! Was die Gewalt betraf, so war doch jeder dahergelaufene Bandit einem Weisen überlegen!

Und das beantwortete auch die Frage der überlegenen und der minderen Menschenwesen: Fast alle waren in der einen oder anderen Hinsicht dem einen oder anderen Menschen überlegen. Selbst Proco Radicupo, so dumm und überheblich wie er war, konnte eine Geschichte besser erzählen als irgend jemand sonst auf der Welt.

Menschen sind verschieden: Das und nur das hatte Norzak bewiesen. Und nicht, daß die einen den anderen überlegen sind.

»Verschieden« hieß nicht »besser« oder »schlechter«, sondern einfach nur *verschieden*!

Damlo blieb stehen und lehnte sich an eine der hölzernen Ecksäulen, die das Dach der Terrasse trugen. Er wußte jetzt, daß er die richtige Entscheidung getroffen hatte, und er war froh, es getan zu haben, bevor er auf harte Weise herausfinden mußte, wie ihn der Feind hinters Licht geführt hatte. Er holte tief Atem und sog die Düfte der Nacht genußvoll ein.

Der Mond war zum Horizont hinabgestiegen, und die Welt sah nicht mehr so silbrig aus wie zuvor. Dort, wo der Dunst noch ein wenig Licht festhielt, glaubte Damlo einen dunklen Punkt am Himmel zu erkennen; der Waldkauz von vorhin, dachte er. Doch dann fiel ihm ein, daß Käuze nicht so hoch fliegen, und daß das Tier ganz offensichtlich auch nicht auf der Suche nach Beute durch die Luft glitt. Es schien vielmehr fast reglos in der Luft zu schweben – wie ein Vogel, der in direkter Linie auf den Beobachter zufliegt. Und tatsächlich näherte er sich rasend schnell und wurde auch rasch größer. Sehr rasch. Der dunkle Fleck am Himmel schien sich wie die Kehle eines gigantischen Ochsenfrosches aufzublähen, und als Damlo schließlich imstande war, seine Umrisse zu erkennen, riß er die Augen auf: Nicht nur, daß dieses Geschöpf so groß war wie ein

Pferd, sondern es war auch – ungeachtet seiner im Dunkel verschwimmenden Gestalt – klar zu erkennen, daß es jemanden auf dem Rücken trug!

Es war etwa einen Monat her, da hatten Damlo und die Zwerge eine Nacht in einem Bauernhof verbracht, auf dem es kurz zuvor zu einer Tragödie gekommen war. Mysteriöserweise hatte der für das Massaker Verantwortliche bis auf ein paar seltsame Anzeichen für Feuer auf der Tenne keinerlei Spuren hinterlassen. Ein unheimlicher Anblick. Die einzigen Überlebenden, ein kleines Mädchen namens Clina und sein alter Großvater, hatten von einem fliegenden Drachen erzählt, der einen Reiter in Schwarz auf dem Rücken trug. Worauf Irgenas wieder einmal dagegengehalten hatte, daß Drachen seit Urzeiten ausgestorben waren – um dann noch hinzuzufügen, daß sie jedenfalls nie einen Reiter auf dem Rücken geduldet hätten.

Das Tier jedoch, das Damlo in diesem Augenblick beobachtete, ähnelte einem Drachen mehr als jedem anderen Wesen, das er je erblickt hatte. Und es wurde von einem Mann geritten.

Das Monster verließ seine bisherige Flugbahn, setzte unversehens zum Sturzflug an und steuerte einen der Pavillons im Park an. Es landete auf dem kleinen Vorplatz, der das Häuschen von den Bäumen trennte, und verschwamm mit der Finsternis. Zwei Soldaten mit Laternen in den Händen tauchten aus dem Gebäude auf und öffneten die Flügel eines großen Tores, wobei der Lichtschein auf das Tier fiel, um das die beiden einen sorgsamen Bogen machten. Erst jetzt stieg der Reiter ab, bedeckte den Kopf des Wesens mit einem schwarzen Tuch und führte es durch das Tor ins Innere des Pavillons.

Damlo spürte, wie ihm das Blut aus den Wangen wich. Der Mann war Norzak und ... nach allgemeiner Übereinkunft waren diese Tiere ausgestorben, aber es konnte keinen Zweifel geben! Er irrte sich nicht, nein – nicht, nachdem er die Vorlage tagelang so eingehend studiert hatte! Nicht, nachdem er ihr Profil dem falschen Siegel des Zanter eingeschnitten hatte: Dieses Geschöpf war ein Greif!

Bis zum Morgengrauen blieb der Junge auf der Terrasse und versuchte vergeblich, einen Fluchtplan zu entwickeln. Erst als es hell wurde, ging er zu Bett und träumte von strahlenden Sonnenaufgängen und schrecklichen Greifvögeln. Nach einem reichlichen Frühstück stieg er wieder die Wendeltreppe hoch, alle Gedanken auf seine Flucht gerichtet.

Das größte Problem waren die Wachen; sobald er aus seiner Tür trat, hefteten sie sich an seine Fersen und ließen ihn keine Sekunde mehr aus den Augen.

Er hatte schon versucht, eine Unterhaltung mit ihnen zu beginnen, aber die beiden sprachen nur die Sprache ihrer Heimat und verstanden kaum, was er sagte. Außerdem war deutlich zu merken, daß sie lieber Abstand halten wollten. Und so ging der Junge nach zahlreichen vergeblichen Versuchen mit den Wachen zur zweiten Frage über: Vorausgesetzt, es gelang ihm, auf die große Treppe zu kommen – wie sollte er es dann anstellen, das Gebäude unbemerkt zu verlassen? Das Palais war riesig, und Damlo hatte keine Ahnung, wie viele Wachen noch in seinem Inneren zirkulierten – ganz zu schweigen von Sklaven, Dienern und anderem Personal, das ganz gewiß Alarm schlagen würde, wenn es entdeckte, daß sich ein Unbekannter auf den Gängen herumtrieb.

Nein, eine Flucht auf dem üblichen Weg war unmöglich, daher mußte er die Außenseite des Gebäudes in näheren Augenschein nehmen. Um sich hinabzulassen, würde er die Schnüre und Stricke benutzen, mit denen die Verpackung der eingelagerten Bilder zusammengehalten wurde. Aber wo sollte er sie anbringen? Wie konnte er nach draußen kommen? Sämtliche Fenster des Turmes waren vergittert, und außerhalb seiner eigenen Räume ließen ihn die Wachen keine Sekunde allein.

Solange er sie nicht los wurde, konnte er nicht einmal die Stricke an sich bringen! Und so endeten alle Überlegungen wiederum beim ersten Problem: Ohne einen anders lautenden Befehl des Fürsten hatte er die beiden auf Dauer am Hals!

Unversehens mußte Damlo lachen. »Ohne einen anders lautenden Befehl des Fürsten«: Da hatte er ja die Lösung! Warum hatte er nicht längst daran gedacht? Sobald er vorgab, das Bündnis mit Norzak anzunehmen, würde ihn dieser doch sofort freilassen! Der Erste Diener war ein Meister der Täuschung und Verstellung? Nun, er, Damlo, würde ihn mit seinen eigenen Waffen schlagen!

Der Junge fuhr fort, seine Pläne zu schmieden, bis hinter ihm plötzlich eine Bewegung zu hören war. Zwei Wachen traten von der Wendeltreppe auf die Terrasse. Mittels Gesten und gutturaler Laute gaben sie ihm zu verstehen, daß er nach unten gehen mußte.

In seiner Suite erwartete ihn in einem Lehnstuhl der Fürst von Suruwo.

»Ich hoffe, du hast einen angenehmen Tag gehabt«, sagte er lächelnd zu Damlo.

Abermals schien Norzaks fesselnde Ausstrahlung den Raum zu erfüllen, und eine Sekunde lang stellte Damlo alles wieder in Frage. Doch dann riß er sich zusammen.

»Es geht«, erwiderte der Junge. »Aber ich hatte nicht erwartet, weiterhin als Gefangener zu gelten.«

»Das bist du auch nicht, mein Sohn.«

»Und warum erlauben mir die Wachen dann nicht, die Treppe hinabzugehen?«

»Ich muß wohl vergessen haben, ihnen die entsprechenden Anweisungen zu geben. Aber dem ist leicht abzuhelfen.«

»Außerdem kleben sie dauernd an mir! Das mag ich nicht!«

»Gut, gut, mein Freund, ich sehe, daß du dir deiner Rolle auf der Welt endlich richtig bewußt wirst! Das freut mich. Hast du über meinen Vorschlag nachgedacht?«

»Ununterbrochen«, nickte Damlo.

»Und zu welchem Schluß bist zu gekommen?«

»Daß das, was du mir anbietest, unbezahlbar ist«, antwortete der Junge nach kurzem Zögern.

»Sehr gut. Also schlägst du in unser Bündnis ein?«

»Täte ich es nicht, so würde ich doch von vornherein auf das verzichten, was ich mir auf der Welt am meisten wünsche.« Im Grunde ist es gar nicht so schwer, zu reden ohne etwas zu sagen, dachte er.

»Das ist wahr«, pflichtete ihm Norzak bei. Er kniff die Augen zusammen. »Aber was willst du damit sagen?«

»Daß es sich für mich lohnt, mit dir zusammenzuarbeiten. Es ist eine großartige Gelegenheit.«

»Und?«

»Also«, erklärte Damlo, »dein Angebot abzuschlagen wäre reiner Wahnsinn.«

»Ganz recht. Aber du hast immer noch nicht geantwortet. Hast du nun beschlossen, mein Verbündeter zu werden, oder nicht?«

Ich habe mich geirrt, dachte Damlo; es ist gar nicht so einfach, jemanden zu täuschen, ohne zu lügen … »Ja«, sagte er nach einer kurzen Pause.

Norak brach in Gelächter aus. Sein warmes, herzliches Lachen drang dem Jungen bis in die Eingeweide und verursachte ihm sofort ein schlechtes Gewissen.

»Nein, mein junger Freund!« rief der Fürst dann und sah ihm vergnügt in die Augen. »Versuch nicht, mich zu überlisten! Hast du vergessen, daß ich für den Erfinder von Lug und Trug arbeite?«

»Nein, ganz gewiß nicht! Ich habe meine Wahl wirklich getroffen!«

»Komm, komm, Junge. Du bist verwirrt, das verstehe ich, aber sag mir nicht, du hast dich entschieden, solange du es nicht tatsächlich getan hast! Ich weiß, daß es ein schwerwiegender Entschluß ist, und das ist auch der Grund dafür, daß ich dir alle Zeit der Welt zugestehe.«

»Aber …«

»Nur zu!«

»Also gut, vielleicht brauche ich wirklich noch ein bißchen Zeit«, räumte Damlo errötend ein und blickte zu Boden.

»Sehr gut, so gefällst du mir! Um ehrlich zu sein, ich hatte trotzdem gehofft, du wärst schon zu einer Entscheidung gekommen, und deshalb habe ich ein Geschenk für dich mitgebracht. Aber so ist es auch gut: Eine verspätete, unverrückbare Entscheidung ist mir lieber als eine schnelle, die dann ins Schwanken gerät. Und um dir das zu beweisen, lasse ich dir das Geschenk da, auch wenn wir noch keine Bündnispartner sind.«

Damlo nickte, ohne die Augen zu heben.

»Nun? Möchtest du nicht wissen, worum es sich handelt?«

Wieder nickte der Junge – sehr, sehr bedrückt – und sah sich um; es befand sich nichts im Salon, was wie ein Geschenk aussah.

»Es ist nicht hier«, sagte Norzak und erhob sich. »Komm mit, ich habe es in dein Schlafzimmer gebracht.«

Der Fürst sprühte aus jeder Pore Energie und schien sich so über die Überraschung für Damlo zu freuen, daß er wie ein Kind auf dem Jahrmarkt erschien.

Damlo stand auf und folgte Norzak durch das Studierzimmer und den Umkleideraum bis ins Schlafgemach.

»Hier!« rief der Fürst und zeigte auf den kleinen Divan, auf dem Damlo seine neuen Kleider vorgefunden hatte. »Er gehört dir!«

Dem Jungen wich alle Farbe aus dem Gesicht: Auf dem feinen Samt des Divans steckte in einer Scheide aus Leder und Stahl ein schwarzer Degen.

Reglos und wie hypnotisiert starrte Damlo die Waffe an. Er fühlte sich wie die Maus vor der Schlange.

»Nun?« fragte der Fürst nach einer Minute. »Gefällt er dir nicht?«

»Doch ...«

»Dann nimm ihn, er gehört dir!«

Norzak, so schoß es dem Jungen durch den Kopf, konnte doch nicht wissen, daß er schon einmal einen solchen Degen in der Hand gehabt hatte: auf dem Wagen der Zwerge. Bei dem Gedanken daran erschauerte er. Und das Geschenk jetzt zu anzunehmen, hätte ihn nicht allein zum Verbündeten gemacht, sondern zum Sklaven – und zwar für immer: Er erinnerte sich nur zu gut an das Gefühl schmerzlicher Leere, von dem er beim Fallenlassen dieser Waffe überkommen worden war. Wie hatte er auch nur eine Sekunde lang glauben können, der Erste Diener meine es aufrichtig mit ihm?

»Nur Mut, mein Freund, magst du keine Waffen?«

»Doch ...«

»Was ist es dann?«

»Also«, antwortete Damlo, während er verzweifelt nach einem Vorwand suchte, den Degen nicht berühren zu müssen, »also das ist ein viel zu schönes Geschenk für mich.« Was für eine lahme Ausrede, dachte er.

»Red kein dummes Zeug, Junge«, sagte Norzak. »Für den künftigen Herrn der Welt ist kein Geschenk zu schön! Los, nimm es schon!«

»Ich finde, es ist einfach nicht gerechtfertigt«, probierte es Damlo von neuem. »Schließlich habe ich dir ja noch keine Antwort gegeben.«

»Ich verspreche dir, du kannst den Degen auch behalten, wenn du dich dazu entschließt, meinen Vorschlag abzulehnen.« Die Stimme des Fürsten bekam plötzlich einen metallischen Beiklang.

»Darf ich auch darüber ein wenig nachdenken?« fragte

Damlo und gab sich Mühe, seine Verzweiflung zu verbergen.

»Wie du möchtest«, sagte Norzak. »Obwohl ich nicht den Eindruck habe, als wäre dir dieses ganze Nachdenken von Nutzen. Weißt du, ich glaube fast, du begreifst gar nicht, was dir entginge, wenn du dich nicht mit mir verbündest.«

»Nein, nein, ich versichere dir, das weiß ich genau!«

»Na ja, kann sein. Aber vielleicht wäre es hilfreich, dir vorzuführen, was du wegwerfen würdest.«

»Nein, wirklich ... das ist nicht nötig!«

Ohne zu antworten zog der Fürst von Suruwo das Toroid aus seiner Hülle und umschloß es mit den Händen zu beiden Seiten des Bandes.

Damlo starrte es an; er fand nicht die Kraft, sich zu rühren. Doch plötzlich nahm er das Gefühl wahr, das die Magie des Toroides in ihm entfachte; es handelte sich nicht wieder um diesen starken inneren Druck, dem ihn Norzak am Tag zuvor ausgesetzt hatte, aber trotz des Unterschiedes hatte es etwas davon bewahrt – eine Art Geschmack? Einen Geruch? Das Erbeben? Unmöglich, es zu beschreiben. Doch es war nicht unangenehm. Es wirkte fast wie eine vielschichtige Liebkosung – ein Versprechen von Musik und Sternen, voller Sehnsucht nach Vergangenem und betörend wie eine leichte Anwandlung von Schwermut.

Damlo versuchte zwar, sich dagegenzustemmen, fand aber nichts, wogegen er hätte ankämpfen können: tückisch und verlockend, wie es war, leistete das Gefühl keinerlei Widerstand. Es beschränkte sich darauf, sein Inneres dort zu durchfließen, wo es kein Hindernis vorfand – ließ sich aufsaugen wie Wasser in einem Eimer Sand. Unaufhaltsam und einschmeichelnd umfing es ihn, durchtränkte ihn, drang mit äußerstem Feingefühl in die hintersten Winkel seines Inneren und kam schließlich auch an jenem Ort an, den Damlo die Höhle des Drachen nannte. Dort hielt es an, trat nicht ein, sondern blieb auf der Schwelle, verdichtete sich langsam und nahm die Farbe vergessener Erregungen an. Und dann schien es geheimnisvoll und übermächtig wie der Duft einer verlorenen Mutter ein Lied hervorzubringen.

Auf einmal erglühten in der dunklen Höhle der Bestie zwei Augen. Weit offen und wachsam.

Damlo schien es, als würde er den Deckel eines Brunnens abheben und darunter ein anderes Universum entdecken – finster, unbekannt und furchteinflößend. Der Raum in seinem Inneren wuchs auf das Doppelte an, und der unbekannte Teil floß über vor Angst, vor Wut und Angriffslust.

Der Junge zog sich jäh zurück; dann erst wurde ihm bewußt, daß der Drache erwacht war. Instinktiv wappnete er sich gegen den unvermeidlichen Krampf und begann, dagegen anzukämpfen, so wie er es immer getan hatte.

Das Monster verließ seine Höhle und breitete sich aus – mit der Wucht von tausend Lawinen.

Diesmal würde er wirklich sterben, schoß es Damlo durch den Kopf, und vor Entsetzen schrie er auf. Sofort wurde die Furie zu einem riesigen roten Drachen – spitze Zähne, ein wilder Blick und eine erschreckende Kraft, nicht im entferntesten vergleichbar mit jener, gegen die sich der Junge in vergangenen Kämpfen zwar mit unermeßlicher Anstrengung, jedoch erfolgreich gewehrt hatte.

Ohne jede Hoffnung und ohne Unterlaß kreischend kämpfte der Junge und verteidigte tapfer jeden Zoll seines eigenen Lebensraumes gegen beide – das Monster und die Todesangst.

Doch dann stieg aus der Sturmflut aus Grauen, in der er zu ertrinken drohte, von neuem dieses Gefühl von vorhin hoch. Schwach nur, im Vergleich zu der schrecklichen Gewalt, die das Schlachtfeld beherrschte, aber unwiderstehlich in seiner Lieblichkeit. Es ähnelte wiederum dem Duft einer schmelzenden Melodie, doch jetzt verdichtete sich seine Schwermut zu einem Netzwerk aus flüchtigeren Gefühlen, die – ohne zu leuchten – den Anschein von Licht vermittelten. Glanzlos verknüpften sie sich miteinander und bildeten auf diese Weise allmählich ein vibrierendes Gitter aus stumpfem Licht.

Und daraus troff wie ein flüssiges Ornament allmählich eine zarte Abfolge melodischer Schmeicheleien auf den Drachen herab, umhüllte ihn weich und folgte jeder seiner Bewegungen, während die Heftigkeit des Kampfes nachließ und schwand. Dann erstarrten die Fasern des Liedes schlagartig und das Monster war in den Maschen eines Netzes gefangen. So widerstandsfähig wie von Zwergen gefertigter Stahl.

Die rote Furie krümmte und wand sich mit aller Kraft, setzte die Krallen ein und verbiß sich in das Netz, das sie festhielt. So riß häßlich schnalzend eine Faser nach der anderen, und dem Jungen, der aufgehört hatte zu kämpfen, wurde klar, daß der Zauber des Toroides nicht ausreichen würde.

Also nahm er den Kampf wieder auf. Jedoch nicht mehr mit jenem vollen Einsatz, mit dem er sich gegen die Krampfanfälle gewehrt hatte, denn nun gab es das magische Netz. Er entdeckte, daß es reichte, sich darauf zu konzentrieren, und schon verknüpften sich die zerrissenen Fäden einer nach dem anderen wieder. Anfangs gelang ihm dies rein zufällig, doch getrieben von der Angst lernte er rasch, es auch bewußt zu tun. Gezielt berührte er die zerstörten Maschen des Netzes mit einem Lied, das Musik und Bewegung zugleich war und die Fasern verflüssigte, um sie sodann aneinanderzufügen und erneut zu verfestigen. Und dann war es, als hätte sie das Monster nie zerfetzt.

Der Kampf dauerte lange, am Ende aber mußte der Drache die Fesseln des Toroides doch erdulden. Er ließ sich in seine Höhle zurückführen und rollte sich in einem dunklen Winkel erschöpft zusammen.

Mit weit geöffneten Augen.

Damlo kehrte wieder in die Realität zurück und merkte, daß er im Laufe des Kampfes zu Boden gesunken war. Er fühlte sich so zerschlagen wie nach einem Krampf, und seine Muskeln kamen ihm wie rund um die Knochen gewickelte Bleibänder vor. Mühsam zog er sich hoch, indem er sich mit den Schultern an der Wand emporarbeitete, und blickte hinüber zu Norzak von Suruwo. Auch er saß auf dem Boden, den Rücken an einen Bettpfosten gelehnt. Er hatte den Kopf in den Nacken gelegt und die Finger immer noch um das Toroid gekrallt. Der Junge sah, daß es jetzt schwach funkelte.

Die Kleider des Ersten Dieners waren schweißnaß, seine Züge wirkten erschlafft, und unter den verklebten Haarsträhnen war die Stirn mit winzigen Tröpfchen übersät. Doch auch in diesem Zustand hatte er nichts von seiner Ausstrahlung eingebüßt. Eine Weile schwiegen beide; sie atmeten schwer und im gleichen Rhythmus.

»Was für eine außerordentliche Kraft!« stieß Norzak schließlich mit heiserer Stimme hervor.

»Allein hättest du das nie geschafft«, murmelte Damlo.

»Ich habe nicht die ganze Kraft des Toroides gegen den Drachen eingesetzt, mein Junge«, sagte der Fürst.

»Warum nicht? Er stand kurz vor dem Sieg!«

»Einen Teil der Kraft habe ich dazu benutzt, das zu verbergen, was ich getan habe.«

»Verbergen?«

»Du kannst dir vorstellen, vor wem«, erwiderte Norzak nach einer Sekunde des Zögerns.

Vor dem Fürsten der Finsternis, dachte Damlo. Er begehrt die machtvolle Stärke des Drachen, um dem *Schatten* zu trotzen ... Müde nickte er.

»Merkst du jetzt«, fuhr der Fürst mit einem verkrampften Lächeln fort, »was du verlieren würdest, solltest du meinen Vorschlag ablehnen?«

Damlo überlegte eine Weile, und dann wurde ihm mit einem

Schlag die Ungeheuerlichkeit dessen bewußt, was geschehen war. Er erschauerte, doch seine Erschöpfung hinderte ihn daran, echte Angst zu verspüren. Das würde noch folgen …

»Du hast mein Schicksal besiegelt«, sagte er dann mit tonloser Stimme. »Das ganz eigene Gleichgewicht, das in mir herrschte – du hast es zerstört.«

»Unwichtig: Der Drache ist besiegt.«

»Aber er ist wach.«

»Natürlich! Drachen schlafen nie!«

»Doch, solange sie klein sind. Das ist der Grund, warum ich noch am Leben bin. Jetzt ist er müde, aber sobald er sich wieder erholt hat, wird er mich töten.«

»Beruhige dich, er kann die stählerne Festung, in die ich ihn eingeschlossen habe, nicht zerstören.«

»Festung? War das nicht ein Netz aus Musik?«

»Weder das eine noch das andere. Wie ich dir schon sagte, die Natur der Magie läßt keine Vergleichsbilder zu. Jeder deutet das, was er wahrnimmt, auf seine Weise. Anfangs gibt man aus purer Gewohnheit dem Wahrgenommenen einen Namen, und dann redet man sich ein, daß der Zauber dem gewählten Namen entspricht. Nur wenn man sich aufeinander einstimmt, so wie wir es beim Drachen getan haben, sieht man das Wesen der Magie auf die gleiche Weise.«

»Einverstanden, aber bist du sicher, daß das Netz fest genug ist? Am Anfang hat der Drache es mühelos zerrissen.«

»Wie jeder Zauber«, erklärte der Fürst, »ist es nur von begrenzter Dauer, wir werden es häufig erneuern müssen. Aber es wird nie mehr so schwierig werden wie heute.«

»Was muß ich tun, um es zu erneuern?« drängte Damlo.

»Allein kannst du es nicht. Für geraume Zeit wirst du die Hilfe des Toroides benötigen.«

»Und wenn der Drache versucht, die Maschen des Netzes zu zerreißen?«

»Das wird er noch des öfteren tun, dessen kannst du ganz

sicher sein. Er wird es versuchen, solange er nicht vollständig gebändigt ist, und das wird einige Monate dauern. Aber keine Angst: Das Toroid bewahrt dich vor jeder Gefahr.«

»Gut, und wenn es passiert, während du nicht da bist?«

»Von dem Augenblick an, da du meinen Vorschlag annimmst«, antwortete der Fürst, »werden wir uns nie mehr trennen, daher besteht dieses Problem gar nicht.«

»Und wenn ich mich weigern sollte?«

»Über die eigene Zukunft bestimmen zu können ist ein seltenes Privileg«, sagte Norzak. »Nutze es gut.«

Damlo lief in seinen Gemächern auf und ab. Der Fürst war gegangen; er hatte den schwarzen Degen auf dem kleinen Divan zurückgelassen und dem Jungen ein gemeinsames Abendessen in Aussicht gestellt. Kurz darauf war ein Diener erschienen, der die duftende Kerze anzündete und ein Silberkörbchen mit Honiggebäck auf den Tisch stellte. Damlo hatte daraufhin das Körbchen fast leergegessen. Und vielleicht deshalb oder als Folge seiner Besorgnis war seine Müdigkeit fast weggewischt.

Die Wahl war mittlerweile dramatisch einfach geworden: entweder sich dem Ersten Diener zu beugen oder sich vom Drachen umbringen zu lassen. Eine Flucht wäre sinnlos, denn wohin sie auch führen mochte, er würde seinen eigenen Tod wählen.

Er wollte sich dem *Schatten* nicht unterwerfen, aber gerade jetzt hing er wie nie zuvor am Leben. Der Gedanke, Uwaen, Irgenas und Clevas nie wiederzusehen, machte ihm das Herz schwer, und die Sehnsucht nach Ticla wurde immer heftiger.

Zwei große glänzende Augen, gesprenkelt vom Mondlicht. Zwei Augen, die er so nie mehr wiedersehen würde, denn sollte er ihnen jemals wieder begegnen, so wären sie seines Verrates wegen matt und empört.

Doch was für ein Leben konnte er führen, wenn er sich für ein Weiterexistieren entschied? Nicht nur, daß er für alle Zeiten Norzaks Sklave wäre, er müßte auch an der Zerstörung der Welt mitarbeiten! Tatkräftig! Außerdem mußte es früher oder später zur großen Abrechnung kommen: zu einem gewaltigen Kampf oder etwas ähnlichem. Und wenn ihn der Erste Diener dann zwang, seine Freunde zu töten?

»Ich werde mich an Ticla erinnern«, murmelte er bei sich »wie sie dem See das Mondlicht stahl und lächelte, ohne daß es ihr bewußt war …«

Es wurde ihm klar, daß er sich entschlossen hatte zu sterben. Merkwürdigerweise verspürte er Erleichterung. Sogar eine heitere Gelassenheit. Wie damals, vor einem Monat im Wald, als ihn die Wölfe umzingelt hatten.

Doch dann, erinnerte er sich, war Irgenas aufgetaucht. Einmal würde ich noch gern an seiner Seite kämpfen, dachte er. Sicher – den eigenen Tod hinzunehmen anstatt Irgenas zu verraten, war auch eine Art, eine solche Schlacht zu schlagen, aber Damlo hätte es gefallen, wiederum Rücken an Rücken mit dem Prinzen zu kämpfen, während dieser ihm beibrachte, sich zu wehren, indem er ihm Befehle und Ratschläge in die Ohren bellte.

Ja, der Zusammenprall mit den Wölfen war ein schöner Kampf gewesen, auch wenn sie beide nur um Haaresbreite dem Tod entronnen waren. Doch es ist üblich, beim Austragen einer Fehde das Leben zu riskieren, dachte der Junge; das Wichtigste ist, alles zu geben – und wenn sie beide es damals nicht getan hätten, so wären sie von den Wölfen zerfleischt worden.

Aber er? Hatte er jetzt wirklich alles gegeben?

Plötzlich bekam seine Gelassenheit einen Sprung. Vielleicht hatte er den Tod doch allzu hastig bejaht: Schließlich blieb der Drache harmlos, solange das Netz hielt; daher hatte er zweifellos noch einige Tage zu leben.

Ticla.

Er würde fliehen. Er würde sich von Ticla verabschieden

und dem Regenten raten, vor Baldrin auf der Hut zu sein. Letzteres wäre ihm eine traurige Pflicht, denn er wußte, daß der Hauptmann aus Liebe und nur widerwillig zum Verräter geworden war. Mit einem Tatini an seiner Stelle hätte Norzak schon von der Fälschung des Siegels gewußt und Rechenschaft von ihm, Damlo, verlangt. Andererseits jedoch stellte jeder Verräter eine Gefahr für Ticla dar, und deshalb würde er Baldrin als solchen entlarven müssen. Um daraufhin dem Regenten auch das Geheimnis des Ersten Dieners zu entdecken. Norzak von Suruwo war klug und konnte einer Gefangennahme wahrscheinlich entgehen. Aber Gevan Bedaran würde wenigstens in der Lage sein, Ailaram den Namen des Ersten Dieners zu nennen.

Und der Reißzahn des Britelvorill? Wurde der überhaupt noch benötigt, jetzt, da man wußte, hinter wem sich der Lakai des *Schattens* verbarg? Ganz bestimmt: Der Magiarch würde ihn für seinen Kampf gegen den Ersten Diener brauchen. Daher mußte der Zahn nach Belsin. Vielleicht konnte ihn der Regent zusammen mit dem Namen des Ersten Dieners unter Begleitschutz Ailaram überbringen lassen.

Plötzlich fiel dem Jungen der Hinterhalt an Ringenims Klinge ein. Wie viele Orks mochten es dort gewesen sein? Und dabei handelte es sich nicht einmal um ihr ureigenstes Territorium! Welche Ausmaße würde eine Eskorte durch das Zentralmassiv wohl haben müssen? Um einen Staatsstreich zu verhindern, hatte Gevan Bedaran die Armee in den Kampf gegen die Nomaden der westlichen Steppe geschickt. Konnte er in einem für die Hegemonie so heiklen Augenblick überhaupt weitere Soldaten entbehren?

Dazu kam, daß den Feinden sofort klar sein mußte, worum es sich bei dem Transport handelte, wenn er von einem so umfangreichen Militärkontingent begleitet wurde. Sie würden sofort in Massen angreifen. Ganz abgesehen von der Frage, wie viele Saboteure sich unter die Eskorte mischen mochten: Ein einfaches kleines Feuerchen unter dem Wagen, des Nachts und möglichst dann, wenn ein Komplize die Wache hatte, und Zahn wie Schuppe wären für immer verloren! Das gleiche galt natürlich auch für sämtliche Einstellräume des Wagenparks von Schloß Bedaran. Selbst der Panzerschrank des Regenten war nicht sicher, wie er, Damlo, selbst nur zu gut wußte.

Daher konnte er Gevan Bedaran den Drachenzahn nicht übergeben.

Er seufzte. Die Lösung, die die Zwerge gefunden hatten, war immer noch die beste: sich inkognito von einem Ort zum anderen voranzubewegen und mit dem Wagen unter tausend andere zu mischen, die in Richtung Osten fuhren. Wem also sollte er das Vorhaben übertragen? Wem durfte er noch vertrauen, wenn selbst einer wie Baldrin zum Verräter werden konnte? Die einzigen Kandidaten, die ihm in den Sinn kamen, befanden sich mindestens drei Tagesreisen weiter östlich, fest entschlossen, irgendwo auf der Straße nach Belsin auf einen Jungen mit roten Haaren zu stoßen!

Auf einmal lugte aus den verschlungenen Wegen seiner Phantasie die Andeutung einer Idee hervor – eine reine Narretei, die Damlo sofort wieder zur Seite wischte. Aber sie weigerte sich zu verschwinden und köchelte an der Grenze zwischen Bewußtem und Unbewußtem vor sich hin, bis sie plötzlich als fertiger Gedanke vorlag: Warum nicht Uwaen und den Zwergen folgen – in der Hoffnung, sie einzuholen, ehe der Drache das Netz zerriß? Das Monster mochte dazu vielleicht länger brauchen, als er dachte, und vielleicht wurden die Freunde von irgendeinem kleinen Zwischenfall aufgehalten …

Gewiß, ein verzweifelter Gedanke. Aber nicht verzweifelter als seine – Damlos – Lage. Und wenn er starb, ehe er auf die Freunde traf – was sehr wahrscheinlich schien –, dann kam der Drachenzahn wenigstens nicht in die Hände des Feindes: Der erste, der auf das herrenlose Gefährt stieß, würde ihn an sich nehmen, und er würde für alle Zeiten zum Stolz irgendeines Bauern werden.

Er wollte es versuchen. So lächerlich der Plan schien, es handelte sich doch um die beste Lösung, die ihm einfallen wollte. Oder, besser, um jene, die ihm am besten gefiel. Denn wenn er hoffen konnte, bis zum Zusammentreffen mit den Freuden durchzuhalten, dann konnte er auch hoffen, noch lebendig bis nach Belsin zu kommen. Und dort war Ailaram.

Mit einemmal erschien ihm die Möglichkeit, doch zu überleben, durchaus gegeben. Wenn er den Zahn des Britelvorill zu Hilfe nahm, konnte der Magiarch das Netz vielleicht verstärken, in dem der Drache gefangen war, und es so lange halten, bis er selbst lernte, das Monster zu beherrschen.

Er mußte fliehen. Augenblicklich. Und sich wahnsinnig beeilen, denn jede Minute, die er verlor, konnte ihm zum Verhängnis werden.

Erfüllt von beklemmender Unruhe unterzog der Junge seine Wohnung von neuem einer aufmerksamen Prüfung. In aller Hast, aber doch gründlicher als vorhin, als er noch von Zweifeln geplagt worden war.

Und so entdeckte er, daß das Gitter an einem der Fenster des Speisezimmers locker war – doch er wußte, selbst wenn es ihm gelingen sollte, es aus der Verankerung zu heben, würde er sich von dort nicht bis nach unten hinablassen können, denn er wäre direkt vor dem Eingangstor des Gebäudes gelandet, wo ein stetes Kommen und Gehen von Wachen und Lakaien war.

Der ideale Weg nach unten hätte sich vom Fenster des Schlafzimmers ergeben, denn von dieser Seite des Gebäudes war es nicht weit bis zur Einfriedungsmauer. Aber dort saß das Eisengitter unverrückbar fest. Damlo hätte auch die Terrasse für das Abseilen in Betracht ziehen können, wären ihm die Schergen Norzaks nicht auf Schritt und Tritt gefolgt. Zuallererst aber mußte er zusehen, daß er die Verschnürungen der eingelagerten Bilder in die Finger bekam – was die Wachen wohl verhindern würden. Immer diese Wachen! Er mußte wirklich eine Möglichkeit finden, sie loszuwerden. Oder eine, seinen Plan vor ihrer Nase auszuführen …

Wie konnte er in die Abstellkammer kommen, ohne daß die beiden Soldaten es merkten? Indem er durch ein Fenster rauskletterte, durch ein anderes wieder rein, zum Beispiel. Aber wie sollte er an der Außenseite des Turmes vorankommen? Und wie die Gitter aus der Verankerung lösen?

Plötzlich wurde ihm bewußt, daß er sich zu sehr auf die vergitterten Fenster konzentrierte. Welche Möglichkeiten bot eigentlich der Rest der Wohnung? Er studierte die Anlage der Zimmer aufmerksam. Die Innenwände waren zwar dünner als die Außenmauern – vermutlich um den Druck auf die Fußböden zu verringern –, aber immer noch zu dick, um sie durchbrechen oder durchbohren zu können. Was sonst? Die Verbindungen zwischen den Räumen – offene Durchgänge – grenzten unmittelbar an die Außenmauern – durchaus vernünftig, denn so warf jedes Fenster Licht in zwei Zimmer. Aber warum waren dann die kleine Küche und das …

Unversehens von Erregung gepackt lief der Junge ins Schlafzimmer, schob den schweren Gobelin zur Seite, der dort hing, und betrachtete eingehend die Wand, hinter der sich der Abstellraum mit den Bildern befinden mußte. Auf den ersten Blick sah sie aus wie die anderen, doch als er anfing, hier und dort gegen den Verputz zu klopfen … Auf einer großen rechteckigen Fläche hörte sich das Klopfgeräusch deutlich anders an als auf dem Rest! Eine Tür! Wie Damlo vermutet hatte, waren die Räume des Turmes wohl einst alle untereinander verbunden gewesen, ehe jemand beschlossen hatte, eine Wohnung anzulegen und den Durchgang zwischen dem jetzigen Schlafzimmer und dem Raum, der zur Terrasse führte, zumauern zu lassen.

Nach und nach bildete sich in Damlos Kopf eine Idee. Es fehlten zwar noch einige Einzelheiten, aber mit einem bißchen Glück sollte sie durchführbar sein. Doch ehe er sie in die Tat umsetzte, mußte er sich vergewissern, daß die vermauerte Tür nicht auf der anderen Seite blockiert war.

Er ging auf den Flur hinaus, und sofort trat eine der Wachen an seine Seite, während die andere den Zugang zur Treppe versperrte. Amüsiert euch gut bei diesem Spiel, dachte Damlo, denn es ist das letzte Mal, daß es gespielt wird ...

Er betrat die Abstellkammer. Ja: Neben der Wendeltreppe, halb verborgen hinter einer Kommode, sah man die Umrisse einer zugemauerten Tür. Sie war auch in dem Halbdunkel gut erkennbar, weil das Mauerwerk deutlich dünner schien als jenes der übrigen Wand. Und abgesehen von der Kommode gab es nichts, was sie blockiert hätte.

Er stieg hinauf auf die Terrasse und blieb ein paar Minuten dort, um davon abzulenken, daß seine Aufmerksamkeit eigentlich dem Raum unten gegolten hatte; dann kehrte er in seine Gemächer zurück.

Jetzt brauchte er noch etwas Spitzes, um die Gitterstäbe aus der Verankerung zu kratzen und ein Loch in die Trennmauer zu bohren. Mit größter Aufmerksamkeit suchte er alle Räume ab, fand aber nichts, was ihm hätte von Nutzen sein können. Der schwarze Degen war natürlich noch immer da, aber den zog Damlo nicht einmal ansatzweise in Betracht. Hätte er ihn auch nur eine Sekunde lang berührt, er wäre nicht mehr von Norzaks Seite gewichen.

Was tun? Weder die Kerzenhalter noch die anderen Ziergegenstände auf den Möbeln hatten scharfe Kanten oder Spitzen. Bis zum Abend warten und irgendeinen Teil des Bestecks beiseite bringen? Unmöglich: Sein Plan mußte bei Sonnenuntergang ausgeführt werden; er konnte nicht auf den morgigen Tag warten.

Er überlegte, zögerte, faßte einen Entschluß; dann überdachte er diesen Entschluß noch einmal, schwankte und entschied sich von neuem. Er überlegte es sich wieder, aber nur, um die letzte Entscheidung umzustoßen und nach heftigem Nachdenken zur ersten zurückzukehren.

Schließlich stand fest: Es gab keine andere Lösung, also würde er den schwarzen Degen doch benutzen – ohne ihn mit bloßen Händen zu berühren, aber er würde ihn benutzen. In der Hoffnung, daß die böse Macht nicht wirksam wurde, wenn man die direkte Berührung damit vermied.

Furchtsam näherte sich Damlo der Waffe, betrachtete sie eingehend – und begann sich verärgert zu beschimpfen: Mit etwas weniger Angst vor dem Degen hätte er ihn genauer angesehen und sich zumindest eine Viertelstunde Grübeln erspart, denn das Ende der ledernen Scheide, in der er steckte, bestand aus zwei spitz zusammenlaufenden Backen aus Stahl, die entlang der Ränder zusammengeschmiedet waren! Das würde ein recht zweckdienliches, widerstandsfähiges Werkzeug ergeben, auch wenn es innen hohl war und keine wirklich scharfe Spitze besaß. Für Damlos Vorhaben würde es aber durchaus reichen.

Mit größter Vorsicht umwickelte der Junge die Scheide mit einer Decke und hob sie so an, daß der Degen heraus und hinter die Rückenlehne des Divans glitt. Dann riß er mit den Zähnen die Nähte auf, die das Metall am Leder befestigten, packte die Spitze und ging an die Arbeit.

Das Ende der Gitterstäbe freizulegen erwies sich als einfach: Sie waren nicht tief verankert, und der Mörtel bröckelte leicht ab. Selbst das geplante Loch in der zugemauerten Tür stellte Damlo vor keinerlei Schwierigkeit, und zwei Stunden später hielt der Junge bereits die benötigten Schnüre in der Hand. Mit großer Freude stellte er fest, daß sie reißfest waren, und um daraus ein haltbares Seil herzustellen, genügte es, drei davon miteinander zu verflechten.

Er war vor Sonnenuntergang damit fertig und ging sofort daran, die leinenen Bettücher zu zerreißen, die Streifen weichzureiben und daraus einen zweiten Zopf zu flechten, der diesmal viel kürzer ausfiel als der erste.

Wie er am Vortag schon festgestellt hatte, verliefen die Holzbalken, die den vorspringenden Teil der Terrasse stützten, schräg nach unten und drangen etwa drei Fuß vom Fenstersims entfernt in die Mauer des Turmes ein. Sie waren nicht besonders dick, schienen aber in bestem Zustand.

Der Junge wählte den schwersten Kerzenhalter, steckte ihn in den Überzug eines Kissens und befestigte diesen an einem Ende des Seiles. Dann stieg er auf das Fenstersims und schleuderte ihn nach oben. Das schwere Wurfgeschoß zog den Strick um einen der Holzbalken und kehrte wieder zum Fenster zurück, wo es gegen die Mauer prallte, ohne ein Geräusch zu machen.

Geschickt hangelte sich der Junge zum Balken hoch. Gut gegangen, dachte er. Schwieriger wurde hingegen das Hantieren mit dem langen Seil, denn das erwies sich als ausgesprochen schwer. Es gelang ihm aber schließlich doch, es so am Balken festzumachen, daß ein Ende über dem Fenstersims baumelte. Dann kletterte er wieder zurück ins Zimmer und befestigte den Lakenzopf an einem Bein des schweren Eßtisches.

Nun galt es, das Loch in der Mauer zu begründen. Er wollte den Anschein erwecken, sich mit Hilfe der Laken bis zum Gesims auf halber Höhe der Fassade hinabgelassen zu haben. Das Loch in der Wand würde die Aufmerksamkeit aber sofort auf die Abstellkammer und die Terrasse lenken. Daher mußte er seine Verfolger glauben lassen, das Durchstoßen der Trennwand wäre ein Ablenkungsmanöver gewesen. Und der beste Weg hierzu war, tatsächlich eines zu schaffen.

Er hielt den Docht an die Flamme einer dicken, duftenden Kerze, die zu groß war, um sie herumzutragen. Damit kroch er durch das Loch in den Abstellraum und zündete das Papier an, in das die Bilder eingeschlagen waren.

Das Feuer loderte blitzartig hoch, denn alles hier war sehr trocken. Es verursachte bemerkenswert wenig Rauch, aber die Hitze war enorm, stellte Damlo erschrocken fest. Hatte er eine große Dummheit begangen? Gut, Mauern und Fußboden waren aus Stein – aber was, wenn die Wachen die Flammen nicht rechtzeitig bemerkten? Er mußte eine Möglichkeit finden, sie darauf aufmerksam zu machen, ohne seine Flucht zu gefährden.

Er zerbrach sich den Kopf, während er hastig ins Eßzimmer zurückkehrte, und dort sprang ihm die Lösung geradezu ins Auge, als er sich aufrichtete und sein Blick auf das nunmehr unvergitterte Fenster fiel. Er grinste: Wenn Norzaks Männer schliefen, würden sie bald schlagartig aufwachen! Er hob das Gitter und lehnte es auf dem Fenstersims an die Mauer. Dann knüpfte er eine Schnur daran, die ihm zuvor ein wenig zu ausgefranst ausgesehen hatte, um sie in seinen Strang einzuflechten. Das andere Ende band er sich an den Gürtel, ließ den Lakenzopf aus dem Fenster fallen und kletterte wieder auf den Holzbalken.

Er ersparte sich den Blick nach unten, denn er wußte ja, daß der Zopf bis zum Mauersims reichen würde. Nun arbeitete er sich den Balken entlang nach oben, versetzte den Kerzenleuchter in eine schwingende Bewegung und schleuderte ihn mit aller Kraft hoch. Er schaffte es beim ersten Mal: Der Strick flog zum Himmel und dann über die Balustrade. Ruckartig zog er an dem Seil, bis er den Leuchter dazu brachte, zu ihm zurückzufallen. Und jetzt hatte er einen doppelten Strang, über den er die Terrasse von außen erklettern konnte.

Damlo erreichte sie in weniger als zwei Minuten. Nachdem das Seil hochgezogen war, löste er die Schnur vom Gürtel und riß heftig daran. Er wartete nicht ab, bis er das Fenstergitter unten aufprallen hörte, sondern rannte auf die andere Seite der

Terrasse und kletterte über die Brüstung, kauerte sich auf einen der Holzbalken und zog zum letzten Mal sein Seil ein. Und jetzt waren die Schreie der Männer, die den Lakenzopf und den Rauch entdeckt hatten, bereits zu hören. Dem Himmel sei Dank! dachte der Junge.

Gleich würde die Jagd beginnen, noch während der Brand wütete, denn niemand mochte annehmen, daß er, Damlo, auf dem Turm geblieben war und damit riskierte, geröstet zu werden. Natürlich würden Norzaks Leute jeden Winkel durchsuchen – hier im Turm wie im übrigen Palais und im ganzen Park. Aber er hielt es für unwahrscheinlich, daß jemand auf die Idee kam, zwischen den Stützbalken unter dem Terrassenboden nachzusehen – und zwar jener Seite gegenüber, an der der Lakenzopf herabhing. Außerdem ging die Sonne soeben unter, und das verschaffte Damlo einen doppelten Vorteil: Je weniger Tageslicht zur Verfügung stand, desto länger würde das Durchstöbern des Parkes dauern. Und sollten Norzaks Soldaten den Blick nach oben erheben – wenn auch nur, um eine Verwünschung zum Himmel zu schicken –, so würden sie in wenigen Minuten einzig die dunklen Umrisse des Turmes erkennen.

Die Suche dauerte viel länger als angenommen. Sowohl im Gebäude als auch im Park wimmelte es aufgeregt wie in einem zerstörten Ameisenhaufen, und Norzaks wutentbranntes Brüllen drang bis zu dem Jungen in seinem Versteck herauf. Noch ehe er den Befehl zum Löschen des Brandes gab, ordnete er eine Kette aus Wachen entlang der Einfriedungsmauer an. Und dann, während sich Diener und Sklaven um das Feuer kümmerten, ließ er Park und Palais durchkämmen. Die Wachen waren mit dem Gebäude fertig, noch ehe die Sonne zur Gänze hinter dem Horizont verschwunden war, und dann fingen sie beim Licht der Fackeln von neuem damit an. Das wiederholte sich noch zweimal, und danach rannten sie hinaus, um jenen zu helfen, die den Park durchstöberten.

Erst spät nachts gab sich Norzak geschlagen; und erst noch später, nachdem er eine weitere halbe Stunde abgewartet hatte, um sicherzugehen, daß die Suche eingestellt worden war, ließ sich der Junge an seinem Seil hinab auf den festen Boden.

Drei Stunden später saß Damlo auf dem Wagen und ging daran, die Wachsoldaten an der Stadtmauer von Eria zu bestechen, denn zu dieser späten Stunde waren die Tore der Hauptstadt für Fahrzeuge geschlossen.

Die Wachen verlangten eine horrende Summe, aber der Junge bezahlte widerspruchslos, denn nun hatte er es schrecklich eilig. Er war nicht einmal mehr an Schloß Bedaran vorbeigefahren, um sich zu verabschieden, denn das hätte bedeutet, zu viel Zeit mit Erklärungen zu verlieren. Entschlossen, den Wagen zu holen, um sich sofort auf die Spur der Freunde zu machen, war er über die Einfriedungsmauer von Norzaks Park geklettert und zu dem Lagerhaus gerannt, in dem er den Wagen untergestellt hatte.

Der Abschied von Rako war ergreifend gewesen – besser gesagt, Damlo war davon ergriffen, denn der Sklave hatte ihm adieu gesagt, ohne irgendeine Gefühlsregung zu zeigen. Selbst als Damlo ihn nach dem Preis für den Erkauf seiner Freiheit fragte, daraufhin eine Handvoll Goldmünzen aus seinem Gürtel holte und ihm das Doppelte der notwendigen Summe aushändigte, wirkte der Schwarze so gleichmütig wie immer. Er nahm die Münzen mit großer Würde und ohne ein Wort zu sagen, nur in seinen Augen erschien unversehens ein glitzerndes Leuchten. Dann fragte er Damlo, ob er noch etwas für ihn tun könne – und tatsächlich hatte ihn der Junge gebeten, je eine Nachricht an Ticla und ihren Vater zu überbringen. Damlo schrieb rasch ein paar Zeilen, wobei er versuchte, in aller Kürze das Nötigste zu erklären; für Ticla fügte er hinzu, daß es einige Dinge gebe, die er nicht auf diese Weise erklären wollte, daß er aber zurückkehren würde, sobald die Mission zu einem Abschluß gebracht war.

Und dann hatte er sich nach Karawanen in Richtung Osten erkundigt, die in Frage kamen, denn solange er die Freunde nicht gefunden hatte, würde es bei einer Fahrt durch das Zentralmassiv unumgänglich sein, sich einem Geleitzug anzuschließen. Glücklicherweise wußte Rako durch seine Arbeit bestens Bescheid.

»Der nächste Zug wird gerade zusammengestellt«, sagte der schwarze Sklave. »Er verläßt die Stadt übermorgen.«

»So lange kann ich leider nicht warten.«

»Dann könntest du versuchen, denjenigen einzuholen, der vor drei Tagen abgefahren ist. Aber du mußt ihn erreichen, ehe er von Darilan aufbricht, denn danach beginnt die Fahrt durch das Zentralmassiv, und Stokus, der Karawanenführer, läßt nicht mit sich scherzen, wenn es um die Sicherheit geht. Seit die Straßen so gefährlich geworden sind, bewaffnet er sämtliche Fuhrwerke und zwingt alle Besatzungen, besonders anstrengende Übungsmanöver mitzumachen. Außerdem geht es bei ihm immer mit Höchstgeschwindigkeit voran, und er duldet unterwegs auch keine neuen Teilnehmer. Viele finden, er übertreibe, aber er hat noch nie einen Wagen verloren, und es ist kein einziger Fall bekannt, bei dem er verspätet am Ziel eingetroffen wäre.«

Nach Darilan waren es etwa hundertfünfzig Meilen, schätzte der Junge. Wenn die Karawane achtzehn Meilen am Tag schaffte – was für einen umfangreichen Konvoi etwas hoch gegriffen, aber noch machbar war –, würde er, Damlo, täglich etwa siebenundzwanzig zurücklegen müssen, um Stokus rechtzeitig einzuholen. Mehr als die Strecke, die Irgenas geschafft hatte, als er noch auf dem Kutschbock saß …

Wie auch immer, zwei Tage abzuwarten kam nicht in Frage. Daher wurde eine lange Stange am Wagen befestigt, eine Laterne darangehängt und eine Kiste mit Zwieback eingeladen. Nach einem kurzen Abschiedsgruß hatte er Rako verlassen und sich hastig auf den Weg gemacht.

Und jetzt fuhr er durch die Nacht – mit wenig Hoffnung, die Freunde rechtzeitig zu finden, und noch weniger, lange genug am Leben zu bleiben, um Ailaram kennenzulernen.

6

Zwischen der Hauptstadt der Hegemonie und der Stadt Merlat folgte die Straße dem Fluß Eria. In ihm vereinigten sich sämtliche Wasserläufe jenes Teiles des Zentralmassivs, das »Regenberge« genannt wurde, und machten ihn zu einem zwar nicht sehr langen, jedoch breiten und mächtigen Strom. Er floß kraftvoll und flott dahin, was den Verkehr der Schiffe in Richtung Eria-See erleichterte und die Fahrt stromaufwärts erschwerte. Den ersteren gehörte die Flußmitte, während sich alle anderen langsam an den Rändern entlangkämpften, indem sie sich der Kraft von Ruderern anvertrauten oder sich auf Rösser und Ochsen verließen, die die Schiffe vom Ufer aus gegen die Strömung schleppten.

Neben dem Sträßchen aus gestampfter Erde, das für die Zugtiere der Bauern bestimmt war, verlief gut gepflastert die Hauptstraße – immer hübsch geradeaus, ohne den Windungen und Buchten des Wassers zu folgen. Gelegentlich führte sie durch befestigte Dörfer oder Gruppen verstreuter Siedlungen.

Damlo fuhr ohne Pause auf ihr dahin, achtete weder auf Tag noch auf Nacht zu achten. Er hielt nur an, um Majestät etwas Ruhe zu gönnen, und selbst das so selten wie möglich.

Er aß Zwieback, trank aus dem Wasserfäßchen und erledigte seine Bedürfnisse während der Fahrt, wenn es zu dringend war, um eine Ruhepause für das Pferd abzuwarten.

Zu diesem Zeitpunkt, so meinte er, mußten Irgenas, Clevas und Uwaen den Zug längst erreicht haben, bei dem er registriert war; und da sie dort nicht auf ihn gestoßen waren, hatten sie wohl die Verfolgung fortgesetzt – gewiß ohne sich den Luxus zu gönnen, in Wirtshäusern einzukehren. Daher hielt der Junge es für überflüssig, in den Dörfern nach irgendwelchen Spuren der Freunde zu suchen.

Während der ersten Tage blieb er ununterbrochen wach, aus Angst, das Monster könnte sich aus dem Netz befreien, während er schlief. Doch als seine Müdigkeit wuchs, zog es ihn immer öfter in sein Inneres, um die Höhle des Drachen zu beobachten – aus der Ferne, wohlgemerkt, und mit Herzklopfen; nicht einmal um sich zu vergewissern, daß das Netz nach wie vor hielt, wagte er sich näher heran. Der Schlafmangel versetzte ihn in eine Art hypnotischen Zustand, und so verbrachte er – beinahe völlig losgelöst von der ihn umgebenden Wirklichkeit – Stunden mit dem Ringen um ausreichende Beherztheit, der Gefahr entgegenzutreten. Aber die Angst erwies sich als stärker, und er konnte sich letztlich doch nicht dazu entschließen.

Am dritten Tag erwachte er auf dem Wagen, während Majestät friedlich am Straßenrand graste. Er war eingenickt, ohne es zu bemerken, und nach dem Stand der Sonne zu urteilen, hatte er wenigstens zwölf Stunden geschlafen. Verzweifelt trieb er das Pferd weiter.

Das durfte nicht mehr passieren! Er brauchte regelmäßigen Schlaf, das war nun klar, und er mußte lernen, die unumgänglichen Pausen dafür zu nutzen. Doch was ihn so lange wachgehalten und letzten Endes zum Verlust eines halben Reisetages geführt hatte, war nur die Furcht gewesen, der Drache könnte sich befreien. Also war es hoch an der Zeit, den Zustand des Netzes zu überprüfen. Er nahm seinen ganzen Mut zusammen und machte sich zitternd wie Espenlaub zur Höhle des Monsters auf.

Es war da, hellwach, und fixierte ihn mit wildem Blick: ein Gemisch aus Wut und unterdrückter Angriffslust – auf der Lauer in den tiefsten Tiefen seiner selbst.

Es schlug nicht um sich, mußte das jedoch zuvor schon getan haben, denn die Maschen des Netzes waren an einigen Stellen gerissen. Aber möglicherweise lag es auch einfach daran, daß sich der Zauber abschwächte, denn der Junge entdeckte auch dort, wo die Vernetzung noch heil war, etliche leicht ausgefranste Fäden. Es würde nicht mehr lange standhalten, beim ersten Schreck mochte der Drache in Panik geraten, das Netz zerreißen und frei sein.

Vielleicht war es der Überlebensinstinkt – hinterher konnte sich Damlo jedenfalls nie mehr erklären, weshalb ihm diese Idee gekommen war: statt in Tränen auszubrechen fing er an zu singen.

Er sang und sang. Für das Netz und für den Drachen. Von Ticla und ihren Mondaugen. Er sang von ihren Küssen. Er sang vom Schmerz des versäumten Adieus und von der Hoffnung auf ein Wiedersehen. Eine ganz andere Melodie als jene des Toroides, aber vielleicht waren Liebe und Magie doch nicht so verschieden voneinander, denn die Fäden des Netzes begannen zu vibrieren und allmählich auch zu leuchten. Und nun war es nicht mehr dieses dumpfe Licht, das Norzak hervorgerufen hatte, sondern eine matte Helligkeit – wie ein junger Tag am Horizont.

Und Damlo fuhr fort zu singen. Er sang über die Zwerge und über Uwaen. Er sang von seinem verlorenen Waelton, von seiner einsamen Kindheit voller Bücher und Einsamkeit, von Onkel und Tante, die ihn zu sich genommen hatten. Er sang von der Sehnsucht nach einem Plätzchen, das ganz ihm gehörte, und dann sang er nur noch von der Sehnsucht. Und von den Wurzeln des Ratsbaumes, auf denen er nun nie mehr mit Freunden zusammen sitzen würde.

Er sang. Und die zerfaserten Fäden wurden wieder fest und glatt – nicht alle, aber ein großer Teil. Dort, wo zuvor eine einzigartige Harmonie von Kräften geherrscht hatte, wurde aus dem Netz ein grobes Gewirk aus schlecht miteinander verknüpften, derben Fäden. Aber es hielt.

Der Junge tauchte wieder hervor aus seinem Inneren, erschöpft wie nach einem Krampfanfall. Doch er erinnerte sich an keine einzige Gelegenheit in seinem ganzen Leben, bei der er so stolz auf sich gewesen wäre wie in diesem Augenblick. Er wußte auch nicht, ob er das Unterfangen je würde wiederholen können, aber einer Sache war er gewiß: Er hatte soeben zumindest zwei Tage Leben dazugewonnen. Vor Freude hätte er springen und tanzen können, aber er war so ermattet, daß er nicht einmal ein Lächeln fertigbrachte. Glücklicherweise trottete Majestät brav und flott dahin und brauchte weder Zügel noch Peitsche.

Wer weiß, dachte der Junge. Wenn es ihm gelang, seine Heldentat zu wiederholen, dann würde er es vielleicht doch noch bis Belsin schaffen …

Fünfzehn Stunden später passierte Damlo die Stadt Merlat. Von Nacht zu Nacht war die Sichel des Mondes dünner geworden, und der Ölvorrat für die Laterne war entsprechend geschrumpft. Daher war der Junge gezwungen, haltzumachen.

Es war etwa vier Uhr morgens, daher stand er vor geschlossenen Stadttoren; aber die Wachen schienen guter Laune, und das machte sich Damlo eilig zunutze, um an Neuigkeiten zu kommen. Er erfuhr, daß heute der Sechzehnte war und daß die Karawane von Stokus am Abend des Zwölften in Merlat eingetroffen war, wo sie einen ganzen Tag Aufenthalt genommen hatte, weil Gespanne aus Velat erwartet wurden, die nie eintrafen.

Orks! dachte Damlo. Velat lag sehr nah am Zentralmassiv. Er seufzte, als er an die Kaufleute dachte, deren Tod seine Aufholjagd um vierundzwanzig Stunden verkürzt hatte. Dennoch: Stokus kam schneller voran als erwartet; bei diesem Tempo würde die Karawane etwa sechzig Stunden später in Darilan eintreffen – am Abend des Achtzehnten. Und er selbst hatte noch fast neunzig Meilen vor sich!

Er deckte sich mit ausreichend Öl ein, das ihm die Soldaten aus ihren eigenen Lagerbeständen verkauften, und setzte seine Fahrt augenblicklich wieder fort, während er sich vorstellte, wie die Soldaten sein Geld in die eigene Tasche steckten und ihren Vorgesetzten einen zerbrochenen Ölkrug oder einen nie stattgefundenen Diebstahl meldeten.

Er trieb Majestät schonungslos zu immer schnellerem Tempo an, nunmehr ohne Rücksicht auf die zunehmende Entkräftung des Pferdes. Zum Ende jeder Fahrtunterbrechung entschuldigte er sich mit lauter Stimme wegen der Kürze der Ruhepause, ehe er den Gaul mit sanftem Drängen zum erneuten Aufbruch brachte. Er aß wenig, denn die Sorge hatte ihm den Appetit genommen, und aus demselben Grund schlief er auch kaum. Auf der Straße, die sich nun zwischen hohen, steilen Hügeln bergauf schlängelte, wurden die Menschen, die ihm begegneten, immer weniger, dafür aber zunehmend mißtrauisch. Und keiner von denen, die er – stets ohne anzuhalten – befragte, wußte etwas von einem Mann und zwei Zwergen, die auf der Suche nach einem Wagen waren.

Hin und wieder nahm er all seinen Mut und seine Kräfte zusammen und wagte sich in die Höhle des Drachen, wo er für das Netz sang. Doch obwohl es ihm mit der Zeit gelang, einige der zerschlissenen Fäden zu reparieren, war das Ergebnis nie mehr so gut wie beim ersten Mal.

Am Abend des Achtzehnten befand er sich immer noch weit von Darilan entfernt, und in dieser Nacht – einer Neumondnacht – fuhr er durch, ohne anzuhalten.

Und tatsächlich: Als die Sonne hinter den Ausläufern des Zentralmassivs hervorlugte, kam die Stadt in Sicht, und er entdeckte die Karawane sofort. Auf der Straße zogen schon die ersten Gespanne in aufgelockerter Formation Richtung Osten, während die letzten noch etwas außerhalb der Stadtmauer beisammenstanden. Einige Reiter galoppierten den rollenden Zug entlang auf und ab, während sich andere zwischen den noch stillstehenden Fuhrwerken tummelten und sie offenbar für die Abfahrt einteilten.

Vor Müdigkeit ganz erledigt, ließ Damlo die Peitsche knallen und lallte dem Gaul den tausendsten Anfeuerungsruf zu. Der einst mächtige Wallach war mittlerweile erschreckend abgemagert und völlig mit Schaum bedeckt, dazu lahmte er seit vielen Meilen. Doch die guten Worte des Jungen ließen ihn auch diesmal wieder die Kraft finden, die Gangart wenigstens andeutungsweise zu beschleunigen.

Und so erreichte Damlo die Karawane, als die letzten Fuhrwerke immer noch an der Stadtmauer standen. Auch hier lahmte eines der Zugpferde, und um den dazugehörenden Wagen hatte sich eine Gruppe versammelt.

Vor Erschöpfung verschwamm dem Jungen alles vor Augen, als er abstieg, sich zwischen die Männer drängte und nach Stokus fragte. Als für ihn feststand, wer hier der Karawanenführer war, stürzte Damlo auf ihn zu und packte ihn, als wollte er ihn nie wieder loslassen. Doch Stokus, ein großer, breiter Mann mit einem narbenübersäten Gesicht und einem Bein, das etwas kürzer schien als das andere, schüttelte ihn einfach ab, ohne ihn weiter zu beachten, während er fortfuhr, mit dem Pferdehändler zu feilschen, der vor ihm stand.

»Ich bin noch rechtzeitig dran«, stammelte Damlo. »Ihr seid noch hier! Ich muß nach ... Ich hab's eilig! Ich kann zahlen!«

Leicht ungehalten blickte ihn Stokus kurz an, schob ihn sanft, aber bestimmt zur Seite und setzte die Verhandlungen wegen des Ersatzpferdes fort.

»Ihr versteht nicht!« beharrte Damlo und packte Stokus mit beiden Händen an der Jacke. »Ich muß ... der Wagen ... die Karawan ... Nehmt mich mit!«

»Tut mir leid, Junge, wir sind komplett.«

»Aber ich muß nach Darila ... Nein, nach Tevilan! Norzak weckte den ... ich ... bitte, laßt mich mitfahren!«

»Du bist krank, Junge. In diesem Zustand kannst du nicht reisen. Und ich kann keine weiteren Teilnehmer brauchen, ich habe nicht genügend Männer für eine entsprechende Eskorte zur Verfügung.«

»Ich bitte Euch ...! Laßt mich nicht allein ...!« Damlo war den Tränen nahe. »Allein schaffe ich es nicht lebendig bis nach Belsin! Ich bitte Euch! Ich bitte Euch!«

Stokus kniff die Augen zusammen und starrte ihn unverwandt an.

»Damlo!« Eine Männerstimme, ruhig und gelassen, und sie kam ihm bekannt vor.

Der Junge drehte sich schwankend um und sah zwei Gestalten: eine große und eine sehr kleine. Er erkannte sie nicht, denn die Tränen hatten sich mit der Erschöpfung zusammengetan, um ihm die Sicht zu nehmen, aber irgend etwas an diesen beiden kam ihm vertraut vor. Er fuhr sich mit der Hand über die Augen.

»Ich hätte nicht gedacht, daß du es noch rechtzeitig schaffst, mein Sohn.«

Damlo hielt den Atem an; eine Sekunde lang hatte er das Gefühl, immer noch am Ufer des Riguario zu sein: Vor ihm stand Ruset Vedalin mit strahlendem Gesicht unter dem roten Schopf. In seiner Pranke verschwand Bellas winziges Händchen. Das Mädchen starrte Damlo mit dem gleichen eindringlichen Blick an, mit dem es sich vor fast einem Monat von ihm verabschiedet hatte, als der Wagen der Vedalins Richtung Brücke davonfuhr.

»Du kennst ihn?« wandte Stokus sich an Ruset.

»Das ist mein Sohn«, antwortete Ruset. »Er reist mit uns, wenn du nichts dagegen hast.«

Stokus musterte die erlesenen Kleider des Jungen, die so gar nicht zu den ärmlichen des Mannes passen wollten – bis sein Blick an den roten Haarschöpfen der beiden hängenblieb.

Da hob er schließlich die Schultern. »Also gut«, nickte er und fuhr gleich darauf fort, mit dem Pferdehändler zu feilschen.

Noch ist nichts verloren, dachte Norzak von Suruwo, während er den unterirdischen Gang rasch durchschritt. Das Geklirr der Waffen und die Schreie der Sterbenden hatte er bereits weit hinter sich gelassen.

Um ein Haar wäre es um ihn geschehen gewesen, aber jetzt befand er sich zusammen mit seinen führenden Männern in Sicherheit. Der Rest seiner Leute zählte nicht: Jene, die über wesentliche Dinge Bescheid wußten, waren bei ihm, und alle anderen waren entbehrlich.

Der Angriff hatte völlig unerwartet stattgefunden. Die Ehrengarde des Regenten war schlagartig aus allen Richtungen zwischen den Bäumen des Parkes hervorgestürzt. Zweifellos hatten Bedarans Männer, bevor sie die Mauer überkletterten, alle Wachposten umgebracht, denn als Alarm gegeben wurde, drangen sie bereits ins Palais ein.

Die ersten Kämpfe hatten auf der Treppe stattgefunden, die in die oberen Etagen führte, und glücklicherweise hatten sich seine, Norzaks, Soldaten tapfer gehalten. Aber es waren ja auch ausgesuchte Männer, von ihm persönlich für einen Fall wie diesen ausgewählt.

Noch ist nichts verloren, wiederholte der Fürst bei sich. Die Soldaten hatten die Garde des Regenten lange genug aufgehalten, um ihm Zeit zu geben, alle Papiere, die er nicht mitnehmen konnte, zu verbrennen. Und dann hatte sich Isbur, seine rechte Hand, in den Kampf geworfen und ihm den Weg zum Geheimgang freigehauen. Nun war er gewiß tot – der einzige Verlust des Tages, der zählte.

Außer dem Greif, natürlich. Aber vielleicht würde er schließlich auch ihn wieder zurückbekommen: Das Tier war so ungebärdig wie klug, und keiner von Bedarans Wachsoldaten wußte, wie mit ihm umzugehen war. Der Fürst verzog den Mund zu einem schiefen Grinsen. Der Greif würde abwarten, bis man ihn losband, daraufhin ein Massaker unter den Umstehenden anrichten und fliehen. Und sobald er das Bedürfnis nach der Droge verspürte, würde er zum einzigen Ort zurückkehren, wo er sie erhalten konnte: Das war Norzaks Palais vor den Toren der Hauptstadt.

Er besaß etliche Anwesen in Eria, alle jederzeit bereit, ihn im Notfall aufzunehmen. Auch in dieser Hinsicht war also nichts verloren. Sicher, von dieser Stunde an würde er sich versteckt halten müssen; aber es war ihm gelungen, die gefälschten Dokumente zu retten, und seine Pläne waren schon zu weit fortgeschritten, als daß irgend etwas sie hätte zunichte machen können.

Nein, nichts war verloren. Doch was er fast nicht glauben konnte, war der Umstand, daß Baldrin den Befehl über die Angreifer geführt hatte. Er hatte ihn mit eigenen Augen gesehen. War es denkbar, daß er, Norzak, die Liebe des Mannes zu seiner Gemahlin überschätzt hatte? Er dachte an das lange Abgleiten der Frau in die Fänge der Droge – ohne die sie sterben würde. Eines langsamen, qualvollen Todes, und das wußte Baldrin genau: Er, Norzak, hatte es in den Augen des Hauptmannes gelesen, als er ihn wie ein wildes, in Raserei geratenes Tier über die Treppe stürmen und die fürstlichen Soldaten niedermetzeln sah. Nein, entschied er; Baldrin liebte seine Frau immer noch wie damals, als er ihretwegen zum ersten Mal zum Verräter geworden war. Aber warum stellte er sich dann gegen ihn, Norzak?

Der Fürst hob die Schultern. Das jetzt zu wissen, war nicht

mehr von Bedeutung. Baldrin war tot, aus dem Weg geschafft von Isbur, und selbst wenn er dem Regenten seinen Verrat bereits gestanden haben sollte, wäre kein Schaden angerichtet: Der Hauptmann kannte weder Ziel noch Zweck der Befehle Norzaks, denen er gehorcht hatte, und ebensowenig wußte er von den gefälschten Dokumenten.

Nichts war verloren. Nur der Junge und seine wunderbaren Möglichkeiten. Selbstverständlich würde er demnächst nach ihm suchen lassen, aber der Fürst bezweifelte, daß es gelänge, ihn zu finden, bevor ihm seine eigenen Kräfte zum Verhängnis wurden.

Auch weil jetzt alle seine Anstrengungen darauf gerichtet sein mußten, die Zwerge und den Wagen ausfindig zu machen. *Er* war außer sich vor Wut, und zum ersten Mal hatte *er* ihn, Norzak, direkt bedroht. Falls der Zahn des Britelvorill je Belsin erreichen sollte, so hatte *er* gedroht, würde *er* ihm nicht nur das Toroid entziehen, sondern ihn auch tausend grauenhafte Tode sterben lassen. Norzak erschauerte. Aus einem unglücklichen Zufall war der Handstreich der Gardesoldaten des Regenten gerade in dem Augenblick erfolgt, als sie beide in Verbindung standen, und der Angriff mußte *ihm* geradezu als Beweis für Norzaks Scheitern erschienen sein.

Er mußte den Wagen so rasch wie möglich finden! Auf die Suche würde er jeden einzelnen seiner Männer schicken – es sah nicht gut aus für den Jungen. Zum hundertsten Mal fragte er sich, ob Damlo den Zwergen tatsächlich alles zurückgegeben hatte. Falls nicht, war er ein abgefeimter Lügner, denn es war kein Leichtes, den Fürsten von Suruwo an der Nase herumzuführen. Aber nein; da war diese Sache mit dem Geldgürtel, die ihn, Norzak, von der Aufrichtigkeit des Jungen überzeugt hatte. Die Summe, die er enthielt, war derart hoch, daß sie – falls sie aus einem Diebstahl stammte – in der Bettlerküste gewiß Anlaß zu heftigem Geraune gegeben hätte. Und bei der Bruderschaft verfügte er, Norzak, über so viele Zuträger, daß ihm eine solche Sache mit Sicherheit zu Ohren gekommen wäre. Nein, der Junge hatte dieses Geld nicht gestohlen, sondern zweifellos vom Erben des Steinernen Thrones für erwiesene Dienste bekommen – eine wahrhaft königliche Belohnung, und dennoch, da sie von Irgenas Cuorsaldo kam, durchaus vorstellbar.

Also befand sich der Wagen wieder in den Händen der Zwerge.

Und selbst wenn er, Norzak, sich in dieser Annahme irrte, machte es keinen großen Unterschied, denn auch Damlo würde – genau wie seine Freunde – alles daran setzen, den Wagen so rasch wie möglich nach Belsin zu bringen. Und seit einigen Tagen war der ganze südliche Teil des Zentralmassivs für jeden, der ihn betrat, zu einer Todeszone geworden. Sofort, nachdem ihm der Junge verraten hatte, daß der Weg des Gefährtes nach Osten führen würde, hatte er, Norzak, einen ausdrücklichen Befehl verbreiten lassen: Alles, was sich in diese Berge wagte, mußte vernichtet werden.

Alles: Lebewesen und tote Gegenstände. Wanderer, Boten, einzelne Gespanne oder ganze Wagenzüge. Selbst wenn sie von einer bewaffneten Eskorte begleitet wurden.

Damlo mußte Majestät verkaufen, denn der Wallach war außerstande, die Reise fortzusetzen. Und obwohl die Müdigkeit alle seine Gefühle dämpfte, machte ihn der Abschied traurig.

Er war zu erschöpft, um lange zu verhandeln, also vertraute er Ruset Vedalin den Geldgürtel an und bat ihn eindringlich, ein starkes, robustes Pferd zu kaufen, ohne auf den Preis zu achten. Und dann ließ er sich in einem Nebel von Mattigkeit zum Planwagen der Freunde führen, bestieg ihn und wurde auf der Stelle vom Schlaf übermannt.

Er schlief volle vierundzwanzig Stunden durch. Als er erwachte, war die Sonne des folgenden Tages schon seit einer ganzen Weile aufgegangen. Sein erster Gedanke galt dem Wagen, doch um danach zu sehen, mußte er nur bis zum Kutschbock gehen, wo er auf Ruset und seine Frau Lya traf, die direkt hinter seinem Gespann herfuhren. Tondo, der Drittgeborene der Familie Vedalin, führte da vorn die Zügel, und der Wagen der Zwerge quoll über vor Kindern: Alle Vedalin-Sprößlinge – mit Ausnahme eines Säuglings, den Lya auf dem Arm hielt – befanden sich auf dem Kasten und dazu noch ein halbes Dutzend andere, die Damlo nie zuvor gesehen hatte.

»Das sind meine Neffen und Nichten«, erklärte Ruset. »Die Kinder des Bruders meiner ersten Frau, der den Wagen vor dem deinen kutschiert.«

»Von hier aus können wir sie gut im Auge behalten«, fügte Lya hinzu, »und wie für unsere eigenen Kinder gilt auch für sie das strikte Verbot, deine Sachen anzurühren. Du hast keine Ahnung, was für einen Radau die Bande aufführt, wenn alle zusammen sind. Wären sie hiergeblieben, hättest du kein Auge zugetan.«

Plötzlich ertönten Hörner, und die ganze Karawane schien mit einem Schlag von Leben erfüllt. Die Männer der Eskorte trieben ihre Pferde an und galoppierten zu beiden Seiten am Zug entlang, während sie Befehle brüllten und die Leute aufforderten, sich zu beeilen.

»Komm mit, Damlo!« rief Ruset.

Rasch, doch ohne seine gewohnte Ruhe zu verlieren, sprang er vom Wagen und rannte nach vorn zu jenem der Zwerge. Ohne zu begreifen, worum es ging, folgte ihm der Junge, und sie sprangen auf den fahrenden Wagen auf.

»Offenbar geht das jetzt jeden Tag so«, sagte Ruset, nahm seinem Sohn die Zügel aus der Hand und übergab sie an Damlo. »Stokus nimmt die Sicherheit sehr ernst und verlangt zwei Alarmübungen pro Tag. Eine am Abend, bevor das Lager aufgeschlagen wird, und die andere irgendwann im Laufe des

Tages. Gestern hat er uns, die wir aus Darilan zur Karawane stießen, erklärt, was dabei zu tun ist, und ich habe mich um deinen Wagen gekümmert, so wie jetzt. Aber von heute abend an mußt du das selbst übernehmen, also paß auf.«

Die Fuhrwerke mußten abwechselnd links und rechts an den Straßenrand gefahren werden, so als wollten sie zwei getrennte Züge bilden. Nachdem alle aufgeschlossen hatten, sollten sie mit erhöhtem Tempo die Straße in entgegengesetzten Richtungen verlassen. Das Ziel des Manövers war es, sie beide jeweils einen Halbkreis beschreiben und am Ende wieder zusammenkommen zu lassen, wo sie sich einer neben dem anderen ausrichten und einen Verteidigungsring bilden sollten. Die Durchführung des Planes wurde durch den Umstand erschwert, daß einige der Fuhrwerke – wie etwa jenes der Vedalins – von Ochsen gezogen wurden. Da diese Gespanne die Geschwindigkeit der anderen nicht halten konnten, mußten sie mitten auf der Straße bleiben, während sich links und rechts die beiden neuen Züge formierten und die Wagen auseinanderstrebten. Dann sollten sie weiterfahren und zum Verteidigungsring stoßen, wenn dieser bereits Aufstellung genommen hatte, und die für sie offen gelassene Lücke schließen.

Zu diesem Zeitpunkt befand sich die Karawane in einem breiten, wenig bewaldeten Tal, dessen Wiesen sich bis auf die hohen, rauhen Hügel hinaufzogen. Unter den lautstarken Befehlen der Berittenen teilte sich der Konvoi in Grüppchen zu jeweils zwei oder drei Gespannen, deren Zusammensetzung einer oder mehrerer Familien oder befreundeter Kutscher entsprach.

An der Spitze der Karawane ging das Manöver diszipliniert und in vollendeter Ordnung vonstatten, doch weiter hinten, unter den Fuhrwerken, die erst in Darilan dazugestoßen waren, herrschte sofort das blanke Chaos. Etliche Kutscher hatten nicht begriffen, auf welche Straßenseite sie ihr Gefährt lenken sollten, oder sie hatten sich in den Kopf gesetzt, zu einer neuen Gruppe zu gehören und wechselten nun mitten im Geschehen von einer Seite auf die andere, um sich dort in die Reihe einzuordnen.

Dabei wurde manchen der Weg von den Ochsengespannen versperrt, die aus Furcht zurückzubleiben zu rasch weitergezogen waren. Sobald die Route wieder frei war, fanden sie dann heraus, daß der Konvoi drüben schon aufgeschlossen hatte. Dann mußten sie anhalten und versperrten ihrerseits den Ochsengespannen den Weg.

Unter gutmütigen Beschimpfungen, Flüchen und viel Gelächter bildete sich in wenigen Minuten ein Stau gigantischen Ausmaßes, den aufzulösen es beinahe eine Stunde brauchte.

Und im Fall eines echten Angriffes, dachte Damlo, würde die Angst alles nur verschlimmern ... Vielleicht war es – angesichts dieser lausigen Organisation – doch keine so gute Idee gewesen, sich einer Karawane anzuschließen. Wären die Orks diesmal wirklich über sie hergefallen, hätte man sie ersuchen müssen, sich mit ihrem Angriff zu gedulden, bis die Verteidigungsstellung aufgebaut war.

Doch kurz darauf mußte sich der Junge eingestehen, daß er sich getäuscht hatte. Nachdem Stokus' Männer das Gewirr aus Fuhrwerken mit Geschick und Erfahrung aufgelöst hatten, stellten sie die für das Chaos verantwortlichen Kutscher fest und holten sie aus dem Zug. Dies wäre doch nicht der erste Tag der Reise, hielt ihnen der Karawanenführer vor, und von einem solchen Manöver konnte durchaus das Überleben aller Teilnehmer abhängen. Daher würde jemand, der das nächste Mal eine solche Sicherheitsübung auf die leichte Schulter nahm, sein Geld sofort zurückbekommen und vom Geleitzug ausgeschlossen werden. Einer der Männer wollte heftig protestieren, aber Stokus beschränkte sich darauf, wortlos ein paar hinkende Schritte auf ihn zuzugehen und ihn mit einem durchbohrenden Blick zu fixieren. Der Mann senkte die Augen und schwieg.

Dann wurde das ganze Manöver noch einmal langsamer wiederholt, und diesmal gelang es besser. Schließlich ließ Stokus die Wagen weiterziehen, wobei er eine schnellere Gangart vorgab, um die verlorene Zeit wieder aufzuholen. Zur Strafe mußten die acht Gespanne, die die Verwirrung gestiftet hatten, jetzt das Ende der Karawane bilden – der am wenigsten begehrte Platz, erklärte Ruset, einerseits wegen des vielen Staubes und andererseits, weil es im Falle eines Angriffes dort am gefährlichsten war.

Damlo entdeckte, daß Tondo besonders stolz darauf war, das Gespann der Zwerge allein kutschieren zu dürfen, und daß sich die ganze Kinderschar willig an die Anordnung hielt, nichts von den Dingen, die sich darauf befanden, anfassen zu dürfen, solange sie dafür einen Wagen ganz für sich hatte. Also ließ der Junge die Kleinen gewähren und verbrachte die Zeit in Gesellschaft von Lya und Ruset auf dem Wagen der Vedalins.

Nachdem sie die Brücke über den Riguario passiert hatten, erzählte Ruset, waren sie glücklich bis nach Darilan gekommen. Dort mußten sie jedoch erfahren, daß sich sein Verwandter, bei dem sie gehofft hatten unterzukommen, soeben anschickte, nach Osten aufzubrechen. Er war Tierpräparator und hatte vor, sich die geheimen Methoden der Megären von Cunail anzueignen, die weltweit als Meisterinnen auf dem Gebiet des Ausstopfens betrachtet wurden. Die Vedalins hatten fast zwei Wochen lang überlegt und dann beschlossen, dem Beispiel des Verwandten zu folgen: Die großen Wälder des Ostens standen jedem zur Verfügung, der sie abholzen und in kultivierbares Land verwandeln wollte; und das Klima in Cunail, einer kleinen Stadt am Fluß Potrodil, galt als angenehm.

Damlo und die Vedalins verplauderten so den ganzen Tag, bis Stokus gegen Abend eine weitere Übung ansetzte. Diesmal lief das Manöver geordnet ab, wenn auch für den Geschmack des Karawanenführers zu langsam; doch obwohl sich dieser noch keineswegs zufrieden zeigte, bemerkte Damlo das Lächeln auf dem Gesicht seiner Männer.

Diesmal wurde der Verteidigungsring nicht aufgelöst, sondern sogleich zum Lager für die Nacht umgewandelt, denn schließlich fehlte nur noch eine halbe Stunde bis zum Sonnenuntergang. Stokus rief alle Männer und größeren Kinder zusammen und trug ihnen auf, ihre Waffen mitzubringen, falls sie welche besaßen. Gemeinsam mit den anderen trat auch Damlo an, den Stacheldegen an der Seite.

Der Karawanenführer trennte die Bewaffneten von den Unbewaffneten und ließ an letztere Pfeile und Bogen ausgeben. Ein Teil der Begleitmannschaft stellte Strohmännchen als Ziele auf und zeigte, wie man mit dem Bogen umging, während der andere sich um die Besitzer von Schwertern und Äxten kümmerte.

Die Schwertkämpfer wurden in Gruppen eingeteilt, und Stokus selbst übernahm den Unterricht. Das Wichtigste, erklärte er, war das Abwehren der Hiebe des Gegners, während man in all dem unvermeidlichen Gedränge beisammen blieb. Keiner von ihnen konnte es schaffen, einen Ork im Zweikampf zu besiegen, aber wenn die gegnerischen Hiebe im engen Zusammenspiel mit anderen Verteidigern abgewehrt wurden, mochte es einem von ihnen in einem unbedrängten Augenblick gelingen, den Angreifer zu töten.

Dieses Vorgehen brachte der Karawanenführer den einzelnen Gruppen nahe, wobei er von einer zur nächsten vorrückte und schließlich bei Damlos Grüppchen ankam.

»Laß mal sehen«, sagte er und deutete auf den Stacheldegen.

Der Junge gehorchte, obwohl er erwartete, die übliche Bemerkung über das lächerliche Stäbchen zu hören, das zu nichts taugte.

»Es ist zu dünn, um einen Schwerthieb abzuwehren«, stellte Stokus indes fest, nachdem er den Stachel eingehend betrachtet hatte. »Laß dir einen Bogen geben und geh zum Übungsschießen zu den anderen.«

»Damit habe ich schon mal einen Ork getötet«, protestierte Damlo.

»Tu, was ich gesagt habe.«

Der Junge fühlte sich ein wenig gedemütigt, tat aber wie ihm geheißen. Das Bogenschießen gefiel ihm nicht schlecht, aber er hatte nicht genügend Kraft in den Armen und nach ein paar Pfeilen schaffte er es nicht mehr, die Sehne zu spannen. Also versicherte er dem Ausbilder, im Umgang mit der Steinschleuder geübt zu sein, und nachdem dieser sich nach einer kurzen Kostprobe davon überzeugt hatte, war er einverstanden, daß Damlo auf diese Waffe wechselte.

Nachdem die Sonne ganz hinter dem Horizont verschwunden war, erklärte Stokus den Arbeitstag für beendet, und Damlo machte sich auf den Weg zum heimatlichen Gefährt.

»Wie heißt du, Junge?« hielt ihn der Karawanenführer zurück.

»Damlo Rin … Vedalin.«

»Ich möchte mich ein Weilchen mit dir unterhalten, wenn's dir nichts ausmacht.«

Der Junge folgte Stokus auf eine sanfte Erhebung ganz in der Nähe, wo sich der Mann mit dem Rücken zum Lager hinsetzte.

»Wo hast du den gefunden?« fragte er und deutete auf den Stachel an Damlos Seite.

»In einer Höhle.«

»Weißt du, was das ist?«

Damlo nickte.

»Ehrlich gesagt, ich habe da meine Zweifel.«

»Ehrlich gesagt«, gab der Junge lächelnd zurück, »ist mir das egal.«

»Also gut«, lachte Stokus auf. »Wechseln wir das Thema. Reden wir von Ailaram.«

Damlo starrte ihn mit offenem Mund an, aber da der Mann mit dem Rücken zu den Lagerfeuern saß, war es unmöglich, in der beginnenden Dunkelheit seine Züge zu erkennen. Erst jetzt wurde dem Jungen klar, daß sein Gegenüber es bewußt so eingerichtet hatte, daß der Lichtschein ihm, Damlo, ins Gesicht fiel.

»Und wer soll das sein – Ailaram?« stieß er nach einer langen Pause hervor.

»Gib dir keine Mühe, Junge. Vielleicht warst du zu erschöpft und hast es gar nicht bemerkt, aber schon in Darilan ist dir entschlüpft, daß du nach Belsin willst.«

»Das ist nicht wahr. Ich will nach Tevilan.«

»Es wäre ja kein Verbrechen, den Magiarchen im Turm zu Belsin zu besuchen.«

»Ich will aber nach Tevilan!« gab Damlo störrisch zurück.

»Also gut. Aber sonderbarerweise findest du gar nichts dabei, wenn man von einem Magiarchen und vom Weißen Turm spricht, und das heißt: Dir ist durchaus bekannt, daß beide noch existieren.«

»Ich habe keine Ahnung, ob sie noch existieren oder nicht!«

»Und das wiederum heißt, du weißt genau, wovon ich rede.«

Damlo fühlte sich in die Falle gelockt und schwieg.

»Außerdem«, fuhr Stokus fort, »besitzt du da eine ganz besondere Waffe, und jetzt wäre ich fast geneigt zu glauben, daß du tatsächlich weißt, worum es sich dabei handelt.«

Damlo hob die Schultern; er hatte beschlossen, kein Wort mehr zu sagen.

»Na gut, du darfst deine Geheimnisse natürlich für dich behalten. Aber du solltest wissen, daß du auf mich zählen kannst, wenn du Hilfe brauchst.«

»Wieso?« entfuhr es Damlo.

»Weil ich schon in Belsin gewesen bin. Und Ailaram kennengelernt habe.«

»Den alten Turm gibt es schon seit Hunderten von Jahren

nicht mehr«, stieß der Junge hervor, um verlorenes Terrain wiederzugewinnen.

»Möglich. Dann muß ich aber sehr lange Zeit betrunken gewesen sein, da ich doch über ein Jahr lang seine Tore bewacht habe.«

»Weshalb sollte ich Euch glauben?«

»Deshalb«, sagte Stokus, schlug den Kragen seiner Jacke um und drehte sich zum Lager, in den Schein des Feuers.

Auch wenn er es noch nie zuvor gesehen hatte, der Junge wußte sofort, worum es sich bei dem einfachen Metallquadrat handelte, das mit Reliefpünktchen übersät war, unter denen das Motto »Wir waren genug!« stand. Damlo brauchte sie auch nicht zu zählen, um zu wissen, daß es dreihunderteinundsechzig Pünktchen waren – eines für jeden Helden, der auf dem Gualcolan-Paß gefallen war, als sich dreihundertsiebenundsechzig Bergbewohner mehr als zehntausend Eindringlingen aus dem Süden entgegengestellt und sie aufgehalten hatten, bis die Truppen aus Tevilan eintrafen. Die Schlacht hatte fast zwei Wochen gedauert und die Legion von Gualcolan begründet.

»Ein Legionär!« rief Damlo.

»Mehr als zwanzig Jahre lang, ja, aber jetzt muß ich für mich selbst sorgen«, sagte der Mann und zeigte auf sein kaputtes Bein.

»Und was verschlug Euch nach Belsin?«

»Zwischen uns und Ailaram bestehen sehr enge Beziehungen. Am alten Turm steht immer eine Ehrenwache von Legionären – ebenso wie eine von Elfenkriegern. Wenn du das nicht weißt, so heißt das, du bist noch nie dort gewesen.«

»Leider nein, und ich weiß auch gar nicht, wie ich den Turm finden sollte.«

»Hat man dir nicht das Lied beigebracht?«

»Welches Lied?«

»Der Wald von Belsin verwehrt ungebetenen Gästen den

Zutritt zum Weißen Turm. Er verändert andauernd die Wege und bringt sie durcheinander, so daß man im Kreis geht und nicht einmal in die Nähe des Turmes kommt. Wenn man aber einen bestimmten elfischen Kinderreim singt, tut sich der Weg weit auf. Es reicht ein einziges Mal, denn von diesem Augenblick an wirkt der Zauber für alle Zeit. Ailaram lacht immer darüber und sagt, es sei ein Kinderspiel, an ihn heranzukommen.«

»Kennt Ihr das Lied? Könnt Ihr es mir beibringen?«

»Tut mir leid, ich erinnere mich nicht mehr daran. Aber wenn du nach Tevilan kommst, kannst du zur Rekrutierungsstelle der Legion gehen. Dort findest du einen Ausbilder namens Bermyl. Überbring ihm Grüße von mir, er wird es dich lehren.«

»Das ist nicht möglich«, erklärte Damlo. »Ich muß ganz rasch zum Weißen Turm und will die Karawane noch vor Tevilan verlassen, um dann auf kürzestem Weg nach Norden und zum Wald von Belsin zu kommen. Ich hoffe, daß Ailaram es spürt, wenn ich eintreffe.«

»Ich fürchte, da überschätzt du ihn, mein Junge. Aber es streifen immer wieder Elfenpatrouillen durch den Wald, und falls du es lebendig bis dorthin schaffst, dann stößt du vielleicht auf eine von ihnen.«

Beide schwiegen eine Weile; Damlo hätte Stokus gern gebeten, ihm von der Legion von Gualcolan zu erzählen, aber aus irgendeinem Grund getraute er sich nicht. Vielleicht weil der Karawanenführer auf einmal so gedankenverloren schien.

»Warum habt Ihr mir etwas von dem Lied gesagt?« fragte der Junge schließlich. »Bei dem wenigen, was Ihr von mir wißt, könnte ich doch auch ein Feind sein!«

»Die Feinde des Weißen Turmes sind mächtig und gut organisiert, mein Junge, und mit der Zeit habe ich gelernt, sie auf den ersten Blick zu erkennen. Außerdem haben sie es nicht nötig, sich als irgend jemandes Familienmitglied auszugeben, um sich einer Karawane anschließen zu können, die durch ihr ureigenstes Gebiet zieht.«

»Ruset Vedalin hat nur deshalb geschwindelt, weil auch ich ihm vor einiger Zeit geholfen habe«, erklärte Damlo und wurde rot. »Aber er ist ein guter, anständiger Mensch.«

»Wenn ich das nicht wüßte, Junge, wärst du mitsamt deinem Stachel noch in Darilan!«

»Da fällt mir ein: Wie kommt es, daß Ihr Euch danach erkundigt habt?«

»Reine Neugier. Falls er von einem Drachen stammt, was ich stark annehme, dann hat er vermutlich magische Kräfte.«

»Die hat er«, nickte Damlo.

»Wirklich?«

»Manchmal schneidet er wie ein Rasiermesser und dann wieder überhaupt nicht. Den Grund dafür habe ich noch nicht herausgefunden, aber ein Freund hat mir erklärt, daß es dafür ganz sicher eine Regel geben muß, auch wenn wir sie nicht kennen.«

»Wer hat ihn geweckt?«

»Was meint Ihr damit?«

»Früher einmal, als die Hexer noch magische Waffen schufen, sprachen sie zuerst die Zauberformel über dem Gegenstand und weckten ihn dann. Und erst in diesem Augenblick nahm die Waffe die gewünschten Eigenschaften an. Die Regel, wie du sie nennst: daß sie etwa bei dem, der sie hält, das Bluten aus Wunden verlangsamt oder ihrem Eigentümer bei einem Überraschungsangriff in die Hand springt – solche Dinge eben. Nun, der Stachel eines Drachen ist von Natur aus schon mit Zauberkraft versehen, aber da er so genau umrissene Charakteristika besitzt, muß ihn jemand geweckt haben. Wer war das?«

»Keine Ahnung«, log der Junge, denn langsam kam ihm eine Ahnung. »Wie geht das denn überhaupt?«

»Das weiß ich auch nicht sicher, aber ich glaube, daß der

Eigentümer die Waffe halten und, während der Magier seine Arbeit tut, mit lauter Stimme jene Eigenschaften nennen muß, die er der Waffe verleihen will.«

Damlo erschauerte; er erinnerte sich genau an den Augenblick, in dem er den Stachel gefunden hatte. Er war aus der Höhle ins Freie getreten, hatte ihn hochgehoben und den Hügeln rundum zugerufen, daß der Stachel von diesem Augenblick an sein Degen sein sollte: der Degen der Gerechtigkeit, geschmiedet, um das Böse zu besiegen. Und mit ihm würde er jeden Angreifer und jede Waffe, die sich gegen ihn zu erheben wagte, entzwei hauen.

»Wenn er schneidet, dann schneidet er mühelos«, sagte Damlo. »Nur auf Metall gelingt das nicht.«

»Vermutlich reichten bei demjenigen, der ihn weckte, dazu die Zauberkräfte nicht aus. Magische Waffen mit der Fähigkeit, Metall zu durchschlagen, waren am schwersten herzustellen. Und um sie scharf zu machen, brauchte es einen erfahrenen Hexer. In der Feste Gualcolan wird eine aufbewahrt, die so alt ist, daß niemand riskiert, sie anzufassen, aus Angst, sie könnte einem in der Hand zerfallen. Zusammen mit ihr ist ein Buch erhalten geblieben, in dem ihre Heldentaten aufgezählt werden. Von ihrer Geburt an – das soll heißen: seitedem sie geweckt wurden – bis zum letzten Kampf, in dem sie gezückt wurde. Sie heißt Fendoliran und …«

Dieses eine Mal lauschte Damlo der Legende nicht. Jetzt war er sicher: Er selbst war es gewesen, der den Zauberdegen geweckt hatte! Er – mit den geringen Kräften einer Magie, die noch nicht über ihre Anfänge hinausgekommen war … Er hatte seinen ersten Zauber in Waelton vollbracht und nicht, wie bisher geglaubt, in Drassol – und er hatte es nicht einmal bemerkt.

»Da gibt es noch etwas, das ich dich fragen möchte«, sagte Stokus, nachdem er seine Geschichte beendet hatte. »Ich will deine Geheimnisse gern respektieren, aber ich muß wissen, ob der Grund, weswegen du nach Belsin reist, eine Gefahr für die Karawane darstellt. Ich habe dir meine Hilfe versprochen und dazu stehe ich, aber diese Menschen da unten haben sich in meine Obhut begeben, und daher muß ich wissen, welche Schwierigkeiten auf uns warten könnten.«

»Ich bringe ein paar Dinge zu Ailaram«, antwortete Damlo nach kurzem Überlegen, »und es gibt Leute, die mich daran hindern wollen. Sie verfolgen mich schon seit Hunderten von Meilen. Aber vor einigen Tagen konnte ich ihren Anführer davon überzeugen, daß diese Gegenstände, die er selbst bekommen möchte, nicht mehr in meinem Besitz sind. Außerdem nimmt er nicht an, daß ich den Weg nach Osten fortsetze, und selbst wenn er auf diese Idee käme, würde er mich erst in der nächsten Karawane vermuten und nicht in dieser. Aber er hat den Gedanken an die Gegenstände sicher nicht aufgegeben und weiß genau, daß sie in Richtung Belsin unterwegs sind. Und das bringt leider nicht nur unseren Zug in Gefahr, sondern auch alle anderen.«

Drei Tage später kamen sie zur Stele des Keron, die die Grenze zwischen der Hegemonie von Eria und dem Königreich Tevilan markierte. Die Straße führte jetzt bereits zwischen hohen, bewaldeten Bergen dahin, durch immer enger werdende Täler, und schlängelte sich gelegentlich sogar durch gewundene Schluchten. Stokus hatte die Sicherheitsvorkehrungen verdoppelt und wagte sich nie an einen gefährlichen Straßenabschnitt, ohne die Gegend zuvor durchkämmen zu lassen. Da die Wälder manchmal bis an den Rand der Straße heranreichten und dann kein Platz zum Manövrieren vorhanden war, hatte Stokus die Kutscher angewiesen, mit ihren Fuhrwerken statt eines Verteidigungsringes eine lange doppelte Barrikade zu bilden, die ihnen im Ernstfall erlauben würde, von dieser Deckung aus zu kämpfen. Jeder Wagen verfügte jetzt über mindestens einen Bogen und einen Köcher mit Pfeilen, die von den Fuhrwerken der Begleitmannschaft stammten und von Stokus ausgegeben worden waren.

Die meiste Zeit verbrachte Damlo bei den Vedalins und nahm wie einer der ihren am Familienleben teil. Seine Anwesenheit wurde von allen anderen als völlig selbstverständlich hingenommen, und der einzige, der dies als merkwürdig empfand, war er selbst. Doch es dauerte keine vierundzwanzig Stunden, und dann hatte er sich an den gutmütigen und irgendwie beruhigenden Trubel gewöhnt. Er aß mit allen, sammelte Brennholz mit allen, machte Feuer und wusch Schüsseln und Töpfe – mit allen. Und nach jeder Mahlzeit war der Bericht von einem selbst erlebten Abenteuer fällig.

Er probierte es auch mit Märchen und Fabeln, aber die Kinder wollten nur hören, was er am eigenen Leibe erfahren hatte. Schon am zweiten Tag kannten sie jede Einzelheit dessen auswendig, was er ihnen erzählt hatte. Und wenn er versuchte, die Geschichte ein wenig abzukürzen, oder ein Detail vergaß, korrigierten sie ihn empört. Das einzige der Kinder, das nie ein Wort sagte, war Bella – die jedoch keine Sekunde lang die Augen von ihm abwandte. Auch von fern starrte sie ihn stets schweigend an, und Damlo kam nie drauf, was für Gedanken sich dabei hinter ihrer Stirn verbargen.

An diesen drei Tagen war der Junge keine Sekunde lang allein. Gelegentlich ermahnten Lya und Ruset ihre Kinder und die Neffen und Nichten, Damlo ein wenig Ruhe zu gönnen; dann ließ er die Kleinen auf seinem Wagen zurück und wechselte auf den großen Wagen der Vedalins über. Neben ihnen auf dem Kutschbock verfolgte er die bedächtigen Gespräche des Paares, entdeckte dabei die tausend Probleme einer vielköpfigen Familie und fühlte mit ihnen, wenn es um ihre Hoffnungen und Pläne für das Leben in Cunail ging.

In jeder freien Minute kam auch Stokus zu Besuch und setzte sich zusammen mit dem Jungen auf den Kutschersitz von Damlos Wagen; dann schwatzten die beiden lange über

Belsin und die Legion von Gualcolan – das heißt, der Ex-Legionär schwatzte, denn er hatte tausendundeine Geschichten zu erzählen, während der Junge ganz Ohr war.

Manchmal regnete es – zuweilen recht heftig –, aber die Straße wurde nie so matschig, daß es deswegen Schwierigkeiten gegeben hätte. Dafür konnte man deutlich die Spuren erkennen, die von der vorangegangenen Karawane hinterlassen worden waren – jener, die Damlo versäumt hatte und für die er immer noch ein Kennzeichen besaß, das ihn als Mitglied des Zuges auswies.

Schon auf dem Sammelplatz in Eria war dem Jungen aufgefallen, welche Nachlässigkeit dort herrschte; und jetzt bestätigten die vorhandenen Spuren diesen Eindruck vollauf: verglichen mit dieser Karawane wirkte jene, die Stokus führte, wie eine geradezu militärisch geordnete Einheit. Dort, wo es das Terrain erlaubte, waren die Wagen, statt in einer Reihe auf der Straße zu bleiben, jeder für sich über Stock und Stein vorangeprescht. Und die Hufspuren der berittenen Eskorte stammten stets von mehr als einem Tier, was darauf schließen ließ, daß sich die Männer, statt auf die Wagen aufzupassen, lieber mit den Kameraden unterhielten. Dazu berichteten Stokus' Späher, daß sie bei ihren Streifzügen abseits der Straße nie auf irgendwelche Spuren von Kundschaftern der vorangegangenen Karawane trafen – eine Nachlässigkeit seines Kollegen, die Stokus unentschuldbar fand.

Des öfteren stießen sie auch auf die Asche von Lagerfeuern, aber sie schlugen nie an derselben Stelle ihr Lager auf – meist deshalb, weil die verschiedenen Züge mit unterschiedlicher Geschwindigkeit vorankamen. Doch die Sorglosigkeit der vorangegangenen Karawane zeigte sich rund um ihre gut erkennbar zurückgelassenen Feuerstellen: keinerlei Hinweis auf irgendeine Verteidigungsstellung, ja nicht einmal auf eine gruppenweise Anordnung der Fuhrwerke für die Nacht. Jedes von ihnen war dort abgestellt worden, wo es dem Kutscher gefiel, weit verstreut über das zum Lagerplatz erkorene Land. Und nach dem Aufbruch hatten die Gespanne tausend vergessene Dinge zurückgelassen. Hin und wieder waren sogar die Spuren kleiner Brände zu sehen, ausgelöst offenbar durch unbedeckt gebliebene Feuerrückstände. Bei diesem Anblick schüttelte Stokus nur den Kopf, seufzte und fuhr fort zu erzählen.

Eines Nachmittags mühte sich die Karawane einen steil ansteigenden Felseinschnitt hoch, den ein schmaler Bach in den Stein gewaschen hatte. Die Straße wand sich in die enge Schlucht, und die Wagen zogen schleppend den in die Gegenrichtung fließenden Wasserlauf entlang. Doch mit einemmal tat sich vor den Fuhrwerken ein langes, saftig grünes Tal auf, und mitten darin stand die Stele des Keron.

Die schmale, erstaunlich hohe Steinplatte ragte freistehend auf einem baumlosen Platz empor, wo sie im Boden zu stecken schien, als hätte ein launischer Gott sie vom Himmel herabgeschleudert. Millionen von Jahren hatte sie jungfräulich hier gestanden, bis vor einigen Jahrhunderten die Männer von Tevilan gekommen waren und ihr diese Reinheit genommen hatten. Aber es hatte sich gelohnt: Auf beiden Seiten und in ganzer Höhe war die Stele nunmehr mit Reliefs versehen. Auf Hunderten von Tafeln wurde von den Taten Kerons, des Königs und Wunderheilers, berichtet – unter anderem schilderten sie, wie der Herrscher von Tevilan das umliegende Land von den Orks befreit und damit die erste sichere Verbindungsstraße zwischen dem Osten und dem Westen geschaffen hatte.

Wie schade, ging es Damlo durch den Kopf, daß der größte Teil des Terrains um die Stele aus versengtem Gras besteht; der x-te Brand, der durch die letzte Karawane verursacht worden war … Es war eine echte Schande, denn im Umkreis gab es keine anderen Felsen, und eine schöne Blumenwiese hätte einen Rahmen von besonderem Reiz für die einsam emporragende Stele abgegeben.

Noch fehlten einige Stunden bis zum Sonnenuntergang, aber Stokus entschied sich trotzdem für einen Halt an diesem Ort, der in der Tat für das Aufschlagen eines Lagers wie geschaffen schien. Es wäre wohl Nacht geworden, ehe ein zweiter, ähnlich gut geeigneter gefunden werden konnte. Der Verteidigungsring formierte sich rund um die Stele und schloß auch einen Abschnitt des Baches mit ein.

Obwohl die allgemeine Aufmerksamkeit von der bebilderten Felsplatte ein wenig abgelenkt wurde, zeigte sich selbst Stokus mit dem mustergültigen Manöver zufrieden. Er ordnete die Wiederaufnahme des Waffentrainings an, während sich die Frauen um das Feuermachen kümmerten.

Gut gelaunt schleuderte Damlo ein Dutzend Steine und traf jedesmal in die Mitte der Zielscheibe, woraufhin er die Erlaubnis erhielt, mit dem Üben Schluß zu machen und zu gehen, wohin es ihm beliebte. Natürlich ging er zur Stele.

Die Platte war bis zur Spitze kunstvoll behauen, und die Steinmetze hatten so vortrefflich gearbeitet, daß die Bilder, vom Boden aus gesehen, alle von gleicher Größe schienen.

Der Junge betrachtete sie minutenlang, ehe er die Brandspuren bemerkte: Entlang des ganzen unteren Randes der Platte war der Stein so stark geschwärzt, als hätte er selbst Feuer gefangen. Damlo spürte, wie ihm das Blut aus den Wangen wich. Ähnliche Spuren hatte er bereits gesehen und erinnerte sich ganz genau, wo: auf dem Bauernhof Clinas und ihres Großvaters, ein Stück vor Drassol – auf den Steinen der Tenne, wo auf geheimnisvolle Weise jede Spur des Blutbades entfernt worden war, das dort stattgefunden haben mußte.

Damlo drehte sich um und betrachtete den großen graubraunen Fleck rund um die Stele eingehender. Es gab keine Reste von Bäumen, keine erloschene Holzkohle und auch nichts sonst, was vom Wüten der Flammen Zeugnis hätte ablegen können. Der Boden war einfach von einer dunklen, seltsamen Farbe und ohne jeden Bewuchs. Aus einiger Entfernung hätte man dies für die Hinterlassenschaft eines Feuers halten können, doch aus der Nähe nicht mehr. Ohne die Brandspuren an der Stele hätte sich Damlo nichts weiter gedacht, denn das Land sah einfach wie ein lebloses Stück Terrain aus – eine Art vielbenutzter Platz aus gestampfter Erde. Aber solche Plätze bilden sich an Stellen, die ohne Unterlaß von zahlreichen Menschen begangen werden – und das nächste Dorf war viele Meilen entfernt.

Der Junge rannte los und stand Sekunden später vor Stokus. Sein Gesichtsausdruck sprach offenbar Bände, denn der Ex-Legionär unterbrach auf der Stelle das Gespräch mit seinem Gegenüber und ließ sich von Damlo zur Seite ziehen. Der Junge führte ihn zu der Stele und berichtete ihm von dem Überfall auf den Bauernhof bei Drassol, wie ihn Clinas Großvater beschrieben hatte. Er erzählte von dem Blutbad und dem völligen Fehlen jeglicher Spuren, wenn man von der Tenne absah. Und dann zeigte er Stokus die Brandstellen an der Steinplatte.

»Genauso haben sie damals auf dieser Tenne ausgesehen!« schloß er ein wenig außer Atem.

Der Karawanenführer sah ihn ein Weilchen wortlos an, zog dann eine Pfeife aus der Tasche und entlockte ihr einen langen schrillen Ton. Seine Männer ließen augenblicklich die Übungen Übungen sein und rannten zu ihm hin.

Wenig später sprangen drei von ihnen auf ihre Pferde und galoppierten davon, während andere zu den Wagen liefen und einige in den Wald eilten, um die Frauen und Kinder zurückzurufen, die dort auf der Suche nach Feuerholz waren.

»Wir haben vierundneunzig Gespanne«, sagte Stokus zu Damlo, während er zu einem seiner eigenen Wagen hinkte, »und sechzehn Mann Eskorte. Im Augenblick elf, weil ich am frühen Nachmittag zwei von ihnen auf Erkundung geschickt habe, und drei hast du selbst gerade davonreiten sehen. Alles in allem haben wir fast einhundertvierzig kampfbereite Bewaffnete. Die Frauen und Kinder zähle ich nicht dazu – die können sich um die Verletzten kümmern, die Feuer löschen und feindliche Pfeile einsammeln. Da braucht es schon einen Haufen Orks, um dieses Lager einzunehmen!«

»Also ich fühle mich ganz und gar nicht sicher«, entgegnete der Junge. »Zwischen Pecsa und Drassol, an diesem hinterhältigen Überfall auf uns, waren mindestens hundert Orks beteiligt. Und dort befanden wir uns nicht mitten im Zentralmassiv. Hier hingegen sitzen wir geradezu in ihrem Wohnzimmer.«

Stokus überlegte eine Weile, hob dann die Schultern und seufzte. »Du hast ja recht, Junge. Besser eine Vorsichtsmaßnahme zuviel als eine zu wenig.«

Der Karawanenführer ließ fünfzehn Gefährte auslosen, denen er auftrug, einen zweiten Sicherheitsring dicht an der Stele zu bilden. Dann erklärte er, daß alle Frauen und Kinder auf den Wagen des inneren Ringes schlafen sollten, während die Männer und größeren Jungen es zu übernehmen hätten, mit der Waffe in der Hand den Außenring zu überwachen. Schließlich ordnete er an, daß Planen und alles leicht Entflammbare von den Fuhrwerken entfernt werden sollte und jedes verfügbare Faß sowie jeder Eimer mit Wasser gefüllt zu sein hatte.

Das alles dauerte bis nach Sonnenuntergang, und zu diesem Zeitpunkt kehrten auch die drei Kundschafter zurück. Auf die Kameraden, die am frühen Nachmittag das Lager verlassen hatten, waren sie nicht gestoßen, dafür aber auf zahllose Fährten von Orks – und auf einen merkwürdigen Umstand: Außerhalb der versengten Bodenfläche lösten sich die Radspuren des vorangegangenen Zuges schlagartig in Luft auf.

Der Ortsgeist, von dem Damlo das Geheimnis seiner doppelten Natur offenbart worden war, hatte unmißverständlich erklärt: Wenn sich der Junge in Lebensgefahr brachte, würde der Drache versuchen auszubrechen. Und damals hatte das Monster geschlafen, jetzt hingegen …

Falls es also zu einem Angriff der Orks auf die Karawane kam, würde der noch wirksame Zauber des Toroides jede nur mögliche Verstärkung benötigen: also sang der Junge in dieser Nacht für das magische Netz. Es war bereits in einem jammervollen Zustand und hatte keine Ähnlichkeit mehr mit einem Gewirk aus Musik, sondern war nur noch eine stümperhafte Ansammlung aus Flicken, die infolge der laufenden Stopfversuche schon die ganze Netzhülle bedeckten. Damlo tat sein Möglichstes und sang für die verschlissenen Fäden, bis ihn die Kräfte verließen. Dann tauchte er aus seinem Inneren wieder auf und schlief auf der Stelle ein.

Er wurde von dem Reiter der Eskorte geweckt, der die Wachablösungen beaufsichtigte, denn nun war Damlo für die nächsten drei Stunden an der Reihe. Der Mann vergewisserte sich noch, daß der Junge eine Eisenpfanne bei der Hand hatte, um gegebenenfalls Alarm schlagen zu können, denn für alle Wachposten gab es nicht genug Hörner. Und nachdem er kontrolliert hatte, daß Damlo auch wirklich hellwach war, ritt er wieder davon. Hin zu seinem nächsten Opfer, dachte Damlo und rieb sich die Augen.

Er stand auf, warf einen neidischen Blick auf den Nachbarwagen, dessen Eigentümer sich wohl gerade aufs Ohr legte, und hüpfte ein paarmal auf und ab, um richtig wach zu werden. Dann trat er zu dem Feuer, für das er die nächsten drei Stunden die Verantwortung tragen würde, und fachte es an. Etwa ein Dutzend Schritte vor jedem fünften Wagen des Verteidigungsringes loderten Flammen und beleuchteten jeweils einen beträchtlichen Vorrat an Feuerholz. Doch selbst wenn dieser zu Ende gehen sollte, überlegte der Junge, waren die Bäume kaum dreißig Schritte entfernt. Im Unterschied zu jenem der Vedalins war sein Wagen nicht ausgelost worden und daher immer noch ein Teil des äußeren Ringes. Doch die

Nähe der Bäume bedeutete auch einen gewaltigen Nachteil: Von den etwa achtzig Wagen des Ringes stand der seine dem angrenzenden Wald am nächsten.

In Bogenschußweite, bemerkte Damlo ernüchtert. Ein kalter Schauer lief ihm über den Rücken. Was würde aus dem Drachenzahn und der Schuppe werden, wenn ein Feuerpfeil den Wagen traf?

Die Mondsichel stand hoch am Himmel, ihr Licht mischte sich mit dem Schein der Feuer. Der Junge lief auf und ab und überlegte fieberhaft. Orks zogen zwar die Dunkelheit vor, aber wie Katzen sahen sie nichts, wenn die Finsternis vollkommen war. Wenn sie bis zu diesem Augenblick nicht angegriffen hatten – immer vorausgesetzt, daß sie tatsächlich in der Nähe waren –, dann hielten sie diese Karawane vielleicht doch für eine zu harte Nuß. Das wenigstens meinte Stokus. Aber was, falls der Ex-Legionär sich irrte und die Orks einfach nur auf Verstärkung warteten? Oder wenn sie beschlossen hatten, erst tags darauf anzugreifen, während der Zug schon unterwegs war und sich nicht wirksam verteidigen konnte? Minutenlang starrte Damlo den Wagen der Zwerge an. Falls die Gegner den Sieg davontrugen, würde er fliehen müssen und sich nicht weiter um den Wagen kümmern können.

Der Entschluß war rasch gefaßt. Damlo zündete die Laterne an und streckte sich unter der Ladefläche aus. Den Öffnungsmechanismus des doppelten Bodens zu finden war selbst dann nicht einfach, wenn man um sein Vorhandensein wußte. Aber schließlich gelang es dem Jungen, die Sperre aufspringen zu lassen, worauf sich die mit wunderbar arbeitenden Scharnieren ausgerüsteten Bodenbretter ziehharmonikaartig zur Mitte hin auffalten ließen. Und nun konnte Damlo zum ersten Mal einen Blick auf das werfen, wofür er sich so abmühte.

Die beiden Gegenstände waren an der Unterseite des echten Bodens festgemacht, so daß ihr Gewicht nicht auf den Brettern des beweglichen doppelten Bodens lastete. Eingeschlagen in ein kostbares weißes Satintuch war der Reißzahn des Britelvorill unter dem Kutschersitz verstaut, während der ganze Rest des Hohlraumes von der ebenfalls in Stoff gehüllten Panzerschuppe eingenommen wurde.

Mit klopfendem Herzen machte Damlo das größere Paket los. Die Platte erwies sich als überraschend leicht; wäre sie ihrer Größe wegen nicht so sperrig gewesen, er hätte sie ganz einfach unter den Arm geklemmt tragen können. Es war ein seltsames Gefühl, die fast gewichtlose Drachenschuppe in Händen zu halten – besonders wenn er daran dachte, daß es angesichts ihrer erstaunlichen Widerstandsfähigkeit einer magischen Waffe bedurfte, um sie auch nur zu ritzen. Allerdings, so erinnerte er sich, waren Drachen Flugwesen, und vielleicht war ihr Panzer aus demselben Grund so leicht wie die Knochen der Vögel.

Jedenfalls ersparte ihm dieser Umstand, Stokus oder Ruset um Hilfe bitten zu müssen. Er kroch unter dem Wagen hervor, legte die stoffumhüllte Schuppe auf den Boden und sah sich vorsichtig um; aber die Wachposten an den Lagerfeuern starrten alle unbewegt in die Flammen. Was für eine Dummheit, dachte Damlo, für einen, der Nachtwache halten soll! Dann fiel ihm ein, daß er bei seinem Wachantritt genau das gleiche getan hatte, und er verzog den Mund. Seufzend holte er die Schaufel vom Wagen und machte sich auf in den Wald.

Er wählte einen Baum, der leicht wiederzuerkennen war: eine große Eiche, die von einem Kreis aus sieben jungen Birken umgeben war. Und dann grub er los.

Ailaram würde ohne die Schuppe auskommen müssen, wenigstens vorübergehend. Dafür würde sie im Falle eines Orküberfalles nicht zerstört werden. Der Reißzahn hingegen war zu Pferde leicht zu transportieren, und ohne die sperrige Platte würde er, Damlo, rascher vorankommen. Außerdem wuchs dadurch auch die Wahrscheinlichkeit, Belsin überhaupt zu erreichen, und damit die Chance, sich bei der Unterwerfung des Drachens in seinem Inneren vom Magiarchen helfen zu lassen, der jedenfalls den wichtigeren der beiden Gegenstände erhalten würde.

Einigermaßen stolz auf seine listigen Gedankengänge arbeitete der Junge länger als eine Stunde, bis er das Loch für tief genug hielt, um die Drachenschuppe darin zu hinterlegen. Kurz bevor er daranging, die Grube wieder mit Erdreich zu füllen, fiel ihm ein, daß er auch den schwarzen Degen darin verstecken könnte, die Waffe, die er selbst schon in der Hand gehalten hatte und die danach in eine Decke eingeschlagen und tausendmal verschnürt in einer Ecke des Wagens mitgereist war. Obgleich von übler Sorte, blieb der Degen dennoch ein magischer Gegenstand, den Ailaram möglicherweise zu studieren wünschte. Also legte er ihn auf Britelvorills Schuppe, schaufelte gewissenhaft das ausgehobene Erdreich darauf und bedeckte alles mit trockenen Blättern.

Erst als er nach getaner Arbeit zum Wagen zurückkam, wurde ihm bewußt, daß er sich fast zwei Stunden lang allein in einem Wald aufgehalten hatte, in dem es sehr wahrscheinlich von Orks wimmelte. Bei dem Gedanken daran wollten ihm beinahe die Knie nachgeben – er setzte sich. Wie hatte er nur so töricht sein können? Und dabei war er sich ganz besonders schlau vorgekommen! Wenn es einen Gott gab, dem die Aufgabe zufiel, Dummköpfe zu beschützen, dann mußte er in diesem Augenblick ziemlich erschöpft sein.

Den Rücken ans Hinterrad des Wagens gelehnt schalt der Junge sich in allen Tonarten. Erst nach einer Weile hatte er sich wieder so weit erholt, daß er sein Vorhaben zu Ende führen konnte. Er öffnete das Geheimfach, nahm das Säckchen mit den Edelsteinen heraus und verstaute es sorgfältig in seinem Geldgürtel. Wenn er sich schon auf das Schlimmste vorbereitete, dann wollte er es auch gründlich tun. Schließlich holte er den Hauer des Britelvorill unter dem Wagenboden hervor und verschloß beide Geheimverstecke wieder.

Der Drachenzahn war beinahe drei Fuß lang und fast schwerer als die Schuppe. Von einer merkwürdigen Ehrfurcht gepackt, hielt Damlo ihn wie ein Neugeborenes in den Armen; dann schlug er langsam das weiße Satintuch auseinander, das ihn umhüllte.

Spitze und Basis – die Stelle, wo ihn die Zauberaxt vor dreitausend Jahren abgeschlagen hatte – hatten die Goldschmiede des Zwergenreiches mit ziselierten goldenen Kappen versehen und diese sodann mit fünf dünnen Ketten aus demselben Metall verbunden. Das glänzende Gelb der Verzierungen harmonierte vollendet mit dem Elfenbeinweiß des Zahnes und machte ihn zu einem echten Juwel.

Der Junge betrachtete ihn lange, bewunderte ausgiebig die zwergische Handwerkskunst und fand es zugleich erstaunlich, daß er nichts daran bemerken konnte, was auf seine Zauberkräfte hingewiesen hätte. Damlo hätte eine leuchtende Aura erwartet, mysteriöses Gezischel – zumindest jedoch kräftige Vibrationen. Aber nichts dergleichen. Der Zahn schien nicht mehr und nicht weniger als das, was er war: der lange, dünne Reißzahn eines ausgestorbenen Tieres, erlesen geschmückt mit dem Werk eines vortrefflichen Goldschmiedes. Unschlüssig, ob er nun enttäuscht sein sollte oder nicht, schlug Damlo ihn nach einer Weile wieder in das Tuch ein und wickelte alles noch in einen Mantel, denn im Falle einer Flucht wäre das weiße seidige Material zu auffallend, fand er. Dann riß er den letzten Mantel der ursprünglichen Warenladung in dünne Streifen und flocht daraus einen festen, breiten Gurt. Und von diesem Augenblick an, dachte er, während er sich den Packen auf den Rücken hob, würden er und der Drachenzahn unzertrennlich sein.

Der Mann, der die Aufsicht über die Wachen hatte, kam mit einiger Verspätung, entschuldigte sich und schickte Damlo schlafen. Aber der Junge fand keinen Schlaf – einerseits, weil er nicht wagte, das doch sehr störende Bündel abzulegen, andererseits weil die Morgendämmerung nicht weit war und er sich fragte, ob sich das Einschlafen überhaupt noch lohnte, da er doch mit einem baldigen Weckruf rechnen mußte.

Fast eine Stunde widerstand er der Müdigkeit, dann fielen ihm die Augen zu. Und so bemerkte er nicht, daß kein einziger Vogel die aufgehende Sonne begrüßte.

7

Damlo wurde vom Lärm eines Messers geweckt, das frenetisch auf einen Eisentopf hämmerte, und im nächsten Augenblick durchschnitten grelle Trompetenstöße und entsetztes Geschrei die Luft. Behindert von der unförmigen Last auf seinem Rücken schob sich der Junge unter dem Wagen hervor und zog seinen Stacheldegen aus der Scheide.

Das erste Licht des Tages kroch vom Osten her über den Himmel – es war kaum mehr als der Anflug eines Sonnenaufganges, doch ausreichend, um die schwarze Flut von Orks zu erkennen, die auf die Karawane zukam: Gedrungene, dunkle Gestalten mit knotigen Muskeln, die unter der schmutzigen, behaarten Haut hervortraten, wogten brüllend vorwärts und ließen die Kiefer dabei laut schnappen.

Das Entsetzen packte Damlo an der Kehle und senkte sich dann lähmend hinab in seinen Körper – bis an die Knie. Er lehnte sich mit einer Schulter an den Wagen und hielt sich daran fest. Sie sind noch weit entfernt, sagte er sich immer wieder, während er versuchte, seine Angst zu vergessen und sich zusammenzureißen; sie kommen aus Norden, und ich bin auf der Südseite des Lagers … Aber er fand nicht einmal die Kraft, seinen Stacheldegen zu heben.

Mittlerweile schoben sich die Orks schreiend und mit den Waffen fuchtelnd näher und kamen bis auf zehn Schritt an die Fuhrwerke heran. Doch plötzlich schnitt das scharfe Trillern von Stokus' Pfeife durch die Morgenluft. Bei diesem Signal standen sämtliche Verteidiger, die sich bis zu diesem Augenblick hinter den Fuhrwerken versteckt gehalten hatten, mit gespanntem Bogen wie ein Mann auf.

Eine erste Pfeilsalve stoppte die Wucht der Angriffswelle, und noch bevor es die unverletzten Orks schaffen konnten, über ihre Gefallenen hinwegzusteigen, brachte ein zweiter Pfeilregen die Attacke zum Erliegen. Fast alle Pfeile hatten ihr Ziel erreicht – was eher der Dichte der heranstürmenden Feindesreihen zuzuschreiben war als den Fähigkeiten der Schützen.

Die Orks zogen sich ungeordnet zurück, worüber die Kutscher vor Freude schier aus dem Häuschen gerieten, aber zwei kurze Triller aus der Pfeife des Karawanenführers riefen sie sofort wieder zur Ordnung. Der eine oder andere schickte den Orks noch einen Pfeil nach – eine Vergeudung, denn die Feinde waren bereits außer Schussweite. Doch alles in allem hatten die Waffenübungen, die ihnen von Stokus auferlegt worden waren, Früchte getragen. Und die beiden Pfiffe jagten die Männer jetzt wieder in die Deckung hinter den Wagen – eine sehr vernünftige Entscheidung, denn die Orks fingen nun an, das Lager mit Pfeilen unter Beschuß zu nehmen.

Die Sonne stand noch nicht am Himmel, aber das Licht reichte bereits aus, um Formen und Farben zu erkennen. Immer noch wie erstarrt konnte Damlo den Pfeilen folgen, die in den Himmel stiegen und dann auf die Karawane herabfielen. Viele davon bohrten sich hinter den Fuhrwerken ins Erdreich, aber ohne die Verteidiger zu treffen oder auch nur in die Nähe des Jungen zu kommen. Und das, zusammen mit dem Umstand, daß der erste Angriff abgewehrt worden war, schenkte ihm schließlich neue Kraft. Ich bin der einzige Feigling in der ganzen Karawane! schalt er sich. Und jetzt verspürte er weit mehr Wut als Angst. Er steckte seinen Zauberdegen zurück in die Scheide und griff nach der Schleuder, die er um die Mitte gebunden trug. Dann füllte er sich die Taschen mit Steinen und achtete darauf, daß sie auch einigermaßen schwer waren.

Währenddessen ging Stokus – immer sorgfältig in Deckung bleibend – von einem Wagen zum anderen, sprach den Leuten Mut zu und gab ihnen Instruktionen.

Als er an der Südseite des Verteidigungsringes angekommen war, sagte er: »Ich bin stolz auf euch! Wir alle haben es eurer Disziplin zu verdanken, daß wir noch am Leben sind. Doch jetzt ist es von größter Wichtigkeit, sich nicht einzubilden, daß wir schon gewonnen haben! Es werden noch mehr Angriffe kommen, aber wenn ihr so weitermacht, dann schaffen wir das!«

Er zählte die Verteidiger mit lauter Stimme ab, so daß jeder von ihnen eine Nummer bekam. »Zur Zeit greifen sie nur aus einer Richtung an«, erklärte er, »doch ich glaube nicht, daß uns dieses Glück lange erhalten bleibt. Sollten sie aber wider Erwarten doch so weitermachen, dann könnte es sein, daß die andere Seite Unterstützung braucht. In diesem Fall pfeife ich dreimal, und dann können ihr die ungeraden Nummern zu Hilfe kommen. Nur wenn ich pfeife, und nur die ungeraden, verstanden? Die geraden Nummern dürfen sich nicht von der Stelle rühren, sonst bliebe dieser Abschnitt ohne Verteidigung!«

Zehn Minuten später griffen die Orks erneut an. Im Licht des jungen Morgens konnte man erkennen, daß es Hunderte waren. Geschützt von einem Pfeilhagel gelang es diesmal einer Welle von ihnen, bis an die Wagen vorzurücken. Um sie nicht versehentlich zu treffen, stellten ihre Kumpane das Schießen vorübergehend ein, und da ertönte ein einziger Pfiff. Wieder tauchten die Verteidiger aus ihrer Deckung auf und ließen blindlings eine Pfeilsalve los. Doch das hatten die Orks erwartet. Sie hoben einfach ihre kleinen runden Schilde und stießen weiter vor, ohne auf die Gefallenen zu achten. Und noch ehe die Verteidiger neue Pfeile einlegen konnten, kletterten die Angreifer schon auf die Fuhrwerke.

Über das Gebrüll der Orks hinweg gellten Stokus' Befehle. Wer über eine Hieb- oder Stichwaffe verfügte, zückte sie, und die anderen zogen sich ein paar Schritt zurück, um sich schußbereit zu machen.

»Zielt nur in die Richtung der Wagen!« schrie Stokus. »Sonst trefft ihr eure Kameraden!«

Während die ersten Orks johlend von den Fahrzeugen sprangen und ihre Säbel rechts und links schwangen, schossen die Bogenschützen unter den Kutschern ihre Pfeile auf jene Angreifer ab, die gerade dabei waren, über die Wagen zu klettern. Die anderen Verteidiger rückten währenddessen, wie es ihnen von Stokus beigebracht worden war, eng zusammen und kämpften Schulter an Schulter; sie bemühten sich verzweifelt, die Hiebe der Gegner so lange abzuwehren, bis einem von ihnen ein Todesstoß gelang.

Und das glückte auch. Es kostete zwar zahlreiche Opfer, aber es glückte, und die Flut von Orks zauderte sichtlich. Diejenigen, die sich noch außerhalb des Verteidigungsringes befanden, wagten es weder, auf die Wagen zu klettern, noch unter ihnen hindurchzukriechen. Und ohne ihre Unterstützung gab es für die Draufgänger im Inneren des Ringes kein Überleben.

Doch dann erschien am Waldrand plötzlich eine hohe schwarze Gestalt. Ein Ulkraner! dachte Damlo und spürte, wie ihm die Farbe aus dem Gesicht wich. Der Mann übergoß seine Truppen mit einem Schwall haarsträubender Beschimpfungen, ehe er ihnen befahl, sofort mit dem Angriff fortzufahren. Sein öliges, durchdringendes Organ trug über das ganze Schlachtfeld, und Damlo bemerkte das Schaudern seiner Kameraden.

»Was hat er gesagt?« fragte einer von ihnen mit schwacher Stimme.

Erst in diesem Augenblick wurde dem Jungen bewußt, daß sich Norzaks Abgesandter der Sprache der Orks bedient hatte. Er erstarrte: Wie kam es nur, daß er alles verstanden hatte?

Aber er hatte keine Zeit, darüber nachzudenken. Zurechtgewiesen von dem Ulkraner warfen sich die Orks den Verteidigern entgegen, und nachdem sie beim Erklettern der Wagen etwa fünfzig Leute verloren hatten, strömten sie ungehindert ins Innere des Ringes. Fast augenblicklich, während die Verteidiger noch versuchten, ihre Schulter-an-Schulter-Formationen einzunehmen, gellten drei Pfiffe durch die Luft.

Damlo schluckte: Seine Nummer war die Neun. Ungerade. Also mußte er den Kämpfern auf der anderen Seite zu Hilfe eilen. Jetzt ist es soweit, dachte er, jetzt werden mir die Knie nachgeben, ich werde mich nicht von der Stelle rühren können, und alle werden sehen, was für ein Feigling ich bin!

Doch es waren die anderen, die sich beim Anblick der heranwogenden schwarzen, grölenden Masse, die sich über die aufgestellten Fuhrwerke wälzte, nicht von der Stelle rührten.

Sie haben Angst! bemerkte Damlo bei sich. Sie haben Angst wie ich! Seltsamerweise erfüllte ihn diese Tatsache mit Tatkraft. Vom Angsthaben verstand er mehr als alle diese Männer zusammengenommen! Und daher mußte er mit gutem Beispiel vorangehen. Er steckte seine Schleuder unter die Jacke und zog den Stacheldegen.

»Ich habe Angst!« schrie er aus voller Kehle. Und dann warf er sich den Orks auf der anderen Seite entgegen.

»Ich auch!« schrie ein anderer und tat es ihm gleich.

»Aaangst!« brüllte ein dritter und rannte los, auf die Angreifer zu.

Und dann stürzten sich auch alle anderen Kutscher in den

Kampf, ließen die Waffen wirbeln und schrien sich die Angst aus dem Leib. Alle ohne Unterschied, ob sie nun gerade Nummern oder ungerade hatten.

Sie schafften es noch rechtzeitig. Einer Gruppe von Verteidigern war es nicht gelungen, ihren Schulterschluß auszuführen, und obwohl Männer der Eskorte den Schutz der Flanken übernommen hatten, waren sie von Orks umringt.

Und letztere hatte Damlo nun vor sich. Mindestens ein Dutzend Orks, die, verblüfft über die Attacke von der anderen Seite, herumfuhren und sich der neuen Gefahr entgegenstellten. Der Junge traf auf die Feinde, brüllte, was das Zeug hielt, und ließ den Degen über dem Kopf kreisen.

Wie Irgenas ihn gelehrt hatte, versuchte er schon aus einiger Entfernung, die Gegner einzuschüchtern, indem er einem nach dem anderen in die Augen starrte. Doch es waren einfach zu viele, und er rannte zu schnell. So befand er sich schon mitten unter ihnen, noch ehe er sich ein bestimmtes Opfer hätte aussuchen können. Also hieb er mit aller Kraft auf den nächstbesten buckligen, stinkenden Rücken ein, sprang sofort zurück und ließ sich zu Boden fallen. Augenblicklich rollte er sich zur Seite und schnappte ächzend nach Luft, denn durch den Zahn des Britelvorill war der Sturz schmerzhafter als erwartet ausgefallen. Eine Sekunde später spalteten zwei blutige Klingen das Erdreich genau an dem Punkt, von dem sich der Junge gerade weggerollt hatte.

Zu diesem Zeitpunkt trafen auch die anderen Kutscher ein und zwangen die Orks dazu, sich zu wehren. Doch einer von diesen hatte es sich offenbar in den Kopf gesetzt, ausgerechnet Damlo umbringen zu wollen. Immer wieder hieb er nach dem Jungen, rammte die Klinge in den Boden und hob den Säbel von neuem, wobei er jedesmal knurrend ein Stück Erdscholle hochschleuderte, während ihm der Geifer von den spitzen, gelben Zähnen troff.

Erschrocken warf sich Damlo von einer Seite auf die andere,

um den Hieben auszuweichen. Der Drachenzahn auf seinem Rücken behinderte ihn dabei ebenso wie die herumliegenden Kadaver, die immer zahlreicher wurden. So schaffte er es nicht, wieder auf die Füße zu kommen. Außerdem ängstigte ihn die Verbissenheit dieses einen Angreifers fast mehr als dessen Waffe. Nach jedem danebengegangenen Hieb reckte der Ork den Säbel hoch, tat einen Schritt auf Damlo zu und versuchte wie besessen, ihm den Schädel zu spalten. Ohne jedes erkennbare Gefühl und dazu schnell, rhythmisch und ohne zu zögern. So als hätte er eine Kakerlake in eine Ecke getrieben, wild entschlossen, sie zu zerquetschen.

Noch nie zuvor hatte sich der Junge so allein gefühlt, und die Unbeirrtheit des Ork erschien ihm schrecklich ungerecht. Er fragte sich, warum es das Scheusal ausgerechnet auf ihn abgesehen hatte, und verspürte ein fast unwiderstehliches Bedürfnis, es nach dem Grund zu fragen.

Schließlich geschah das Unvermeidliche, und ein Hieb saß. Er traf auf Damlos Rücken, gerade in dem Augenblick, als es dem Jungen endlich gelungen war, sich auf alle viere zu erheben, raubte ihm den Atem und ließ ihn wiederum flach hinfallen. Die Klinge des Säbels war jedoch gegen den Zahn des Britelvorill geprallt und – statt den Jungen entzweizuhauen – zerbrochen.

Damlo bemerkte das gar nicht. Benommen von dem Schlag gegen seinen Rücken und überzeugt, tödlich verletzt worden zu sein, schlug er mit seinem Stacheldegen um sich. Es war eine instinktive, ungezielte Bewegung, aber die Waffe traf so den Gegner auf der Höhe der Fußgelenke und durchschnitt sie glatt. Der Ork fiel zu Boden und wurde von einem der Kutscher erledigt.

Ungläubig stand der Junge auf und starrte den toten Ork an; die Hartnäckigkeit, mit der dieser ihn hatte töten wollen, begriff er noch immer nicht. Kein Märchen, keine Legende und keine seiner Phantasien hatte ihn auf diese persönliche Feindseligkeit eines Wesens vorbereitet, das ihn doch überhaupt nicht kannte.

Das also ist der Krieg, dachte er schließlich: der wirkliche Krieg.

Doch da wurde ihm bewußt, daß um ihn herum eine Schlacht im Gange war. Er hob den Kopf. Die Wucht des Entlastungsangriffes hatte die am weitesten vorgepreschten Orks auseinandergescheucht, und diejenigen von ihnen, die nicht eilends das Weite gesucht hatten, lagen tot auf dem Boden. Im Hochgefühl dieses Teilsieges bildeten die Verteidiger eine Front, warfen sich unter Stokus' Führung erneut dem Feind entgegen und jagten ihn aus dem Wagenkreis. Alles, was keinen Bogen zur Verfügung hatte, begnügte sich mit begeistertem Gebrüll, während die anderen den flüchtenden Orks ihre Pfeile nachschickten, bis sie im Wald verschwanden.

»Das reicht!« rief der Ex-Legionär schließlich. »Sie sind schon außer Schußweite. Kümmert euch lieber um die Verletzten!«

Davon gab es viele und dazu auch zahlreiche Tote. Unter dem Jammern der Frauen und dem Weinen der Kinder ließ der Karawanenführer die Verwundeten ins Innere des zweiten Verteidigungsringes rund um die Stele tragen. Dann gab er den Befehl, die Toten zu bergen und mit Wagenplanen zu bedecken. Zuletzt stellte er seine eigenen Leute als Wachen auf und versammelte die überlebenden Kutscher.

»Ich bin stolz auf euch«, sagte er. »Ihr habt wie tapfere Soldaten gekämpft und diese Schlacht gewonnen. Jetzt dürfen wir uns jedoch keine falschen Hoffnungen machen und glauben, daß damit alles vorbei sei. Das, was wir gerade erlebt haben, war ein Überraschungsangriff, doch von nun an werden die Überfälle besser organisiert vonstatten gehen und aus allen Richtungen erfolgen. Sehr wahrscheinlich überqueren die Orks in diesem Augenblick bereits irgendwo außerhalb unserer Sicht die Straße, in der Hoffnung, uns in einem unvorbereiteten Augenblick überrumpeln zu können. Wie ich schon sagte: Ich bin stolz auf euch – auf euch alle, auch auf diejenigen, die entgegen meinem Befehl ihren Platz verlassen haben, um sich dem Abwehrkampf anzuschließen. Ohne sie hätten wir es nicht geschafft. Ich möchte aber betonen, daß es sich um eine Ausnahmesituation gehandelt hat. Wenn sich beim nächsten Mal irgend jemand nicht an die Anordnungen hält, könnte die ganze Karawane dabei draufgehen. Daran müßt ihr immer denken!«

Alle nickten und nahmen sich den Vorwurf wortlos zu Herzen. Dann fragten einige der Kutscher, ob es nicht ratsam wäre, den soeben errungenen Sieg dazu auszunutzen, rasch nach Tevilan aufzubrechen. Stokus brachte sie jedoch wieder auf den Boden der Tatsachen zurück. Den Verteidigungsring aufzulösen, erklärte er, würde ihrer aller Tod bedeuten; über längere Strecken wären Orks nämlich weitaus schneller als die Fuhrwerke, und außerdem hätten sie gewiß bereits die Straße blockiert. Dazu kam, daß sie viel zu zahlreich und zu gut geführt waren, als daß es sich bei dem überstandenen Angriff um einen ihrer herkömmlichen Überfälle handeln könnte. Vermutlich hatten sie ein ganz bestimmtes Ziel, und von diesem würden sie auch nach herben Verlusten nicht abgehen.

»Aber dann können wir doch überhaupt keine Hoffnung mehr haben!« rief einer der Wagenbesitzer.

»Du irrst dich«, sagte der Karawanenführer. »Wir haben die Hoffnung, auszuhalten, bis Unterstützung eintrifft. Während sich die Orks zurückzogen, habe ich zwei meiner Männer nach Tevilan ausgesandt. Sie verfügen über schnelle, ausdauernde Pferde, und ein Reiter kommt selbst dort durch, wo ein Wagen steckenbliebe. Unsere Aufgabe besteht also darin, am Leben zu bleiben, bis die königliche Kavallerie eintrifft.«

Gleich danach schickte Stokus alle an die Arbeit. Mehr als zwei Stunden lang plagten sich die Männer, immerzu von der

Furcht gepackt, nicht rechtzeitig vor einem neuerlichen Angriff der Orks fertigzuwerden. Zu allererst sammelten sie die noch verwendbaren Pfeile ein – sowohl die eigenen als auch jene der Orks – und legten sie den Bogenschützen griffbereit zurecht. Dann entluden sie die Wagen und bildeten einen neuen Verteidigungsring, indem sie die Gefährte diesmal sternförmig anordneten und auf eine Seite kippten, wobei Räder und Wagenböden nach außen zeigten. Kisten und Fässer wurden als erhöhte Standplätze für die Schützen an der Innenseite aufgestellt, so daß die Männer von oben herab auf die heranstürmenden Angreifer zielen konnten. Und schließlich wurden als Warnung und zusätzliches Hindernis die noch freien Räume zwischen den Wagen mit den Kadavern der getöteten Orks aufgefüllt.

Nun begann das Warten.

Die Verstärkung traf gegen Mittag ein. In den Wäldern rundum ertönte plötzlich das heisere Muhen der Ork-Hörner, unmittelbar gefolgt von bestialischem Gebrüll, und die Verteidiger in ihrer Wagenburg brachen in begeisterte Jubelrufe aus, weil sie dachten, eine Schlacht wäre im Gange. Doch Stokus mußte wieder einmal das allgemeine Hochgefühl dämpfen: Es war zu früh für eine Ankunft der Truppen aus Tevilan. Außerdem, erklärte er, wäre das, was sie da gehört hatten, kein Schlachtenlärm, sondern Freudengeheul: Die Verstärkung war angelangt – aber die für die Orks.

Kaum eine Stunde später griffen sie an, ohne Vorwarnung und entlang der gesamten Verteidigungslinie. Tausende. Sie wälzten sich wie eine schlammige schwarze Sturzflut aus dem Wald und rannten unter haarsträubendem Gejohle auf die Wagen zu, wobei sie wahre Pfeilwolken auf die Karawane regnen ließen.

Den Geschossen fiel niemand zum Opfer, weil die Verteidiger rechtzeitig in Deckung gegangen waren; aber die Orks legten die Strecke zwischen den Bäumen und der Wagenburg in wenigen Sekunden zurück, und als die Bogenschützen schußbereit aus dem Schutz ihrer Fuhrwerke auftauchten, waren die Angreifer schon dicht vor ihnen, und die Pfeilsalve verlor sich in ihrer Masse. Zwar hatten alle Geschosse ihre Ziele erreicht, aber die Lücken zwischen den Reihen der Heranstürmenden wurden augenblicklich vom Rest des tobenden Schwalles gefüllt.

Doch die umgekippten Wagen bildeten hohe Wände, und da sie auf diese Art praktisch bis zum Boden hinabreichten, stellten sie ein schwer zu überwindendes Hindernis dar. Außerdem erlaubte es die sternförmige Aufstellung, die der Ex-Legionär angeordnet hatte, den Verteidigern, auch auf die Rücken jener Angreifer zu zielen, die sich in den spitzen Winkel zwischen den Fahrzeugen wagten. Und da die Schützen auf ihren Kisten oder Fässern einen erhöhten Standort hatten, gaben die Angreifer besonders in jenem Augenblick ein leichtes Ziel ab, da sie ans Überklettern der Hindernisse gingen.

Damlo kam es vor, als dauere das Gemetzel nur wenige Augenblicke; aber als sich die Orks zurückzogen, stand die Sonne schon ein ganzes Stück höher am Himmel. Auf dem Schlachtfeld lagen Hunderte von Kadavern, aber die Angreifer waren so zahlreich, daß ihre Reihen trotzdem noch geschlossen schienen. Sie verschwanden auch nicht zwischen den Bäumen, sondern sammelten sich am Rand des Waldes, knapp außerhalb der Schußweite der Verteidiger. Und dort fachten sie große Lagerfeuer an.

Zu Beginn der Schlacht hatte der Junge Dutzende Steine in die Masse der Orks geschleudert, und als ihm die Munition ausging, hatte er sich, statt auf die Suche nach weiteren geeigneten Steinen zu gehen, Stokus angeschlossen und dessen Befehle im Eiltempo an die jeweiligen Abschnitte der Barriere weitergeleitet. Auf diese Weise hatte er das Innere des Verteidigungsringes etliche Male durchquert und an der Seite des

Ex-Legionärs gestanden, wenn dieser den Kämpfern Mut machte und sie zum Widerstand anspornte.

»Brandpfeile«, sagte Stokus jetzt und deutete auf die Feuer am Waldrand. »Damit mußte man früher oder später rechnen.«

Es war ein wahrer Regen aus Brandpfeilen, der kurz darauf auf die Karawane niederprasselte und länger als eine halbe Stunde andauerte. Die Belagerten verbrauchten alles vorhandene Wasser und bildeten danach eine Menschenkette zum Bach, von der Eimer um Eimer zu den brennenden Wagen transportiert wurde. Es war jedoch nicht genug. Die Brandpfeile fielen zu Hunderten auf die Gefährte, und sehr bald loderten die Flammen schon zu hoch auf, um sie noch löschen zu können.

Der Wagen der Zwerge fing als einer der ersten Feuer.

»Tröste dich, Junge«, sagte Stokus, als er sah, daß Damlo die Tränen in den Augen standen, »falls du noch lebst, wenn die Kavallerie aus Tevilan eintrifft, dann sollte der Verlust deines Wagens leicht zu verschmerzen sein.«

»Ich bin fast neunhundert Meilen weit damit gereist«, antwortete der Junge. »Und seit zwei Monaten schaffe ich es, ihn gegen alles mögliche zu verteidigen. Darum macht es mich jetzt traurig, ihn so brennen zu sehen.«

»Dann kannst du mir nun vielleicht sagen, was du geladen hattest.«

»Zwei zauberkräftige Gegenstände für Ailaram«, gestand Damlo dem Ex-Legionär nach kurzen Augenblicken des Überlegens, »und da ich ohnehin bald sterben werde, sollte ich dir besser alles sagen.«

Und das tat er auch. Er berichtete von der Mission der Zwerge, die er nunmehr zu der seinen gemacht hatte, ohne jedoch den Drachen in seinem Inneren zu erwähnen. Und als er vom Wiedererwachen des *Schattens* sprach, schüttelte Stokus langsam und ziemlich erschüttert den Kopf.

»Jetzt wird mir so manches klar«, murmelte der Ex-Legionär.

»Die Schuppe habe ich unter der größten Eiche in diesem Wald da vergraben«, schloß Damlo und zeigte hin. »Ich versuche aber, Ailaram wenigstens den Zahn zu überbringen. Sollte ich nicht am Leben bleiben, dann mußt du das übernehmen und ihn so schnell wie möglich nach Belsin bringen!«

Stokus schüttelte den Kopf. »Das tue ich, falls wir uns noch retten können. Denk daran, meine erste Verpflichtung gilt diesen Leuten hier.«

»Aber es geht doch darum, den Fürsten der Finsternis zu bekämpfen!«

»Das weiß ich schon, junger Freund. Doch diese Menschen haben mir ihr Leben anvertraut. Und ich gab ihnen mein Wort.«

Sein Tonfall beendete die Unterredung; Damlo erinnerte sich an seine eigenen Zweifel während der Reise und spürte, daß er rot wurde.

»Aber es stimmt schon, der Zahn muß nach Belsin kommen«, fuhr Stokus fort. »Und daher …«

Plötzlich erhob sich an der Ostseite der Wagenburg ein gewaltiger Tumult, und Schreckensschreie der Männer waren dort zu hören.

Stokus und der Junge fuhren herum. In diesem Augenblick befanden sie sich an der Westseite des Verteidigungsringes, und die inmitten des inneren Wagenkreises aufragende Stele verstellte ihnen die Sicht. Also rannten sie los.

Die Mitglieder der Karawane standen zusammengedrängt auf jenen Wagen an der Ostseite, die nicht brannten, und zeigten aufgeregt auf etwas, das sich an der Straße nach Tevilan befinden mußte. Damlo kletterte auf eine Kiste und weiter auf die nunmehr waagerecht liegende Seitenwand eines Wagenkastens. Das wird ganz sicher nicht die königliche Kavallerie sein, dachte er, sonst würden nicht alle so entsetzt dreinschauen …

In der Tat: Es war die Verstärkung für die Orks, aber im Gegensatz zu den Angreifern von vorhin marschierten diese dort in geordneten Gruppen und diszipliniert in geschlossenen Reihen. Und zwischen den einzelnen Abteilungen …

Damlo hatte noch nie welche zu Gesicht bekommen, aber er erkannte sie sofort, denn über diese Kreaturen hatte er schon viel gelesen und sie in seiner Phantasie zu Hunderten bekämpft: Aus den Orkformationen, die von ihren Kommandanten in respektvoller Distanz gehalten wurden, ragten vier gigantische Trolle hervor.

Sie waren noch riesiger, als Damlo sie sich vorgestellt hatte – etwa zehn Fuß groß und sechs breit; ihre seltsam haarlose, grünlich-dunkle Haut spannte sich über gewaltigen, heftig arbeitenden Muskelpaketen. Dank der spitzen, vorstehenden Hauer ähnelten ihre Mäuler jenen von Wildschweinen und standen in furchterregendem Gegensatz zu der sonst stumpfen Ausdruckslosigkeit ihrer Gesichter. Und ihre Klauen flößten selbst auf diese Entfernung Entsetzen ein.

Die heranmarschierenden Orks stießen zu ihren bereits schlachterprobten Kumpanen, und obwohl sie mit großem Willkommensgebrüll empfangen wurden, mischten sie sich nicht mit den bereits anwesenden, sondern lagerten sich geordnet am Waldesrand – in einigem Abstand zu den Trollen. Dann tauchte hinter den Formationen eine Gruppe von Anführern auf, erkennbar an ihren Metallharnischen und den gehörnten Helmen mit den Fuchsschwänzen. An ihrer Spitze marschierte ein Ulkraner.

»Das sind geschulte Orks!« rief Damlo und wandte sich an Stokus. »Wie diejenigen, die uns damals vor Ringenims Klinge überfallen haben!«

Der Ex-Legionär antwortete nicht. Mit kalkweißem Gesicht verfolgte er die Gruppe, die auf die Belagerten vorrückte.

Hat er vielleicht Angst? fragte sich Damlo. Doch dann warf er einen genaueren Blick auf die Orks, die dem Ulkraner folgten, und spürte, wie auch ihm das Blut aus den Wangen wich.

Auf den Spitzen zweier Piken steckten die Köpfe der beiden Männer, die Stokus nach Tevilan gesandt hatte, um Hilfe zu holen. Die Orks hatten sie sogar gewaschen, damit ihre Gesichter auch aus der Ferne gut erkennbar waren.

Nachdem der Karawanenführer ohne nennenswerten Erfolg versucht hatte, den Verteidigern trotz allem Mut zu machen, nahm er den Jungen zur Seite.

»Hier endet unsere Geschichte«, sagte er. »Für uns gibt es keine Hoffnung mehr, aber der Drachenzahn muß nach Belsin. Glücklicherweise bist du ungefähr so groß wie ein Ork, auch wenn dir die entsprechende Statur fehlt. Das kannst du jedoch leicht beheben, indem du dich ordentlich ausstopfst.«

»Was …?«

»Ich möchte, daß du dir einen toten Ork aussuchst und seine Kleider anziehst. Dann legst du dich unter einen Haufen Kadaver und wartest ab, bis alles vorbei ist. Von dem Zeitpunkt an liegt alles bei dir. Der wildeste Teil einer Schlacht ist immer der, der nach dem Sieg kommt. Und da wird es dir vielleicht gelingen, dich verkleidet als einer von ihnen aus dem Staub zu machen.«

»Aber ihr … aber ich … Ich kann doch nicht einfach zulassen, daß ihr alle umkommt!«

»Wir sterben in jedem Fall, Junge. Und du mit uns, wenn du nicht tust, was ich sage. Also sei still und mach schon. Denk nur daran, daß der Zahn nach Belsin kommen muß. Um jeden Preis!«

Verdammtes Gerede, dachte Damlo; das gleiche, das ihm Uwaen und die Zwerge über Ringenims Klinge hinweg zugerufen hatten. Was für ein idiotisches Geschick, das ihn beim Erklingen dieser Worte unweigerlich zwang, seine Freunde in höchster Gefahr zurückzulassen!

Doch er gehorchte. Er überwand den Ekel, entkleidete zwei der Kadaver und wickelte sich schaudernd in die Lumpen. Dann legte er einen Panzer aus speckigem Leder an, der ihm Brust und Rücken bedeckte und den er übergroß gewählt hatte, um auch den Drachenzahn darin unterzubringen. Schließlich stülpte er sich einen halb eingeschlagenen Helm auf den Kopf, streckte sich auf dem Boden aus und ließ sich von Stokus mit getöteten Feinden bedecken.

»Du darfst dich unter keinen Umständen rühren!« schärfte ihm der Ex-Legionär ein. »Auch wenn sich die Orks niemals um ihre Verwundeten kümmern, ist es besser, kein Risiko einzugehen. Kannst du genug sehen?«

Stokus hatte nicht nur den Stapel Kadaver so übereinandergeschichtet, daß er nicht allzu schwer auf Damlo lastete und ihm Raum zum Atmen ließ, sondern auch für ausreichende Sicht gesorgt, so daß der Junge den Fortgang der Schlacht verfolgen und den richtigen Augenblick für seine Flucht wählen konnte.

Mit Tränen in den Augen nickte Damlo.

»Ein Letztes noch«, sagte Stokus und streckte seinen Arm auf der Suche nach Damlos Hand zwischen die toten Feinde. »Ein Legionär trennt sich nur davon, um der Tapferkeit eines Freundes Ehre zu erweisen. Und ich übergebe es jetzt dir, mein Junge, für den Angriff, den du vorhin angeführt hast und ohne den wir alle schon jetzt tot wären. Und weil ich sicher bin, daß du den Zahn nach Belsin bringen wirst.«

Dann erhob er sich, drehte sich um und hinkte seinem Schicksal entgegen.

Damlo brach in Tränen aus. Er schluchzte lange und verzweifelt, während er in seiner Faust das Abzeichen der Legion von Gualcolan umklammerte.

Er schaffte es nicht.

Kaum hatten sich die Fuhrwerke in jämmerlich glosende Holztrümmer verwandelt, griffen die Orks an, und die wimmelnde Masse ergoß sich über die Verteidiger wie ein Eimer voll Schmierfett auf ein Häufchen Krümel.

Er schaffte es nicht.

Gelähmt von Entsetzen sah er einen Troll vorbeistapfen, dessen schieres Auftauchen ihm augenblicklich einen orkfreien Raum verschaffte. Und er mußte mit Schaudern dem Massaker an jenen Kutschern zusehen, denen es nicht rechtzeitig gelang, sich in den inneren Verteidigungskreis zu flüchten. Dann näherte sich das Monster träge den Zugtieren der Karawane, denen Fußfesseln angelegt worden waren, und der Junge konnte zusehen, wie es einem Pferd mit einem einzigen Klauenhieb die halbe Kruppe abschlug. Als es sein Maul darin versenkte, schrie Damlo auf. In dem Höllenlärm um ihn herum bemerkte das aber niemand, und der Junge schrie sich seine Verzweiflung aus dem Leib, bis er heiser war. Währenddessen verteidigten sich die übriggebliebenen Männer heldenhaft, und heldenhaft fielen sie einer nach dem anderen. Es kämpften auch die Frauen und Kinder, erstere mit Pfeil und Bogen und letztere zwischen den Füßen ihrer Väter, um von dort aus den anstürmenden Orks Dolchstöße zu versetzen.

Er schaffte es nicht. In gewisser Weise konnte er hinnehmen, daß die Mitglieder der Eskorte hingeschlachtet wurden, und er begriff, daß er sich nicht rühren durfte, auch wenn seine Reisekameraden einen grausamen Tod fanden. Er konnte sogar einsehen, daß ein Mann wie Stokus fiel, nachdem Damlo verfolgt hatte, wie der Ex-Legionär zwei Trolle erledigte. Immerhin war es ein Heldentod. Das eine der beiden Untiere wurde von der Wildschweinlanze des Mannes in die Kehle getroffen, was es unverzüglich zu Boden warf. Das zweite hingegen starb nicht sofort, obwohl die Lanzenspitze des Ex-Legionärs in seiner Brust steckte. Da Stokus es sich jedoch mit Hilfe der

Waffe auf Abstand hielt, erreichte ihn das Monster mit seinen Klauen nicht, es hob aber plötzlich den Angreifer mitsamt der Lanze hoch und schleuderte ihn einige Ellen weit durch die Luft. Halb betäubt von diesem Fall wurde Stokus augenblicklich zum Opfer eines Orks. Doch Damlo konnte – auch wenn es ihm das Herz zerriß – aushalten, daß ein Krieger den Heldentod fand.

Er schaffte es nicht: Er konnte einfach nicht in seinem Versteck bleiben, bis alles vorbei war. Er wand sich heftig, als er sah, wie Ruset Vedalin mit einem Pfeil in der Brust zu Boden fiel, und schüttelte die letzten Orkkadaver ab, als Lya durch einen Säbelhieb starb, während sie ihrem Mörder das Messer ins Fleisch rammte. Halb außer sich und brüllend vor Wut, Angst und Raserei rannte der Junge zu den Wagen. Aber er hatte schon beinahe die Stimme verloren, und so drang aus seiner Kehle kaum mehr als ein heiseres Knurren, das starke Ähnlichkeit mit dem Gegröle der Feinde hatte.

Er schaffte es nicht, in seinem stinkenden Unterschlupf zu bleiben, aber er schaffte es auch nicht, die Kinder zu retten. Primo, Tondo und Bianco starben, als Damlo noch auf halbem Wege war, und Pelo und Ultimo wurden in dem Augenblick umgebracht, als er sich auf den Wagen der Vedalins schwang. Bella sah ihn so starr an wie immer; sie hatte ihn mitsamt seiner Maskerade erkannt und sein Näherkommen mit ihrem eindringlichen Blick verfolgt. Der so herzzerreißend vertrauensvoll auf dem Jungen ruhte. Die Klaue des Trolls traf sie von hinten und durchtrennte ihr mit einem einzigen Hieb die Mitte.

Damlo verlor fast den Verstand. Ein heiseres, ersticktes Krächzen entrang sich seiner schmerzenden Kehle, und noch ehe die riesige, langsame Kreatur die todbringende Bewegung seiner Klaue vollständig ausgeführt hatte, stürzte sich der Junge vom Wagen herab auf das Untier und hieb ihm glatt den Schädel vom Rumpf. Jegliche Vorsicht außer acht lassend, mischte er sich mit einem Satz wiederum in das Getümmel der Feinde und wütete unter den Orks wie der Schnitter im Kornfeld.

So ging es immer weiter – monatelang, wie es dem Jungen schien, bis er mitten in seiner Raserei plötzlich gewahr wurde, daß er bis auf wenige Schritte an den letzten Troll herangekommen war. Das Monster fixierte ihn mit stumpfsinnigem Ausdruck und einer erhobenen Klaue.

Auf einmal spürte Damlo, wie sein Kopf wieder klar wurde. Na, wenigstens etwas, dachte er keuchend, ein schöner Tod: einen zweiten Troll dabei umzubringen, so wie Stokus.

Die Kreatur fuhr fort, ihn zu beobachten, ohne auf ihn zuzukommen, aber bereit zum Zuschlagen. Damlo wischte sich mit dem dick eingepackten Handgelenk über die Stirn, da ihm das Feindesblut, das ihm übers Gesicht lief, die Sicht nahm, und in diesem Augenblick wurde ihm bewußt, daß er ja als Ork verkleidet war. Er nickte. Das erklärte die Ratlosigkeit und das Zögern des Trolls: Er hielt ihn für einen Ork und begriff nicht, weshalb dieser sich gegen seine Artgenossen wandte! Und an dieser Frage waren wohl auch all die anderen Orks gescheitert, die ihn für einen der Ihren gehalten und aus seiner Hand den Tod gefunden hatten. Und ihre Kumpane, die keine Ahnung von den Zauberkräften des Stacheldegens hatten, mußten ihn, Damlo, für unvorstellbar stark gehalten haben, wenn sie sahen, wie jeder seiner Hiebe ein Opfer entzweihieb. Also das war der Grund, weshalb sie sich jetzt alle von ihm fernhielten! Bei dieser Erkenntnis konnte sich Damlo ein Grinsen nicht verkneifen. Und dann, eingedenk des Angriffes, für den er mit dem Abzeichen der Legion belohnt worden war, stürzte er auf den Troll zu – und ließ sich im letzten Moment zu Boden fallen.

Die tödliche Klaue streifte ihn am Kopf und durchtrennte glatt das Stirnband des Orkhelmes, der daraufhin zwei Dutzend Fuß durch die Luft flog. Das Monster stierte ihn mit dumpfer Verblüffung an und hob den anderen Arm, um den

Jungen endgültig zu schlagen. Der aber war nahe genug an den Gegner herangekommen, um diesem mit einer weitausholenden Bewegung, in die er seine ganze Verzweiflung legte, die Beine über den Knien zu durchtrennen. Dann schloß er die Augen, rollte sich zusammen und vergrub den Kopf in den Armen, so als könnten sie ihn vor der tödlichen Klaue schützen.

Der alte Mann durchmaß den Korridor mit flotten Schritten. Er hielt die Hände hinter dem Rücken verschränkt und achtete nicht auf den hochgewachsenen, kräftigen Jüngling, der ihm schweigend folgte. Versunken in einen stummen Monolog, schüttelte er immer wieder so den Kopf, daß ihm gelegentlich die weißen Haare übers Gesicht fielen und sich im langen und ebenso schneeweißen Bart verfingen. Verwundert über dieses ungehörige Verhalten warf der Alte zunächst den Kopf nach hinten, und weil die eine Bewegung nie ausreichte, brachte er seine Haarpracht dann mit einem ungeduldigen Handgriff in Ordnung. Um kurz darauf wieder mit dem Kopfschütteln zu beginnen.

Auch der Junge hinter ihm war in seinen Gedanken versunken, aber sein dunkles Haar wurde von einem schmalen indigoblauen Band zusammengehalten und störte ihn dabei nicht im geringsten. Was ihm hingegen lästig fiel, war die schwere rote, mit feinsten Silberbeschlägen verzierte Holzkassette, die er unter dem Arm trug.

Die beiden hatten es so eilig, weil die Trompetenstöße der Wachposten schon seit einer ganzen Weile verhallt waren und die Gäste mittlerweile längst im großen Salon angekommen sein mußten. Beide wußten auch bereits, wer eingetroffen war; der guten Nachrichten gab es in diesen Zeiten nicht viele, und so hatte sich diese in Windeseile verbreitet.

Das letzte Stück des Korridors legten sie geradezu im Laufschritt zurück, ehe der Junge schließlich den Alten überholte und vor dem Eingang zum großen Salon stehenblieb. Mit einer weit ausholenden Bewegung des freien Armes raffte er den purpurnen Vorhang zusammen, trat zur Seite und überließ dem Meister wieder den Vortritt.

»Rinelkind! Endlich!«

»Ailaram, mein Freund!«

An einer Wand des Salons befand sich ein riesiger Kamin, in dem ein mächtiges Holzscheit gloste. Im Halbrund um den Feuerplatz standen einige Lehnsessel und zwei Sofas. Von einem der beiden erhob sich mit lebhafter Eleganz der Prinz vom Lissomrim und eilte dem Freund mit ausgebreiteten Armen entgegen. Der Prinz maß mehr als sechs Fuß, und obwohl er wie alle Elfen von schlankem Körperbau war, wirkte er kräftiger als seine Artgenossen. Seine erstaunlichen Augen glühten wie das Holz im Kamin, und in seinem Antlitz schien sich alles Lächeln dieser Welt zu spiegeln. Um den Magiarchen zu umarmen, mußte er sich tief hinabbeugen, und dann drückte er ihn mit aller Vorsicht an seine Brust, so als hätte er es mit einem gewöhnlichen Greis in all seiner Zerbrechlichkeit zu tun.

Er sah ihm in die Augen, als er sich wieder aufrichtete. »Du bist alt geworden ... in diesen paar Monaten.«

»Der Kampf gegen den Abwehrschild des *Schattens* strengt mich gewaltig an.«

»Irgenas hat mir schon gesagt, daß der Zahn des Britelvorill verlorengegangen ist, und mir gerade berichtet, wie es dazu kam.«

Der Zwergenprinz, der sich wie alle anderen Gäste bei Ailarams Eintreten erhoben hatte, nickte ernst. Neben ihm strich sich Clevas den Bart, und ein paar Schritte weiter verfolgte Uwaen lächelnd das Wiedersehen der alten Freunde.

Auf der anderen Seite des Kamins stand vor dem Sofa, von dem Rinelkind aufgestanden war, ein weiterer Elf und wartete vergnügt darauf, daß ihn der Magiarch bemerkte. Nicht ganz so groß wie Rinelkind, glühte in seinen Augen jedoch das gleiche Feuer; nur das Lächeln auf seinem Gesicht wirkte schelmischer.

»Irgenas wird mir verzeihen«, sagte der Magier zu Prinz Rinelkind, »aber bevor er mit seinem Bericht fortfährt, muß ich erfahren, warum du so verspätet kommst! Um ehrlich zu sein, ich dachte schon, man hätte dich umgebracht!«

»Man hat es probiert, mein Freund, und sogar mit ziemlicher Hartnäckigkeit. Aber ich finde es nicht ratsam, dir jetzt alles zu erzählen, denn das würde Stunden dauern. Du sollst nur wissen, daß sich der Feind außer des Zahnes auch noch der Kristallblüte bemächtigt hätte, wäre mir nicht während der Reise mein Vetter Lendrin über den Weg gelaufen.«

»Es ist gar nicht gesagt«, brummte Clevas, »daß sich der Zahn in den Händen des Ersten Dieners befindet. Ihr kennt diesen Jungen nicht!«

»Lendrin!« rief Ailaram, unterbrach den alten Zwerg und wandte sich dem anderen Elf zu. »Ich habe dich noch gar nicht begrüßt!«

»Mir war schon immer klar, daß du Rinelkind lieber hast als mich«, entgegnete der Prinz vom Firmlithein grinsend. Dann umarmte auch er den Magiarchen – ungestümer und weniger behutsam als sein Vetter.

»Fang nicht wieder mit deinen Keckheiten an, hörst du?« mahnte Ailaram mit gespielter Strenge. »Ich schulde euch beiden die gleiche Dankbarkeit und liebe euch in gleichem Maße. Also rede keinen Unsinn!«

»Das werde ich nie mehr tun«, antwortete der Elf feierlich. Dann grinste er erneut. »Oh, entschuldige, ich rede ja schon wieder welchen!«

»Die Kristallblüte«, unterbrach Uwaen die beiden, um Ernst bemüht. »Wenn sie Ailaram Erleichterung bringen kann, dann wäre es vielleicht gut, sie unverzüglich einzusetzen.«

Rinelkind nickte und nahm aus der Tasche, die er umgehängt

trug, ein mit feinstem, durchscheinendem Gewebe umhülltes Päckchen.

»Pheron!« rief der Magiarch.

Der junge Mann, der ihn in den Salon begleitet hatte, trat zu Rinelkind und öffnete die Holzkassette. Der Elfenprinz legte das Päckchen hinein, ohne es zu öffnen.

»Ich werde eine Weile brauchen«, rief Ailaram schon im Gehen. »Aber ich habe Irgenas ohnehin beim Erzählen unterbrochen, also werdet ihr wohl keine Langeweile haben.«

Hals über Kopf stürzte er aus der Tür, gefolgt von seinem Lieblingsschüler. Erst als der Vorhang nach geraumer Zeit nicht mehr schwang, wurde die Konversation im Salon wieder aufgenommen.

»Er schafft es wirklich kaum noch«, murmelte Rinelkind schließlich.

»Noch nie habe ich ihn so verausgabt gesehen«, fügte Lendrin hinzu, aus dessen Zügen mit einemmal jegliche Heiterkeit gewichen war.

»Er hat mir anvertraut, daß er auch im Schlaf an dem ›Gesicht‹ arbeite«, verriet Uwaen den anderen, »weil jede noch so winzige Unterbrechung die Blindheit verdichten soll.«

»Ist der Drachenzahn tatsächlich verloren gegangen?« fragte Rinelkind.

»Kein Gedanke daran!« murrte Clevas.

»Also, mach dir selbst ein Bild«, schlug Irgenas vor. »Wie ich schon sagte, wir mußten nach Drassol zurückkehren, wo wir eine weitere Woche am Hof von König Vinathes zurückgehalten wurden.«

»Wir haben den Bürgerkrieg verhindert«, seufzte Clevas, »aber den Jungen haben wir verloren.«

»Auch wenn wir nicht am ausgemachten Ort zu ihm stoßen sollten«, fuhr Irgenas fort, »wir würden ihn doch bald danach einholen. So dachten wir wenigstens. An der Brücke über den Fluß Riguario aber mußten wir entdecken, daß es einen Kampf gegeben hatte, und daß die Sieger niemanden passieren ließen. Um noch vor dieser Auseinandersetzung über den Fluß gekommen zu sein, hätte Damlo ohne Unterlaß mit allerhöchster Geschwindigkeit unterwegs sein müssen. Außerdem hatte er versprochen, nötigenfalls zwei Tage auf uns zu warten, und wie wir ihn kannten, waren wir sicher, er würde sich eher ein wenig mehr Zeit lassen, in der Hoffnung, uns dann doch noch im allerletzten Augenblick eintreffen zu sehen. Daher haben wir auf der Straße nach Eria nach ihm Ausschau gehalten und sind tatsächlich in der Hauptstadt auf seine Spur gestoßen. Er hätte sich einer Karawane nach Tevilan angeschlossen, sagte man uns dort, und wirklich war er sogar bei der zweiten, auf die wir trafen, registriert. Aber niemand konnte uns Auskunft über ihn geben, da er sich am Abfahrtsmorgen nicht am Sammelplatz eingefunden hatte. Also nahmen wir an, er hätte sich in Anbetracht der Dringlichkeit der Mission allein auf den Weg gemacht.«

»Was für eine Narretei!« rief Lendrin.

»Er ist noch sehr jung«, sagte Clevas, »und handelt zuweilen leichtsinnig. Aber er besitzt Anstand und Mut. Und außerdem ist er ein heller Kopf.«

»Ich hoffe wirklich, daß ihn dieser Wahnsinn nicht das Leben gekostet hat«, fuhr Irgenas fort. »Jedenfalls mußten wir uns an diesem Punkt entscheiden, ob wir umkehren sollten, um ihn dort zu suchen, wo wir ihn schon bisher nicht gefunden hatten, oder in der Hoffnung weiterzureisen, irgendwo auf der Straße nach Belsin auf ihn zu treffen. Wir ritten also weiter, und ich erzähle euch besser nichts von all den Schwierigkeiten, mit denen wir zu kämpfen hatten: Das Zentralmassiv wimmelt von Orks, und wäre Uwaen nicht bei uns gewesen …«

»Schweif nicht vom Thema ab!« unterbrach ihn der Halbelf. »Bleib lieber bei den Tatsachen.«

»Nein, mein Freund, das muß nun mal gesagt und anerkannt

werden! Ohne deine Tüchtigkeit hätten wir es nicht bis hierher geschafft!«

»Das kann ich mir vorstellen«, sagte Rinelkind. »Auch wir mußten das Zentralmassiv durchqueren, und das war nicht unbedingt ein Spaziergang!«

»Jedenfalls sind wir heil bis ans Ziel gekommen«, Uwaen machte es kurz, »und hofften, der Junge würde uns hier schon erwarten.«

Lendrin schüttelte betrübt den Kopf.

»Wie euch Irgenas bereits erzählte«, fuhr der Halbelf fort, »besitzt Damlo außergewöhnliche Gaben. Bis zum vergangenen Monat war ihm das nicht bewußt. Und ganz sicher hat er in dieser kurzen Zeit nicht gelernt, sie zu kontrollieren. Selbst wenn er also den Versuch machen sollte, sie einzusetzen ...«

»Würde er sich nur selbst schaden«, seufzte Lendrin. »Freunde, sehen wir der Wahrheit ins Gesicht: Ein Junge, der in diesen Zeiten im Zentralmassiv allein unterwegs ist ...«

»Hör auf damit!« fuhr Clevas hoch. »Du kennst ihn nicht!«

Keiner sagte ein Wort.

Schlagartig – wie nach einem langen, ausgiebigen Schlaf – erlangte Damlo wieder das Bewußtsein. Er erinnerte sich an fast alles, nur die gewaltige Last, die ihn niederdrückte, konnte er sich nicht erklären. Außerdem fragte er sich, wie es kam, daß er überhaupt noch am Leben war. Hatte er vielleicht einen Zauber bewirkt, ohne sich dessen bewußt geworden zu sein? Und der Drache? Gefahr hatte es doch wohl genug gegeben – wieso war er nicht aus seinem Schlupfwinkel hervorgebrochen? Hatte das Netz gehalten? Oder hatte er, Damlo, sich in seinem wilden, verzweifelten Rauschzustand nicht ausreichend geängstigt, um dem Monster Gelegenheit zum Ausbruch zu geben? Und woher kam dieser dumpfe, heftige Schmerz an der rechten Seite seines Brustkorbes, der sich wie die Nachwirkung eines Eselstrittes anfühlte?

Das alles fragte er sich eine Weile, ehe er sich entschloß, die Antworten ein anderes Mal zu suchen. Denn wie auch immer diese ausfallen mochten, eines war klar: Er selbst steckte ohne Zweifel immer noch mitten unter Tausenden von Orks. Rasch mußte er überlegen, wie er sich unbemerkt aus dem Staub machen konnte.

Er sah nichts, weil er die Augen geschlossen hatte und es nicht fertigbrachte, sie zu öffnen. Aber rundum vernahm er ein dumpfes Lärmen. Er rührte sich ein wenig und merkte, daß er alle vier Gliedmaßen bewegen konnte. Merkwürdigerweise spürte er außer dem Gewicht, das so schwer auf ihm lastete, eine Art Hülle um seinen ganzen Körper, die bei jeder Bewegung ein wenig aufzuplatzen schien. Eine Sekunde lang fühlte er sich wie eine Schmetterlingspuppe, die im Begriff war, ihren hauchdünnen, knisternden Kokon zu sprengen.

Seine Nase war fast völlig verstopft, und jetzt, da er wach war, genügte ihm die Luft, die noch durchdrang, nicht mehr. Er öffnete den Mund und holte tief Atem. Und wieder schien es ihm, als würde er beim Öffnen der Lippen eine hauchdünne, brüchige Haut zum Bersten bringen. Er schnaubte kräftig durch die Nase, und das half: Sie wurde wieder frei. Im Gegenzug wurde er von einem heftigen Brechreiz gepackt, denn die Luft, die er einatmete, stank überwältigend nach Fäulnis, Tod und trockenem Blut. Der Junge brauchte eine Weile, aber schließlich gelangen ihm doch ein paar Atemzüge ohne den Drang, sich zu übergeben.

Jetzt fühlte er sich wieder tatkräftiger und entschloß sich, das Gewicht abzuwerfen, das ihn so belastete. Dabei mußte es sich um den Kadaver des Trolls handeln; aber wie kam es, daß ihn das Monster nicht getötet hatte? Er erinnerte sich doch genau an die hoch erhobene Klaue vor dem Hieb, der ihn ins Land der Träume geschickt hatte!

Er drehte sich sehr langsam, um sich so vorsichtig und unauffällig wie möglich unter dem Kadaver hervorzuwinden.

Doch links neben seinem Kopf steckte etwas in der Erde, das jede weitere Bewegung blockierte. Und auch weiter unten, auf der anderen Seite, hinderte ihn etwas Hartes am Weiterkriechen in diese Richtung. Er wälzte sich hin und her und versuchte, sich in der Querrichtung unter dem Gewicht hervorzuwinden; nach einer gewaltigen Anstrengung gelang es ihm, eine Hand zu befreien, und von diesem Augenblick an wurde alles viel leichter.

Es war Blut: Sobald er frei war, hielt er seine Finger vor die Augen und entdeckte, daß die hauchdünne Hülle, die er an seinem ganzen Körper spürte, eine einzige, durchgehende Kruste aus getrocknetem Blut war. Glücklicherweise reichte es, ein wenig daran zu kratzen, und der Belag krümelte und fiel ab. Doch nachdem er seine Augen freigerieben hatte, unterbrach Damlo seinen Eifer. Die Nacht hatte sich längst über das Schlachtfeld gesenkt, und die ganze Gegend wimmelte von fackelbewehrten Feinden; es war wirklich nicht ratsam, eine Maske abzulegen, die, ob sie ihm nun angenehm war oder nicht, sein menschliches Äußeres verbarg.

Also blieb er liegen und säuberte erst einmal seine Ohren. Dann sah er sich genauer um. Soweit er sehen konnte, war alles mit Kadavern und sterbenden Orks bedeckt, und das, was das eingetrocknete Blut in seinen Ohren zuvor zu einem Summen gedämpft hatte, entwickelte sich jetzt zu einem Chor aus Schmerzensschreien der Verwundeten, um die sich niemand kümmerte.

Damlo wußte, er mußte hier schnellstens weg. Die Orks waren dabei, die Reste der Karawane zu plündern, und einige von ihnen hatten schon angefangen, den Gefallenen die Kleider vom Leib zu reißen. Er machte eine rasche Liste all seiner Habseligkeiten und merkte, daß scin Zauberdegen fehlte. Aber es war nicht schwer, ihn zu finden: Die Spitze ragte aus dem Nacken des Trolls.

Das war der Grund, warum er noch lebte! Nach dem Hieb,

der ihn gefällt hatte, war der Troll über Damlo zusammengebrochen, ohne seine tödliche Klaue gegen den Jungen einsetzen zu können; statt dessen hatte sie sich neben Damlos Kopf in den Erdboden gebohrt. Und dann war der Troll mit seinem ganzen Gewicht auf den Stacheldegen gefallen, der ihm die Kehle durchstochen und ihn auf der Stelle getötet hatte. Das erklärte auch den Schmerz an Damlos rechter Seite: Als der Troll auf ihn gestürzt war, hatte er ihm den Griff des Degens gegen den Brustkorb gedrückt. Und jetzt rief der Junge dem toten Karawanenführer innerlich ein tiefempfundenes Dankeswort zu, denn ohne den ledernen Brustpanzer und die zahlreichen Schichten Orkkleider, in die er eingepackt war, hätte ihm der Schlag vermutlich die Rippen eingedrückt.

An seine Waffe heranzukommen, war nicht einfach, aber schließlich gelang es dem Jungen doch, sie dem toten Ork aus der Kehle zu reißen, ohne Aufmerksamkeit zu erregen. Dann nahm er einem Kadaver den Helm ab, setzte ihn sich sorgfältig auf den Kopf und kroch auf allen vieren davon. Viele verwundete Orks schleppten sich vom Schlachtfeld, und Damlo wurde zu einem von ihnen. Er spielte den Verletzten am Ende seiner Kräfte und wand sich kriechend dahin, ohne je den Kopf zu heben; so kam er schließlich bis zum Rand des Waldes. Dort sah er noch einmal zurück, um den Freunden einen letzten stummen Abschiedsgruß zu entbieten.

Keine zehn Schritt hinter ihm stand Norzak von Suruwo.

Obwohl er flach ausgestreckt war, hatte der Junge eine Sekunde lang das Gefühl, als würde ihm der Boden unter den Füßen weggezogen. Der Fürst befand sich zwischen ihm und den Trümmern des Zuges, also mußte Damlo ganz knapp an ihm vorbeigekrochen sein. Norzak unterhielt sich mit zwei Ulkranern in ihrer Sprache, und der Junge merkte verblüfft, daß er, obwohl er die einzelnen Wörter nicht verstand, dem Inhalt dessen, was die drei sagten, durchaus folgen konnte.

Das war ihm schon am Morgen aufgefallen, während des ersten Angriffes, als er die Befehle des Ulkraners erfaßte, die dieser auf Orkisch gegeben hatte. Wie war das möglich? Man konnte doch keine Sprache verstehen, die man nicht gelernt hatte! Und doch ... sicher, er hatte schon von klein auf gemerkt, daß er über ein besonderes Sprachentalent verfügte, und in der Tat war ihm auch das Zwergische geradezu in Windeseile zugeflogen. Doch in Eria hatte er den Fürsten von Suruwo in derselben Sprache, die er, Damlo, jetzt verstand, mit seinen Wachen reden hören und nichts davon aufgeschnappt. Was war also in der Zwischenzeit geschehen? Was hatte sich geändert?

Er schluckte. Viele Dinge waren seither geschehen, jedoch nur ein einziges, dem Bedeutung zukam: Norzak hatte den Drachen geweckt. Und Drachen – darin stimmten alle Fabeln und Legenden überein – verstanden alle Sprachen.

Er nannte ihn »Drache« oder »Furie« oder »diese Sache« und stellte sich das Monster in seiner Höhle so lebhaft vor, daß er imstande war, in sich selbst einzutauchen, es zu sehen und zu bekämpfen. Vielleicht weil Sinnbilder, wenn sie auf Magie trafen, manchmal tatsächlich Substanz annehmen konnten? Doch obwohl er versuchte, so wenig wie möglich daran zu denken, wußte er genau, daß die Kreatur in seinem Inneren kein Fremdkörper war: Der Drache – das war *er*! Er seufzte. Dieses trockene Wissen war eine Sache – etwas ganz anderes hingegen, eine für diese Wesen so vertraute Eigenschaft wie das Verstehen von Sprachen, die man nie gelernt hat, plötzlich in sich selbst zu entdecken ...

Der Junge verspürte ein stechendes Gefühl der Einsamkeit. Und dann wurde er unversehens aus seinen Gedankengängen gerissen: Norzak hatte Uwaens Namen genannt.

»Er mag wohl nur ein halber Mensch sein«, sagte der Fürst gerade, »aber er ist ganz gewiß nicht unfähig. Und wenn ich eurem Kameraden aus Drassol glauben soll, dann ist er sogar ein äußerst kluger Kopf. Also macht nicht den Fehler, ihn zu unterschätzen: Drei Leute sind es, die ihr finden müßt, nicht zwei – ohne den Jungen, da es sein kann, daß der nicht dabei ist.«

Damlo zuckte zusammen; es war ihm also nicht wirklich gelungen, Norzak zu täuschen!

»Wie Ihr befehlt, Herr«, sagte einer der Ulkraner. »Jedenfalls befanden sich die Zwerge nicht unter den toten Mitgliedern der Karawane.«

Ein Gespräch zu verstehen, ohne die Bedeutung der einzelnen Wörter zu begreifen, war eine sehr seltsame Sache, fand der Junge.

»Sucht auch unter den toten Orks«, ordnete der Fürst an. »Diese beiden sind erfahrene Kämpfer, und es würde mich nicht wundern, sie unter einem Haufen Kadaver zu finden. Falls sie gefallen sind, haben sie vor ihrem Tod bestimmt noch ein Massaker angerichtet.«

Einer der Ulkraner schlug die Hacken zusammen und entfernte sich im Laufschritt.

»Wer hat angeordnet, die Wagen anzuzünden?« erkundigte sich Norzak.

»Gruluk, ein wichtiger Hordenführer. Ich habe ihn schon festgenommen. Er befindet sich zusammen mit Sakkar bei der Stele, wo die beiden auf Euren Richterspruch warten. Wenn ich mir eine Bemerkung erlauben darf, Herr … Sakkar ist ein hervorragender Kommandant, einer der besten von uns Ulkranern. Und die Orks unter Kontrolle zu halten ist ein schwieriges Unterfangen. Dazu kommt, daß die Befehle nicht ausdrücklich untersagten …«

»Brackud!« schnauzte ihn der Fürst an. »Ich rate dir, deine neue Stellung nicht auszunutzen! Die Befehle waren völlig klar: Es galt, einen Wagen zu suchen und mir Nachricht zu geben, sobald er gefunden war! Ein Wagen, der von einem Jungen gefahren wird oder von zwei Zwergen und einem Mann.

Ein Wagen, der an der durchbrochenen Rückenlehne des Kutschersitzes deutlich erkennbar ist. Ihr sucht seit Monaten danach, und jetzt, da ihr ihn endlich gefunden habt, präsentiert ihr mir einen Haufen verkohlter Trümmer!«

»Vielleicht handelt es sich nicht um den richtigen ...«

»Doch. Tatini hat die Rückenlehne eingehend beschrieben, und das, was davon übrig ist, stimmt mit seiner Schilderung genau überein.«

»Aber auf dem Wagen befanden sich weder der Drachenzahn noch die Schuppe. Und auch nicht ihre Überreste.«

»Also müßt ihr unter den Kadavern suchen. Falls ihr weder auf die Zwerge noch auf die beiden Gegenstände stoßt, dann heißt das, jemand hat es geschafft zu entkommen. Und dann müßt ihr das ganze Zentralmassiv von hier bis zum Turm von Belsin durchsuchen.«

»Was das betrifft, Herr, so stehen wir jederzeit bereit. Wir verfügen über Tausende von Orks, die sich in diesen Bergen bestens auskennen, weil sie hier geboren sind. Zwei Zwerge oder einen Menschenjungen aufzustöbern dürfte somit kein Problem sein.«

»Es schien auch kein Problem zu sein, ein Bürschchen aufzustöbern, das mutterseelenallein mit einem Gespann durch die Welt fährt«, gab Norzak zurück und durchbohrte ihn mit einem funkelnden Blick. »Aber hätte ich Tatini nicht einen so gewaltigen Schreck eingejagt, so würdet ihr den Jungen noch immer nördlich des Sees suchen!«

Der Ulkraner zog den Kopf ein.

»Ich möchte alle Spuren beseitigen und so rasch wie möglich in die Hauptstadt zurückkehren«, sagte Norzak nun, zog sich das Futteral des Toroides vom Hals und trommelte darauf herum. »Also verzieh dich zu deinem Kameraden und sag ihm, er soll sich sputen. Dann geh zu dem Platz, wo ich den Greif zurückgelassen habe und sorge dafür, daß ihn die Orks nicht belästigen.«

Die Nachforschungen dauerten nicht lange, denn obwohl der Überfall auf die Karawane auch auf der Siegerseite eine Unmenge Opfer gefordert hatte, ging die Zahl der überlebenden Orks immer noch in die Tausende. Und diese machten sich sogleich an die Arbeit, drehten willig ihre toten Artgenossen einen nach dem anderen um und bemächtigten sich bei dieser Gelegenheit sämtlicher Habseligkeiten der Gefallenen. Und zahlreich waren dabei Streitereien und Raufhändel, wie Damlo verfolgen konnte.

Er dankte dem Schicksal, daß er rechtzeitig zu Bewußtsein gekommen war, und verdrückte sich nach einer Weile unauffällig hinter einen großen Haselnußstrauch. Es lag auf der Hand, daß die Ulkraner weder die Leichen der Zwerge noch die zauberkräftigen Gegenstände finden würden, die sie suchten. Also würden sie darangehen, das Zentralmassiv bis in die letzten Winkel zu durchkämmen. Und wenn er, Damlo, sich noch einen Rest Vernunft bewahrt hatte, sollte er sich sofort aus dem Staub machen, um sich so ein wenig Vorsprung zu verschaffen! Aber Norzak hatte gesagt, er würde alle Spuren verwischen, und irgendwo unter den Resten der Karawane lagen auch seine, Damlos, toten Freunde. Für Stokus und die Vedalins würde das eine Art Begräbnis sein – und da gehörte die Anwesenheit einer Person, die um sie trauerte, einfach dazu! Außerdem würde der Erste Diener, um die Spuren zu beseitigen, Magie einsetzen – vermutlich die gleiche, die er benutzt hatte, um die Spuren in Clinas elterlichem Bauernhof und in der übrigen Hegemonie in diesem Jahr der Angst verschwinden zu lassen. Und Damlo war neugierig.

Der Fürst holte das Toroid aus seinem Samtbeutelchen, konzentrierte sich, und auf einer großen, kreisrunden Fläche zu seinen Füßen fing alles an, sich zu senken, zu schrumpfen. Anfangs dachte Damlo, daß es der Zauber fertigbrachte, die Dinge irgendwie ins Erdreich zu ziehen, aber dann merkte er, daß etwas ganz anderes geschah: Völlig unauffällig begannen jene Dinge, die organischen Ursprungs waren und Kontakt mit dem Boden hatten, zu glosen und zu verschwinden. Und während ein Teil herunterbrannte, kam ein weiterer mit dem magischen Geschehen in Berührung, schrumpfte nach und nach, glühte auf und löste sich in nichts auf. Der Vorgang wirkte so, als würde Norzak Blei in einem Pfännchen schmelzen, nur daß auf dem Boden statt einer grauen Flüssigkeit nichts als Steine zurückblieben – zusammen mit den wenigen Metallgegenständen, die der Plünderung entgangen waren.

Nachdem er auf diese Weise einen Kreis um sich gesäubert hatte, schritt der Fürst zum nächsten, während hinter ihm die Orks um all das kämpften, was vom Zauber verschont worden war.

Plötzlich verschlug es Damlo den Atem. Mitten unter den Kadavern und den Resten der Karawane befanden sich auch viele Orks, die noch lebten! Es waren die Schwerverwundeten, die sich nicht ohne Hilfe von der Stelle bewegen konnten – aber niemand verschwendete auch nur einen Gedanken an sie. Gleichgültig standen ihre Kumpane dabei, während Norzak sie wie Unrat vom Erdboden tilgte.

Gut, es waren Orks – Orks, die gerade Hunderte unschuldiger Menschen massakriert hatten, darunter seine, Damlos, Freunde. Dennoch war der Junge zutiefst erschüttert. Er unterdrückte die aufsteigende Übelkeit, bis der Erste Diener die Leiche von Stokus und die der Vedalins hatte verschwinden lassen, sandte ein kurzes Gebet für ihre Seelen zu den Göttern und trocknete sich dann die Tränen, ehe er in der Deckung seines Haselnußstrauches davonkroch, um sich so schnell wie möglich in den Wald zu verziehen.

Das Schlachtfeld war riesengroß, überlegte Damlo, und wenn der Fürst es von jeder Spur säubern wollte, würde das eine ganze Weile dauern. Und dann mußte Norzak noch die Suchtrupps zusammenstellen. Es würde sicher nicht leicht sein, Ordnung in diese gewaltige Masse von Orks zu bringen –

und ebenfalls Zeit rauben. Stunden, die er, Damlo, weidlich ausnutzen mußte, um seinen Vorsprung auszubauen! Er seufzte, rückte sich den Lederhelm auf dem Kopf zurecht und beschleunigte seine Schritte. Die Straße nach Tevilan zu nehmen war undenkbar, denn das Schicksal der Männer, die Stokus ausgesandt hatte, militärische Unterstützung zu holen, bewies, wie lückenlos der Feind sie kontrollierte. Und der einzige andere Weg nach Belsin führte quer über Taeliens Bogen.

Seine Gipfel waren selbst von der Stele des Keron aus zu sehen, und Damlo waren sie schon zu einem Zeitpunkt als geradezu unüberwindlich erschienen, als er noch nicht einmal geahnt hatte, daß er sie schon bald würde erklimmen müssen.

8

Die Sorge, die Orks nicht weit genug hinter sich lassen zu können, hielt Damlo hellwach, und er kämpfte sich, ohne Rast zu machen, bis zum Morgengrauen voran. Dann, beim ersten Licht des neuen Tages, fiel ihm plötzlich ein, daß Norzak ja mit Hilfe des Greifs nach ihm suchen könnte, und er überlegte, ob es nicht von Vorteil wäre, nur bei Dunkelheit zu marschieren. Aber er hatte weder Fackeln noch Laternen, und der Mond war zwar schon fast halb voll, ging aber immer erst spätnachts auf. Und so beschloß der Junge, sich auf seine Verkleidung zu verlassen, und stapfte weiter.

Hier wuchsen die Bäume in üppiger Pracht, das Terrain war weich, und er kam flott voran. Der tiefgrüne, lebendige Wald ähnelte jenem rund um Waelton sehr, und so konnte sich Damlo beinahe vorstellen, zu Hause und in seiner Phantasie damit beschäftigt zu sein, sich als Elf zu fühlen oder die Jungen einer Hirschkuh zu streicheln, ehe sie ihn bemerkte.

Er stillte seinen Hunger mit Wurzeln und Knollen, die es im Überfluß gab, trank Wasser aus den vielen Quellen und erblickte nicht die geringste Spur der Feinde. Dennoch wußte er, daß weit hinten die Jagd auf ihn bereits begonnen hatte. Sonderbar, dachte er mehr als einmal, wie eine so wohltuende

Umgebung gleichzeitig mit einer so gefahrvollen Lage bestehen konnte …

Er wanderte den ganzen Tag über bergan und machte nach Sonnenuntergang an einer riesigen Buche halt, die ihn schon aus der Ferne gelockt hatte. Die Handflächen gegen ihre glatte Rinde gepreßt, grüßte er sie, ehe er sich zwischen ihre mächtigen hervortretenden Wurzeln kauerte. Er hoffte, der hiesige Ortsgeist würde erscheinen, so daß er jemanden hätte, den er ins Vertrauen ziehen konnte. Aber nicht einmal die Luftkobolde wollten sich zeigen. Vielleicht schreckte der Gestank sie ab, scherzte er bei sich und verzog die Nase: Das war die unangenehmste Begleiterscheinung dieser Maskerade, aber auch die wichtigste. Wäre er sauber gewaschen einem Trupp Orks begegnet, müßten diese augenblicklich seinen Geruch als menschlichen erkennen. Doch so verkrustet von Blut und Schmutz, wie er war, würden sie sich wohl täuschen lassen. Vielleicht.

Er versuchte, sich die Szene vorzustellen. Würde er denn in der Orksprache reden können? Vermutlich nicht, weil der Drache ihm nur erlaubte … Der Drache! Plötzlich wurde ihm bewußt, daß er sich seit dem Beginn des Massakers nicht um den Drachen gekümmert hatte! Und wenn sich das Monster mittlerweile befreit hatte? Was für eine Dummheit! dachte er; das Monster bin ich selbst, und man kann sich doch nicht von sich selbst befreien! Ja, einverstanden –, aber wie waren dann die anderen »Roten« von Waelton gestorben?

Er machte den Versuch, sich als Drache zu betrachten, aber es wollte ihm nicht gelingen. Er probierte sogar ein entsprechendes Brüllen, aber das reizte ihn nur zum Lachen: Seine Stimme war immer noch heiser, und das, was aus seiner Kehle kam, klang eher nach dem Niesen eines Kälbchens.

Seltsam, dachte er, wie man auch lachen kann, wenn einem die Verzweiflung das Herz zusammenpreß … Bei der Vorstellung, der einzige Halbdrache auf der Welt zu sein, fühlte er sich schrecklich *anders*. Und allein. Zum Sterben allein.

Nein, entschied er schließlich. Auch wenn der Drache ein Teil seiner selbst war, würde er ihn nach wie vor als ein eigenes Wesen betrachten. Denn solange er ihn als Fremdkörper ansah, blieb er in der Lage, mit ihm umzugehen. Und das zu lernen hatte ihn schließlich lange Jahre der Todesangst gekostet! Andernfalls hätte er wohl von vorn anfangen müssen, und ohne die Hilfe von Ailaram wäre ihm dabei wahrscheinlich kein Erfolg beschieden.

Er nahm alle Kraft zusammen, tauchte in sein Inneres ein und drang zum Nest der Furie vor. Das Monster war da, hellwach, und starrte ihm feindselig entgegen. Damlo hatte das Gefühl zu sterben: Das vom Toroid gewebte Netz war fast vollständig zerfetzt. Rund um den Drachen waren nur noch ein paar hundert aufgelöste Fäden vorhanden, die von einem hauchdünnen Spinnennetz aus sehr verschlissenen Fasern zusammengehalten wurden.

Der Kampf mit dem Troll, dachte der Junge; der Drache hat versucht auszubrechen! Und ohne das Netz hätte er mich umgebracht!

Schauer der Angst durchliefen ihn, also begann er zu singen. Er fing genauso an wie beim ersten Mal, besang Ticla und die Freunde, die ihn in Belsin erwarteten, und dann fügte er einige Strophen hinzu, die vom Schmerz über den Tod von Stokus und den der Vedalins erzählten. Er besang auch Bellas eindringlichen Blick und das unbegreifliche Vertrauen, das ihm das Mädchen geschenkt hatte. Und in seinem Lied lag auch die Trauer darüber, sie in gewisser Weise betrogen zu haben. Er besang seine eigene Einsamkeit. Seine Vergangenheit. Und so verlor er sich allmählich in den Mäandern der Musik und seines Lebens.

Doch plötzlich erwachte er wieder aus seinen Träumen und bemerkte zu seiner großen Überraschung, daß er nun nicht mehr für das Netz sang: Unbemerkt hatte sich sein Lied auf den Drachen übertragen, und jetzt streichelte es ihn, kitzelte ihn und blies ihm ein leises Summen zwischen die Schuppen des Panzers. Und das Monster rollte sich zusammen und schien diese zarten Aufmerksamkeiten mit offensichtlichem Wohlgefallen anzunehmen. Der Genuß ging so weit, daß es sogar die Lider geschlossen hatte.

Damlo war so verblüfft, daß er beinahe aufgehört hätte zu singen. Die Melodie verwandelte sich in kleine Notenbächlein, die da und dort über den gewaltigen roten Leib tröpfelten. Schließlich verstummte der Junge, um den Drachen nur noch still zu beobachten. Das Monster hatte die Augen wieder geöffnet – zwei große gelbe Laternen mit senkrecht stehenden Ellipsen in der Mitte – und starrte Damlo unverwandt ins Gesicht. Ohne jegliches Anzeichen von Feindseligkeit.

»Hallo!« flüsterte der Junge instinktiv, ehe ihm bewußt wurde, daß er sich damit selbst grüßte, und schwieg leicht verlegen. Aber dann zuckte er die Achseln und sprach wieder – fürwahr war es nicht das erste Mal, daß er Selbstgespräche führte! »Ich heiße Damlo«, sagte er. »Und du? Ach ja, richtig, wir müssen einen Namen für dich finden! Was sagst du zu … Warte mal … ›Rexalandrill‹! Gefällt dir ›Rexalandrill‹?«

Der Drache fuhr fort, ihn anzustarren, aber weder die Beendigung des Liedes noch Damlos Worte schienen ihn in irgendeiner Weise zu verstimmen. Vielleicht müßte ich mir auf meine Fragen selber antworten! ging es dem Jungen durch den Kopf. Nein. Er hatte sich entschlossen, das Monster als selbständiges Wesen zu behandeln, und dabei wollte er bleiben.

»Es freut mich, dich kennenzulernen und endlich mit dir reden zu können«, sagte er. »Wir sind häufig aneinander geraten, wir beide, aber wohl nur deshalb, weil wir uns zu wenig kannten. Wie wäre es, wenn wir jetzt damit aufhörten? Letzten Endes bist du ja ich, und ich bin du! Warum sollten wir uns also bekämpfen? Damit riskieren wir nur, uns gegenseitig weh zu tun!«

So sprach er lange zum Drachen, erzählte ihm von sich und von der Welt. Und als er aufwachte, erinnerte er sich nicht mehr daran, irgendwann eingeschlafen zu sein.

Die Sonne stand schon hoch, und Damlos Rücken fühlte sich an, als hätte ein Pferd nach ihm getreten, weil er die ganze Nacht auf dem Zahn des Britelvorill geschlafen hatte. Doch er konnte ihn nicht ablegen, ohne sich ganz auszuziehen und damit zu riskieren, ohne seine Verkleidung ertappt zu werden. Also würde er sich wohl daran gewöhnen müssen.

Er setzte seinen Aufstieg fort, ohne jede Befürchtung, sich zu verirren: Er wußte genau, daß Belsin etwa sechzig Meilen östlich der Gipfel von Taeliens Bogen lag – sechzig Meilen in Luftlinie, die durch das ewige Auf und Ab gut und gern zu hundert werden würden. Vielleicht sogar zu mehr: hoch oben waren diese Berge mit Schluchten und Felsspalten übersät, und niemand hätte voraussagen können, wie viele Umwege es ihn kosten würde, einen Paß zu finden, der ihn hinab zum Turm von Belsin führte.

Stunde um Stunde marschierte Damlo dahin, und je tiefer er ins Orkgebiet eindrang, desto stärker veränderte sich seine Umgebung. Anfangs war es nur ein unbestimmtes Gefühl diffuser Feindseligkeit; dann wurden die Baumstämme allmählich kümmerlicher, die Äste verkrüppelt und die Wurzeln trügerisch. Letztere krümmten sich genau dort aus der Erde, wo ein Wanderer am ehesten seinen Fuß hinsetzen würde, und schienen voller Arglist darauf zu warten, daß ihr Opfer über sie stolperte. Selbst die Blätter der Bäume nahmen eine kränkliche Färbung an – ein Mittelding zwischen Ockergelb und fauligem Grün –, und bald war es Damlo nicht mehr möglich, auch nur ein einziges Blättchen zu entdecken, dessen Ränder nicht bräunlich und zerfressen waren. Schließlich wirkte auch der niedrige Bewuchs unter den Bäumen düster und fast undurchdringlich. Die Atmosphäre des Waldes fühlte sich ausgesprochen bedrückend an.

Zum ersten Mal in seinem Leben hatte Damlo Mühe, sich zwischen Bäumen fortzubewegen – und das freudlos und mit Unbehagen. Des öfteren plauderte er mit Rexalandrill, einerseits, um sich weniger allein zu fühlen, andererseits als Vorsichtsmaßnahme. Er behandelte den Drachen wie ein kleines Kind und hätschelte ihn regelmäßig, denn das magische Netz war noch immer in einem katastrophalen Zustand, und wenn der Drache da wütend wurde …

Den ersten Trupp Orks erblickte der Junge kurz nach Mittag – in einem Tal, das parallel zu jenem verlief, das er soeben hochgestiegen war. Sie waren dabei, in flottem Tempo eine kleine, rautenförmige Lichtung zu überqueren. Also waren sie ihm nicht gerade unmittelbar auf den Fersen, aber der Umstand, daß sie schon so nahe an ihn herangekommen waren, bedeutete, daß sie rascher vorankamen als er. Und das hieß auch, daß sie ihn – falls er ihnen nicht zuvor in die Hände fiel – sehr bald überholen und sodann die wenigen Gebirgsübergänge blockieren würden. Vorwärtsgetrieben von der Angst beschleunigte der Junge seine Schritte.

Jetzt war es im Wald erschreckend finster. Ein Großteil der Tiere war verschwunden, und die wenigen, die Damlo noch zu sehen bekam – hauptsächlich Spinnen, Tausendfüßler, Kröten und Nattern –, schienen in äußerster Hast ihren jeweiligen Geschäften nachzugehen, so als wollten sie so wenig wie möglich unterwegs sein. Es herrschte eine fast vollkommene Stille. Eine unnatürliche, feindselige Stille. Eine Stille, nahezu greifbar, die die Abwesenheit von Geräuschen in eine Präsenz verwandelte, die wie Werg in den Ohren zu kratzen schien.

Am Nachmittag machte Damlo unter dem bräunlich-welken Blattwerk eines Ahornbaumes Rast. Er fragte sich gerade, warum der Boden hier um alles in der Welt so ausgedörrt war, da ihn doch in ein paar Schritt Entfernung ein schlammiger Bach durchfloß, als er plötzlich das Zuschnappen eines mächtigen Gebisses erblickte. Erstaunlicherweise *sah* er es – ohne das entsprechende Geräusch zu hören – kaum ein Zoll vor seiner Nase in der Luft schweben. Keine Zähne oder irgend etwas, das so ähnlich ausgesehen hätte: nur das Zuschnappen. Aber die Wildheit und Angriffslust waren die eines hungrigen Wolfes.

Damlo erschrak und fuhr hoch. Im nächsten Augenblick erschienen rund um ihn mitten in der Luft Dutzende von Figuren jeglicher Form und Größe, die ihn auslachten und sich Grimassen ziehend über sein Erschrecken lustig machten. Es waren Kobolde, und obwohl Damlo sie auf der Stelle als solche erkannte – oder gerade deshalb –, riß er bei ihrem Anblick ungläubig die Augen auf. Sie waren grau, schmutzig und mißgestaltet und schienen nur aus Krallen und geifernden Mäulern zu bestehen. Und statt fröhlich umherzuwirbeln und leicht wie Wassertröpfchen hierhin und dahin zu zucken, hörten sie nicht auf, dem Jungen gräßliche Fratzen zu schneiden und miteinander zu streiten – ja, sie versuchten sogar zu raufen! Aha, dachte Damlo, so verlottern die Orte und ihre Geister, wenn der Einfluß des *Schattens* sie vergiftet. Er erschauerte.

Die Erinnerung an die vielen fröhlichen kleinen Kobolde, denen er im Laufe seiner Reise begegnet war, machte dieses Spektakel noch trister, und erfaßt von tiefem Unbehagen, sprang der Junge auf. Er wollte so schnell wie möglich fort von hier und marschierte rasch davon, aber die kleinen unförmigen Gestalten hefteten sich wie ein Rudel ausgehungerter Wölfe an seine Fersen. Ärgerlich beschleunigte Damlo seine Schritte, und dann beeilte er sich noch mehr. Und schließlich fing er an zu laufen. Anfangs wollte er nichts als weg von diesem Ort, doch nach kurzer Zeit verwandelte das Gefühl, verfolgt zu werden, seinen Lauf in eine echte Flucht.

Merkwürdigerweise überholten ihn die Kobolde nicht. Sie

waren viel schneller als er, beschränkten sich aber darauf, ihm um den Kopf zu wirbeln, ohne Unterlaß ihre Gestalten zu ändern und dabei immer grauenhaftere zu erfinden. Und Damlo brach so wild durch Gebüsche und Unterholz, als wäre ein wütender Hornissenschwarm hinter ihm her.

Schließlich war es die Angst, die ihm das Leben rettete: Irgendwann wurde ihm bewußt, daß eine solche wilde Flucht einen gewaltigen Lärm verursachte, und aus Furcht, die Orks damit anzulocken, wurde er schlagartig langsamer. Noch einen letzten Schritt machte er, dann blieb er stehen, spitzte die Ohren und schob lautlos einen großen Farnwedel zur Seite, vor dem er angehalten hatte. Und stand vor einem Abgrund.

Es schien, als hätte ein zehntausend Fuß großer Troll dem Terrain einen gewaltigen Klauenhieb versetzt. Vollständig verborgen im Unterholz klaffte die Hunderte von Schritten lange Wunde im Berghang und schnitt tief in seine Eingeweide.

Damlo schlang die Arme um den Stamm einer jungen Eiche, da er spürte, wie seine Knie weich wurden. Die Spalte im Boden war mindestens zehn Ellen breit – einen Sprung in dieser Länge hätte er nicht geschafft. Wäre er nicht unmittelbar davor stehengeblieben … Die Kobolde, die jetzt verschwunden waren, hatten ihn absichtlich in den Tod treiben wollen! Und das hieß, daß diese Ortsgeister nicht bloß krank waren – sie hatten es richtiggehend auf ihn abgesehen! Von jetzt an würde er sich das stets vor Augen halten müssen.

Er tastete sich die Kluft entlang weiter, ehe er seinen Weg bergan fortsetzen konnte. Doch erst wenige, dann immer zahlreichere Felsspalten und Schluchten zwangen ihn den ganzen restlichen Tag über zu tausend weiteren Umwegen. Und in der Luftlinie gemessen war die Strecke, die er vor dem Abend zurückgelegt hatte, lächerlich kurz.

Bei Sonnenuntergang suchte sich Damlo eine hohe Tanne aus, deren mageres Geäst bis zum Boden hing, und schlüpfte darunter bis zum Stamm. Wie auch sonst legte er seine Handflächen an die Rinde des Baumes, um ihn zu grüßen. Aber er schrie sofort auf und tat einen Satz rückwärts: In der zarten Haut zwischen Mittel- und Ringfinger seiner linken Hand steckte ein langer Splitter.

Der Junge seufzte: Er war zu müde, um auch nur zu grollen. Er wechselte einfach nur den Rastplatz, und nachdem er sich vergewissert hatte, daß nirgendwo in seiner unmittelbaren Umgebung lockere Steinblöcke drohten, streckte er sich unter einem steilen Felshang aus.

Am nächsten Morgen kletterte Damlo auf einen Baum, um die Umgebung zu erkunden, so wie er es für gewöhnlich tat, ehe er seinen Weg fortsetzte. Und da mußte er entdecken, daß es in der ganzen Gegend von Orks nur so wimmelte.

Dort, wo der Wald Hänge und Höhen bedeckte, konnte der Junge zwar keine Einzelheiten erkennen, doch das Getümmel dunkler Gestalten wahrnehmen, soweit sein Auge reichte. Und auf Lichtungen und Bergrücken war deutlich zu erkennen, wie sie die Gegend in Gruppen durchstöberten und jedes noch so undurchdringliche Dickicht absuchten.

Sich irgendwo zu verstecken war sinnlos, ebenso wie zu hoffen, nicht irgendwann mit einer Orkpatrouille zusammenzustoßen. Also mußte sich Damlo auf seine Verkleidung verlassen sowie auf den Umstand, daß die Gegner im Hinblick auf ihre große Zahl zweifellos nichts dabei fanden, Artgenossen zu begegnen, die sie nicht kannten.

Rasch kletterte der Junge vom Baum, nahm den Helm ab und riß einen Fetzen aus den stinkenden Lumpenschichten, in die er gehüllt war. Die Blutkrusten aus der Schlacht waren inzwischen abgefallen und Damlos Gesichtszüge somit auf den ersten Blick als menschlich zu erkennen. Also band er sich den Lumpen so um den Kopf, daß nur ein schmaler Schlitz in Augenhöhe frei blieb. Als Teil all dessen, was er auf dem Leib trug, war auch der Stoffetzen mit längst getrocknetem Blut getränkt und würde die Vorspiegelung einer schweren Gesichtsverletzung angemessen stützen.

Nachdem er sich so maskiert hatte, setzte er sich den Helm zurecht und machte sich auf den Weg. Er war mittlerweile weit ins Zentralmassiv vorgedrungen und wußte, daß er sich nun schon auf Taeliens Bogen befand – nicht nur wegen der Spalten und Schluchten, sondern auch weil die Berge um ihn herum unglaublich zerklüftet waren. Überall ragten steile Gipfel über den Abgründen auf und schroffe Kämme jenseits unüberwindlicher Rinnen. Es schien, als hätte jemand Täler und Höhen aufs Geratewohl über die gesamte Bergkette verstreut, ohne einen Gedanken an eine logische Anordnung des Terrains von unten nach oben zu verschwenden. Oft passierte es Damlo, daß er nach dem Erklimmen eines Grates oder dem anstrengenden Aufstieg zu einem Hochplateau vor einem Steilabfall oder sogar einem Abgrund stand. Und nicht selten war jenes Tal, in das er sich soeben hinabgekämpft hatte, tiefer gelegen als das vorhergegangene, so daß er zu einem steten, zermürbenden Auf und Ab gezwungen war.

Er hatte das Glück, daß die Orks, die diese Gegend durchkämmten, einer unzivilisierten Sippe angehörten und alles andere als diszipliniert waren. Sie bildeten keine ordentlichen Patrouillen, sondern gingen in kleinen Grüppchen vor, deren Mitglieder jedes für sich zwischen den Bäumen dahinzogen und sich häufig anderen Banden zugesellten, um sich dann mehr oder weniger zufällig wieder zusammenzufinden. Sie grunzten laut, hackten ohne Unterlaß aufeinander ein, und obwohl sie den Wald recht aufmerksam absuchten, war deutlich zu erkennen, daß sie das nur widerwillig und ohne rechte Zuversicht taten.

Als ihnen der Junge zum ersten Mal begegnete, mußte er sich vor Schreck an einen Baumstamm lehnen. In der Hand hielt er den Stacheldegen, den er zuvor mit Schlamm bespritzt hatte, und tat so, als würde er in einem Gesträuch unter dem

Baum stochern. Die Pflanze war von einer Art, die er nicht kannte, und so niedrig, daß sich nicht einmal Irgenas' Streitaxt darunter hätte verbergen können. Geschweige denn ihr Herr.

Doch niemand beachtete ihn. Auch weil sich zwei aus der Orkbande um eine metallene Gürtelschnalle stritten und die anderen an einer Schlägerei viel interessierter waren als am tausendsten verwundeten Artgenossen dieses Tages.

Sie zogen vorbei, ohne ihn eines Blickes zu würdigen, und als sich Damlo von dem Schrecken erholt hatte, begann er zu überlegen: Diese Orks hatten zweifellos an der Schlacht teilgenommen, denn es gab unter ihnen welche, die grobe Verbände trugen und kläglich jammernd hinter ihren Kumpanen herwankten. Niemand schenkte ihnen Aufmerksamkeit, was bewies, daß sich die Gegner tatsächlich nicht um ihre Verwundeten kümmerten. An dieser Stelle fiel dem Jungen Norzaks Magie an der Stele des Keron ein, und er erschauerte. Doch offenbar hinderten die Orks die Verletzten auch nicht daran, der Sippe zu folgen, wenn sie dazu imstande waren. Sie wurden nur nicht beachtet – und das war ein Brauch, den Damlo sich zunutze machen wollte.

So tat der Junge nun jedes Mal, wenn er auf eine Gruppe von Orks traf: als wäre er schwer verletzt. Er schwankte bei jedem Schritt, zitterte auffällig – was ihm eigentlich nicht besonders schwerfiel – und hielt sich möglichst abseits. Er bemühte sich, nicht den Eindruck zu vermitteln, den Sippen mit Absicht aus dem Weg zu gehen, und auch niemanden auf den Gedanken zu bringen, er hätte etwas Kostbares zu verbergen. Er ließ sich von den stinkenden Gestalten einholen, bewegte sich ein Weilchen mit der Gruppe voran und ließ daraufhin die anderen davonziehen, bis er wieder allein war. Und dann schlug er bald eine raschere Gangart ein.

Das gelang sehr gut. Nicht nur, daß ihn die Orks in Ruhe ließen, er ersparte sich auch, indem er sich an ihre Fersen heftete, zahllose Umwege, da die anderen sämtliche Schluchten und Abgründe wie im Schlaf kannten. Und so ging es fast zwei Tage lang voran, wobei sich Damlo letztlich sogar darüber amüsieren konnte.

Doch dann, eines Morgens, begegnete er Orks, die sichtlich militärisch gedrillt waren.

Das war auf den ersten Blick erkennbar: Sie rückten geordnet in breiter Front vor und suchten nur an Stellen, an denen sich tatsächlich jemand verstecken konnte.

»Dieser Panzer gehört zur Sippe von Gruluk«, rief einer von ihnen, als er Damlo erblickte. »Was macht denn der in dieser Gegend?«

»He, du!« rief ein anderer. »Komm her!«

Es war schon eine Weile her, seit Damlo die letzten Orks gesehen hatte, und in diesem Augenblick kehrte er gerade um, da es galt, eine gewaltige Felsspalte zu umgehen. Er hatte sofort mit dem gewohnten Spiel begonnen, als er die lärmenden Orks näherkommen hörte, aber es war ihm stets klar gewesen, daß er eine Befragung oder auch eine nähere Prüfung nicht überstehen würde. Selbst wenn sein ganzer Kopf mit schmutzigen Lappen umwickelt war, ihn würden doch – aus der Nähe betrachtet – seine Augen verraten. Und die Hände. Und die Füße, die unter den Lumpen in prächtigen Stiefeln steckten. Außerdem sollte ein Ork auch mit geschwollener Zunge immer noch grunzen können. Das brachte Damlo nicht fertig; und so hätte ihn auch seine Stimme verraten.

Also gab er vor, von seinen Schmerzen ein wenig benommen zu sein, und versuchte sich unauffällig zu verdrücken.

»Halt ihn fest, Drudurk!« bellte der erste – offenbar der Anführer.

Damlo beschleunigte seine Schritte, aber der Verfolger ließ nicht locker und begann, das niedere Strauchwerk am Boden mit Säbelhieben zu bearbeiten, um schneller voranzukommen. Das Spiel ist zu Ende, dachte der Junge. Wenn er weiterhin den verwundeten Ork gab, würden sie ihn rasch einfangen.

Er tat so, als würde er stolpern und das Gleichgewicht verlieren, und warf sich schwankend in eine Gruppe aus dichtem Buschwerk. Und dann rannte er los.

Das Manöver verschaffte ihm einen gewissen Vorteil, aber sobald die Feinde seiner wunderbaren und blitzartigen Genesung gewahr wurden, heulten sie auf wie Wölfe und hefteten sich allesamt an seine Fersen.

Die Angst verdreifachte Damlos Kräfte, und so quälte er sich im Laufschritt bergauf. Er rannte, ohne sich um die Richtung zu kümmern, und achtete nur darauf, nicht mehr auf denselben Weg zurückzukehren, der ihn zu der Felsspalte von vorhin geführt hatte. Wann immer es möglich war, nahm er den kürzesten Weg nach oben, und nur, wenn sich dieser als zu steil erwies, genehmigte er sich eine schräge Querung des Hanges.

Als er auf dem höchsten Punkt der Erhebung ankam, schlug sein Herz so laut, daß es ihm in den Ohren dröhnte. Vor ihm lag ein breiter, abgeflachter Bergrücken, der von einem trüben Wasserlauf durchflossen wurde. Und auf der anderen Seite begann der nächste Anstieg.

Weit vorgebeugt und die Hände auf die Knie gestützt versuchte Damlo, wieder zu Atem zu kommen und zu erkennen, wie sehr sich die Verfolger schon genähert hatten. Sehr nahe waren sie: über seinem eigenen rasselnden Keuchen hörte er ganz deutlich ihr Grunzen.

Lange würde er nicht mehr durchhalten. Schon zu Anfang dieser Flucht hatte er sich die Lumpen vom Kopf gerissen, weil sie ihn am freien Atmen hinderten, und jetzt hätte er liebend gern auch Panzer und Helm abgeworfen, ja selbst den Drachenzahn, dessen Gewicht sich allmählich verzehnfacht hatte.

Die Gedanken schossen ihm ebenso schnell durch den Kopf wie die Befürchtungen, was alles noch auf ihn warten würde. Er musterte den Steilhang drüben, auf der anderen Seite des Baches. Und was kam danach? Wenn er dort oben angekommen war, würde ganz gewiß der nächste Berg auf ihn warten, und dann noch einer und wieder einer. Immer vorausgesetzt, er schaffte es, sich die Verfolger vom Leib zu halten – ein an sich schon hoffnungsloses Unterfangen. Und was, wenn er anderen Orks begegnete? Das würde gewiß geschehen, es war nur eine Frage der Zeit!

Die Idee kam ihm unvermutet in den Sinn – vollständig und versehen mit jeder Einzelheit, und einen Augenblick lang fühlte sich der Junge wie der Brabantis seiner Phantasien.

Entschlossen stieg er in das Bächlein und watete einige Schritte flußaufwärts. Mit ein paar Tritten drehte er etliche auffällige Steine dicht am Ufer um, wo sie trotz des trüben Wassers deutlich zu sehen waren, und rannte dann etwa fünfzig Schritte in die Gegenrichtung – diesmal jedoch unter sorgfältiger Vermeidung jeglicher Spuren. Schließlich sprang er aus dem Wasser direkt auf einen Felsen und von dort in ein besonders undurchdringliches Gebüsch, wo er reglos liegenblieb.

Das geschah gerade noch rechtzeitig. Die Orks erschienen am Rand des Bergrückens, rannten herab und setzten im Lauf über den Bach hinweg. Mit größter Befriedigung vernahm Damlo, wie heftig sie keuchten.

Doch nach zwanzig Schritten auf der anderen Seite des Wasserlaufes hielten sie inne.

Erstens, dachte Damlo: Sie vermissen Spuren, die ich hinterlassen haben könnte. Zweitens: Sie bleiben stehen, um die Ohren zu spitzen, und hören mich nicht rennen. Drittens: Sie vermuten, ich hätte mich irgendwo in der Nähe versteckt, und das ist der gefährlichste Augenblick.

Wirklich machten die Orks sofort kehrt und sahen sich um.

Viertens, fügte der Junge im Geiste hinzu und hielt den Atem an: Wenn sie dümmer sind, als ich dachte, bin ich verloren.

Die Widersacher verteilten sich entlang des Bachufers und durchstöberten das Buschwerk, das dort wuchs. Und dann stieß einer von ihnen einen heiseren Schrei aus.

Fünftens, jubelte Damlo innerlich auf und fing wieder an zu atmen: Sie finden die umgedrehten Steine und denken, ich hätte den Weg durchs Wasser genommen, um keine Fußspuren zu hinterlassen! Sechstens: Das Plätschern des Baches ist laut genug, um das Geräusch meiner Schritte zu übertönen, und so finden sie nichts dabei, wenn sie mich nicht rennen hören. Siebtens: Sie sind überzeugt, ich wäre flußaufwärts gelaufen und suchen hier unten nicht weiter. Hoffe ich.

Völlig unvermutet schossen die Kobolde wie schwärzliche Schlammspritzer aus dem Wasser, als sich die Verfolger anschickten, den Bach hinaufzuwaten. Kaum mehr als Zähne und Krallen, fingen sie an, die Orks zu umschwirren, um sich bemerkbar zu machen. Doch diese konnten sie nicht sehen, und so stürzten sie sich auf Damlo.

Der Junge fuhr hoch. Er konnte nichts dagegen tun, denn kurz bevor sie ihn erreichten, verwandelten sich die Kobolde in einen Wespenschwarm, der es auf seine Augen abgesehen hatte. Obwohl sie zu groß waren, um echte Insekten zu sein, versuchte Damlo instinktiv, ihnen auszuweichen und bewegte den Kopf. Ganz wenig nur, aber der kleine Ruck reichte, um das Blattwerk des Strauches zu schütteln und die Aufmerksamkeit der Orks zu erregen.

Damlo schoß wie ein aufgeschreckter Hirsch aus seinem Versteck und nahm seine verzweifelte Flucht bergan wieder auf. Jetzt waren ihm die Orks tatsächlich auf den Fersen. Er hörte dicht hinter sich das heftige Keuchen aus ihren rauhen Kehlen und bildete sich ein, die Speichelspritzer auf den Beinen zu spüren, die von den prustenden Atemzügen weggeschleudert wurden.

Er schaffte es bis nach oben, rannte noch ein Dutzend Schritte weiter und stand vor einem gewaltigen Nichts.

Einem Abgrund. Der Berg hörte hier schlagartig auf, als hätte ihn jemand mit einem Schwerthieb entzweigehauen. Erst in weiter Ferne setzte er sich fort, auf der anderen Seite dieser

Schlucht, wo das Gelände mit einer schroffen Felswand wieder an Höhe gewann und zu noch höheren Gipfeln anstieg.

Der Junge hatte den Abgrund auf sich zurasen sehen und sich verzweifelt bemüht, zum Stehen zu kommen. Und beinahe wäre ihm das auch gelungen. Doch dann stieß Drudurk, überrumpelt von Damlos plötzlichem Stillstand, von hinten gegen ihn, und der Anprall, der dem Ork zu einem rechtzeitigen Innehalten verhalf, schleuderte den Jungen über den Klippenrand.

Und er stürzte ins Leere. Schreiend.

Er fiel fünf oder sechs Fuß, ehe er mit voller Wucht gegen die Flanke des Steilabfalles prallte und weiterrollte. Mehr als eine Minute lang purzelte er den fast senkrechten Hang hinab wie eine weggeworfene Stoffpuppe, von dem spärlichen Bewuchs aus kargem Strauchwerk kaum gebremst. Er schrie nicht mehr, weil ihm der harte Aufprall den Atem geraubt hatte, und konnte sich nicht festhalten, weil ihm in seiner Schreckensstarre jede Kraft dazu fehlte. Nach dem ersten Stück blieb der Hang zwar nach wie vor äußerst abschüssig, aber die Neigung wurde etwas weniger steil. Außerdem trug Damlo Helm und Brustpanzer und war in zahlreiche Schichten Orkkleider gehüllt, und so kam er tatsächlich unten an, ohne sich etwas zu brechen. Dort blieb er ein Weilchen reglos liegen, bevor er nach oben blickte. Er erschrak: Die Orks waren schon dabei, sich über die oberste Felskante herabzulassen. Sie stiegen langsam und vorsichtig ab, aber sie stiegen ab.

Warum verfolgten sie ihn so verbissen? fragte sich Damlo. Warum machten sie sich so viel Arbeit um jemanden, den sie doch für einen der Ihren halten mußten? Gut, er war davongerannt. Aber das hätte auch ein echter Ork getan, wäre sein Gewissen nicht ganz makellos gewesen! Und ihr ursprünglicher Auftrag, nach ihm, einem Menschenjungen, zu suchen, war doch gewiß wichtiger als einen Deserteur – oder was auch immer – einzufangen! Hatten sie am Ende sein Gesicht gesehen? Unmöglich. Er war völlig sicher, sich beim ersten Zusammentreffen mit ihnen nicht umgedreht zu haben, um sie anzuschauen: Dazu war seine Angst, einen falschen Tritt zu tun, viel zu groß gewesen!

Damlo sah ihnen zu, wie sie abstiegen, indem sie sich von einem Gestrüpp zum nächsten hantelten. Plötzlich hielt einer von ihnen das Geäst, an dem er sich festgehalten hatte, in der Hand und purzelte brüllend ein paar Dutzend Fuß hinab, ehe es ihm gelang, sich an etwas Festerem anzuklammern.

Damlo spürte, wie ihm das Blut aus den Wangen wich: Auch er hatte bei seinem Fall geschrien. Und seine Stimme … So, nun wußten sie also, daß hier unten ein Menschenjunge lag. Ein Mensch? Wie sehr sie sich da irrten …

Er verfolgte den Abstieg der Gegner, die der Sturz des einen zu noch mehr Langsamkeit und Vorsicht trieb. Sie hatten noch etwa tausend Fuß vor sich, also blieb ihm ungefähr eine Dreiviertelstunde. Er konnte … Er mußte etwas von dieser Zeit dazu benutzen, um nach Rexalandrill zu sehen.

Er tauchte in sein Inneres hinab und erreichte den Bau des Monsters. Glücklicherweise hatte das Netz gehalten – ramponiert, wie es war, hatte es dennoch gehalten. Vielleicht verstand er es mit der Zeit, es immer besser zu weben, oder vielleicht hatte das Singen den Drachen in seinem Wüten besänftigt. Nein, das war es nicht. Damlo sah es genau, dieses Wüten in den Augen des Monsters. Gemischt mit Furcht.

Er sang, und nach einer Weile schien Rexalandrill soweit beruhigt, daß Damlo mit ihm reden konnte. Er umschmeichelte den Drachen ein wenig und bereitete ihn darauf vor, daß er in nächster Zeit wieder Angst haben würde, genau wie er, Damlo. Dennoch müßte er brav hier bleiben, erklärte ihm der Junge, denn falls er versuchen sollte auszubrechen, würde noch mehr Gefahr drohen – und die Angst wachsen. Und sehr wahrscheinlich würden sie beide sterben.

Wie immer war es ihm unmöglich zu merken, ob der Drache seine Worte begriffen hatte oder nicht. Aber da er in seinen kalten Augen ein Schwinden der Furcht wahrzunehmen glaubte, tauchte Damlo daraufhin mit erhöhter Zuversicht aus sich hervor. Ich fange an, mich an das Monster zu gewöhnen, dachte er; diesmal bin ich ohne wirkliche Angst bis zu seinem Schlupfwinkel vorgedrungen …

Der Junge blickte hinüber zu den Orks; sie hatten nicht einmal die Hälfte der Strecke zurückgelegt, also blieben ihm sicher noch zwanzig Minuten. Er rappelte sich hoch und machte sich, so rasch es ging, auf den Weg in östlicher Richtung, wobei er darauf achtete, keine Spuren zu hinterlassen. Der niedrige Bewuchs des Terrains war hier sehr dicht, dazu ohne Dornen und Ranken, und so mußte Damlo nur darauf achten, keine Farnwedel abzubrechen oder dünnen Zweige zu knicken.

Er durchquerte das ganze Tal und stieß auf der anderen Seite wieder auf einen Wasserlauf. Sollte er hochsteigen oder den Bach nutzen? Der steile Hang vor ihm war reich bewaldet, deshalb wäre es nicht schwer gewesen, sich da emporzukämpfen. Aber dies erschien Damlo doch als der offensichtlichste Fluchtweg; außerdem würde er dort deutliche Fußspuren nicht vermeiden können, und er wollte nicht, daß die Verfolger, nachdem sie seine Fährte fast eine halbe Meile lang verloren hatten, diese an der ersten Stelle, wo sie suchten, gleich wiederfanden.

Also stieg er in das Flüßchen und watete gegen die Strömung, wobei er darauf achtete, keine Steine zu bewegen. Vielleicht werden die Orks einen Trick vermuten, sagte sich der Junge: aber wahrscheinlich eher eine Wiederholung des Vorangegangenen oder etwas ähnliches. So werden sie Zeit damit verlieren, in den Gebüschen am Ufer herumzusuchen, und noch mehr, indem sie im Steilhang nach Spuren meines Aufstieges suchen. Und erst nach einer Weile wird ihnen dämmern, daß ich die Richtung geändert und tatsächlich dem Wasserlauf gefolgt bin. Von diesem Punkt an werden sie nicht mehr wissen, ob sie mich auf dem Berg oder im Tal suchen sollen.

Er hielt sich nahe am Ufer, um rasch aus dem Wasser zu kommen, sobald er irgendwo ein verdächtiges Grunzen vernahm oder irgendwelche Bewegungen bemerkte. Und tatsächlich stieß er auf zahlreiche fremde Orkbanden, darunter auch solche, die militärisch geordnet wirkten. Aber niemand schenkte ihm Aufmerksamkeit, offenbar weil er an der ersten ausreichend tiefen Stelle Helm und Panzer abgenommen und versenkt hatte, um wieder zu den stinkenden Lumpen um Gesicht und Kopf zurückzukehren. Und so war er jetzt wieder bloß ein wild herumziehender, verletzter Ork.

Er verließ das Flüßchen, als es am Talanfang zu einem Wasserfall wurde, und begann mit der Besteigung des Berges. Gegen Mittag hatte er die verlorene Höhe wieder gutgemacht und am Nachmittag erreichte er die Zone, in der die Bäume weniger dicht standen und des öfteren weiten Grasflächen Platz machten. Anderswo wären dies Wiesen gewesen, doch in dieser Gegend gab es mehr Steine als Grashalme, und die vorhandenen waren kümmerlich und gelb.

Weiter unten wimmelte der Wald von Orks, aber in dieser Höhe, wo es Damlo leicht fiel, alles zu überblicken, schienen die Feinde weniger zahlreich.

Vielleicht habe ich es geschafft, dachte er. Oder wenigstens den schlimmsten Teil.

Die kräftigen Beine fest an den Körper des Greifes gepreßt, flog der Fürst von Suruwo hoch über dem Zentralmassiv dahin.

Er bebte vor Zorn, und das aus mehr als einem Grund. Der alte Fuchs Gevan Bedaran bewahrte in seinem Tresor ein falsches Siegel auf! Als die damit versehenen Papiere von Rojet

Wernak – dem Politiker, den er, Norzak, in der Hand hatte – dem versammelten Rat präsentiert worden waren, hatte der Regent Wernak in aller Öffentlichkeit bloßgestellt. Danach hatte die Fraktion des Fürsten nicht nur aufgehört zu existieren, sondern ihre Mitglieder waren darüber hinaus zur Partei Bedarans übergelaufen! Und das beendete seine, Norzaks, Pläne, die Hegemonie zu erobern, ehe *er* sie in ein Gouvernement verwandeln und ihm zur Verwaltung übergeben konnte.

Und als wäre er in seinem Stolz nicht ohnehin schon tief getroffen, stellte sich jetzt auch noch heraus, daß sich Damlo als Ork maskiert im Zentralmassiv herumtrieb! Gewiß, er, Norzak, war sich stets und ständig der Möglichkeit bewußt gewesen, daß ihn der Junge belog und in Wahrheit nach wie vor mit dem Drachenzahn unterwegs nach Belsin war. Doch wirklich geglaubt hatte er das nie.

Ein Irrtum. Und wenn die von Brackud trainierten Orks nicht augenblicklich Bericht erstattet hätten… Oder wenn er nicht genau in diesem Augenblick den Ulkraner gerufen hätte… Ein Rabe wäre niemals rechtzeitig nach Eria gekommen!

Plötzliche Furcht durchfuhr ihn und vermischte sich mit seiner Wut: Vermummt und als Ork getarnt konnte es der Junge durchaus noch schaffen! Dann würde *sein* Zorn die Welt erzittern lassen…

Aber glücklicherweise war es noch nicht zu spät. Er umklammerte den schwarzen Ring mit beiden Händen und konzentrierte sich. Zwar flog er in großer Höhe, aber mit den scharfen Augen des Greifs würde er jede Einzelheit des Terrains unten erkennen können. Wie üblich versuchte das Tier zu rebellieren, und eine Minute lang mußte Norzak die Macht des Toroides mit äußerster Energie einsetzen. Das war eines jener Dinge, die dem Tier am schwersten beizubringen gewesen waren: seinen Herrn die Welt durch die eigenen Augen betrachten zu lassen. Der Greif verfügte über einige – wenngleich schwache – magische Fähigkeiten und schätzte diese Behandlung überhaupt nicht.

Sobald der Widerstand des Tieres gebrochen war, widmete Norzak seine ganze Aufmerksamkeit der Suche nach dem Jungen. Die Berge unter ihm wimmelten von Orks, die teils in jenes Gebiet unterwegs waren, wo man Damlo gesehen hatte, teils aber nach Osten zogen. Letztere hatten die Aufgabe, die Straße zu blockieren und den Jungen abzufangen, falls es ihm tatsächlich gelungen war, so weit voranzukommen. Vielleicht eine überflüssige Vorsichtsmaßnahme, denn Norzak hatte den Orks befohlen, alle einzelnen Artgenossen, derer sie ansichtig wurden, genauestens zu durchsuchen. Andererseits durfte man an diesem Punkt überhaupt kein Risiko mehr eingehen.

Ohne seine Blicke vom Terrain unter sich abzuwenden, setzte sich der Fürst bequemer zurecht. An seiner Seite machte sich das Gewicht des schwarzen Degens bemerkbar – des machtvollsten von allen, desjenigen, den zu berühren der Junge sich geweigert hatte. Doch diesmal würde er dazu gezwungen sein. Wenn nötig, mit Hilfe des Toroides – und wenn er das nicht überleben sollte, kümmerte es Norzak auch nicht.

Damlo bemerkte sie, als er gerade eine Ruhepause machte. Er hatte soeben einen ganz besonders steilen Anstieg hinter sich gebracht und, auf dem Gipfel angekommen, erkennen müssen, daß er ebensogut auch einen bequemen kleinen Pfad hätte nehmen können, der sich ganz in der Nähe befand. Und nun saß er auf einem Stein unter einem hohen Strauch und erblickte etwa dreißig Orks, die sich, genau wie zuvor er selbst, auf dem schwierigeren Weg hochkämpften.

Was für Dummköpfe, dachte Damlo; kennen sie denn den Pfad nicht? Fußspuren und zertrampeltes Erdreich ließen darauf schließen, daß er viel begangen war. Ob diese Orks da unten vielleicht einer Horde angehörten, die anderswo beheimatet war? In diesem Fall hätte der Dummkopf Norzak geheißen, der es unterlassen hatte, jeder Gruppe wenigstens einen Ork beizugeben, der sich in der Gegend auskannte, weil er hier geboren war! Das fand der Junge überraschend, denn der Erste Diener war alles andere als dumm.

Als hätten sie seine Gedanken gehört, teilten sich in diesem Augenblick die Verfolger. Vier oder fünf von ihnen setzten den Aufstieg in gebeugter Haltung, die sie fast zu Boden zu drücken schien, auf dem bisherigen Weg fort, während die anderen abbogen und losrannten. Auf den Pfad zu.

Seufzend stand der Junge auf. Der Augenblick des Aufbruchs war wieder einmal gekommen. Bevor er weitermarschierte, warf er einen letzten Blick auf die Feinde: Sie bewegen sich wirklich merkwürdig voran, dachte er.

Doch plötzlich fiel es ihm wie Schuppen von den Augen. Ihm wurde klar, was er da sah, und er erstarrte: Die Orks suchten mit ihren Nasen den Boden ab! Sie witterten seine Spur! Wie war das möglich? Denn um genau das zu verhindern, hatte er sich selbst die Stiefel mit den Lumpen ihres toten Artgenossen umwickelt!

Ach ja, fiel ihm ein, er war ja auch unendlich lange durchs Wasser gewatet! Das mußte den Mief des früheren Eigentümers der Lumpen ausgewaschen haben, ehe nach einer Weile sein eigener Geruch durch das Gewebe gedrungen war.

Er schluckte. In weniger als zwanzig Minuten würden die Verfolger da sein. Und in der kurzen Zeit mußte er von hier verschwinden und einen neuen Bach finden, um seine Spuren zu verwischen. Und die Fetzen an seinen Füßen durch neue ersetzen!

Jetzt lief er los. Der Steilhang, den er soeben hochgestiegen war, führte zu einem langen, baumlosen Plateau, ähnlich einem flachen Tal, das zwischen Berg und Himmel hing. Ohne seinen Schritt zu verlangsamen, ließ Damlo den Blick über die Ebene wandern; nirgendwo war ein Wasserlauf zu sehen, aber der Junge bemerkte mitten auf der Hochfläche eine sonderbar langgezogene Ansammlung von Dunst. Wie ein hauchdünner Nebelstreifen teilte er das Gelände in zwei Hälften – ohne feste Umrisse, diffus: An dieser Stelle schien die Luft einfach dichter zu sein als in der Umgebung.

Zehn Minuten später war Damlo dort angekommen und merkte, daß das Phänomen aus der Nähe nicht erkennbar war. Doch obwohl ihm die Luft klar und ganz still vorkam, schien es ihm, als würde er sich mitten in einem Windstoß befinden. Das war ein sehr seltsames Gefühl, das sich seiner Müdigkeit, dem Hunger und der hoffnungslosen Stimmung zugesellte und ihm wie Blei auf der Seele lag.

Warum rannte er eigentlich so? Es war doch klar, daß in dieser Gegend keine Bächlein plätscherten! Und es war auch klar, daß er es nicht schaffen würde, diese Ebene zu überqueren, bevor die Orks auftauchten. Daher würden sie sehen können, welche Richtung er einschlug, und dann leichtes Spiel mit ihm haben!

Er blieb stehen, um wieder zu Atem zu kommen. Das ist das Ende, dachte er. Er hatte alles versucht, bis zur Selbstaufgabe, aber jetzt war es zu Ende. Entmutigt setzte er sich hin, wo er gerade stand, und dachte an all die Anstrengungen, die nötig gewesen waren, um bis hierher zu gelangen: In den letzten Tagen hatte er das halbe Zentralmassiv durchquert, war fast senkrechte Hänge hochgeklettert und mit Müh und Not Felsspalten und Schluchten ausgewichen – ohne ausreichendes Essen und mit der steten Angst, erkannt zu werden. Dann hatten ihn die Gegner entdeckt und gejagt und gezwungen, die steilen Anstiege hochzuhasten, und schließlich war er sogar in einen Abgrund gestürzt. Da lag es wohl auf der Hand, daß er erledigt war, und daß ihm das Gewicht des Drachenzahnes noch schwerer auf dem Rücken lastete als die Erschöpfung.

In aller Ehrlichkeit gestand sich Damlo ein, daß ihm der Zahn lästig war. Ebenso wie die stinkenden Fetzen, in denen er seit fünf Tagen steckte. Fast ohne es zu bemerken, machte er sich das Gesicht frei, denn noch lästiger als die Lumpen an seinem Leib waren die blutverkrusteten Bandagen, die ihm das Atmen erschwerten.

Er holte zwei-, dreimal tief Luft, aber das brachte keine Erleichterung. Er war wohl noch zerschlagener, als er gedacht hatte ... spürte, wie ihm die Müdigkeit Arme und Beine nach unten drückte, als wollte sie seinen Gliedmaßen das ganze Gewicht dieser Monate der Flucht aufladen.

Dieser *Jahre*, wenn er auch die ständige Flucht vor der Waelton-Legion mitzählte. Wirklich, es reichte ihm. Warum war es ihm nicht vergönnt, irgendein Plätzchen für sich selbst zu haben, wo er in Frieden leben konnte, ohne immerzu vor jemandem davonrennen zu müssen, der ihm Böses wollte? Ein eigenes Zuhause! Oder wenigstens einen Ort, den er als solches betrachtete.

Doch er bemerkte, daß er sich dies zwar wünschte, aber eigentlich gar nicht sehr inständig. Im Augenblick fühlte er sich so zerschlagen, daß er nicht einmal mehr die nötige Kraft aufbrachte, sich vor den Orks zu fürchten. Und so schienen ihm auch seine Phantasien hohl und ohne Tiefe. Es wurde ihm bewußt, daß er aufgehört hatte zu hoffen, und auch das war ihm gleichgültig. Möglicherweise hätte er damit wieder anfangen können – das nötige Wollen vorausgesetzt; aber in Wirklichkeit hatte er keine Lust mehr dazu. Und wenn er mit den ehrlichen Eingeständnissen fortfahren sollte, dann mußte er zugeben, daß er überhaupt nicht mehr weitermachen wollte. Er hatte keine Lust, irgend etwas zu tun – außer sich diese ekelhaften Fetzen vom Leib zu reißen, die ihn so anwiderten!

Und das tat er. Mit langsamen, müden Bewegungen, und indem er alles einfach fallen ließ: die Lumpen, den Drachenzahn, die Steinschleuder und den Degen. Und dann, als er nur noch den schwarzen Anzug anhatte, den ihm Norzak überlassen hatte, streckte er sich auf dem Rücken aus und schloß die Augen.

Das Gefühl der Erleichterung war nahezu unerträglich. Wie ein weiches Surren durchströmte es seinen Körper und Geist und verjagte Müdigkeit und bedrückende Gedanken.

Er blieb minutenlang reglos so liegen, und danach fühlte er sich deutlich besser. Sofort fielen ihm wieder die Orks ein – er konnte hier nicht bleiben! Wenn er überleben wollte – etwas, an dem er nun wieder sehr interessiert war –, mußte er weiter! Und zwar schnell!

Er setzte sich auf und blickte um sich. Nichts zu sehen – nur der Berg am Ende der Hochfläche, der ihm weitaus höher erschien als zuvor.

Das würde wirklich eine gewaltige Plage werden, sagte er sich und machte sich auf den Weg.

Er legte nicht mehr als fünfzig Schritte zurück, dann schob sich das Bild der zurückgelassenen Dinge so hartnäckig vor seine Augen, daß er mit einem tiefen Seufzer kehrt machte.

Doch er blieb fast unverzüglich wieder stehen. Beim Anblick seiner Sachen, die verstreut auf dem Boden lagen, wurde ihm beinahe schlecht, und die Vorstellung, sich erneut in die Reste dieser widerlichen Orkkleider zu hüllen, verursachte ihm geradezu Brechreiz. Mit all dieser Last würde er es nicht schaffen, das war ihm klar. Er mußte so bleiben, wie er war, um ohne Behinderung einen ausreichenden Vorsprung zu haben, sobald die Orks eintrafen: Er war einfach zu entkräftet, um mit dem Drachenzahn auf dem Rücken einen weiteren Gewaltmarsch bergauf durchzustehen.

Also machte er neuerlich kehrt und stapfte weiter. Und wieder erschien ihm nach ein paar Schritten der Gedanke, das alles hier zurückzulassen, als pure Dummheit. Aber diesmal zwang er sich zum Weiterlaufen: Die Entscheidung war gefallen.

Doch plötzlich kam es ihm so vor, als würde er auf einmal von einem Element in ein anderes überwechseln. Dabei hatte er nur wenige Schritte gemacht, nichts in seiner Umgebung hatte sich verändert! Aber er fühlte sich, als wäre er eben aus dem Wasser getaucht, nachdem er den Grund des Sees berührt hatte: Er schnappte ein paarmal nach Luft, als hätte er lange Zeit den Atem angehalten – und fühlte sich mit einemmal völlig klar im Kopf.

Der Drachenzahn! Was, zum Teufel, hatte ihn da geritten? Und sogar von seinem Stacheldegen hatte er sich getrennt!

Auf der Stelle drehte sich der Junge herum und rannte talwärts. Seine Sachen lagen kaum hundert Schritt entfernt, aber noch ehe er die Hälfte der Strecke zurückgelegt hatte, fühlte er sich so zerschlagen wie zuvor. Die Vorstellung, bis zum Zahn vorzudringen und ihn schultern zu müssen, war ihm ganz unerträglich; was den Degen betraf, so kümmerte ihn nicht, was damit geschah. Außerdem fühlte er sich wirr im Kopf und begriff nicht recht, warum er eigentlich umgekehrt war: Die Rettung wartete dort oben, auf den Gipfeln von Taeliens Bogen, nicht hier im Tal!

Er drehte also um und nahm den Weg zu den Bergen wieder auf. Und je weiter er sich von den magischen Gegenständen entfernte, desto klarer wurde sein Kopf, und schließlich tauchte er wieder auf aus … Er wußte nicht, woraus, aber er verstand: Es war ein Zauber! Keine Täuschung wie die, der er in Norzaks Turm erlegen war, sondern ein echter, richtiger Zauber. Eine Art magische Barriere, die im Sinne des Feindes wirkte. Und in der Tat hatte sie ihn, Damlo, dazu gebracht, sich vom Zahn des Britelvorill zu trennen!

Er spürte, wie sein Ärger wuchs. Jetzt gehe ich zurück und sammle alles auf, und nichts kann mich davon abhalten! Ich schaffe es! Und wenn ich mich mit allerletzter Kraft hinschleppe, aber ich schaffe es! Und dann nehme ich alle Sachen bis hierher mit. Erst dann nehme ich mir Zeit zum Nachdenken. Entschlossen setzte er sich in Trab.

Abermals überkam ihn das wirre, benommene Gefühl, aber die Aufgabe, die er sich vorgenommen hatte, war so fest in sein

Hirn eingeprägt, daß er nicht denken mußte. Und so lief er weiter. Nach fünfzig Schritten rannte er gegen eine Mauer aus Mattigkeit und Erschöpfung – und taumelte trotzdem weiter. Ich sammle alle meine Sachen auf und kehre sofort wieder um, sagte er sich ein ums andere Mal: Ich nehme meine Sachen und kehre sofort um.

Zwanzig Schritt entfernt von seinem Ziel kam ihm das, was er da vorhatte, schon wieder grenzenlos abwegig vor, aber der einzige Gedanke, den er zuließ, war: »Ich nehme meine Sachen und kehre sofort wieder um.«

Und während ihn noch ein Dutzend Schritte vom Drachenzahn trennten, tauchten die ersten Orks am Rande des Hochplateaus auf.

Da ist es, dachte Norzak. Unter sich, deutlich zu erkennen am Rauch der Feuer, die zu entzünden er angeordnet hatte, sah er den Steilabfall, über den der Junge hinabgestürzt war. Und nicht weit davon erstreckte sich das Tal, wo Brackuds Orks seine Spur verloren hatten.

Er überflog es rasch und ließ den Greif den Berg auf der gegenüberliegenden Seite des Tales hochsteigen. Als der Gipfel erreicht war, entdeckte der Fürst augenblicklich die gewaltige Felsspalte, die das Terrain zerriß. Unmöglich, daß der Junge sie überwunden haben könnte! Norzak wendete jäh und betrachtete den Boden unter sich genau. Mit größter Geschwindigkeit flog er das Flüßchen entlang und erst am Wasserfall brachte er den Greif in eine größere Höhe.

Der Junge hatte etliche Stunden Vorsprung, aber der Flug des Greifs erreichte ein so hohes Tempo, daß Norzak nach weniger als einer Minute sein Opfer erblickte. Obwohl er drei Dutzend Orks an den Fersen hatte, stand Damlo reglos mitten auf einem kahlen Hochplateau. Seine Verkleidung hatte er abgelegt.

»Mir!« schrie der Fürst. »Er gehört mir!«

Niemand hörte ihn, weil er in zu großer Höhe flog. Aber die Verfolger waren noch fast eine Meile von dem Jungen entfernt, und Norzak würde ohnehin vor ihnen bei ihm sein.

Er hätte sich so sehr gewünscht, Damlo von den Klauen des Greifs ein wenig durch die Lüfte tragen zu lassen, um den Widerstand des Jungen zu brechen, und bedauerte nun, das nicht tun zu können. Diese geflügelten Bestien waren schon unter entspannten Bedingungen schwer zu beherrschen, doch sobald man versuchte, sie als Schlachtrösser oder ähnliches einzusetzen, war die erste Person, die sie angriffen, üblicherweise ihr Reiter.

Daher würde er, Norzak, neben Damlo landen, ohne ihn auch nur zu berühren. Und dann würde er ihn zwingen, den schwarzen Degen zur Hand zu nehmen.

Er steckte das Toroid in seine Hülle zurück und lenkte den Greif im Sturzflug hinab.

Sobald die Orks ihn erblickten, rannten sie auf ihn los und brüllten dazu wie die Besessenen.

Damlo spürte, wie ihn seine Kräfte verließen. »Ich nehme meine Sachen und kehre sofort wieder um«, murmelte er zum hundertsten Mal in sich hinein – wie einen Auszählreim, der jede Bedeutung verloren hatte.

Die letzten Schritte legte er schwankend zurück und bückte sich nach seinem Degen. Zu erschöpft, um ihn zu gürten, behielt er ihn in der Hand und ließ die Scheide auf dem Boden zurück. Dennoch lastete die Waffe so schwer in seiner Hand, als wäre sie der komplette Wagen der Zwerge.

»Ich nehme meine Sachen und kehre sofort um.« Er tat einen Schritt auf den Drachenzahn zu und verlor dabei vor Müdigkeit fast das Gleichgewicht. Warum versteifte er sich bloß darauf? Nichts wie weg von hier!

»Ich nehme meine Sachen und kehre sofort um.« Wankend schleppte er sich zum Zahn.

Das Bücken, um ihn aufzuheben, erwies sich jetzt als ein fast undurchführbares Unterfangen, und die Vorstellung, unmittelbar darauf im Laufschritt das Weite suchen zu müssen, raubte Damlo auch noch die letzte Kraft. Es reicht, dachte er. Ich kann nicht mehr. Diese Geschichte dauert schon zu lange, und jetzt will ich, daß sie ein Ende hat. Ich will es! Und wenn ich sterbe, auch gut, aber sie muß ein Ende haben!

Nein, nein, nein! »Ich nehme die Sachen und kehre um!«

Er schaffte es nicht rechtzeitig. Er wurde von einem heftigen Windstoß erfaßt, seine Muskeln gaben nach, und er sank zu Boden.

Die Spitze des Stacheldegens durchstieß die Umhüllung des Drachenzahnes und blieb dort stecken.

Kreischend schrammte sie über die Oberfläche des Zahnes.

Und es schien, als hätte plötzlich jemand die Tür zur Sonne aufgestoßen: Damlo wurde von einem grellen Lichtschein geblendet, während die Luft unter dem Grollen Tausender Donnerschläge zu zerreißen schien.

9

»Es gelingt nicht!« stellte Ailaram mit düsterer Stimme fest. »Ich bin immer noch dabei, es zu versuchen, aber es reicht nicht aus.«

Alle waren wieder versammelt: der Magiarch, Pheron, die Elfen, die Zwerge und Uwaen. Sie befanden sich in Ailarams persönlichem Arbeitszimmer, das er in den Kellergewölben des höchsten Gebäudes von Belsin untergebracht hatte.

Es mochte vielleicht nur den Unmengen von Materialien, mit denen der Raum vollgestopft war, zuzuschreiben sein, daß er viel kleiner wirkte als er tatsächlich war. Überall drängte sich Tischchen an Tisch, und auf allen türmten sich dicke Wälzer, geheimnisvolle Gegenstände und uralte Schriftrollen. Alle Wände – auch diejenige, in der sich ein riesiger offener Kamin befand – waren vom Boden bis zur Decke mit Regalen aus dunklem, vom Alter angenagtem Holz bedeckt; die Bretter bogen sich unter dem Gewicht verstaubter Bücher und bizarrer und wunderlicher Dinge ohne ersichtlichen Verwendungszweck. Doch auch Filtrierapparate, Retorten, Destillierkolben und andere Gefäße aus durchsichtigem Glas standen herum: tausend Becher, Phiolen, Ampullen und Fläschchen, die verschiedenfarbige Flüssigkeiten und Substanzen enthielten; dazu Steine und Kristalle ausgefallenster Arten sowie komplizierte

Apparaturen, deren Bestandteile sich mit erstaunlicher Präzision ineinanderfügten.

Eine Ecke des Raumes wurde von einem riesigen ausgestopften Braunbären eingenommen, auf dessen ausgestreckten Vorderläufen – den schrecklichen Krallen wie zum Hohn – zwei Bücher lagen, zwischen deren Blättern eine Unzahl von Bändchen als Lesezeichen steckten. Auch andere Tiere befanden sich hier und dort auf den Tischen und Regalbrettern: ein majestätischer Rabe, ein friedlicher Dachs und ein kleiner gefleckter Luchs, dessen Fellbüschel an den spitzen Ohren wie Pinsel aussahen. Wenn man von der Staubschicht absah, wirkten sie alle äußerst lebendig, und das ließ auf ihre Herkunft schließen: die Ufer des Flusses Potrodil, denn nur die Geheimrezepte der Megären von Cunail ergaben Meisterstücke dieser Qualität.

Die Kristallblüte war wiederum in das durchscheinende Tuch eingeschlagen, das sie während der Reise geschützt hatte, und lag in der offenen roten Holzkassette auf einem Sessel.

»Durch sie«, sagte der Magiarch und zeigte auf die Blüte, »ist es mir zwar möglich, in den Zauber des Ersten Dieners einzudringen, nicht jedoch, auch die inneren Barrieren zu überwinden – und ganz gewiß nicht, das Antlitz des Feindes zu erblicken.«

»Wenn dieser Junge nur endlich …«, murmelte Prinz Rinelkind, um sich unversehens aufs höchste besorgt zu unterbrechen: »Ailaram!«

»Meister!« rief auch Pheron erschrocken aus.

Der Magiarch war kreidebleich geworden und schwankte sichtbar. Hätte ihn sein junger Assistent nicht augenblicklich gestützt, er wäre zweifellos über irgendeinem der vielen Tischchen zusammengebrochen.

»Der Schild!« stammelte der Alte mit schwacher Stimme. »Der Kreis der Blindheit … Das ›Gesicht‹ … O ihr Feuer des Himmels, jemand …«

Eine Minute lang herrschte Verwirrung im Arbeitszimmer des Magiarchen. Alle drängten sich um den alten Mann, der die Augen geschlossen hatte und sich an Pheron klammerte wie eine Glyzinie an eine Marmorsäule. Dann nahm Rinelkind alles in die Hand.

»Macht Platz!« ordnete er mit ruhiger Stimme an, nahm die Holzkassette vom Sessel und deponierte sie auf einem Stapel Bücher. »Laßt ihn zur Ruhe kommen. Sprecht nicht und macht kein Geräusch. Er muß sich konzentrieren. Pheron, bring ihn hierher. Lendrin, hilf mir.«

Nachdem sie den Alten in den Sessel gesetzt hatten, ließen sich die beiden Prinzen zu seinen Seiten auf die Knie nieder und ergriffen jeder eine Hand des Magiarchen. Dann schlossen sie die Augen.

»Der Drachenzahn!« murmelte Ailaram mit etwas festerer Stimme als zuvor. »Irgend jemand … Der Schild ist gefallen! Und … ich sehe rote Haare …«

»Hab ich es nicht gesagt?!« platzte Clevas heraus, was ihm einen Ellbogenstoß in die Rippen einbrachte – der kam von Irgenas'.

»Ruhe!« zischte Rinelkind. Dann wandte er sich an den Magiarchen. »Fahr fort. Versuch, die Bilder in Worte zu fassen. Je mehr du dich bemühst, sie zu beschreiben, desto klarer werden sie.«

»Der Junge ist da, aber da ist noch etwas … Ich verstehe nicht … Es scheint ein Drache zu sein, aber dann doch wieder nicht … Und weiter drüben … Das ist zweifellos der Erste Diener … Jetzt kann ich in den Zauber eindringen, aber in seinem Inneren gibt es weitere …«

»Wo ist der Zahn?« fragte Lendrin mit sehr leiser Stimme.

»Taeliens Bogen … Ich kenne dieses Platea …«

»Der Erste Diener!« drängte Rinelkind. »Versuch, sein Gesicht zu erkennen!«

»Es gelingt mir nicht … Die zweite Barriere … Ohne den

Zahn kann ich … Und die Zeit … Für alle … Was passiert mit der Zeit?«

Ohne irgend etwas dagegen tun zu können, versank Damlo in all dem Licht und markerschütternden Krachen.

Seine Müdigkeit war wie weggeblasen; an ihre Stelle war ein sonderbares Gefühl der Unbeteiligtheit getreten. Die Zeit schien stillzustehen. Er konnte sowohl die Orks sehen, die auf ihn zurannten und mitten in dieser Bewegung erstarrt waren, als auch den Drachenzahn und seinen Stacheldegen, die beide unter ihm lagen und sich berührten: sie strahlten.

Ihm wurde bewußt, daß er viele Dinge zugleich sehen konnte, auch wenn er nicht in der Lage war, die Bilder klar und zusammenhängend zu begrenzen. So nahm er etwa das gesamte Plateau wahr und Taeliens Bogen von ganz oben bis ganz unten. Aber jeder Felsvorsprung, jede Spalte und jede Schlucht erschien ihm fern und nah zugleich. Er konnte sogar Norzak sehen. Der Fürst von Suruwo war in einen schwarzen Umhang gehüllt und saß rittlings auf dem Greif. Er schien soeben gelandet zu sein und blieb genauso starr und reglos wie die Orks. Das Tier jedoch schlug sanft mit den Flügeln. Damlo gelang es nicht festzustellen, wo die beiden sich befanden; einen kurzen Augenblick lang meinte er sogar, sie dicht neben sich zu haben.

Je tiefer er in das Licht und den Lärm einsank, desto mehr Bilder konnte er unterscheiden. Unaufhörlich schoben sie sich übereinander und vermischten sich, obwohl sie in gewisser Weise einzeln erkennbar blieben. Es war ein schwindelerregendes Gefühl und verursachte Damlo Übelkeit.

Und eine riesige ringförmige Mauer ragte auf, die im Begriff war, äußerst langsam in Trümmer zu gehen; dahinter war eine Ansammlung von Personen zu erkennen und dazu eine weite Wüste, in der sich Tausende bewaffneter Soldaten drängten.

Dann kam eine weitere Mauer, diesmal aus schwarzem Nebel, hinter der eine furchterregende, bösartige Macht zu erahnen war.

Der Ortsgeist eines Hügels, entsann sich der Junge, hatte ihm vor einiger Zeit erklärt, daß in allen Geschöpfen der dunkle Part des Bösen zusammen mit dem Guten existiert. Vermutlich war also das, was sich hinter dieser dunklen Barriere dort befand, das innerste, wahre Wesen Norzaks, das sich nun von seinem Körper gelöst hatte. Damlo erschauerte. Niemals, nicht einmal als der Erste Diener wegen seiner, Damlos, Flucht in Wut geraten war, hatte der Junge eine so unheilvolle Macht in ihm wahrgenommen.

Er entdeckte, daß er sich – anfangs ohne eigenes Zutun, dann mit immer größerer Zielgenauigkeit – von einem Bild zum anderen bewegen konnte, indem er jeweils eines davon willentlich auswählte und ins Auge faßte. Obwohl seine wunderlichen Gefühle andauerten, ging die Verwirrtheit bald zurück, und mit ihr die Übelkeit.

Mitten unter den Millionen Bruchstücken, die bodenwärts durch die Luft trudelten, drang der Junge in die berstende Mauer ein. Der Nebelwand wollte er nicht nahekommen, denn er hoffte, dem Feind verborgen zu bleiben, wenn er sich von ihr fernhielt. Doch die Ansammlung von Menschen, die er vorhin erblickte hatte, interessierte ihn.

Und schlagartig befand er sich mitten unter ihnen.

»Clevas! Irgenas!« schrie er glücklich auf. »Uwaen!«

Aber keiner von ihnen schien ihn zu hören, nur der vertrocknete Greis, um den sie sich scharten, richtete den Blick auf ihn. »Damlo?«

Der Alte wirkte völlig verausgabt, und seine Stimme klang matt wie ein schwaches, fernes Echo. Sollte er das etwa sein – der berühmte Magiarch des Weißen Turmes von Belsin? Und die anderen? Links und rechts von ihm knieten zwei Männer, von denen jeder eine seiner Hände hielt. Nein, das waren keine

Männer, das waren ... Die Erkenntnis verursachte dem Jungen aufgeregtes Herzklopfen: Es waren Elfen!

»Damlo, kannst du mich hören?«

Die kraftlose Stimme des Alten rüttelte ihn wieder auf, und er riskierte es: »Ailaram?«

»Die Barriere ... Allein kann ich es nicht ... Siehst du die Barriere?«

»Sie fällt schon zusammen«, entgegnete der Junge.

»Die andere ... Sie verbirgt den Ersten Diener des *Schattens* ... Sie muß niedergerissen werden!«

»Das ist nicht notwendig! Ich weiß, wer es ist! Er heißt Norzak von Suruwo, lebt in Eria und sucht mich in diesem Augenblick auf Taeliens Bogen!«

»Sein Gesicht ... Wenn ich ihm nicht ins Antlitz blicke ... Der Zahn ... Hilf mir!«

Schlagartig wurde es Damlo klar – und traf ihn wie ein Blitz: Er war im Begriff, den Zahn des Britelvorill zu benutzen! Der Zauber auf dem Plateau mußte jener magische Kreis sein, der Ailaram blind machte, und er, Damlo, hatte ihn irgendwie durchbrochen!

Und jetzt befand er sich im Mittelpunkt des Kampfes.

Das hier war der Grund, aus dem die Zwerge ihre Reise unternommen hatten! Dafür hatte er, Damlo, unter Tausenden Gefahren Hunderte von Meilen zurückgelegt! Dafür versuchte er so verzweifelt, nach Belsin zu kommen! Vor allem *dafür*! Und um das zu verhindern, hatte der Fürst von Suruwo Hunderte Menschen niedermetzeln lassen, darunter Stokus und die Familie seiner Freunde.

Plötzlich stand er vor der Nebelwand. Ein zweiter Schutzzauber innerhalb des ersten, dachte er. Also mußte Ailaram auch ohne den Drachenzahn den Ersten Diener in Schwierigkeiten gebracht haben! Sehr gut.

In dem Hindernis pulsierte eine gewaltige bösartige Kraft, und zu einem anderen Zeitpunkt hätte Damlo gewiß Todesängste durchlitten. Doch jetzt sah er vor seinen Augen den eindringlichen, vertrauensvollen Blick von Bella Vedalin – so wie er ihn in jener Sekunde gesehen hatte, ehe der Troll …

Und plötzlich war er ganz erfüllt von Haß.

»Norzak!« schrie er mit einer so gewaltigen und zornbebenden Stimme, daß er sich selbst kaum wiedererkannte. »Norzak von Suruwo!«

Er spuckte den Namen des Fürsten aus wie eine Obszönität und stürzte sich in die Nebelwand – so erfüllt von Feindseligkeit, daß er nicht mehr an sich selbst dachte. Unter wütendem Gebrüll warf er sich in die Dunkelheit und schwang den Stacheldegen nach links und rechts, ohne zu bedenken, daß er die Waffe ja zusammen mit seinem Körper draußen auf dem Hochplateau gelassen hatte. In der anderen Hand hielt er den Hauer des Britelvorill, der sich – nun aber ohne seine von Zwergenhand gefertigten Verzierungen – schneeweiß gegen das klebrige Schwarz des Nebels abhob. Nackt, spitz und glänzend strahlte er wie eine kleine Sonne, die aus der nächtlichen Finsternis des Bösen leuchtete.

Doch er erhellte immer nur einen sehr begrenzten Bereich, worauf sich die Schwärze unmittelbar hinter dem wild Hiebe austeilenden, nach Rache schreienden Jungen wieder schloß, indem sie das vom Stacheldegen zerfetzte Gefüge aus Bösartigkeit hastig ergänzte.

Lange kämpfte sich Damlo so voran und verlor sich in den Mäandern der Nebelbarriere, bis ihn erneut die Müdigkeit überkam. Er blieb stehen und atmete schwer. Rundum sah er nichts als Finsternis: ein dichtes Spinnennetz aus Tücke und Arglist.

»Damlo!« Ailarams Stimme war so schwach wie der Nachhall eines vergessenen Traumes.

»Ich habe die Barriere durchbrochen!« schrie er aus voller Kehle.

»Keineswegs …« Die klägliche Stimme kam und ging, so als

würde der Nebel versuchen, sie zu ersticken und zu verschlucken. Damlo hatte große Mühe, die Worte des Magiers zu verstehen.

»Aber was … du verstärkst sie … auf welcher Seite stehst du …?« konnte der Junge noch aufschnappen – und dann nichts mehr. Der vorwurfsvolle Tonfall war jedoch unüberhörbar.

Hatte er denn einen Fehler gemacht? Er war der Meinung, sich durchaus ordentlich verhalten zu haben! Wie ein Held, um genau zu sein! Er war mit rachelüsternem Gebrüll in den Verteidigungswall des Feindes eingedrungen, hatte sich mit Degenhieben einen Weg gebahnt und das Hindernis schon mindestens zur Hälfte überwunden. Und dieser Ausbruch von Haß hatte ihn sogar die Angst vergessen lassen!

Von Haß? Damlo erschrak: Haß war ihm doch stets fremd und verabscheuenswert erschienen! Nie hatte er Haßgefühle zugelassen – also *fast* nie. Und die wenigen Gelegenheiten, bei denen er tatsächlich Haß empfunden hatte, war es stets ein Haß auf seine eigene Person gewesen – oder, besser, auf seine Angst. Nein, entsann er sich plötzlich: Eigentlich hatte er einmal aus ganzer Seele gehaßt – damals, mit dem schwarzen Degen in seiner Hand, als er nahe daran gewesen war, Irgenas und Clevas umzubringen.

Jetzt verstand er! Das war der Grund, weshalb Ailaram so erbost gewirkt hatte: Haß war eine Waffe des *Schattens*! Aber was sollte er, Damlo, denn sonst für den Mörder der Familie Vedalin fühlen? Und woraus sollte man sonst Kraft schöpfen, um Vergeltung zu üben, wenn man den Schuldigen nicht hassen durfte? Ohne die Macht dieses Gefühles hätte er, Damlo, nie gewagt, es mit dieser Barriere aufzunehmen!

Die Barriere! Wenn der Haß zum Arsenal des Feindes gehörte, dann verstärkte man sie ja, wenn man haßte! Wie dumm von ihm! Er hatte diesen Nebel des Bösen mit seinen Hieben bearbeitet, ohne zu erkennen, daß jeder Hieb ihn nur verdichtete! Kein Wunder, daß er sich schließlich darin verirrt hatte …

Lieber Himmel, er hatte sich verirrt! Schlagartig wurde es ihm bewußt – und schlagartig spürte er, wie sich die Angst in ihm wieder zu rühren begann. Sie stieg langsam in seinem Inneren hoch und füllte allmählich alle Winkel und Ecken seiner Seele, ohne innezuhalten. So wie selbst ein ferner Wolkenbruch den Wasserspiegel eines Sumpfgebietes ansteigen läßt und es in ein alles verschlingendes Moor verwandelt.

Und jetzt? Was würde er jetzt tun, ohne dieses Verlangen nach Rache, an dem er sich festklammern konnte? Er dachte zurück an Bella Vedalin: klein, unschuldig, schüchtern, sanft und häßlich; und mit einem Blick, so voll Vertrauen … Dieses kleine Mädchen hätte nicht sterben dürfen!

Der Junge spürte, wie die Wut in ihm aufkochte, und wiederum verspürte er den lodernden Zorn auf Norzak – wie kurz zuvor. Doch diesmal war er auf der Hut und entdeckte, daß dem Haß Empörung voranging.

Er ließ sie bewußt wachsen, und von einem Augenblick zum nächsten wurde aus Haß das glühendheiße Gefühl ruchlosen Unrechts. Eine titanische Entrüstung. Damlo erinnerte sich nicht, je ein so starkes Gefühl verspürt zu haben – abgesehen von seiner Angst natürlich. Die Ermordung Bella Vedalins erschien ihm als eine derart widerwärtige Untat, daß er an dieser Empfindung fast erstickte.

»Nie mehr!« schrie er, so laut er konnte. »Hast du gehört, Norzak? Nie mehr!«

Er setzte sich in Bewegung. Ohne Hast und ohne Zaudern, überzeugt davon, daß der eingeschlagene Weg der richtige sein mußte. Entschlossen lenkte er seine Schritte voran, ohne den Stacheldegen zu heben; nur den Zahn des Britelvorill hielt er hoch. Und das Gewirr des finsteren Spinnennetzes zerfiel vor ihm.

Hin und wieder drehte er sich auf der Suche nach Hinweisen für eine Anwesenheit Ailarams um und spitzte die Ohren in Erwartung seiner kraftlosen Stimme. Nichts von alldem. Hinter Damlo wirkte die Wand noch immer erschreckend massiv, und ohne den Drachenzahn war vielleicht auch der Magiarch nicht imstande, sie zu überwinden. Der Junge biß die Zähne zusammen: Er würde es allein schaffen! Er verspürte einen so brennenden Durst nach Gerechtigkeit, daß er sich einfach unbesiegbar vorkam.

Und dann trat er aus dem Nebel – und seine Sicherheit verflog.

Er befand sich … nirgendwo. Rund um ihn erstreckte sich ein bleigrauer Himmel, den blutrote Wolken in rasender Geschwindigkeit durchfegten. Einen festen Boden schien es nicht zu geben, und die Luft wurde ohne Unterlaß von flammenden Blitzen zerrissen und von fürchterlichen Donnerschlägen erschüttert. Auch Richtungen existierten nicht. Es gab kein Oben und kein Unten, keine Mitte und keinen Rand. Die Begriffe »fern« und »nah« waren sinnentleert, jede Orientierung schien ausgeschlossen.

Und im Brennpunkt – einem Ort, der, ohne sich irgendwo zu befinden, überall existierte – stand der Erste Diener des *Schattens:* eine alles überragende Gestalt, ganz in Schwarz gehüllt, eine Wolfsmaske vor dem Gesicht. Rund um die Erscheinung brachte ihre erschreckende Macht die Luft zum Kochen.

Damlo spürte, daß seine Entschlossenheit erlosch – wie eine abgebrannte Kerze.

»Welch erstaunliche Kräfte! Jung und noch unbehauen, aber wahrhaft bemerkenswert! Wer bist du, Junge, und woher kommst du?«

Die Stimme klang dickflüssig, leicht heiser und schien an der Innenseite von Damlos Körper zu kratzen. Doch zugleich strahlte sie eine geradezu unwiderstehliche Faszination aus und ein überwältigendes Gefühl höchster Bedrohung.

Aber sie gehörte nicht Norzak von Suruwo.

Sollte dies hier am Ende der Fürst der Finsternis sein? Unmöglich: Der *Schatten* besaß keine Gestalt. Außerdem hatte Ailaram unmißverständlich erklärt, daß sich hinter der schwarzen Barriere der Erste Diener befand! Veränderte sich möglicherweise innerhalb eines Zaubers der Klang von Stimmen?

»Du weißt genau, wer ich bin, Norzak!«

Die Worte sollten von einem kecken, herausfordernden Unterton begleitet werden, aber sie kamen als jämmerliches Quieken aus Damlos Kehle. Der Junge mußte sich eingestehen, daß ihn die Angst wieder fest im Griff hatte.

»Da machst du zwei Fehler: Ich weiß nicht, wer du bist, und ich bin nicht der, für den du mich hältst.«

Damlo spürte, wie ihn Eiseskälte durchlief. Norzak war nicht der Erste Diener! Und er hatte vorhin Ailaram gesagt ... Diesen Fehler mußte er unbedingt gutmachen!

Er, Damlo? Ganz allein? Da ihm doch die Angst die Beine lähmte! Er konnte nicht einmal davonrennen, geschweige denn den Ersten Diener demaskieren!

Er befahl seinem rechten Fuß, sich zu heben und weiter vorn wieder auf den Boden zu sinken, und zu seiner großen Verblüffung merkte er, wie sein Stiefel sich bewegte. Er wankte ein wenig, als er das Gewicht seines ganzen Körpers verlagerte, ehe er dem anderen Bein den gleichen Befehl gab. Es gehorchte, und Damlo konnte den Schritt zu Ende führen. Er faßte wieder Mut, und so gelang ihm ein weiterer Schritt und dann noch einer.

»Kehr um!« Die Stimme des Ersten Dieners übertraf an Lautstärke das Grollen des Donners. »Kehr um, solange noch Zeit dazu ist!«

Einen Fuß in der Luft, erstarrte Damlo mitten in der Bewegung; das Herz schlug ihm bis zum Hals. Dann erinnerte er sich an die tausend Märchen und Legenden, die er in der Bibliothek von Waelton gelesen hatte. »Wenn er mich so einfach töten könnte«, murmelte er bei sich, »dann hätte er es schon getan …«

Er stellte den Fuß hin. Ein Stück weiter vorn.

»Ich werde es tun«, dröhnte der Gegner, »wenn du mich dazu zwingst! Aber du bist interessant, und es wäre schade, dich zu zerstören.«

Wieder erstarrte der Junge zu Eis. Es klang, als könnte der Erste Diener in seinen Gedanken lesen! Doch dann kam ihm zu Bewußtsein, daß er selbst mit halblauter Stimme gesprochen hatte, und erst da wurde ihm die Bedeutung dessen klar, was der Erste Diener darauf gesagt hatte. Schon wieder einer, der sich seiner, Damlos, bemächtigen wollte! Oder, besser, der Möglichkeiten des Drachen, der in ihm steckte … Er wurde von unbändiger Wut gepackt.

»Ich weiß, was du willst!« schrie er. »Aber es wird auch dir nicht gelingen, mich auf deine Seite zu ziehen!«

»Ich verstehe«, knurrte der Erste Diener. »Ich verstehe nur zu gut.« Er machte eine rasche Bewegung mit der rechten Hand, während er die Finger der linken zu einem Ring formte. Und plötzlich entstand auf halbem Weg zwischen Damlo und der schwarzen Gestalt ein zäher Nebel, der sich – offenbar gefeit vor den stürmischen Winden, die in diesem Universum herrschten – rasch ausbreitete und zu einer kreisrunden Struktur verdichtete.

Ein vertikaler Ring. Eine Art Reifen, zehn Fuß hoch und schwarz wie Ruß.

»Das Toroid!« murmelte der Junge.

Und im nächsten Augenblick erschien Norzak von Suruwo mitten im Ring.

In seinen schwarzen Mantel gehüllt, nahm der Fürst eine krummbeinige Haltung ein, als sitze er noch immer rittlings auf dem Greif. Unsicheren, wankenden Schrittes stolperte er aus dem Nebel und sah sich völlig verwirrt um. Beim Anblick

Damlos und des Ersten Dieners wich ihm alle Farbe aus dem Gesicht.

»Meister!« rief er und warf sich zu Boden. »Ich war kurz davor, den Drachenzahn sicherzustellen!«

»Ach ja?« donnerte die maskierte Gestalt. »Und was hättest du mit dem Jungen gemacht?«

Norzak schnappte nach Luft. »Ich hatte vor, ihn Euch zu schenken!« ächzte er dann.

»Dann tu es: Bring mir sein hübsches rotes Köpfchen.«

»Meister, es wäre besser, ihn nicht zu töten. Er ist mit außerordentlichen Fähigkeiten ausgestattet!«

»Denkst du, das wüßte ich nicht?« dröhnte der Erste Diener. »Und ich wüßte auch nicht, daß du dir diese seine Fähigkeiten selbst zunutze machen wolltest?«

»Nein!« schrie Norzak auf. »Ich schwöre es! Der Junge war für Euch gedacht!«

»Versuch, mich davon zu überzeugen.«

Mit einem behenden Satz war Norzak wieder auf den Beinen. Er zog den schwarzen Degen aus der Scheide und starrte Damlo mit einem durchdringenden Blick in die Augen. »Du oder ich«, lautete die Botschaft.

Im Unterschied zu allem anderen in dieser Welt ohne Zeit und Raum schien der Fürst von Suruwo eine greifbare Gestalt zu besitzen; und er existierte an einem festumrissenen Platz. Diese Gewißheit übte eine unwiderstehlich verlockende Anziehungskraft auf den Jungen aus. Ohne daß er etwas dagegen hätte tun können, bemerkte Damlo, daß die Entfernung zwischen ihnen beiden allmählich abnahm.

Jetzt wandelte sich seine Angst zu blankem Horror. Es war eine Sache, sich unterstützt von Uwaen und den Zwergen oder von einem Gualcolaner Legionär den Orks entgegenzuwerfen, jedoch eine ganz andere, dem personifizierten Grauen in Gestalt des Fürsten von Suruwo Auge in Auge gegenüberzustehen. Der Mann hielt den Degen erhoben und zielte damit recht beiläufig auf Damlos Augen. Aber der Junge erinnerte sich noch genau an die geradezu unheimliche Gewandtheit, mit der Norzak die Waffe gegen Baldrin gebraucht hatte. Er hatte keine Chance. Nicht den Funken einer Chance. Noch dazu, wo ihm die Angst jede Kraft raubte.

Das war es! erkannte der Junge nun plötzlich; die Angst war der Feind, den es in allerersten Linie niederzuringen galt! Und wenn auch nur, um zur Flucht imstande zu sein …

Und so kämpfte er gegen diese Angst an. Kämpfte mit allem, was er besaß. Er kämpfte tapfer, setzte jedes Quentchen Kraft ein, das er aufbringen konnte, und spürte alle seine Muskeln angespannt wie Seile. Er hatte das Gefühl, als würde der Schweiß daraus hervorspritzen wie das Wasser aus den Halteleinen eines vertäuten Schiffes. Er kämpfte mit Verbissenheit und dann mit wachsender Verzweiflung, denn je mehr er die Angst zu unterdrücken versuchte, desto leerer und unterlegener fühlte er sich innerlich.

Dabei kam er dem Fürsten immer näher, der ihm mit Augen aus Eis entgegenblickte, ohne sich von der Stelle zu rühren. Und der Erste Diener lachte. Es war ein schreckliches Lachen, tief und heiser, das durch diese Welt hallte und dem Jungen das Herz aus dem Leib zu reißen schien.

Es gelang ihm, sich einen klaren Verstand zu bewahren und zumindest die aufsteigende Panik abzuwehren, aber die Anstrengung, die dazu nötig war, fraß ihn innerlich auf. Und schließlich hörte er erschöpft auf zu kämpfen. Augenblicklich wuchs die Angst zu gigantischen Ausmaßen an und schlug über ihm zusammen. Sie warf ihn hin und her wie einen Strohhalm und erstattete ihm auf diese Weise etwas von der Energie zurück, die sie ihm bis zu diesem Augenblick geraubt hatte. Die Kehle von unterdrückter Wut zugeschnürt, zitterte Damlo.

Das typische Merkmal der Feigheit.

Also gut, dann würde er eben aufgeben. Sein ganzes Leben lang hatte er gegen die Angst angekämpft, hatte sie verabscheut und versucht, sie auf jede denkbare Weise zu ersticken – beharrlich, unter Einsatz all seiner Fähigkeiten und letzten Endes ohne jeden Erfolg. Sie war nie gewichen, hatte übermächtig und ohne je Schaden zu nehmen in seiner Seele gewohnt, als gehöre sie dorthin. Also gut. Dann würde er der Wahrheit ins Auge sehen: Die Angst gehörte zu ihm – oder, besser, er und die Angst waren eins! Er konnte sich ihr nicht entziehen oder versuchen, sie zu verbannen oder auf irgendeine andere Art abzuschütteln. Sie war ein Teil von ihm. Wie die Phantasie, die Liebe zur Natur und die roten Haare. Damlo Rindgren war ein Angsthase. Er hatte Angst und, was noch mehr zählte, er würde sie immer haben …

Er holte tief Atem und verspürte mit einemmal eine gewaltige Erleichterung. Jetzt vibrierte das heillose Entsetzen im Einklang mit seinem Inneren; es steckte nicht mehr in seinen Eingeweiden fest, sondern durchlief seinen ganzen Körper mit der Lebhaftigkeit eines Wildbaches.

Er fühlte sich von grenzenloser Furcht durchdrungen. Doch er fühlte sich auch so stark wie nie zuvor.

Mit festem Griff zückte er seinen Degen, preßte den Drachenzahn an die Brust und stürzte los, auf Norzak zu.

Der Fürst wußte genau, daß er ihm überlegen war, überlegte der Junge in diesem kurzen Augenblick, und er, Damlo, mußte sich dies zunutze machen; das war seine einzige Chance. An der Stele des Keron hatte er ja doch etwas gelernt!

»Aaangst!« schrie er und warf sich auf den Gegner.

Doch im letzten Augenblick tat er so, als würde er straucheln; er ließ sich fallen, rollte auf den Fürsten zu, holte aus und vollführte einen Hieb in Kniehöhe des Feindes.

Fast gleichmütig sprang Norzak über den Stacheldegen hinweg und brach in unbändiges Gelächter aus.

Hastig rollte Damlo weiter, um sich aus der Reichweite von Norzaks Waffe zu bringen, aber der Fürst holte ihn mit einem einzigen Satz ein.

Der Junge verspürte einen kleinen Stich am Hinterteil und schrie auf.

»Das erste Blut!« rief der Fürst lachend. »Ich widme es Euch, Meister!«

Verzweifelt setzte Damlo seine Bewegung fort und schaffte es auf alle viere. Von Panik erfaßt krabbelte er weiter, bis er merkte, daß der tödliche Hieb nicht kam. Er warf einen Blick auf seinen Gegner: Der Fürst hatte innegehalten und sah dem Tun des Jungen grinsend zu.

Damlo stand auf. Er hatte den Drachenzahn unter den linken Arm geklemmt und hielt den Stacheldegen, die Spitze kläglich zu Boden weisend, in der rechten Hand. Die Angst schäumte durch seine Adern. Wenn ich wirklich sterben muß, dachte er, dann mit Würde. In einer Fechtstellung, die seiner Phantasie entsprungen war, hob er die Waffe über den Kopf.

»Und jetzt, Meister«, rief Norzak und schwang den Degen in einer Art Salut vor dem Ersten Diener, »das Blut des Lebens!«

Unversehens wurde Damlo bewußt, daß er nicht davongerannt war, daß er – obwohl er wußte, daß es keine Hoffnung für ihn gab – hier stand, um mit erhobenem Stacheldegen das Ende zu erwarten. Es überlief ihn kalt. Es gab eine Bezeichnung für ein solches Verhalten, und bei einem anderen an seiner Stelle hätte er, Damlo, nicht gezögert, es beim Namen zu nennen. Er hätte am liebsten geweint.

Wie war das nur möglich? Gerade eben war ihm klargeworden, daß er die Angst niemals loswerden würde! Wie konnte man mutig handeln und zur gleichen Zeit so entsetzliche Angst verspüren? Hatte er vielleicht nie begriffen, was Mut wirklich bedeutete?

Einen kurzen Augenblick lang vergaß er, daß er »der rote Angsthase« war und dachte zurück an diese letzten beiden Monate. Wie hätte er über eine Person gedacht, die sich in derselben Lage so verhalten hätte wie er? Was hätte er, ohne sie zu kennen, über sie gesagt?

Es gab nur eine Antwort.

Dann hieß das also, daß man, um mutig zu sein, nicht aufhören mußte, sich zu fürchten?

Da stach Norzak zu. Der Ausfall geschah blitzartig und hätte gewiß auch jeden geübten Fechter überrascht. Damlo machte nicht einmal den Versuch, den Stoß abzuwehren. Statt seines Degens senkte er instinktiv den Ellbogen vor die Brust, wo er ihn dicht an den anderen preßte, und bog den ganzen Oberkörper nach hinten. So als hätte das gereicht, um dem Stoß zu entgehen.

Zugleich verspürte er einen stechenden Schmerz am linken Unterarm, ein schrilles Kreischen und einen heftigen Schlag gegen den Brustkorb. Ein greller Blitz, dessen Gewalt ihn zur Seite schleuderte, blendete ihn, und als er seine Umgebung wieder erkennen konnte, sah er Norzak zehn Schritt entfernt auf dem Boden sitzen. Mit seiner Rechten umklammerte er den Griff des schwarzen Degens.

Nur den Griff: Der Rest der Waffe existierte nicht mehr.

Der Drachenzahn! fuhr es Damlo durch den Kopf. Der Degen hat mir den Arm durchbohrt und den Zahn des Britelvorill getroffen! Und die Klinge ist zersprungen!

Er richtete sich auf, ohne den Schmerz und das Blut zu beachten, das von der Wunde troff, und richtete die Spitze seines Stacheldegens auf den Kopf des Fürsten. Er verspürte eine kalte, tödliche Ruhe.

»Bella Vedalin«, sagte er und ging auf den Gegner zu. »Ruset. Lya.«

Norzak riß die Augen auf und wich zurück – schob sich, immer noch auf dem Boden sitzend, rückwärts.

»Primo Vedalin«, fuhr Damlo fort. »Tondo. Bianco. Pelo. Ultimo.«

Wie die einzelnen Schläge einer Totenglocke erklangen die Namen, und der Fürst keuchte.

»Stokus«, zählte der Junge auf und bewegte sich immer

weiter auf Norzak zu. »Die Kutscher. Ihre Frauen. Ihre Kinder.«

»Meister!« flehte der Fürst.

»Baldrins Gemahlin.« Deutlich konnte Damlo die eisige Unerbittlichkeit in seiner eigenen Stimme hören. »Und all die anderen: Vankar von Charaznable und die Soldaten aus Pecsa und aus Sigat am Fluß Riguario.«

»Meister, ich beschwöre Euch!«

»Du wolltest den Jungen doch haben!« lachte der Erste Diener auf. »Nimm ihn dir!«

Halb auf dem Rücken liegend versuchte Norzak, vor der auf ihn gerichteten Degenspitze zurückzuweichen, aber es fiel Damlo nicht schwer, ihm zu folgen. Und dann stand er drohend über ihm.

»Die Garnison an der Brücke über Ringenims Klinge«, fuhr er mit harter Stimme fort. »Der Graf von Eranto aus Drassol. Die Opfer des Aufruhrs.«

»Erbarmen!« wimmerte der Fürst.

»Clinas Familie. Die Bauersleute. Der Fährmann am Sweldal. Seine Frau.«

In Todesangst hatte Norzak zu röcheln begonnen; an seinen Mundwinkeln hatten sich kleine Rinnsale aus Speichel gebildet.

Genug, entschied Damlo. Er wird gerichtet, nicht gefoltert. Er hob die Waffe … und verharrte in dieser Stellung.

Er war soeben dabei, einen Menschen umzubringen! Einen wehrlosen Mann – keinen bewaffneten Ork! Die Vorstellung traf ihn wie ein Keulenschlag.

Langsam senkte er den Degen. Er hatte noch nie ein Menschenwesen getötet, geschweige denn kalten Blutes! Und obgleich Norzak tausend Tode verdiente …

Doch er hatte einen Augenblick zu lange gezaudert. Der Fürst machte sich Damlos Unentschlossenheit zunutze, schnellte nach hinten und rollte sich zurück. Dann sprang er auf die Füße und faßte nach dem schwarzen Toroid. Sofort spürte Damlo einen heftigen Druck in seinem Inneren und merkte, wie der Drache in seinem Schlupfwinkel unruhig wurde.

Er kann es tun! stöhnte der Junge in Gedanken auf. Er braucht den schwarzen Degen nicht, wenn er mich umbringen will!

Er stürzte los. Blitzartig und mit ausgestreckter Waffe warf er sich in einem weiten Satz auf den Gegner.

Die Spitze des Degens suchte sich ihren Weg mitten durch das ringförmige Toroid, ohne es auch nur zu berühren, und drang Norzak in die Brust bis zum Griff. Und durchbohrte sein Herz.

Nur ein einziges Mal konnte der Fürst von Suruwo noch nach Luft schnappen, ehe der Junge gegen ihn prallte. Dann fielen beide in einem Durcheinander von Blut und Gliedmaßen zu Boden, und erst nach einem langen Augenblick des Schrekkens gelang es Damlo, sich zu befreien. Er rollte sich zur Seite, wobei er den Degen aus dem Leichnam des Gegners riß, sprang hastig auf und wankte ein paar Schritte zurück. Dann drehte er sich zum Ersten Diener um und hob wieder die Waffe.

Er zitterte und merkte, wie die Spitze des Degens über seinem Kopf Schnörkel in die Luft zeichnete. Und zu allem Überdruß verspürte er schon wieder den unerklärlichen Drang zu weinen.

Das kommt daher, weil ich einen Menschen getötet habe, versuchte er sich einzureden. Doch dann schüttelte er einsichtig den Kopf: Es war die Angst. Die entsetzliche Angst.

Er schluckte die Tränen hinunter. Mußte er etwa schon wieder den Kampf dagegen aufnehmen? War er das, der Mut? Der Kampf gegen die Angst?

»Zufrieden?« dröhnte die riesige Gestalt mit der Maske.

Sie schien noch größer geworden zu sein. Finster und übermächtig ragte sie einfach überall empor, ohne sich an einem bestimmten Platz zu befinden.

Der Junge nickte schwach. Auch wenn der linke Arm nicht mehr schmerzte, spürte er, wie das Blut aus der Wunde tropfte. Darüber hinaus nahm er die wachsende Erregung des Drachen wahr – und seine eigene Furcht davor.

»Du hast mir die lästige Aufgabe erspart, einen Verräter zu bestrafen«, sagte der Erste Diener. »Jetzt kannst du nach Hause zurückkehren. Ich habe mich entschlossen, dich zu verschonen.«

»Ich weiß, was du von mir willst«, entgegnete Damlo leise. »Und ich habe dir schon geantwortet.«

»Deswegen habe ich dir auch nicht beigestanden in deinem Kampf gegen den Herrn von Suruwo. Aber du hast ihn trotzdem besiegt, und ich biete dir eine andere Chance. Kehre um, mein Sohn. Geh nach Hause und warte auf mich. Gemeinsam werden wir Großes vollbringen!«

Unversehens wurde der Junge von grenzenlosem Zorn gepackt. Warum dachten alle, man könnte ihn dermaßen einfach hinters Licht führen?

»Gemeinsam?« schrie er. »Du weißt nicht einmal, was dieses Wort bedeutet!«

Das wilde Knurren des Gegners rüttelte am Himmel und ließ Damlo bis ins Mark erzittern. Doch der kurze Windstoß von Angst, der über ihn hinweggeweht war, hatte ihm seltsamerweise nochmals zu neuer Kraft verholfen, sodaß er unbändige Kampfeslust verspürte.

»Das Getöse kannst du dir sparen!« rief er aus voller Kehle. »Mein Entschluß steht fest!«

»Törichter Junge!« donnerte der Erste Diener. »Ich spüre deine Angst bis hierher!«

»Na, dann genieße sie doch!« schrie Damlo zurück.

Dann brach er in ein nervöses Gelächter aus: Hier stritt er

sich mit dem Ersten Diener des *Schattens*, als wäre es Vetter Trano! Er hatte Mühe, das zu glauben. Wo war seine Feigheit geblieben? Und wie kam er zu diesem Mut, da er doch noch nicht einmal die Angst besiegt hatte?

Plötzlich erstarrte er, wie vom Donner gerührt. War es denn möglich … Es kam ihm vor, als hätte plötzlich jemand einen Vorhang zur Seite gezogen und ihm den Blick auf neue Horizonte freigegeben. Siegen und besiegen, erkannte er verblüfft, bedeuteten nicht dasselbe! Und auf eine bestimmte Art hatte er gesiegt ohne zu besiegen.

Wieder lachte er, diesmal richtig; er fühlte sich zugleich albern, beklommen und angespannt – wie die Sehne einer Armbrust.

Und dann ging er auf den Ersten Diener zu. Ohne von der richtigen Richtung abzuweichen. Auch wenn gar keine vorhanden war. Oder vielleicht gerade deswegen.

Die riesige Gestalt hob einen Arm und verdunkelte den ohnehin schon bleiernen Himmel. Sie hatte die Hand zur Faust geballt, und rund um sie brodelte die Luft vor Macht und Stärke.

»Zum letzten Mal: Kehr um!«

»Du hast doch nicht am Ende Angst vor mir?« forderte ihn der Junge mit vor Angst halb zugeschnürter Kehle heraus.

Die Gestalt stieß ein grauenhaftes Brüllen aus, dem ein ebenso grauenhaftes in Damlos Innerem antwortete.

Nein! durchzuckte es den Jungen. Komm nicht raus! rief er Rexalandrill zu. Komm nicht raus! Sonst sterben wir beide!

Dann allerdings hatte er keine Zeit mehr, an den Drachen in seinem Inneren zu denken, denn ohne sein beständiges Anwachsen zu unterbrechen, öffnete der Erste Diener plötzlich die Faust. Eine Unzahl von Krallen spreizte sich in alle Richtungen, ehe sich die gewaltige Klaue herabsenkte und den Himmel zerriß.

Mit vor Entsetzen weit aufgerissenen Augen sah Damlo sie

kommen: Sie erschien ihm so groß wie das ganze Zentralmassiv und näherte sich mit der täuschenden Langsamkeit einer Lawine. Wäre er davongerannt, er hätte ihr vielleich noch entkommen können, aber statt zu fliehen stürzte der Junge auf den Ersten Diener zu. Brüllend vor Angst und den Stacheldegen wie eine Fahne schwenkend warf er sich auf ihn.

Die Hoffnung, den Gegner zu vernichten, ehe dieser zustoßen konnte, erfüllte sich nicht. Unerbittlich, die scharfen Krallen wie Klingen ausgestreckt, sank die Klaue herab. Und erzeugte Sturmwinde, während sie die Luft durchschnitt.

Erst im letzten Augenblick erinnerte sich Damlo an den Zahn des Britelvorill. Er drückte ihn an sich und vertraute ihm mit der Inbrunst all seiner Verzweiflung sein Leben an. Und dann schloß er die Augen.

Plötzlich explodierte irgendwo ein grelles Licht. Der Blitz blendete ihn durch die geschlossenen Lider, während die Krallen ihn durchbohrten – und nach den Krallen folgte der echte Hieb mit der Wucht eines Felssturzes. Auch dieser überkam den Jungen mit überwältigender Heftigkeit, aber ebenso wie die scharfen Krallen drang er in seinen Körper ein und verließ ihn wieder, ohne ihn zu verletzten. Der Junge nahm eine unbeschreibliche Vehemenz wahr, jedoch keinen Schmerz, kein Erbeben, keinen Schlag.

Er öffnete die Augen. Vor ihm stand der Erste Diener, nunmehr auf die Ausmaße einer menschlichen Gestalt zurechtgestutzt. Er verströmte puren Haß, und rund um ihn vibrierte wieder die ungeheure Macht von vorhin. Hinter der Maske blickten jedoch zwei ungläubig aufgerissene Augen hervor.

Der Junge stieß einen Triumphschrei aus und wagte sich voran. Er hielt den Stacheldegen weit vorgestreckt wie schon gegen Norzak, doch einen Augenblick vor dem Eindringen der Spitze in die Gestalt des Ersten Dieners traf die Waffe auf eine Schicht von … nichts. Eine Leere. Brodelnd vor Energie, aber ohne jeden Gehalt, jede Fertigkeit. Damlo schien es, als berste die Welt – als verwandelte sich die Finsternis in einen Hammer, der mit der Gewalt eines unsichtbaren Blitzes auf ihn einschlug; als würde sich selbst die Luft ihm entgegenwerfen und ihn tausend Meilen zurückschleudern.

Er richtete sich auf, Schmerz in jeder Faser seines Körpers. Der Zahn des Britelvorill war jetzt glühend heiß, und der Zauberdegen … Dem Jungen zog es das Herz zusammen: Vom Stachel der Kaxalandrill war nur noch der Degenkorb übrig – halb verkohlt und rauchend!

Voller Verzweiflung warf er einen Blick auf den Ersten Diener.

Der schien unmittelbar vor ihm und weit entfernt zugleich zu sein. Und er lachte. Sein Gelächter zerriß die Luft.

»Dieses jämmerliche Ding«, schrie er, »ist gerade mal gut genug, um dich zu schützen!«

Wäre in der Stimme des Ersten Dieners nicht dieser frohlockende Unterton zu hören gewesen, der Junge hätte zu diesem Zeitpunkt sicherlich aufgegeben. Aber der Beiklang war nun mal da, und er entging Damlo nicht. Man jubelt über etwas Unerwartetes! schloß er messerscharf und geistesgegenwärtig. Die Folgerung: Der Erste Diener war sich seines Sieges keineswegs sicher!

Er umklammerte den Drachenzahn. Wir werden ja sehen, dachte er, ob auch dieses Ding gerade mal gut genug ist, um nur mich zu schützen; er ist dreitausend Jahre alt und gehörte einst einem Drachen. Er wird sicher besser wirken als mein Degen, dessen Zauber ich selbst geweckt habe – im Spiel und ohne es auch nur zu bemerken.

Damlo streckte dem Gegner den Zahn entgegen und ging auf ihn zu.

»Wie du willst«, knurrte dieser und hörte auf zu lachen. Er hob die linke Hand und machte damit eine sonderbare Geste.

Damlo hatte das Gefühl, als streife etwas Schmieriges, Glitschiges seinen Hals. Er griff sich an die Kehle, aber da war nichts. Doch das Gefühl blieb, es wurde allmählich sogar deutlicher: anfangs war es ein Kitzeln und dann ein Streicheln, worauf es an Festigkeit und Stärke gewann. Und schließlich spürte der Junge zusammen mit der klebrigen Feuchtigkeit so etwas wie winzigkleine Schuppen, die an seiner Haut kratzten, während sie sich aneinanderschoben. Und kurz darauf rang er nach Luft.

Wie lange braucht man, um zu ersticken? fragte er sich keuchend. Er war bereits einmal länger als eine Minute unter Wasser gefangen gewesen, als ihn an einer tiefen Stelle des Flusses in Waelton ein Strudel erfaßt hatte. Er röchelte. Wie viele Sekunden blieben ihm noch? In seiner Verzweiflung fing er an zu rennen: Vielleicht, wenn er den Ersten Diener mit dem Drachenzahn berührte ...

Er rannte, doch je näher er der maskierten Gestalt kam, desto entfernter und unerreichbarer erschien sie ihm. Er gab nicht auf. Mit der freien Hand griff er sich immerzu an die Kehle, riß vergeblich an etwas, das nicht da war, und zwang sich voran. Bald sah er nur noch leuchtende Pünktchen in der Luft, spürte, wie ihm die Atemnot alle Kraft raubte – und fühlte tief drinnen die furchtbare Erregung des Drachen.

Dann gab seine Schulter nach, und der Arm, der den Zahn hochhielt, fiel herab. Damlo wusste: noch eine Sekunde, dann würden auch die Muskeln der Hand versagen. Er blieb stehen und kauerte sich über den kostbaren Gegenstand; er konnte ihn nicht sehen, nur fühlen. Dennoch umklammerte er ihn – und nahm dazu auch Knie, Brust, Ellbogen und Kinn zu Hilfe.

Das Kinn ... Er merkte nicht, daß die Spitze des Zahnes über seine Kehle strich; er hörte nur einen leisen Knall, wie beim Reißen einer zu stark gespannten Leine. Und da konnte er wieder atmen.

Japsend pumpte er Luft in seine erschöpfte Lunge, aber die Erleichterung war nur von kurzer Dauer. Zusammen mit der Fähigkeit zu sehen kehrten auch die anderen Wahrnehmungen zurück, und damit das Wissen um die unruhig gewordene Furie in seinem Inneren. Er bemerkte einen starken Geruch nach Verbranntem, sein Gaumen wurde schrecklich heiß, und er spürte, wie das Monster gegen die wenigen armseligen Fusseln ankämpfte, die es noch gefangen hielten.

Der Erste Diener nickte; dann zuckte auch seine rechte Hand in einer blitzschnellen Bewegung hoch, und als sie wieder innehielt, vernahm der Junge so etwas wie einen Riß tief drinnen. Die letzten Fäden des Netzes! Jetzt war Rexalandrill völlig frei!

Damlo spürte den Drachen toben und vor Wut brüllen. Er *war* die Wut! Die Furie aller Furien! Sie blähte sich auf. Sie dehnte sich aus. Sie wuchs wie eine Flutwelle in ihm. Sie fauchte Tobsucht in jeden Winkel seines Inneren; ihre Wildheit war erschreckend.

Reflexe gehorchen keiner Vernunft: Damlo tauchte in sich selbst ein und kämpfte. Den Drachen zu beruhigen war selbstverständlich unmöglich, und er dachte auch nicht im entferntesten daran, für ihn zu singen; er kämpfte einfach so, wie er es in seiner Kindheit getan hatte. Er kämpfte, um »diese Sache« zu unterdrücken. Zu verhindern, daß sie sich ausbreiten konnte, und sie dazu zu bringen, sich wieder in ihren Schlupfwinkel zurückzuziehen. Er kämpfte, obwohl er wußte, daß er es diesmal nicht schaffen würde. Selbst dann nicht, wenn er die Todesangst zu seinem Verbündeten nahm.

Er kämpfte. Und während er kämpfte, hörte er seine eigenen Gedanken wie das Schlagen einer Totenglocke: »Allein kannst du das Monster nicht besiegen!«

Besiegen? Plötzlich formte sich in der kleinen Festung aus klarem Denken, das ihm während seiner Anfälle stets verblieb, eine Idee. Eine absurde Idee. Aber so übermächtig wie die Gewißheit des bevorstehenden Todes. Denn diesmal würde er sterben, dessen war er sicher – er würde in jedem Fall sterben. Doch Norzak hatte ihm erklärt, daß gelegentlich, wenn es um

Magie ging, Sinnbilder körperliche Gestalt annehmen konnten ... Und auf diese Weise mochte ihn das Monster sogar überleben! Nur einen Augenblick lang, vielleicht, aber wenn er, Damlo, es losließ und gegen den Ersten Diener hetzte ...

Wie ein Feuerstrahl schoß Damlo aus sich selbst heraus.

»Rexalandrill!« schrie er. »Hör mich, Rexalandrill! Ich rufe dich! Los, es geht gegen den Ersten Diener des *Schattens*!«

Mit der donnernden, gewaltigen Wildheit eines Vulkans barst die Furie.

Und Damlo brüllte.

Er brüllte und brüllte, erfaßt von unerträglichen Qualen. Er spürte, wie seine Muskeln einer nach dem anderen zerfetzt wurden, die Gelenke sich lösten und seine Eingeweide sich bis zum Äußersten ausdehnten und platzten. Er nahm jeden einzelnen Schauer seines Todeskampfes mit grauenhafter Klarheit wahr und hörte die verzweifelten Schreie seines eigenen Körpers, die ihn anflehten zu reagieren, sich endlich zur Wehr zu setzen und dem Monster Einhalt zu gebieten.

Schmerzen.

Marter.

Pein.

Und dann kam unversehens die Erinnerung – an seine ersten Krampfanfälle, bei denen er durch die gleichen Höllenqualen gegangen war; und eben deshalb hatte er begonnen, den Drachen zu bekämpfen: damit sie ein Ende hätten.

Jetzt hingegen wußte er, daß er in jedem Fall sterben würde, und seine Willenskraft war nicht mehr die eines Kindes. Also widerstand er der Versuchung. Stundenlang, so schien es ihm. Tagelang. Monatelang. Er brüllte und wand sich vor Schmerz. Doch er widerstand.

Und schließlich geschah es: Schlagartig verwandelte sich die Qual in eine feuchte, heiße Erlösung, und Damlo bemerkte, daß zwischen ihm und der Furie keinerlei Unterschied mehr bestand.

Er selbst war die Furie. Eine gewaltige, unermeßliche, schreckliche Furie. Eine rote, mit Schuppen bedeckte Furie. Eine Furie mit rauchenden Nüstern, gewappnet mit Flügeln, Reißzähnen und Krallen. Und mit einem langen Schwanz, der in einem spitzen, scharfen Stachel endete.

All das überraschte ihn nicht, ganz im Gegenteil, es schien die natürlichste Sache der Welt.

»Ich!« brüllte er. »Ich und du, Diener des *Schattens*!«

Jetzt konnte er auch den Panzer aus Finsternis rund um die bleigraue Gestalt erkennen, an dem der Zauberdegen abgebrochen war.

Er schnaubte. Instinktiv. Dann bog er den Hals zurück, holte tief Luft – und schnaubte.

Es schien ihm, als blase er pure Wildheit aus – die Quintessenz der eigenen Wut. Er spie einen glühendheißen Sturm aus. Eine Flamme, so heiß wie tausend Sonnen, die sich den Zauber des Gegners einverleibte und in Asche verwandelte.

Zornentbrannt schrie der Erste Diener auf und schickte sich an, die geheimnisvollen Gebärden von vorhin zu wiederholen. Aber noch ehe er die Bewegung zu Ende führen konnte, hatte sich Damlo schon auf ihn geworfen. Lediglich ein einziges kräftiges Schlagen mit den Flügeln war vonnöten gewesen, um den Gegner mit einem gigantischen Satz zu erreichen, und so stürzte er sich, den Zahn des Britelvorill in den Klauen, mit der Gewalt von hunderttausend Blitzen auf den Ersten Diener.

Angetrieben von einer unbändigen Wut konzentrierten sich all seine Kräfte auf die Kehle des Feindes. Und da hinein stieß der junge Drache den Zahn des uralten. Und dann riß er die Maske vom Antlitz des Ersten Dieners.

Schlagartig verschwand die Gestalt des Feindes. Und mit ihr die bleigrauen Wolken, die flammenden Blitze und die stürmischen Winde. Sogar die dunkle Nebelwand, die der Junge – wie ihm schien, vor Jahrhunderten – überwunden hatte.

Vor Damlos Augen stand nunmehr ein einfaches altes Männchen in der Mitte eines großen Raumes. Der Alte hatte die Arme immer noch ausgebreitet und fixierte Damlo mit seinem Blick. Er wirkte eher verwundert als zornig.

»Kudron! Nein! Bei allen Feuern des Himmels, doch nicht du! Nicht du!«

Aus diesem Aufschrei – als Ailaram den Namen des langjährigen Gefährten seiner Studien nannte – klang so grenzenloser Schmerz, daß es den Anschein hatte, als breche ihm die Stimme.

Damlo drehte sich mit einem Ruck um. Es wäre nicht nötig gewesen, denn er war erneut von den tausend Bildern umgeben, die ihn schon zuvor verwirrt hatten. Um sie auseinanderzuhalten, reichte es, sich zu einem oder dem anderen hinzuneigen.

Der Magiarch von Belsin saß noch immer in seinem Sessel, umringt von seinen völlig reglosen Freunden. Nur ein einziger Unterschied in diesem gefüllten Raum fiel Damlo auf: Der große Rabe schien jetzt kein totes, ausgestopftes Tier mehr zu sein. Anders als die anderen Trophäen flimmerte und funkelte er schwach. Und obwohl Ailaram sichtlich von Verzweiflung überwältigt war, warf er dem Vogel einen furchterregenden Blick zu. Dann wandte er sich wieder an den Gefährten früherer Tage.

»Warum, Kudron? Warum? Du warst der Beste! Warum hast du das nur getan?«

Einen Augenblick lang zögerte der Erste Diener, das Leiden seines alten Freundes schien ihn nicht ganz unbewegt zu lassen. In seinen Augen war ganz deutlich der kurze Kampf mit sich selbst zu verfolgen, der jedoch sofort einem Aufleuchten von Schlauheit wich.

»Das weißt du genau!« stieß Kudron hervor. »Du hast mich verjagt! Du hast mich zu all dem erst getrieben! Du warst der Magiarch und bei dir lag die Verantwortlichkeit jedem anderen gegenüber! Du kanntest mich genau, Ailaram, und du hättest das alles verhindern können! Die Schuld liegt ganz allein bei dir! Und diese Schuld wird immer auf dir lasten!«

Der Kehle des Magiarchen von Belsin entrang sich ein Röcheln, das klang, als hätte ihm der andere eine Lanze in die Brust gestoßen. Dann vergrub er das Gesicht in den Händen.

Im selben Augenblick sah Damlo, wie der Erste Diener die Finger in einer seiner geheimnisvollen Gesten bewegte.

Und dann verschwanden schlagartig alle Bilder in einem Blitz aus blendendem Schmerz.

10

Damlo fand sich auf der Hochebene von Taeliens Bogen wieder, in seinem Körper als Junge – völlig nackt. Er fühlte sich unendlich schwach und verspürte großen Durst.

Auch ohne den Kopf zu bewegen, konnte er zwischen den kümmerlichen Grashalmen die Fetzen der Kleider liegen sehen, mit denen ihn Norzak von Suruwo in Eria versorgt hatte. Nicht weit davon entfernt lag der Leichnam des Fürsten, die Linke in den Umhang gekrallt und die Rechte um den Griff des schwarzen Degens geklammert – den Griff an einem Degenstumpf wie jenem, den Damlo fest an sich gedrückt hielt.

Das ist alles, was von meiner Zauberwaffe übriggeblieben ist, dachte er. Immerhin ist sie beim Kampf gegen den Ersten Diener des *Schattens* zerstört worden, und das ist ja wohl ein glorreiches Ende für einen Degen, oder nicht?

Weit mehr als das, verbesserte er sich mit müder Befriedigung: ein Ende, das einer Sage würdig wäre! So wie letztlich der ganze Kampf wie gemacht schien, in Märchen und Legenden einzugehen …

Eine Sekunde lang überkam den Jungen die Erinnerung an den Geschmack des Feuers aus dem Drachenschlund, und in diesem einen Augenblick wurde ihm bewußt, daß er nicht mehr Rexalandrill war.

Wie war das möglich? Er hatte doch nichts dazu beigetragen, wieder zu Damlo zu werden! Auch wenn er natürlich nie aufgehört hatte, Damlo zu sein …

Aber er war wieder zurück auf der Ebene, ohne irgendeine Art von Verwandlung gespürt zu haben. Wie kam das?

Ob wohl alles nur eine Illusion gewesen war?

Nein, wischte er seine Zweifel hinweg; der Beweis lag dort drüben: Norzaks Leichnam. Und die ruinierten Waffen. Und die tausend Fetzen seiner Kleider, die Zeugnis dafür ablegten, daß Rexalandrill tatsächlich eine Gestalt angenommen hatte.

Also? Er zerbrach sich eine Weile den Kopf, doch dann entschied er, daß er zu zerschlagen war, um sich mit solchen Fragen abzuquälen. Durch die Aufhebung dieser magischen Welt hatte Kudron wohl auch jeden einzelnen Zauber getilgt, der in ihr vorhanden gewesen war. Das war alles. Und im übrigen würde ihm Ailaram gewiß alles genau erklären, sobald er in Belsin eintraf …

Belsin! durchfuhr es ihn. Plötzlich wurde er sich bewußt, daß er ja noch den Drachenzahn an seinen Bestimmungsort bringen mußte! Seine Reise war alles andere als zu Ende!

Beim Gedanken an all die steilen Aufstiege, die ihn noch erwarteten, schauderte es ihn. Er blickte hoch.

Die Orks.

Sie hatten schon alle die Ebene erreicht und rannten nun säbelschwingend auf Damlo zu. Obwohl sie noch eine halbe Meile entfernt waren, hatte der Junge das Gefühl, sie stünden fast schon vor ihm.

Unter größter Überwindung rappelte er sich hoch. Er war außer Atem, spürte, wie ihm das Herz in der Brust hämmerte, und in seinem Kopf drehte sich alles wie von einem Wasserstrudel erfaßt. Schwankend tat er einen Schritt rückwärts, seine Fußsohle landete auf etwas Dünnem, Langem. Ein Zweig? Seltsam – auf der Hochebene wuchsen weder Bäume noch Sträucher. Und auch eine glatte, abgerundete Oberfläche spürte er. Er riß sich vom Anblick der zahllosen Feinde los und sah nach unten.

Er riß die Augen auf. Zwischen den gelblichen Grashalmen lag leuchtend rot ein neuer Stacheldegen. Er war etwas kleiner als jener, den er in der Nähe von Waelton gefunden hatte, dafür von kräftigerer, gleichmäßigerer Färbung; dazu glänzte er schwach.

Rexalandrill! Es konnte nur sein Stachel sein! Alles, was von dem Drachen nach der Verwandlung zurückgeblieben war! Warum er ihn wohl verloren hatte? Unversehens kam dem Jungen das Bild der Höhle bei Waelton ins Gedächtnis, und da hatte er seine Antwort: Wenn die roten Drachen ihre Gestalt verändern, verlieren sie die Schwanzspitze, und deshalb hatte jene der Kaxalandrill auf dem Boden der Höhle gelegen – was bedeutete, daß zumindest diese Legende auf Wahrheit beruhte. Er lächelte. Und dann begann er, das ferne Geschrei zu vernehmen: Die Orks waren schon in Hörweite!

Rexalandrill! dachte er; wenn ich es nicht schaffe, mich noch einmal zu verwandeln …

Er versuchte, sich in sein Inneres zu versenken, um den Drachen zu rufen, merkte aber, daß seine Erschöpfung jede Konzentration verhinderte. Es war eine seltsame Empfindung, denn abgesehen von seiner Müdigkeit fühlte er sich geistig völlig klar; es gelang ihm nur einfach nicht, seine Gedanken zu bündeln: Sie wanderten ihm ziellos durch den Kopf, ohne seiner Willenskraft irgendeinen Halt zu bieten.

Er probierte es immer wieder, aber nur ein einziges Mal gelang es ihm, in sein Inneres hinabzutauchen – für einen kurzen Augenblick, der gerade ausreichte, um ins Nest des Drachen zu schielen.

Und um zu sehen, daß es leer war.

Damlo seufzte tief auf. Selbst zum Verzweifeln war er zu müde. Gut, also würden ihn die Orks eben kriegen ... Er hatte zwar nicht mehr die Kraft, eine ernsthafte Flucht zu versuchen, aber er würde ganz gewiß nicht hierbleiben und auf sie warten! Er drehte sich um und wollte losrennen ...

Keine zehn Schritt von ihm entfernt stand ein Greif.

Norzaks Greif, zweifellos; jener, den er, Damlo, in Eria von der Terrasse des Turmes aus im Dunkel der Nacht erblickt hatte. Derjenige, den er vorhin in den Bildern dieser Zauberwelt flüchtig wahrgenommen hatte. Also war es keine Einbildung gewesen: Auf diese Weise hatte der Fürst ihn, Damlo, zuletzt tatsächlich noch eingeholt!

Auf unsicheren Beinen tat er ein paar Schritte auf das Tier zu. Es hatte wenig Ähnlichkeit mit der aufgerichteten, ein wenig stilisierten Figur auf dem Siegel des Zanter. Es hockte auf den Hinterbeinen und hielt den kräftigen, mit Federn bedeckten Hals aufrecht, während sich sein Körper fast vollständig unter den zusammengefalteten Flügeln verbarg. Die Vorderbeine, mit denen es sich vom Boden abstützte, wirkten wie zwei Säulen aus Muskelsträngen. Die Pfoten waren von weichen, täuschend zart aussehenden Fellbäuschchen bedeckt, unter denen sich die gewaltigen Krallen versteckten. Der Kopf schien der eines Adlers, so groß wie ein Menschenkopf und versehen mit einem Schnabel, den Damlo nur zu gut kannte; vom König der Lüfte hatte das Tier auch seinen Stolz und die finstere Miene.

Wahrscheinlich auch die unbändige Wildheit, dachte der Junge; aber schließlich hat Norzak ihn geritten, und ich bin ein Waeltoner. Und wenn ich es nicht versuche, bin ich in dem Augenblick, in dem die Orks den toten Fürsten erblicken, ein *toter* Waeltoner ...

Er ging noch einmal zurück: Er mußte den Drachenzahn an sich nehmen, und er hatte die Absicht, den Feinden weder seinen neuen Stacheldegen zu überlassen, noch das Abzeichen der Legion und auch nicht den Gürtel mit Irgenas' Edelsteinen. Mühevoll sammelte er alles ein und band die Dinge, so gut es ging, mit dem Stoffgurt zusammen. Als er sich den Packen auf die Schulter hob, geriet er ins Schwanken – als Folge der Schwäche und der Wunde auf seinem Arm. Eigenartig, daß sie überhaupt nicht schmerzt, dachte der Junge, als er sich dem Greif näherte. Mit aller Vorsicht.

»Hallo!« murmelte er. »Ich bin Damlo und brauche dringend jemanden, der mich weit von hier fortträgt.«

Das seltsame Wesen neigte sogleich den Kopf zur Seite und betrachtete Damlo mit einem Auge – einem großen gelben Rund, in dessen Mitte sich ein weiteres, glänzend schwarzes befand, in dem die eiskalte Grausamkeit eines Raubvogels funkelte.

»Du mußt entschuldigen«, fuhr der Junge fort, »aber ich weiß nicht, wie man dich behandelt, und ich habe nicht die Zeit, es zu lernen. Nimm das bitte trotzdem nicht als Beleidigung und laß mich auf deinen Rücken steigen, ja?«

Der Greif starrte ihn nur weiter reglos an und machte keine Anstalten, sich zur Wehr zu setzen. Also faßte Damlo Mut; er trat an das Tier heran, legte ihm vorsichtig und langsam seine Wange an den Hals und bewegte den Kopf sanft hin und her: rote Haare auf weißen Federn. Als er sah, daß das Tier nicht reagierte, legte Damlo auch noch die Hand an den Rand eines Flügels und versuchte ihn sacht zur Seite zu schieben, um aufzusteigen.

Worauf der Greif beide Schwingen ausstreckte und der Junge zu Boden fiel.

Mühsam rappelte er sich wieder hoch; alles drehte sich vor seinen Augen. Aber die Orks waren kaum noch hundert Schritt entfernt, und für Zauderei war keine Zeit mehr. Also wankte Damlo erneut auf den Greif zu und steckte einen Fuß in den Steigbügel, der durch die Bewegung der Flügel sichtbar geworden war. Er zog sich hoch und klammerte sich mit allerletzter Kraft an den ledernen Haltegriff, der den Sattelknauf ersetzte.

»Los, mein Freund!« murmelte er. »Mach schnell, ich bitte dich!«

Die ersten Sprünge rüttelten Damlo wild durch, und eine Zeitlang wartete er nur darauf, vom Rücken des Tieres zu fallen. Doch dann erhob sich der Greif vom Boden, und das Geschüttel hörte auf – wie durch Zauberhand. Mit kräftigen Schlägen nahmen die Flügel die Luft in Angriff, was jedoch nur wenig Wirkung auf den Körper des Tieres hatte. So erwies sich der Flug als glatt und gleichmäßig.

Das Schwindelgefühl dauerte noch einige Minuten an, und als die Welt aufhörte, sich um Damlo zu drehen, war das erste, auf das sein Blick fiel, sein eigener linker Arm. Aus der Wunde tropfte nach wie vor Blut, das den Sattel und die Federn des Greifen rot färbte. Der Junge hatte das Gefühl, zusammen mit dem Blut allmählich auch die Fähigkeit zum klaren Denken zu verlieren. Lange Zeit starrte er so den Arm an und fragte sich, wie viel Leben wohl in einem menschlichen Körper steckte. Dann riß er sich zusammen.

»Belsin«, murmelte er vor sich hin. »Belsin, noch bevor ich verblute ...«

Er sah sich um, und seine Finger umkrampften den ledernen Haltegriff augenblicklich noch fester: Unter ihm war gar nichts!

Ich fliege! dachte er in einer Mischung aus Benommenheit, Aufregung und Angst. Wie oft hatte er sich in seinen Spielen vorgestellt, auf dem Rücken eines geflügelten Monsters durch die Luft zu segeln! Dies wirklich zu erleben, war jedoch eine ganz andere Sache: Dreitausend Fuß Leere unter den Fußsohlen zu erblicken, verursachte ein so aufregendes Gefühl, daß es ihm den Atem raubte. Wäre er doch bloß nicht so schwer verletzt worden ...

»Belsin«, murmelte er noch einmal.

Er sah zu, wie das Terrain unter ihm – tief unter ihm – langsam vorbeizog: das Gewirr aus Tälern und Gebirgskämmen des Zentralmassivs – ein riesiges Gebiet aus braungrauen, kranken Wäldern, gepeinigt wie das Wasser eines aufgewühlten Sees.

Der Junge hatte Mühe, sich zurechtzufinden; aus dieser großen Höhe fiel es schwer festzustellen, auf welchem Weg er zur Hochebene gekommen war. Auch weil ihm die Sonne, dieser große orangerote Feuerball, die Sicht beeinträchtigte.

Zu fliegen – das war, als würde man auf einer windumtosten Bergspitze sitzen, die sich fast unmerklich auf den Sonnenuntergang zubewegte …

Auf den Sonnenuntergang zu?

»Nein!« lallte der Junge mit vom Durst ganz klebriger Zunge. »Nicht in diese Richtung! In die andere! Belsin liegt östlich von hier!«

Noch ehe Damlo zu Bewußtsein kam, daß dieses Reittier keine Zügel hatte, verschob er instinktiv das eigene Gewicht auf dem Sattel, wie er es auf einem Pferd getan hätte. Und der Greif gehorchte lammfromm: Er streckte die Schwingen aus und machte eine langsame, majestätische Wende, ehe er seinen Flug geradewegs auf die hohen Gipfel von Taeliens Bogen ausrichtete.

Nach und nach gewöhnte sich der Junge an das Gefühl des Fliegens und war nun auch imstande, sich zu orientieren. Er erkannte sogar den Steilabfall wieder, den er hinabgestürzt war und der jetzt vom Rauch einiger Feuer überzogen wurde: Verblüfft stellte Damlo fest, wie unbedeutend der Hang aus dieser Höhe wirkte.

Wie ein Blitz flog er über das kleine Tal hinweg, dessen Bach er hochgewatet war, und kurz darauf befand er sich erneut über der Hochebene, auf der der Kampf stattgefunden hatte. Sie wimmelte mittlerweile von Orks, doch der Junge war einfach zu matt, um so etwas wie Schadenfreude über ihre Schmach zu empfinden.

Nur Augenblicke später war die Baumgrenze erreicht. Nun flog er über die ungesund wirkenden Wiesen und kurz danach über nackten Fels dahin und legte in wenigen Minuten eine Strecke zurück, für die er zu Fuß Tage benötigt hätte.

Damlos Schatten und jener des Greifes verschmolzen zu einem zuckenden, purpurroten Fleck, der über die kahlen Hänge des Gebirges lief, biegsam über Felsblöcke und Felsspalten glitt und mit raschen Flügelschlägen jedes Hindernis überwand.

Und schließlich, nachdem eine steinige Paßhöhe überwunden war, die eingezwängt zwischen zwei hohen Felswänden lag, erstreckte sich vor den Augen des Jungen das weite Tal von Belsin.

Der Greif breitete die Flügel zum Gleitflug aus, während Damlo noch den Anblick genoß. Ungeachtet seiner Erschöpfung spürte er, wie ihm das Gefühl die Kehle zusammenschnürte und ihm ein Kitzeln wie von aufsteigenden Tränen in die Augen trieb.

Obwohl die Sonne nun schon hinter den hohen Bergen stand, reichte das Licht bei weitem noch aus, um das üppige Grün da unten zum Leuchten zu bringen. Nach Osten zu fiel Taeliens Bogen sanft und allmählich ab und war fast bis zu den höchsten Gipfeln hinauf bewaldet. Mit seinen eingestreuten kleinen Lichtungen und bestickt mit tausend silbrigen Flüßchen wirkte der unermeßliche Wald wie ein Teppich aus Baumkronen, der sich weich über Hänge und Anhöhen legte.

Und alles war grün, grün und wieder grün, so weit das Auge reichte – hell leuchtend die jungen Blätter, tief und dunkel das ältere Laubwerk, weich und satt das feuchte Moos und smaragdfarben und fröhlich das Gras auf den Lichtungen. Grün in sämtlichen Schattierungen, die ein üppig wuchernder Wald nur hervorbringen konnte. Und in einer tiefen Harmonie mit alldem schien selbst die Luft zu vibrieren – mit einer Hymne an die Natur.

Der Greif glitt minutenlang auf dem Wind dahin und folgte elegant den Konturen der Ausläufer des Gebirges. Und dann tauchte in der Ferne eine Gruppe von Gebäuden auf.

Sie lag völlig einsam und abgeschieden inmitten der riesigen Wälder und war von einer Mauer und riesigen Bäumen umgeben. Vom Boden aus war der ganze Komplex wohl kaum zu erkennen, denn jeder Zoll jeder Wand war von Efeu oder blühenden Kletterpflanzen bedeckt. Doch von oben betrachtet hob sich das Rot der Dachziegel lebhaft vom endlosen Grün rundum ab, und so war die Häusergruppe, die auf einer kleinen Erhebung mitten in einem flachen Tal stand, deutlich zu sehen.

Das kann nicht der Weiße Turm sein, dachte Damlo. Obwohl sich unter den Gebäuden eines befand, das die anderen tatsächlich etwas überragte, war es alles andere als ein Turm. Außerdem gab es da noch den Schutzzauber: Wäre er wirklich an seinem Ziel angekommen, überlegte der Junge, würde er die Gebäude gar nicht sehen können! Oder verwehrte die Magie nur den Blick vom Boden aus? Er erinnerte sich nicht mehr an die Erklärungen seiner Freunde und war einfach zu müde, sich den Kopf zu zerbrechen. Mittlerweile verursachte ihm jede noch so kleine Bewegung Schwindel und Übelkeit.

Jedenfalls, entschied er, würde er an diesem Ort haltmachen – einerseits, weil der Greif aus eigenem Antrieb darauf zusteuerte, andererseits weil dies, wie es aussah, die einzige Ansiedlung in der ganzen Gegend war. Und er, Damlo, konnte sich nicht damit aufhalten, nach etwas Unsichtbarem zu suchen: Er mußte seinen Arm behandeln lassen oder er würde in Kürze verbluten.

Ohne daß es notwendig gewesen wäre, ihn zu lenken, kreiste der Greif eine Zeitlang über den Dächern, bevor er mit einem sanften Ruck mitten auf einer Wiese etwas außerhalb der Mauer landete.

Damlo hörte einen Trompetenstoß, achtete aber nicht darauf, denn die kleine Erschütterung bei der Landung hatte ihn fast das Bewußtsein verlieren lassen. Als er wieder halbwegs bei sich war, widmete er sich mit ganzer Kraft dem Loslassen des ledernen Haltegriffes. Mit allerhöchster Konzentration mußte er jeden einzelnen Finger anweisen, seine krampfhafte Umklammerung zu lösen, und den Befehl des öfteren wiederholen, bis ihm gehorcht wurde.

Und dann, während er sich noch schwerfällig zum Absteigen anschickte, hörte er ein mehrmaliges wohltönendes Trillern. Damlo verstand die Bedeutung, ohne die Worte zu kennen: Jemand bat den Greif mit sanfter Stimme, ihn an sich heranzulassen.

Er war zu schwach, den Kopf zu heben oder auch nur die Augen offen zu halten. Er sammelte die letzten armseligen Reste seiner Kräfte und ließ sich zu Boden gleiten.

Zwei Arme fingen ihn auf und hinderten ihn daran, ins Gras zu sinken.

»Er ist verletzt«, sagte eine warme, feste Stimme, »und hat viel Blut verloren. Kreidebleich!«

»Trag ihn hinein«, erwiderte jemand in einem angenehm melodischen Tonfall. »Ich kümmere mich um den Greif.«

Damlo spürte, wie man ihn hochhob, und während er wieder einmal von einem Schwindelanfall erfaßt wurde, gab die erste Stimme einen erstickten Aufschrei von sich.

»Was ist los?« fragte die melodische.

»Sieh mal, was aus seinem Packen gefallen ist! Unser Abzeichen!«

»Trag den Jungen zu Rinelkind, mein Freund. Wenn du dich nicht beeilst, stirbt er uns, noch ehe er dir erzählen kann, wie er es sich verdient hat!«

Rinelkind? Damlo fand die Kraft, seine Augen zu öffnen.

Glitzerndes Metall und dicke, nachtblaue Wolle.

Ein glänzender Panzer und ein Umhang, stellte er nach einem Augenblick der Verschwommenheit fest. Und weiter oben ein dichter brauner Bart, hinter dem sich ein mit Narben übersätes Gesicht verbarg. Es machte Angst, aber nur solange man nicht die Augen sah: auch sie braun – tiefe, lebhafte Brunnen der Weisheit.

»Belsin?« stammelte der Junge.

»Ja, mein Sohn, das hier ist der Turm zu Belsin. Ich bin Asgorth, ich habe das Kommando über die Turmwache. Aber sprich jetzt nicht mehr. Du darfst dich nicht anstrengen.«

Eine Woge der Erleichterung überkam den Jungen. Er schloß die Augen wieder und ließ sich tragen, während sich in seinen Ohren höchst angenehm der ruhige Atem des Mannes, das weiche Rascheln seiner Schritte auf dem Gras, das Summen der Insekten und die Rufe der Schwalben vermischten.

Asgorth sagte etwas zu jemandem anders, der sich daraufhin unter metallischem Geklingel im Laufschritt entfernte. Dann ging es durch ein offenes Tor, und kurz danach verriet das Echo von Asgorths Stiefeln, daß nunmehr ein großer gepflasterter Innenhof durchquert wurde.

Hier mußte ein Fest stattfinden, deutete Damlo schläfrig die plötzlich lauten, fröhlichen Schreie, die sich überlagerten, zu einem jubelnden Crescendo anwuchsen und die Luft erfüllten. Es dauerte eine ganze Weile, ehe der Junge bemerkte, daß die Leute seinen Namen skandierten; und erst jetzt öffnete er die Augen: Dutzende und Aberdutzende drängten sich um ihn herum, so daß Asgorth das Durchkommen schwerfiel; und zahllose weitere rannten aus den Eingängen der Gebäude, um sich den anderen zuzugesellen.

Und alle riefen seinen Namen und zollten ihm Beifall – junge und alte, manche in bunten tunikaartigen Gewändern, andere in einfachen Bauernkleidern. Viele Frauen waren darunter – überall im Hof blitzten weiße Schürzen auf –, und zahlreiche

Krieger, sowohl der Gattung Mensch als auch der Gattung Elf. Erstere waren in Stahl und blaue Umhänge gehüllt, letztere hingegen trugen Gewänder in allen Nuancen von Grün, Braun und Grau. Und alle schrien übermütig durcheinander und applaudierten. Diejenigen jedoch, die eine Waffe trugen, präsentierten sie vor Damlo und erwiesen ihm so ihre Ehre.

»Platz, Freunde, macht Platz! Seht ihr nicht, daß er verletzt ist? Laßt ihn durch!«

Das war doch die unverwechselbare Stimme von Uwaen, und Damlo wandte den Blick in ihre Richtung. Er konnte nur den Kopf des Halbelfs sehen, der schnitt wie der Bug eines Schiffes durch die Wellen energisch durchs Gedränge eilte.

»Wie es aussieht, ist es einfach Schicksal, daß ich dich immer wieder vor einem Menschengewühl in Sicherheit bringen muß!« raunte Uwaen Damlo grinsend zu, als er neben ihn trat.

Der Junge spürte, wie ihm etwas in die Kehle stieg und sich dort festsetzte.

»Nein, mein Bester!« rief eine andere vergnügte Stimme, die von weiter unten kam. »Schicksal ist es, daß ich ihm immerzu seine blutenden Wunden versorgen muß!«

»Aber diesmal, mein Junge«, lachte eine dritte Stimme, »spannst du erst den Maulesel ein, wenn du wieder völlig auf dem Damm bist!«

»Clevas, Irgenas«, brabbelte Damlo, verzog das Gesicht, bis es zu einem glückseligen Lächeln zerfloß, und brach in Tränen aus. Er weinte, während ihn Asgorth über die Treppe nach oben trug, weinte, als ihm Ailaram sachte den Zahn des Britelvorill entwand, weinte, während ihn ein hochgewachsener Elf mit leuchtenden Augen auf ein schneeweißes Bett legte, und weinte, als Clevas seine Wunde auswusch. Er weinte und weinte. Er weinte wie ein Verrückter, während er vergebens versuchte, allen Anwesenden mitzuteilen, daß er keineswegs traurig war.

Tränenlos, aber unter heftigem Schluchzen weinte er weiter, bis er das Bewußtsein verlor.

»Du wirst überleben«, sagte Irgenas. »Aber fast eine Woche lang hatten wir unsere Zweifel.«

»Rinelkind hat dich gerettet«, ergänzte Clevas. »Ohne ihn, auch wenn du ein Waeltoner bist …«

»Jedenfalls bist du bald wieder wohlauf«, schnitt ihm Uwaen kurzerhand das Wort ab, »und ganz der Alte.«

Damlo lächelte schwach. Er befand sich in dem sauberen Zimmerchen, das ihm Ailaram hatte richten lassen, und es gelang ihm gerade zum ersten Mal, die Gesichter der Freunde auseinanderzuhalten, ohne daß sie vor seinen Augen verschwammen. Es war das erste Mal, daß er sich kräftig genug fühlte, um zu sprechen.

»Es hat mir überhaupt nicht weh getan«, flüsterte er. »Nur zuerst.«

»Also jetzt fang nicht an, sinnlos zu schnattern!« brummte der alte Zwerg. »Du bist noch viel zu schwach dafür.«

»Tu, was er dir sagt«, grinste Irgenas, »sonst ist er imstande, dir einen Schemel um die Ohren zu hauen!«

Damlo riß die Augen auf.

»Am Tag nach deiner Ankunft hier«, erklärte Uwaen, »haben die Köche eine riesige Torte in der Form des Drachenzahnes gebacken. Sie erwarteten, daß du zumindest ein Stückchen davon kosten würdest, und weil sie nicht lockerließen, packte unser Clevas einen Schemel und rannte, ihn heftig schwingend, hinter ihnen her bis hinaus auf den Flur.«

»Gewissenloses Pack!« knurrte der alte Zwerg.

»Also, du darfst schon reden«, sagte Irgenas, »aber eben nicht so viel, daß es dich noch mehr schwächt. Die Wahrheit ist, daß Freund Clevas es vorzieht, wenn man ihm zuhört. Er kann es nicht erwarten, dir von deiner Wunde zu berichten!«

»Das auch noch!« polterte der Alte und hatte Mühe, nicht laut zu werden. »Was ist das für ein Benehmen!«

»Er hat ihr ein ganzes Kapitel seines Buches über Heilpflanzen gewidmet«, fuhr der Zwergenprinz unbeirrt fort.

»Also gut, das stimmt«, unterbrach ihn Clevas. »Das ist wohl wahr. Die Wunde stammt ohne Zweifel von einer vermaledeiten Waffe, weißt du.«

»Von einem schwarzen Degen«, murmelte Damlo.

»Ah! Sagte ich es nicht gleich?«

»Aber ich habe nicht die Kälte gespürt, die bis ans Herz steigt«, wandte der Junge ein.

»Ach ja, diese Legende kenne ich auch, sie ist wahrlich wunderschön. Aber nicht alle Waffen, an denen ein Fluch hängt, verfügen über dieselbe Wirkung. Diejenige, die dich traf, hinderte zum Beispiel das Blut am Gerinnen. Und zugleich unterband sie den Schmerz, um über die Schwere der Verletzung hinwegzutäuschen. Dein Leben verdankst du dem Umstand, daß sie kein größeres Blutgefäß traf. Und Rinelkind, der einen magischen Gegenstand benutzt hat, um den Fluch aufzuheben.«

»Die Kristallblüte?«

»Bei meinem Barte, Junge! Was weißt du nicht noch alles von diesen Dingen?«

Und so geschah es, daß Damlo anfing, von den zahlreichen Wechselfällen seiner Reise zu erzählen. Diesmal sprach er nicht lange, weil er für einen langen Bericht zu schwach war. Doch an den folgenden Tagen erhielt er Gelegenheit, seine Erlebnisse in allen Einzelheiten zu schildern.

Selbstverständlich hatte Ailaram Damlos Drachen-Natur bereits entdeckt, und dieser Umstand brachte den Jungen um den Spaß, seine Freunde mit einer solchen Enthüllung zu überraschen. Doch er machte dies mehr als wett, indem er von seinen Begegnungen mit Kobolden und Ortsgeistern erzählte. Damit schaffte er es, sogar die Elfen zu verblüffen, die diese Wesen auf andere Weise und mit anderen Sinnen wahrnahmen – und die nie vermutet hätten, daß man Zwiesprache mit ihnen halten konnte, so wie es Damlo getan hatte.

Unter der strengen Aufsicht von Clevas kamen nach und

nach alle Mitglieder der Gemeinde zu Besuch. Es kamen die Köche und die Handwerker, es kamen die Frauen und die Schüler und die Bauern. Es kamen die Elfen, deren heitere Gegenwart Damlo sehr genoß, und es kamen die Legionäre von Gualcolan, schweigsam und unerschütterlich wie Felsen in der Brandung. Beim Bericht über die Schlacht an der Stele nickten sie mit ernster Miene und erwiesen dem Jungen alle Ehren. Dann gingen sie, und in Damlos Zimmerchen blieb nur Asgorth zurück, ihr Hauptmann.

Betrübt erzählte er dem Jungen, daß er und Stokus Freunde gewesen waren. Sie hatten zahllose Schlachten miteinander geschlagen, berichtete er, und der von einer Schleuder wegfliegende Stein, der Stokus mit einem Hinkebein zurückgelassen hatte, wäre in Wahrheit auf seinen, Asgorths, Kopf gezielt gewesen. Er war damals im Laufe eines Scharmützels mit einer Räuberbande in der Wüste vom Pferd gefallen. Und als Stokus den Stein herankommen sah, hatte er das Bein gehoben, um den Aufprall zu verhindern. Der Stein hatte Stokus' Fußknöchel mit voller Wucht getroffen. Und das war nicht die einzige Gelegenheit gewesen, bei der einer von ihnen beiden dem anderen das Leben gerettet hatte.

Alle, alle kamen – und natürlich auch Ailaram. Die ersten Male erschien er zu den ungewöhnlichsten Zeiten, aber immer dann, wenn Damlo allein war. Was der Junge dazu nutzte, den Magiarchen mit Fragen zu überschütten.

»Wieso«, fragte er ihn eines Nachts, »hat die Berührung des Drachenzahns mit meinem Stacheldegen den Schild zusammenfallen lassen? Ich dachte immer, magische Gegenstände müßten vom Willen einer Person gelenkt werden oder irgend etwas in der Art! Also daß sie nicht von sich aus tätig werden können, sozusagen.«

»Das können sie auch nicht. Aber du warst in diesem Augenblick gerade dabei, den Zauber mit dem Einsatz deiner ganzen Person zu bekämpfen, und das zählte gewaltig. Und dazu mußt du berücksichtigen, daß die Magie des Zahnes noch nicht geweckt war, jene des Stachels hingegen schon. Und bei der Berührung hat die Prägung des einen die des anderen beeinflußt.«

»Die Prägung?«

»Die magische Prägung. Die Zielsetzung, mit der du den Stachel einst versehen hattest. Deinen eigenen Worten nach hast du damals, nach der Entdeckung des Stachels, ausgerufen, daß dies ein Degen sein soll, geschmiedet, das Böse zu besiegen. Richtig?«

»Ja.«

»Nun, so ist also deine Absicht in den Stachel eingeflossen und hat sich während der Berührung auf den Zahn übertragen. Und wenn du dann noch die anderen Zauberkräfte in Betracht ziehst, die dabei im Spiel waren … Vergiß nicht, zum gleichen Zeitpunkt, als du gegen den Schild kämpftest, um die magischen Gegenstände wieder an dich zu bringen, setzte auch ich alle meine Fähigkeiten ein, um genau denselben Zauber zu bekämpfen.«

»Mit der Kristallblüte.«

»Unter anderem. Und das ist der Grund, weshalb Kudron mehr als nur eine Barriere geschaffen hat und dabei so weit ging, sein eigenes Aussehen zu verschleiern. Du mußt wissen, in der Magie ist die Art und Weise, wie man die eigenen Fähigkeiten einsetzt, fast ebenso viel wert wie die Stärke der Zauberkraft selbst, die dabei zur Wirkung kommt. Und das Ausmaß an Konzentrationsfähigkeit ist ein entscheidender Faktor. So unterstützt uns die Kristallblüte eben unter anderem auch beim Sammeln und Bündeln unserer Gedanken. Und als Kudron merkte, daß ich mich der Blüte bediente, fürchtete er, daß es mir – und sei es nur für einen Augenblick – gelingen könnte, auch ohne den Zahn die erste Mauer zu überwinden.«

»Und hatte er recht?«

»Ich bezweifle es«, sinnierte der Alte. »Auch wenn es letzten Endes gerade diese Befürchtungen waren, die ihn schwächten. Das Praktizieren von Magie, Damlo, setzt sowohl Demut als auch Selbstvertrauen voraus. Erstere, um sich den Erkenntnissen zu öffnen, zweiteres, um die eigenen Fähigkeiten wirksam einzusetzen.«

Der Junge nickte langsam, und der Magiarch lächelte.

»Wie auch immer«, sagte er dann, »denk jetzt nicht zuviel darüber nach. Wir werden noch ausreichend Gelegenheit haben, über dies und vieles andere zu reden, sobald du bereit bist, deine Studien zu beginnen.«

»Willst du damit sagen, daß du mich als Schüler annimmst?« rief Damlo.

»Du bist noch zu geschwächt, um so zu brüllen!« wies ihn Ailaram zurecht, aber seine Augen funkelten vor guter Laune.

Mit dem Fortschreiten seiner Genesung, als der Junge nach und nach wieder zu Kräften kam, wurde es den Freunden zur Gewohnheit, sich an seinem Krankenbett zusammenzufinden. Am Ende jedes Tages, nach dem Abendbrot, verbrachten der Magiarch, die Elfenprinzen, Asgorth, die Zwerge und Uwaen eine vergnügliche Stunde bei Damlo und ließen die Ereignisse der letzten Monate an sich vorüberziehen. So ergab sich mit der Zeit ein komplettes Bild all dessen, was sie erlebt hatten.

»Ein ausgestopfter Rabe!« Irgenas konnte es kaum fassen. »Ich habe mich immer gefragt, wie es möglich war, daß der Feind alles über unsere Mission wissen konnte, aber ein falscher ausgestopfter Rabe ...«

»Es ist meine Schuld«, gab Ailaram zu. »Vielleicht weil ich nicht weiterkam, habe ich mich zu sehr auf das konzentriert, was in der Ferne geschah, und dabei das vernachlässigt, was vor meiner Nase lag.«

»Wie ist er überhaupt in deine Studierstube gekommen?« erkundigte sich Clevas.

»Kudron hat ihn mir geschenkt, als ich Magiarch wurde, zusammen mit dem Luchs und einem Fuchs, den es jetzt nicht mehr gibt. Das fand lange vor unseren Differenzen statt und beweist somit, daß meine Entscheidung nicht ganz falsch gewesen ist.«

»Und in all den Jahren«, fragte Damlo, »hast du es nie bemerkt?«

»Ich konnte es nicht bemerken, denn das Tier war durch eine magische Sperre geschützt. Es handelt sich um ...«

»Einen Blockadezauber!« rief der Junge. »Der kommt auch in der Legende von Taeliens Bogen vor!«

»Ganz richtig, mein Sohn«, lächelte der Magiarch. »Das Vorhandensein eines solchen Zaubers zu entdecken ist fast unmöglich, es sei denn, man wüßte, wo man zu suchen hat. Ihn durchzuführen ist jedoch ganz einfach, das könntest selbst du schaffen, hier und jetzt, trotz des Niedergangs deiner magischen Kräfte.«

»Niedergang?« schreckte Damlo auf. »Was willst du damit sagen?«

»Hab ich dir das nicht schon erklärt? Ich war überzeugt davon! Oder vielleicht warst du noch zu benommen, als ich mit dir darüber gesprochen habe ... Jedenfalls, mein Junge, die Sache liegt so: Deine Wunde war für dich nicht die einzige schlimme Folge des Kampfes. Auf jener Hochebene und in der Welt des dortigen Zaubers hast du bewußt oder unbewußt einen außerordentlich großen Teil deiner magischen Kräfte eingesetzt. Und weil du nicht wußtest, wie du sie einteilen mußt, hast du dich ihrer in falscher Weise bedient. Nicht in komplett falscher Weise, denn wir wissen ja, wie alles ausgegangen ist, aber doch so weit falsch, daß es zu gewissen Schäden kam. Sieh mal, eine der größten Schwierigkeiten beim Durchführen magischer Handlungen besteht im klugen Haushalten mit der eigenen Kraft, denn diese hat natürlich ihre Grenzen. Und deshalb muß stets ein Teil davon eingesetzt werden, um jenen Quell zu nähren, aus dem sie stammt.«

»Das verstehe ich nicht.«

»Stell dir einen vollen Krug vor«, schaltete sich Lendrin ein. »Einen Zauber durchzuführen entspricht, so könnte man sagen, dem Verbrauch eines Teiles seines Inhaltes. Nun, und eine winzige Menge der ausgegossenen Flüssigkeit ist immer der Wiederherstellung des ursprünglichen Niveaus zugedacht.«

»Sonst?«

»Sonst leert sich der Krug völlig«, übernahm Ailaram wieder das Wort, »so wie es dir auf dem Hochplateau mit dem Schild ergangen ist.«

»War deshalb das Nest von Rexalandrill leer, als ich nachsah?« fragte Damlo.

»Kann sein. Eigentlich bin ich dessen sicher. Aber bedenke, daß ich zuvor noch nie einem Halbdrachen begegnet bin. Jedenfalls ist der Zustand, in dem du dich befindest, nur ein vorübergehender; das Niveau deiner Kräfte stellt sich auch von selbst wieder ein, wenngleich sehr langsam.«

»Wie lange wird das dauern?«

»Das weiß ich nicht. Etwa zwei Jahre, schätze ich.«

»Zwei Jahre! Aber das ist ja eine Ewigkeit!«

»Eine Ewigkeit!« lachte Ailaram auf. »Und das sagt einer, der wahrscheinlich Dutzende von Jahrhunderten vor sich hat ...!«

Da lachte auch Damlo mit.

»Aber daran brauchst du im Augenblick nicht zu denken«, schloß der Magiarch. »Beschäftige dich lieber mit deiner Genesung, denn der Kampf gegen den Ersten Diener hat dich stärker erschöpft, als du selber glaubst. Gehen wir, Freunde. Lassen wir ihn jetzt ruhen.«

Alle erhoben sich und machten Anstalten, das Zimmer zu verlassen, während sich der Junge den Kopf zerbrach, wie er sie zum Bleiben bewegen könnte.

»Warte!« rief er schließlich Ailaram zu. »Warum hast du damals, vor so vielen Jahren, Kudron weggeschickt?«

»Es gab Unstimmigkeiten über die Richtung, in die unsere Studien gehen sollten. Als Magiarch des Turmes wählte ich den längeren Weg, wogegen Kudron den kürzeren vorgezogen hätte. Dagegen wäre an sich nichts zu sagen, denn eine Vielfalt von Meinungen ist, wenn sie in Aufrichtigkeit besprochen werden, stets eine Bereicherung. Doch als ich meinen Entschluß bekräftigte, zog er es vor, den kurzen Weg allein zu gehen.« Der Magiarch seufzte. »Disziplin ist ein unverzichtbarer Bestandteil der Magie, Damlo, und Kudron hatte immer schon Schwierigkeiten damit, sich den Regeln zu beugen. Da ich ihn kannte, wäre es meine Pflicht gewesen, ihn zu tadeln, das ja, aber ich hätte dennoch an seiner Seite bleiben müssen, um ihm zu helfen, seinen Stolz zu überwinden. Statt dessen habe ich ihn für fünf Jahre vom Turm verbannt, und er ist nicht mehr zurückgekehrt. Ich war auf dem falschen Weg, ich weiß, und das Gewicht dieses Fehlers lastet nun auf der ganzen Welt.«

»Aber jetzt«, rief Damlo, »da du den Drachenzahn besitzt, kannst du ihn doch bekämpfen, oder?«

»Selbstverständlich«, seufzte der Magiarch erneut. »Doch hätte ich meine Entscheidung mit größerer Weisheit getroffen, so wäre er jetzt immer noch hier. Und der *Schatten* wäre nicht wieder erwacht.«

»Wirst du ihn besiegen können?«

»Ganz gewiß nicht allein ... Als wir unsere Studien gemeinsam betrieben, standen wir beide auf ungefähr dem gleichen Niveau. In der Zwischenzeit habe ich Fortschritte gemacht, aber das gilt ganz sicher auch für ihn. Außerdem hat er den kurzen Weg gewählt, den zu begehen zwar gefährlicher ist, der aber natürlich auch rascher voranbringt.« Der Magier schüttelte den Kopf. »Nicht von ungefähr hat sich der Fürst der Finsternis seiner bemächtigt. Und mit der Unterstützung des *Schattens* ...«

»Aber du hast den Zahn des Britelvorill!«

»Damit werde ich imstande sein, ihn zu behindern, Damlo.«

»Nicht mehr? Aber ich dachte, daß ... Also war alles vergeblich!«

»Ganz im Gegenteil, mein Sohn. Jetzt kennen wir das Geheimnis des Ersten Dieners, und innerhalb gewisser Grenzen wird mir das erlauben, ihn aufzuhalten. Weißt du, Kudron hatte gute Gründe, seine Strategie auf Geheimhaltung aufzubauen.«

»Sieh mal, Damlo«, ergriff Uwaen das Wort, der zusammen mit Ailaram und den Zwergen zurückgeblieben war, »es ist richtig, daß der Krieg gerade erst am Anfang steht, und es ist auch richtig, daß wir nur die erste Schlacht gewonnen haben. Aber dank deiner Leistung werden wir wenigstens noch weitere schlagen können.«

»Und wenn man die Voraussetzungen für diese Leistung in Betracht zieht«, fügte Irgenas hinzu, »dann ist das Ergebnis gewaltig.«

»Wenn du meinst«, nickte der Junge. »Außerdem ... Ich möchte nicht anmaßend erscheinen, aber sowohl Norzak als auch Kudron hätten mich gern auf ihre Seite gezogen ... Und das heißt vielleicht, daß ich euch möglicherweise doch noch eine Hilfe sein kann, sobald ich meine magischen Kräfte wiedererlangt habe.«

»Du erscheinst uns keineswegs anmaßend«, brummte Clevas. »Und deine Hilfe wird uns sehr willkommen sein.«

»Ich glaube nicht«, sagte Ailaram mit leiser Stimme. »Wenigstens hoffe ich das. Denn sollten wir den Ersten Diener innerhalb der nächsten zwei Jahre nicht besiegt haben, befinden wir uns in großen Schwierigkeiten.«

Damlo nickte erneut und schlug die Augen nieder.

»Dadurch wird das, was du erreicht hast, nicht geschmälert, mein Freund«, versicherte ihm Rinelkind. »Du hast deinen Teil erledigt, und zwar großartig. Jetzt liegt alles an uns.«

Schon seit einer Weile hatten die Lerchen die Stille der Nacht beendet, die Sonne ging über dem Wald von Belsin majestätisch auf.

In den Höfen rund um den Turm drängten sich die Leute mit schlaftrunkenen Augen. Die Anwesenheit nur weniger von ihnen wäre zu dieser Stunde notwendig gewesen, doch obwohl das Abschiedsfest großartig und sehr ausgedehnt gewesen war, wollte keiner darauf verzichten, den Aufbrechenden einen letzten Gruß mitzugeben. Und so waren die Bewohner des Weißen Turms in Scharen aus ihren Zimmern geströmt und verstellten nun jeden Durchgang, behinderten die Vorbereitungen und erfüllten die Luft mit ihrem gedämpften Geraune.

Damlo befand sich nicht unter ihnen. Er wanderte außerhalb der Mauer allein über das Gras. Seit dem Kampf auf dem Hochplateau war ein Monat vergangen, und er war wieder völlig hergestellt. Darum mußte er sich jetzt zu einer Entscheidung durchringen.

Von weitem blickte er hinüber auf die kleine Tür in einem Flügel des großen Tors, durch die er gekommen war. Er hatte sich absetzen müssen, denn innerhalb der Mauer sprachen ihn ohne Unterlaß irgendwelche Fremde an: um ihn zu beglückwünschen, um ihm freundschaftlich auf den Rücken zu klopfen oder um sich nach einer besonders interessanten Episode seines Abenteuers zu erkundigen. Und sogar die Allerschüchternsten lenkten ihn von seinen Gedanken ab – sie beschränkten sich zwar darauf, ihm zuzulächeln, aber Damlo fiel es schwer, an ihnen vorbeizugehen und sie nicht zu beachten.

Nicht, daß er außerhalb der Mauer seine Ruhe gefunden hätte. Doch das war ihm zuvor schon klar gewesen: Er würde sie erst finden, wenn er zu einer Entscheidung gekommen war.

Er bückte sich und grüßte die Grashalme, indem er mit den

Handflächen an ihnen entlangstrich. Der Duft des Morgens zog sich durch die Luft, und die Sonne schien wie ein riesiger roter Ball zwischen den Bäumen des Waldes zu schweben.

In Kürze würden Irgenas und Clevas abreisen, ebenso wie die Elfenprinzen ein paar Tage zuvor. Die Zwerge würden an Tevilan vorbeikommen, wo der König eine kleine Armee zusammenzog. Die Tevilaner nutzten Norzaks Tod und den Umstand, daß die Orkbanden als Folge dieses Todes in Auflösung begriffen waren und nur noch versprengt durch die Gegend zogen, für den Plan, das ganze Gebiet von ihnen zu säubern. Das Zentralmassiv war natürlich eine ganze andere Sache; aber jetzt, da die Ulkraner ihres Kopfes beraubt waren, würde sich die Lage wohl in Kürze bessern. Zumindest was die Verbindungen mit Eria betraf.

An der Stele des Keron wollten Irgenas und Clevas den schwarzen Degen und die Schuppe des Britelvorill bergen und beides dem Herrscher von Tevilan anvertrauen, der es Ailaram übersenden würde. Danach konnten sie sich, begleitet von Asgorth und fünf weiteren Legionären, auf den Heimweg machen.

Und er, Damlo? Was würde er tun, während er darauf wartete, daß seine magischen Kräfte wieder einsatzbereit wurden? Nun, da seine Mission zu Ende gebracht war, hatte er keinerlei Verpflichtungen mehr. Außerdem war er reich, denn die Zwerge hatten darauf bestanden, daß er die Edelsteine behielt. Also konnte er seine Wahl völlig unbelastet treffen.

Die Freunde hatten ihm schon angeboten, gemeinsam zu reisen. Sie würden über Eria fahren und dann den kleinen Umweg auf sich nehmen, über den Blauen Paß und Waelton in die heimatlichen Steinberge zurückzukehren.

Damlo gefiel der Gedanke, wieder mit den Zwergen unterwegs zu sein, nicht schlecht. Und noch mehr gefiel ihm die Vorstellung, mit ihnen an seiner Seite in sein Dorf einzuziehen. Der rote Hasenfuß in Gesellschaft des Erben des Steinernen Throns! Und mit einer Eskorte aus Legionären von Gualcolan! Allein schon Procos Gesicht wäre die Reise wert! Und dann ... das Wiedersehen mit Onkel und Tante, sein Kämmerchen, die Bibliothek ...

Andererseits kamen ihm die drei Monate, die ihn jetzt von Buscos Steinschleuder trennten, wie Jahrzehnte vor, und irgendwie spürte er, daß Pelno Scalbulins Schenke nicht mehr zu seinem jetzigen Leben gehörte. Ebenso wie, in gewisser Hinsicht, ganz Waelton. Sicher, er liebte Onkel und Tante nach wie vor – sie und das Dorf würden immer einen Platz in seinem Herzen haben. Er würde ganz gewiß dorthin zurückkehren, irgendeines fernen Tages – die Stätten seiner Kindheit besuchen und die Abende mit Neila und Pelno verbringen; und für ein Weilchen glücklich sein. Aber die Ahnung, die ihm in Drassol ins Bewußtsein gedrungen war, hatte sich bestätigt, und jetzt betrachtete er diese Orte als Schauplätze seiner Vergangenheit. Und nicht seiner Zukunft.

Hoch oben am Himmel flogen Wildgänse, und Damlo ertappte sich dabei, wie er ihnen nachsah, bis sie in der Ferne verschwanden. Welchem Ziel sie wohl zusteuerten? Wann würden sie ihren Flug beenden? Sie hatten ja kein festes Nest, in das sie zurückkehren wollten, und offenbar vermißten sie es auch nicht.

Plötzlich verspürte der Junge das überwältigende Bedürfnis, seinen eigenen Platz auf der Welt zu finden, einen Ort zum Leben – nicht, weil er dort geboren war, sondern weil er ihn sich erwählt hatte.

Belsin oder Eria, dachte er und schüttelte den Kopf; es gab keine anderen Orte, an denen er sich niederlassen wollte. Außerdem hatte er schon Ailarams Angebot, im Turm zu bleiben, und auch Gevan Bedaran hätte ihn mit allen Ehren aufgenommen.

Beide Orte hatten eine große Anziehungskraft für ihn.

Er drehte sich um und starrte die efeubedeckten Mauern an,

die die Morgensonne in tausend Schattierungen von Grün aufleuchten ließ.

Zwei Jahre … und außer der Magie boten sich in Belsin unzählige Dinge an, die man erlernen konnte. Es reichte schon, ins Arbeitszimmer des Magiarchen einzutreten, um das zu erkennen. Und ihm, Damlo, machte nichts größeren Spaß, als Neues zu lernen.

In Eria hingegen gab es Ticla.

Ticla, die Mondäugige. Ticla, die ihm, ohne es zu wissen, zur wichtigsten Entscheidung seines Lebens verholfen hatte. Ticla, die sich schon im ersten Augenblick wie ein glühender Pfeil in seinem Herz festgesetzt hatte.

Ticla, die aber auch Gevan Bedarans Tochter war …

Am vorangegangenen Abend hatte Damlo während des Festes Uwaen gestanden, daß ihm das Mädchen schrecklich fehlte. Anfangs hatte der Halbelf ein wenig in sich hineingegrinst, doch dann, als er merkte, wie ernst es Damlo war, hatte er ihn gewarnt: In Eria hätte er nichts zu tun, außer sich an der Freundschaft des Regenten zu erfreuen. Und in einer Umgebung voller Intrigen bedeutete das unweigerlich, selbst hineingezogen zu werden. War er wirklich bereit zu einem Leben als Höfling?

Allein der Gedanke hatte Damlo kalte Schauer über den Rücken gejagt.

Aber Ticla …

Jetzt flog ein Adler sehr hoch am Himmel, und eine Weile ließ der Junge das Denken sein und verfolgte den majestätischen Flügelschlag des Vogels. Doch dann fiel ihm wieder der Greif ein: Trotz aller Mühen, die sich Rinelkind gegeben hatte, war er unter offenbar grundlosen Qualen verendet. Damlo seufzte. Dieses Tier war vermutlich das letzte Exemplar seiner Art gewesen, und nach seinem Tod hatte sich Damlo zutiefst einsam gefühlt.

Der Adler flog nach Osten weiter. Wo er wohl sein Nest

hatte? Vielleicht auf einer unzugänglichen Felsklippe des höchsten aller Gipfel von Taeliens Bogen … Jedenfalls würde er im Gegensatz zum Greif früher oder später wiederkommen. Er verbrachte die meiste Zeit mit der Jagd und nur einen geringen Teil seines Lebens im Nest. Dennoch kehrte er immer wieder dorthin zurück, so weit er sich zuvor auch davon entfernt hatte. Denn das war sein Zuhause – und blieb es auch dann, wenn er gerade in den Sonnenaufgang flog.

Damlo wußte es plötzlich und mit großer Gewißheit. Er sah den Turm von Belsin an, den er sich so hoch wie zehn Bäume vorgestellt hatte, und der nur dem Namen nach ein Turm war. Das war er, der Ort, wo er sich niederlassen wollte. Dieser und kein anderer.

Dennoch würde er abreisen. Wieder mit den Zwergen auf dem Wagen sein und jede Sekunde genießen, die er mit ihnen gemeinsam verbrachte; in Eria würde er eine Zeitlang bleiben. Nur eine Weile. Um Ticla wiederzusehen und ein wenig mit ihr zusammen zu sein. Er würde als Gast im Schloß Bedaran weilen und seine Besuche vielleicht wiederholen. Des öfteren sogar, aber ohne je lange zu bleiben. Und danach würde er stets nach Belsin zurückkehren. Wie der Adler, der immer wieder sein Nest aufsucht, auch wenn er die Himmel der ganzen Welt durchfliegt.

Damlo lächelte und genoß die Morgensonne, die ihm zärtlich über das Gesicht streichelte, aus dem nun jede Anspannung gewichen war. Dann ging er in aller Ruhe zum Weißen Turm zurück und trat ein, ohne anzuklopfen. Wie man das eben tut, dort, wo man zu Hause ist.

Personen

Damlo Rindgren – der »rote Angsthase«
Neila Rindgren – Gastwirtin; Tante väterlicherseits von Damlo und Mutter von Trano
Pelno Scalbulin – Gastwirt; Vater von Trano und Damlos Onkel
Trano Scalbulin – Damlos Vetter
Proco Radicupo – Anführer der Waelton-Legion
Busco Sinistronco – 2. Anführer der Waelton-Legion
Maspo Gemmalampo – Gründer von Waelton
Falno Gallaspessa – Schullehrer von Waelton
Tatini – Meistereinbrecher
Knurro – Wachhund
Phelia – gewiefte Rechtsbrecherin
Eliva – Tochter von Phelia
Rako – farbiger Sklave
Vinathes – König von Drassol
Vodars – Taschendieb aus Drassol
Majestät – Zugpferd
Clina – kleines Mädchen vom Bauernhof bei Drassol
Vankar von Charaznable – der Held vom Riguario

Gevan Bedaran – Regent der Hegemonie Eria
Ticla Bedaran – Tochter des Regenten
Angia von Orti – alte Amme und Kinderfrau von Ticla
Baldrin – Hauptmann der Garde von Schloß Bedaran
Zanter von Eria – vergifteter Herrscher von Eria
Norzak von Suruwo – Feind Erias
Dernel – Sohn von Norzak
Isbur – rechte Hand Norzaks
Rojet Wernak – ehrgeiziger Edelmann
Thundras Cuorsaldo – König der Zwerge
Irgenas Cuorsaldo – Sohn und Erbe des Thundras
Clevas Barbacciaio – alter Lehrer von Irgenas
Uwaen – halber Elf und tapferer Kämpfer
Ailaram – Magiarch des Weißen Turmes
Kudron – alter Studienkollege von Ailaram
Pheron – Lieblingsschüler Ailarams
Ghaznev – früherer Magiarch des Turmes von Gothror
Rinelkind vom Lissomrim – Elfenprinz und Wunderheiler
Lendrin vom Firmlithein – Vetter von Rinelkind
Taelien vom Lissomrim – legendärer Elfenkönig
Monrivel vom Firmlithein – legendärer Elfenkönig
Kaxalandrill – rote Drachin und Gründerin Waeltons
Britelvorill – weißer Drache, von dem der magische Zahn stammt
Zarvatenill – blauer Drache, von Taelien besiegt
Rexalandrill – roter »schlafender« Drache
Ruset Vedalin – Kaufmann mit rotem Haar
Lya Vedalin – Ehefrau von Ruset
Primo Vedalin – Erstgeborener von Ruset und Lya
Tondo Vedalin – drittes Kind von Ruset und Lya
Bianco Vedalin – viertes Kind von Ruset und Lya; Albino
Bella Vedalin – fünftes Kind von Ruset und Lya
Pelo Vedalin – sechstes Kind von Ruset und Lya
Ultimo Vedalin – siebentes Kind von Ruset und Lya

Stokus – erfahrener Karawanenführer
Bermyl – Ausbilder bei der Legion von Gualcolan
Fendoliran – magisches Schwert, aufbewahrt in Gualcolan
Keron von Tevilan – früherer König und Wunderheiler
Gruluk – Anführer der Orks
Sakkar – alter Kommandant der Ulkraner
Brackud – neuer Kommandant der Ulkraner
Drudurk – Mitglied der Orkpatrouille
Asgorth – Hauptmann der Ehrenwache

Maßeinheiten

ein Zoll	– zirka 2,5 Zentimeter
ein Fuß	– zirka 30 Zentimeter
eine Elle	– zirka 1 Meter
ein Schritt	– zirka 1 Meter
eine Meile	– zirka 1,6 Kilometer